Gabriele Bagge

Ewig ist so lang

istolé

Gabriele Bagge:
Ewig ist so lang

ISBN: 978-3-910347-48-9
ISBN E-Book (EPUB): 978-3-910347-49-6

1. Auflage 10/2024
© 2024 AKRES Publishing
Das Werk ist vollumfänglich urheberrechtlich geschützt.

Umschlagabbildung: Maxi Spieß
Lektorat: C. Striebeck
Schrifttypen: Linux Libertine by SIL Open Font License 1.1, Indira K by Peter Wiegel

Herstellung und Verlag: *istolé* Belletristik, Imprint des Verlags AKRES Publishing
Remscheider Straße 45, D-42369 Wuppertal
Tel.: 0049 (0)202 5198830, E-Mail: info@akres-publishing.com

Besuchen Sie uns im Internet: www.akres-publishing.com

Bibliografische Information der Deutschen Nationalbibliothek:
Die Deutsche Nationalbibliothek verzeichnet diese Publikation in der Deutschen
Nationalbibliografie; detaillierte bibliografische Angaben sind im Internet
über http://dnb.ddb.de abrufbar.

Für Michael,
Hannes und Matthis

1

Mit fahrigen Fingern sammelte Sophia ein paar Kieselsteine auf. Ihre Versuche, sie über die glatte Wasserfläche des Mühlenteiches flitschen zu lassen, endeten jedoch kläglich. Bereits nach zwei oder drei Hüpfern versanken die Steine im dunklen Tümpel.

Jetzt, Anfang September, stand die Nachmittagssonne schon tief. Sophia legte eine Hand über die Stirn, um ihre müden Augen, die die Wasseroberfläche absuchten, abzuschirmen.

Bevor sie zum Mühlenteich gelaufen war, hatte sie stundenlang auf dem schmalen Bett in ihrer Kammer unter dem Dach des Rathauses gelegen und sich die Augen ausgeweint. Anton war am Morgen fortgegangen, um seine Wanderung fortzusetzen. Sie hatte dies in all den Wochen, in denen sie zusammen waren, gewusst. Anton hatte nie einen Hehl daraus gemacht. Zwei Monate hatten sie miteinander verbringen dürfen. Bei dem Gedanken daran stiegen erneut Tränen in Sophias Augen. Entschlossen zog sie ein Taschentuch aus dem Ärmel ihres Kleides und wischte sie fort. Sie ärgerte sich über sich selbst, sonst war sie doch nicht so nah am Wasser gebaut. Gut, Anton war fortgegangen, aber das hieß doch nicht, dass alles zu Ende war. Er hatte versprochen, ihr zu schreiben, sobald er sich für einen längeren Zeitraum in einer Stadt aufhalten würde.

Unwillig schüttelte sie den Kopf. Anstatt Anton hinterher zu weinen, sollte sie dringend ihre eigenen Angelegenheiten ordnen. Nur noch eine Woche konnte sie in der Rathauskammer wohnen, dann würde der neue Wirt der Rathausgaststätte, Christoph Bessenhorst, dort seine Töchter unterbringen. Seit einer Woche führte er die Gaststätte. Er hatte seine Frau und drei erwachsene Töchter mitgebracht, allesamt unverheiratet. Somit wurden Sophias Dienste nicht mehr benötigt. Ein Jahr hatte sie bei den Hesselmanns, den Wirtsleuten, die zuvor die Gaststätte betrieben hatten, eine Anstellung gehabt. Es hatte stets viel Arbeit gegeben, aber die Wirtsleute waren gut zu ihr gewesen. Es betrübte Sophia jedoch nicht, dass sie von Bessenhorst nicht übernommen wurde. Seit einiger Zeit hegte sie ohnehin andere Pläne.

Bereits am kommenden Samstag würde sie nach Oldenburg zu ihrer Freundin Elise gehen. Die hatte ihr dort eine Unterkunft und eine Anstellung besorgt. Sophia kannte Elise seit ihren Kinder- und Jugendjahren. Gemeinsam waren sie in Diepholz aufgewachsen. Bis heute waren sie gute Freundinnen geblieben, obwohl Elise bereits vor neun Jahren als Kindermädchen nach Oldenburg gegangen war. Damals waren sie gerade einmal sechzehn Jahre alt gewesen.

Sophia seufzte. Ungern erinnerte sie sich an die Jahre in Diepholz, die dann folgten. Einen Tag vor ihrem neunzehnten Geburtstag hatte sie einen schlimmen Unfall erlitten. Sie war vom Baum gefallen, als sie Kirschen für ihren Geburtstagskuchen pflücken wollte. Durch den Sturz hatte sie sich einen Bruch zugezogen, im Becken oder der Hüfte, so genau konnte der Arzt es nicht feststellen. Wochenlang hatte sie im Bett gelegen, sie war an ein furchtbares Gestell gebunden worden, damit sie sich nicht bewegen konnte. Als sie nach ihr endlos erscheinenden Wochen wieder aufstehen durfte, war es schrecklich gewesen. Sie war nicht einmal in der Lage, sich allein auf den Beinen zu halten. Mühsam musste sie das Laufen wieder neu lernen und am Ende war ihr ein Humpeln geblieben. Jeder konnte es sehen, obwohl sie am rechten Fuß einen Schuh trug, der höher war als der andere. Sie konnte zwar wieder flink laufen, genauso schnell wie zuvor, aber längst sah es nicht mehr anmutig aus und wenn sie länger auf den Beinen war, schmerzte ihre Hüfte arg.

Wütend warf Sophia ein paar kleine Steine in den Teich. Ein Entenpaar flog empört schnatternd auf, setzte sich aber unweit von ihr wieder auf die trübe Wasserfläche.

Die Jahre, die dann folgten, waren alles andere als glücklich für sie gewesen. Ihr Traum, eines Tages die Perückenmanufaktur ihres Vaters übernehmen zu können, rückte von Jahr zu Jahr mehr in die Ferne. Nicht sie durfte das Handwerk erlernen, sondern ihr um ein Jahr älterer Bruder Gottlieb. Sophia wusste, dass sie viel geeigneter für diesen Beruf gewesen wäre, aber sie war eben nur eine Frau und so war es nicht möglich, eine Handwerksausbildung zu machen.

Während ihr Bruder Gottlieb auf seiner Gesellenwanderung war, gingen die Einnahmen in der Perückenwerkstatt des Vaters immer weiter zurück. Kein Mensch wollte nach der Revolution in Frankreich noch freiwillig eine Perücke tragen. Ihr Vater begann daher, die Männer aus der Stadt zu rasieren und ihnen die Haare zu schneiden. Sophia frisierte die Weibsbilder des Ortes. Als Gottlieb dann an Ostern letzten Jahres von seiner Wanderschaft zurückkehrte, war nichts mehr wie zuvor. Sophia durfte fortan gar nicht mehr im Laden arbeiten. Gottlieb selbst übernahm es, die Frauensleute zu frisieren. Bei dem Gedanken daran schleuderte Sophia erneut einige Kiesel in den Teich. Wie er die Frauen umgarnt hatte, war nicht auszuhalten gewesen.

Es stellte sich schnell heraus, dass ihr Bruder dem Vater keine Hilfe war. Im Gegenteil: Schon nach wenigen Wochen zerriss sich ganz Diepholz das Maul über Gottliebs Weibergeschichten und seine Trunksucht. Ungeachtet dessen wurde Sophia zur Mutter in den Haushalt verbannt. Es blieb ihr lediglich, sich um die Kuh, die Schweine und die Hühner zu kümmern und die große Wäsche zu machen. Das Kochen und die Gartenarbeit wollte die Mutter sich nicht nehmen lassen. Sophia fühlte sich wie das fünfte Rad am Wagen. Seitdem Gottlieb zurück war, verdiente sie nicht einmal mehr etwas Geld. Nur wohnen und essen durfte sie zu Hause.

Wie gut war es da gewesen, dass sie ihre geliebten Haar-flechtarbeiten hatte. Tröstend strich Sophia sich über das Armband, welches sie seit Jahren an ihrem linken Handgelenk trug. Es war eine der ersten Arbeiten, die sie angefertigt hatte, als sie damals nach ihrem Sturz wochenlang nicht aus dem Haus konnte. Seitdem waren ihr diese Handarbeiten zu einer lieben Gewohnheit geworden. Sobald sie ein wenig freie Zeit hatte, beschäftigte sie sich damit. Das war auch der Grund dafür gewesen, dass sie in einen heftigen Streit mit ihrem Vater geraten war. Er hatte ihre Arbeiten als „Firlefanz" abgetan und ihr eröffnet, er wolle sie so schnell wie möglich verheiraten. Das war im Sommer des letzten Jahres gewesen.

Sophia war von den Worten des Vaters zutiefst verletzt gewesen. Kurz entschlossen hatte sie ihr Elternhaus verlassen und war nach Vechta gegangen, um dort in der Rathausgaststätte zu arbeiten. Sicher, die Arbeit war nicht leicht, aber besser, als zu Hause herumzusitzen, war es allemal.

Wie traurig war es gewesen, als ihr Vater vor vier Monaten an der Schwindsucht gestorben war. Nur einmal noch hatte sie ihn besucht. Er hatte sie kaum wahrgenommen, zu sehr hatte ihn die Krankheit schon gezeichnet. Der Tod des Vaters hatte auch Gottlieb schwer zu schaffen gemacht. Er hatte geschworen, vom Alkohol zu lassen und fortan den Laden zuverlässig zu führen. Soweit Sophia das aus der Ferne beurteilen konnte, schien ihm das zu gelingen, von den Weibern jedoch konnte er die Finger nicht lassen.

Sophia tastete nach dem goldenen Medaillon, welches vor ihrer Brust baumelte. Sie hatte es von ihrer Großmutter geerbt und nach dem Tod des Vaters ausgehändigt bekommen. Vorsichtig öffnete sie den Deckel und betrachtete die kleine Bleistiftzeichnung. Anton lächelte ihr entgegen. Er hatte ihr dieses kleine Porträt am Vortag zum Abschied geschenkt.

Sophia küsste das Bild leicht und schloss das Medaillon

vorsichtig. Anfang Juli war sie noch einmal zu Besuch in Diepholz gewesen, um ihre Kammer zu räumen, als Anton, Wandergeselle im Goldschmiedehandwerk, plötzlich in Diepholz aufgekreuzt war. Völlig verdreckt war er nach seiner Wanderung durchs große Moor. Zwei Tage hatte er sich bei ihnen aufgehalten, dann war er auf Sophias Anregung hin nach Vechta weitergewandert. Dort hatte er sich für zwei Monate bei Meister Wagener verdingt. Er half ihm, kleine Schmuckstücke und Gebrauchsgegenstände anzufertigen, die auf dem Stoppelmarkt verkauft werden sollten. In diesen zwei Monaten hatten sie sich ineinander verliebt. Oft waren sie spazieren gegangen. Dabei hatten sie sich so viel zu erzählen gehabt. Anton hatte ihr zugehört und Verständnis für sie gehabt. Er hatte nicht einmal Anstoß an ihrer Humpelei genommen.

Und nun war er weg. Noch in der letzten Nacht hatte sie bei ihm gelegen. Sie hatten sich geliebt, verzweifelt und wehmütig, wohl wissend, dass sie sich vielleicht niemals wiedersehen würden. In aller Frühe war Sophia aus seiner Kammer geschlichen, als Anton noch schlief. Sie hätte es nicht ertragen, ihn davongehen zu sehen. Sie war hinübergelaufen zum Rathaus und hatte sich in ihrer Kammer verkrochen, bis sie sicher war, dass er sich aufgemacht hatte.

Jetzt saß sie hier am Mühlenteich. Dringend musste sie Pläne schmieden, wie es mit ihr weitergehen sollte. Zunächst musste sie sich einen Mietplatz in einer Kutsche für den kommenden Samstag nach Oldenburg organisieren. Sie würde gleich bei der Pfarrkirche vorbeigehen. An einem Brett auf dem Vorplatz der Kirche gab es immer Anschläge über solche Mitreisegelegenheiten. Kurz überlegte Sophia. Wenn sie das erledigt hätte, würde sie zu ihren früheren Arbeitgebern, den Eheleuten Hesselmann, gehen, um sie um ein Arbeitszeugnis zu bitten. Sophia war sich sicher, dass Herr Hesselmann ihr eine ordentliche Bescheinigung ausstellen würde, die sie bei ihrer neuen Arbeitsstelle vorlegen musste.

Elise hatte für sie eine Stellung bei einer Ellenwarenhändlerin mitten in der Stadt Oldenburg besorgt. Die Witwe Grovermann, so hieß die Eigentümerin des Geschäftes, war bereit, sie zum Herbstbeginn einzustellen. Eine Voraussetzung dafür war es jedoch, dass Sophia eine tadellose Dienstbescheinigung vorlegen konnte.

In den kommenden Tagen würde sie noch ihre Kleidung waschen und ihre Sachen zusammenpacken. Viel würde sie sicher nicht mitnehmen können, zwei Koffer vielleicht. Ihre anderen Habseligkeiten würde sie nach Diepholz zu ihrer Mutter schicken, zusammen mit einem Brief, in dem sie sie über ihre neue Anstellung unterrichten würde. Sosehr Sophia es auch bedauerte, sie hatte vor ihrer Abreise nicht mehr genug Zeit, um noch einmal zu ihr zu fahren.

Sophia tauchte ihre Hände ins Wasser und benetzte sich die Wangen mit dem kühlen Nass. „Ach, die gute Elise", dachte sie, „hätte ich ihre Unterstützung nicht in dieser schwierigen Zeit, dann wüsste ich nicht, was ich getan hätte. Womöglich wäre ich zurückgegangen nach Diepholz zur Mutter und zu Gottlieb. Vermutlich hätte mich dort ein freudloses Leben erwartet. So aber kann ich auf eine interessante Zukunft in einer großen Stadt hoffen, so, wie ich es mir immer gewünscht habe."

Versonnen blickte Sophia in die weißen Wolken, die gemächlich über den tiefblauen Himmel zogen. „Ich werde glücklich werden in Oldenburg", das schwor sie sich. „Selbst, wenn ich Anton niemals wiedersehe." Entschlossen stopfte sie ihr Taschentuch zurück in den Ärmel und machte sich auf den Weg zur Georgskirche.

2

Bremen,
Donnerstag, 12. September 1799

Am Donnerstag, es war der 12. September, traf Anton guter Dinge
in Bremen ein. Über das Städtchen Wildeshausen und den Ort
Stuhr war er durch das 'Hohe Tor' in Bremen angelangt. Voller
Vorfreude auf die unbekannte Stadt fragte er sich durch zum Zentrum. Er folgte der Westerstraße, bog dann links in die Brautstraße
ab und wanderte anschließend rechts durch die Straße „Herrlich-
keit". Beim Arbeitshaus angelangt, konnte er schon den großen
Fluss, die Weser, ausmachen, die von einer hölzernen Brücke über-
spannt wurde. Anton staunte nicht schlecht. Einen solch großen
Strom hatte er in seinem Leben noch nicht gesehen. Über das Brü-
ckengeländer schaute er auf das träge dahinströmende Wasser
hinab, das im Sonnenlicht glitzerte. Unter ihm waren auf Pontons
Schiffmühlen angekettet, deren Wasserräder unermüdlich zwischen den Jochen der Brücke ratterten. Sie trieben die Kornmühlen
der Stadt an. Antons Blick folgte dem Strom in Richtung Nordosten. Die Wassermassen, die unter ihm dahinglitten, gaben ihm das
Gefühl, dem großen Meer sehr nahegekommen zu sein.

Lange blieb Anton dort stehen. Träge lehnte er sich an die Holz-
brüstung und ließ seinen Gedanken freien Lauf. Fast ein halbes
Jahr war er nun schon unterwegs. Wenige Tage nach Ostern war
er von Münster, wo er aufgewachsen war und seine Ausbildung als
Goldschmied durchlaufen hatte, aufgebrochen. Für ein Vierteljahr
hatte er eine Anstellung in Osnabrück gefunden. Im Juli hatte er
sich von dort aufgemacht nach Bremen. Dabei musste er das große
Moor durchqueren, was um Haaresbreite in einer Katastrophe geendet wäre. Zu seinem großen Glück gewährte ihm die Familie
Mohr aus Diepholz Unterkunft, nachdem er völlig verdreckt dem

Moor entkommen war. Dort hatte er Sophia kennengelernt. Auf ihren Rat war er nach Vechta gewandert, um dort für einige Wochen zu arbeiten. Sie wusste, dass der Goldschmiedemeister Wagener händeringend Unterstützung für die Wochen bis zum Stoppelmarkt suchte.

Während seines Aufenthaltes in Vechta hatten er und Sophia sich ineinander verliebt. Bei dem Gedanken an die gemeinsam verbrachten Stunden lächelte Anton sehnsüchtig. Er zog eine Zeichnung aus der Brusttasche seiner Weste und besah sich das Bild von Sophia. Er selbst hatte es gezeichnet. Sophias blitzenden Augen strahlten ihm entgegen. Wunderbares volles Haar umrahmte ihr ovales Gesicht. Die geschwungenen, vollen Lippen schienen ihn anzulächeln. Als grübele sie über etwas nach, runzelte sie die leicht gewölbte Stirn mit dem kleinen Leberfleck an der Seite. Anton erinnerte sich genau, wann er die Zeichnung angefertigt hatte. Es war Mitte August auf dem Stoppelmarkt in Vechta gewesen. Sophia rechnete gerade nach, wie viele Taler sie mit ihren Ketten und Armbändern bereits eingenommen hatte.

Sanft fuhr Anton mit seinen Fingern über die kleine Zeichnung, dann steckte er sie zurück in die Westentasche. Sobald er eine Unterkunft in Bremen gefunden hatte, würde er Sophia schreiben, so hatte er es sich vorgenommen.

Anton richtete seinen Blick auf die Stadt. Direkt an der Weser war eine Kirche erbaut worden. Daneben lag der Hafen von Bremen. Schiff an Schiff hatte an der Kaje festgemacht. Der für die Schiffe zur Verfügung stehende Platz an der Kaimauer war sehr begrenzt, daher lagen die Lastensegler zumeist in mehreren Reihen nebeneinander. Mit einem heiseren Kreischen umkreisten einige Möwen einen der Segler und ließen sich schließlich darauf nieder.

Angezogen von dem geschäftigen Hafenbetrieb, machte Anton sich auf den Weg in diese Richtung. Laut klapperten seine Schritte auf den Holzbohlen der Brücke, an deren Ende sich ein mächtiges Wasserrad quietschend in einem Holzverschlag drehte. Gleich dahinter durchquerte er ein klobiges Brückentor. Trotz der breiten Durchfahrt glich es mehr einem Haus als einem Stadttor.

Nach wenigen Schritten erreichte er eine lange steinerne Kajenbefestigung. Sie erstreckte sich von der nah am Ufer gebauten Kirche bis zu einem großen Speicherhaus. Auf der gepflasterten Fläche des Hafenplatzes, der auch als Lagerfläche genutzt wurde, herrschte trotz der nachmittäglichen Stunde noch ein geschäftiges Treiben. In einem für Anton unerklärlichen Durcheinander standen dort Buden der Kornmesser, eine Waage, Verkaufsstände für Fisch und Töpferwaren, mehrere Brunnenhäuschen mit Handpumpen und ein großer Tretkran. Zur Stadt hin war der Platz von einer Reihe Kaufmannshäuser mit imposanten Giebeln begrenzt. Sie wurde nur durch mehrere Schlachtpforten unterbrochen, an denen Wächter die ein- und ausgehenden Waren sorgfältig kontrollierten.

Fasziniert beobachtete Anton die Packer, Kornmesser, Kranmeister, Tonnen- und Sackträger, Karrenschieber und Fuhrleute, die emsig ihrer Arbeit nachgingen. Gemächlich schlenderte er über den Platz, bis er zu dem imposanten Speicherhaus am Ende der Kaje gelangte. Es schloss mit der Ufermauer ab, sodass Schiffe unmittelbar am Speicher anlegen und entladen werden konnten. Anton schätzte, dass er wohl sechzig große Schritte tun müsste, um die gesamte Länge dieses riesigen Speichers abmessen zu können. Das gesamte Haus war aus Backsteinen und Eichenholz errichtet worden und ragte vier Hauptstockwerke und vier Dachböden mit einem spitzen Giebel hoch in den Himmel. Mit dem Kennerblick eines Steinmetzsohnes nahm Anton die Verzierungen des Giebels aus Sandstein genauer in Augenschein. Die Eckquader waren mit Kreisornamenten versehen, muschelförmige Bögen fassten die Fensterpaare zusammen und Simsbänder unterteilten die Etagen. Im Bereich des Giebels schlossen sie mit kleinen Obelisken ab.

Mit einem Male wurde Anton wehmütig. Die heimatliche Steinmetzwerkstatt des Vaters in Münster stand ihm vor Augen und es war ihm fast so, als könne er die Geräusche der Meißel und Hämmer hören und den Staub des Sandsteins auf der Haut spüren. Schnell schüttelte er diesen Gedanken ab. „Ich bin doch nicht in die Ferne aufgebrochen, um dort Trübsal zu blasen und mich nach der Heimat zu sehnen", dachte er unwirsch. Interessiert sah er sich weiter um. Im Erdgeschoss des Speicherhauses befand sich eine Stube, hinter deren Fenster er mehrere Männer an Schreibpulten stehen sah. Einer von ihnen trat gerade vor die Tür, wohl um eine kleine Pause zu machen. „Das Rauchen ist im Speicherhaus strengstens verboten. Wenn ich mein Pfeifchen genießen will, muss ich nach draußen gehen, die Brandgefahr ist viel zu groß", sprach er in Antons Richtung. Er zog eine Pfeife aus der Brusttasche, stopfte sie gekonnt, nahm das Mundstück zwischen die Zähne und zündete unter leichtem Zug die Pfeife mit einem Schwefelholz an. Ein paar Mal paffte er, bis es schön qualmte. Zufrieden grinste er zu Anton hinüber und genoss einen tiefen, gemütlichen Zug. Stolz wies er mit einer Hand über das Hafengelände.

„Das ist schon ein interessanter Flecken Erde hier, nicht wahr? Die Weser ist ein stolzer Strom, aber seit Jahrhunderten versandet sie mehr und mehr und heutzutage können nur noch Segler mit wenig Tiefgang den Hafen erreichen. Die Bremer haben bereits flussabwärts, in Vegesack, einen weiteren Hafen angelegt. Dort, auf der Unterweser, werden die Waren von den Seeschiffen auf flache Kähne umgeladen und von dort nach Bremen transportiert. In den vergangenen Jahren hat es sich aber herausgestellt, dass auch der Vegesacker Hafen ein zu flaches Fahrwasser aufweist. Nun ist für die Bremer guter Rat teuer. Wollen sie sich nicht von Elsfleth, Brake oder Oldenburg den Handelsverkehr nehmen lassen, werden sie wohl oder übel noch weiter weserabwärts, vielleicht sogar an der Wesermündung einen neuen Hafen bauen müssen. Ich fürchte, die besten Jahre des Bremer Hafens sind vorbei."

Er kraulte sich den Bart. „Stell dir vor, in den vergangenen

Jahrzehnten haben Bremer Kaufleute sogar an Grönlandfahrten teilgenommen, um dort am Walfang beteiligt zu sein. Dazu gründeten einige Kaufleute grönländische Kompanien. Bremische Fangschiffe fuhren trotz Packeises und Treibeises, trotz gewaltiger Stürme und trotz der schrecklichen Skorbutkrankheit ins Polarmeer. Über zwanzig Schiffe blieben auf See, die meisten wurden vom Packeis zerdrückt. Aber viele Schiffe kehrten auch voll beladen heim. Es ist wohl so, dass diese Fahrten sich trotz aller Schrecken ordentlich lohnen."

Prüfend sah er Anton an, wohl um zu sehen, ob der seinen Erzählungen lauschte. Als er sah, dass Anton an seinen Lippen hing, zeigte er auf das Speicherhaus und fuhr mit seinen Erklärungen fort. „Dies hier ist unser Kornhaus. Hier wird ausschließlich Getreide gelagert. Die Aufsicht untersteht zwei Ratsherren, dazu zwei Elterleuten, das sind Vertreter der Stadtviertel Bremens, und zwei Kaufleuten, einem Bäcker und einem Kramer." Mit seiner Pfeife zeigte er auf die erleuchtete Stube im Erdgeschoss. „Dort sind ein Schreiber und mehrere Kornmesser beschäftigt. Auch ich bin Kornmesser. Wir passen auf, dass von jeder Lieferung Getreide, die hier in Bremen eintrifft, zwei Scheffel an die Stadt abgegeben werden." Kurz musterte er Anton. „Du bist ein Wandergeselle, nicht wahr? Hast du überhaupt schon eine Bleibe in unserer Stadt gefunden? Du läufst hier mit Sack und Pack herum, das sieht mir doch ganz so aus, als ob du noch kein Lager aufgetan hast, oder?"

Als Anton nickte, fuhr er fort. „Das hab ich mir gedacht. Ich kann dir eine gute Herberge empfehlen. Du gehst am besten in die Oelmühlenstraße, die ist nicht weit von hier. Da gibt es ein Gesellenhaus. Du musst nur hier die Straße hochlaufen bis zur Langenstraße, folgst ihr ein kurzes Stück nach links, biegst dann rechter Hand in die Burgstraße, überquerst die Faulenstraße und dann bist du schon da. Das dritte oder vierte Haus auf der linken Seite ist die Herberge. Ich wünsche dir viel Glück. Ich muss jetzt wieder rein, die Arbeit wartet." Mit diesen Worten klopfte der Kornmesser seine Pfeife aus, tippte sich an seine Mütze und schlenderte zurück in die Stube.

3

Oldenburg,
Freitag, 13. September 1799

Tatsächlich fand Sophia eine Möglichkeit, nach Oldenburg zu gelangen. Sogar ihre beiden Koffer und dazu noch einen großen Korb konnte sie mitnehmen. Komfortabel war diese Fahrt jedoch nicht. Ein Karren, beladen mit Ziegelsteinen der Ziegelei von Frydag, nahm sie bis nach Ahlhorn mit. Dort, so versicherte der Kutscher ihr, würde sie immer eine Weiterfahrt finden. „Von Ahlhorn aus sind es noch ungefähr vier Meilen bis nach Oldenburg. Pass aber bloß auf, Mädchen, an wen du da gerätst, nicht alle meinen es so gut mit dir wie ich", raunte er ihr zu. Anzüglich wanderten seine Blicke dabei über ihren Körper. Vorsorglich hielt Sophia während der Fahrt auf dem Kutschbock so viel Abstand wie möglich zwischen sich und dem Kerl. Trotz des Protestes des Mannes stellte sie ihren schweren Korb einfach zwischen sie.

Schon um zehn Uhr am Morgen waren sie in Ahlhorn angelangt. Ohne große Umstände gelang es ihr nach einer kurzen Pause, einen Wagen zu finden, der sie bis nach Oldenburg mitnahm. Ein junger, rothaariger Kutscher war auf dem Weg in die großherzogliche Stadt. „Mein Name ist Wim", stellte der Bursche sich vor. „Ich komme aus Vlissingen in Holland und bringe niederländische Heringe nach Oldenburg zum Kramermarkt.

Wenn du willst, kannst du gerne mit mir fahren."

Sophia konnte den Burschen mit den unzähligen Sommersprossen gut verstehen, obwohl er mit einem ausgeprägten Akzent sprach.

Mit Wims Hilfe verstaute sie ihre Koffer und den Korb zwischen den Fässern auf der Ladefläche. Zum Glück stanken die nur leicht nach Fisch, es wäre nicht auszudenken, wenn ihre gesamten Kleider riechen würden, als sei sie ein Fischweib. „Woher sprichst du so gut deutsch?", fragte sie wissbegierig, als sie schließlich neben ihm auf dem Kutschbock saß. „Ach, schon mein Großvater fuhr alljährlich zu den großen Märkten ins Herzogtum Oldenburg, ins Fürstentum Münster, sogar nach Hannover und ins Kurfürstentum Braunschweig-Lüneburg. Ich habe ihn und dann später meinen Vater oft begleitet, bis ich vor vier Jahren, nach dem Tod meines Vaters, allein losgefahren bin. In all den Jahren habe ich gut eure Sprache gelernt." Interessiert schaute er Sophia an. „Und was machst du hier so allein unterwegs?" Sophia erzählte ihm von ihren Zukunftsplänen, verschwieg jedoch ihren Traum, sich einmal mit einer kleinen Werkstatt selbstständig machen zu wollen. Zu oft schon hatte sie nichts als Unverständnis für diesen Wunsch geerntet.

Am frühen Mittag gelangten sie an die Oldenburger Grenzwacht. Zwei Polizeidragoner in einer rotblauen Uniform kontrollierten den Wagen und ließen sie danach ungehindert passieren. „Ich wünsche dir gute Geschäfte auf dem Markt", rief der eine ihnen hinterher. „Das ist immer ein großer Spaß. Leider kann ich in diesem Jahr nicht dabei sein, ich muss hier Wache halten."

Kurz vor Sonnenuntergang erreichten sie die Stadt Oldenburg. Sophia erkannte den Turm des Schlosses, als sie gemächlich an der Mauer, die den Schlosshof umgab, vorbeirumpelten. Wie gut, dass sie vor einigen Jahren ihre Freundin Elise schon einmal für ein paar Tage hier besucht hatte, so konnte sie sich jetzt zurechtfinden.

Sie durchfuhren das verlassen daliegende Penzentor, passierten die Lambertikirche und erreichten den Marktplatz. „Wohin willst du?", fragte der junge Kerl Sophia freundlich. „Mit den Koffern und dem Korb kannst du ja wohl nicht allein laufen, da muss ich dich wohl zu deiner Adresse bringen." Eilig zeigte Sophia ihm den Weg zur Langen Straße, wo Elise bei der Familie Scholtz eine Stellung als Kindermädchen hatte. „Es ist gar nicht mehr weit, du musst nur noch ein Stückchen geradeaus hinter dem Rathaus entlangfahren, dann sind wir schon da."

Kurze Zeit später langten sie an ihrem Ziel an. Der junge Mann half Sophia, das Gepäck abzuladen. Eine Bezahlung für die Mitnahme wollte er nicht annehmen. „Vielleicht sehen wir uns ja auf dem Kramermarkt", kauderwelschte er. „Dann kannst du gute Holländische Matjes bei mir kaufen. Das wäre mir Dank genug." Er grüßte noch einmal kurz, dann ratterte der Wagen davon. Sophia hatte keine Ahnung, was das war, ein Matjes, irgendein Fisch vermutlich. Darüber aber wollte sie sich nicht den Kopf zerbrechen.

Kaum hatte sie an die Haustür des Kanzleirates Scholtz geklopft, da öffnete ihr ein ältliches Dienstmädchen. Es rümpfte irritiert die Nase, als Sophia auf sie zutrat. „Vermutlich stinke ich doch entsetzlich nach Fisch", dachte Sophia, „aber daran kann ich nun auch nichts mehr ändern." Sie räusperte sich kurz. „Ich möchte zu Elise Steimann", sagte sie freundlich. „Ich bin ihre Freundin Sophia Mohr aus Diepholz. Sicher hat sie meinen Besuch angekündigt." Die Frau nickte, ohne eine Miene zu verziehen, und bat Sophia, einzutreten. „Dein Gepäck bringt der Bursche gleich herein", sagte sie knapp. „Warte hier, ich hole Elise, die ist bestimmt noch mit den Kindern beschäftigt."

Angestrengt überlegte Sophia. Sie dachte an ihren Besuch in Oldenburg vor mehr als sechs Jahren zurück. Sie erinnerte sich noch, dass der Arbeitgeber von Elise, der Kanzleirat Scholtz, ein hoher Beamter der Stadt war. Irgendetwas machte er am Gericht. Wenn sie sich richtig erinnerte, war er davor sogar einmal Bürgermeister gewesen.

Damals hatten die Eheleute Scholtz sechs Kinder gehabt, drei Jungen und drei Mädchen zwischen acht und einem Jahr. Das älteste Kind, es war ein Mädchen, musste inzwischen ungefähr vierzehn Jahre alt sein, das jüngste, Heinrich hieß es wohl, schon sieben. So weit war Sophia mit ihren Überlegungen gekommen, als die Tür ungestüm aufgerissen wurde. Elise eilte mit einem lauten Begrüßungsruf auf sie zu und nahm sie fest in den Arm.

„Puh, du stinkst ja schrecklich nach Fisch", rief sie und ließ Sophia abrupt los. „Bist du in ein Heringsfass gefallen?" Sie gluckste vor Lachen. „Na ja, das macht nichts, die Sachen kannst du ja wieder waschen. Jetzt komm erst einmal mit mir hinauf in meine Kammer. Dort kannst du dich ein wenig ausruhen und frisch machen. Ich habe schon ein paar Brote für dich geschmiert und zur Feier des Tages habe ich uns eine Flasche Wein besorgt. Bis Montag kannst du hierbleiben, das hat Frau Scholtz mir erlaubt. Dann habe ich dich bei Frau Schröder angemeldet. Ich denke, du wirst mit deiner neuen Unterkunft zufrieden sein."

Kaum hatte sie ein wenig gegessen, fielen Sophia auch schon die Augen zu. Sie streckte sich auf Elises Bett aus und lauschte eine Weile deren Erzählungen. „Sechs Kinder", vernahm sie noch. „Charlotte und Caspar, sind schon fast erwachsen ... Privatschule ... Klavier- und Geigenstunden. Susanne, elf Jahre, Johanna, zehn und Christian, acht Jahre alt. Der kleine Heinrich ist erst sechs und in diesem Jahr zur Schule gekommen ..." Während Elise ununterbrochen erzählte, war Sophia eingeschlafen und erst wieder aufgewacht, als Elise sich zu ihr ins Bett quetschte. „Du bist ja eine Trantüte", sagte sie ein wenig enttäuscht. „Ich dachte, wir können heute Abend endlich einmal miteinander reden, nachdem wir uns so lange nicht gesehen haben." Sie zog einen Schmollmund, musste dann aber sogleich wieder lachen. „Ach Sophia, das holen wir alles nach, wenn du hier erstmal richtig angekommen bist, nicht wahr? Sicher hast du mir auch eine Menge zu erzählen." Sophia murmelte schläfrig eine Antwort, dann nickte sie auch schon wieder ein.

Sie erwachte erst wieder, als Elise die Kammer betrat. In den Händen hielt sie ein Tablett, auf dem ein Malzkaffee und ein Teller mit belegten Broten stand. „Na, du hast ja wie ein Murmeltier geschlafen. Jetzt iss erstmal etwas, und dann leihe ich dir ein sauberes Kleid. Mit deinen stinkenden Sachen kannst du unmöglich herumlaufen."

4

Bremen,
Samstag, 14. September 1799

Anton fand zu seinem Glück sogleich Aufnahme in der Gesellenherberge. Ähnlich wie in Osnabrück schlief er hier gemeinsam mit fünf anderen Gesellen verschiedener Handwerksberufe in einem Raum. Auch die Regeln waren denen in Osnabrück sehr ähnlich.

Wie es vorgeschrieben war, begab er sich sogleich am folgenden Morgen zum Schaugesellen der Goldschmiedezunft, um sich nach einer Arbeit in der Stadt zu erkundigen. Der Bursche zog mit ihm von Werkstatt zu Werkstatt, um nach Arbeit zu fragen. Vier Werkstätten hatten nichts für ihn zu tun, aber in der fünften bot der Meister Janssen ihm schließlich Arbeit an. Am kommenden Montag würde er beginnen können. Nun aber, am Samstag, machte er sich auf, um die Stadt näher zu erkunden, in der er in den nächsten Wochen leben würde.

Frohgemut schlenderte er über den Marktplatz. Sollte alles nach Plan verlaufen, so würde er bereits an diesem Abend seinen Freund Georg Niederegger wiedertreffen.

Anton hatte Georg vor gut zwei Jahren in Münster kennengelernt. Georg stammte aus Ulm. Dort hatte er eine Konditorlehre absolviert und war dann auf seine Gesellenwanderung gegangen. In Münster waren sie sozusagen übereinander gestolpert. Sie hatten sich angefreundet und viele Abende gemeinsam in Cruses Gaststätte verbracht. Irgendwann hatten sie beschlossen, ihre zukünftige Wanderschaft gemeinsam zu unternehmen. Während Anton jedoch schon im April aus Münster aufgebrochen war, musste Georg noch bis Ende August in seiner Konditorwerkstatt Dienst tun. Georg hatte den Traum, eines Tages einer der berühmtesten Zuckerbäcker zu werden. Besonders die Anfertigung von Marzipan hatte es ihm angetan. Daher war es sein Ziel, nach Hamburg zu wandern, denn dort, so hatte er ausfindig gemacht, konnte man über die Handelsschifffahrt Mandeln, Zucker und Gewürze viel einfacher beschaffen.

„Am Samstag, dem 14. September, treffen wir uns im Rathauskeller zu Bremen", hatte Georg ihm zum Abschied gesagt. „Wenn das nicht klappt, wenn ich aus irgendeinem Grund aufgehalten werde, dann treffen wir uns am Mittwoch darauf. Wenn ich auch dann nicht dort sein sollte, so wird es sicher am darauffolgenden Samstag gelingen."

Und nun war der 14. September endlich gekommen. In seinen Gedanken saß Anton bereits zusammen mit Georg im Rathauskeller bei einem Glas Wein. Sie würden sich so viel zu berichten haben.

Vertieft in diese Gedanken, achtete er nicht auf seinen Weg. Er schreckte hoch, als er stolperte und fast gestürzt wäre. „Hoppla, junger Mann, das wäre um ein Haar schiefgegangen", rief ihm eine rundliche Marktfrau zu. „Hast du denn keine Augen im Kopf? Beinahe hättest du den Sack mit meinen Kartoffeln umgerannt." Anton entschuldigte sich wortreich bei der Frau, die ihm gutmütig zulächelte. „Bist du neu hier in der Stadt?", fragte sie neugierig. „Ich stehe schon seit fast fünfzig Jahren an jedem Samstag an diesem Platz, aber dich habe ich hier noch nie gesehen." Anton nickte und erzählte ihr, was ihn nach Bremen geführt hatte.

„Junge, Bremen ist eine schöne Stadt. Hier wirst du dich sicher wohlfühlen", sagte die Alte daraufhin. Sie griff in eine Kiste, zog eine Birne daraus hervor und reichte sie Anton. „Hier, die ist für dich, das ist mein Begrüßungsgeschenk. Hast du denn schon was von unserer Stadt gesehen?" Als Anton den Kopf schüttelte, stemmte sie resolut die Hände in die Hüften. „Na, dann pass mal auf. Ein bisschen kann ich dir dann ja schon mal erzählen." Mit ihrer speckigen Hand, deren runzelige Furchen von harter Arbeit in der Erde zeugten, zeigte sie über die Karren und Stände der Marktbetreiber hinweg auf das einzige feste Gebäude, welches auf dem Marktplatz stand. Es war unweit des Prangers errichtet worden und fiel durch seine achteckige Form ins Auge. Auf seiner Haube prangte an der Spitze eine Laterne. „Das ist unsere Marktwache, die wurde vor vierzig Jahren gebaut. Schon damals bin ich an jedem Markttag mit meinen Eltern hier auf dem Platz gewesen und habe Obst und Gemüse verkauft. Sie zeigte weiter auf ein imposantes Gebäude am Rande des Platzes. „Das ist unser Rathaus. Darauf sind wir Bremer besonders stolz."

Anton bestaunte die wunderbare Fassade mit dem Bogengang. „Das Rathaus ist vor ungefähr vierhundert Jahren gebaut worden. Von Beginn an zog der Stadtweinkeller in die Gewölbe. So können die Bürger stets mit Wein versorgt werden. Glaub mir, unser Weinkeller ist einer der umfangreichsten und berühmtesten im ganzen Land. Du musst unbedingt bald einmal dort einkehren, er ist sehr sehenswert." Anton lächelte in sich hinein. Genau das hatte er an diesem Abend vor. Er war schon sehr gespannt darauf, was ihn dort erwarten würde. „Unsere Stadtväter verdienen gut an dem Weinhandel", redete die Frau weiter. „Die vornehmen Bürger beziehen ihren Hauswein auf Kredit. Zu diesem Zweck hat jeder dort ein Kerbholz, in das die geschuldete Summe eingeschnitten wird. Wie man hört, kommen dort im Laufe eines Jahres gute Summen zusammen. Aber nicht nur die Bremer Bürger kaufen ihren Wein in unserem Ratskeller. Das gesamte Bremer Umland bezieht seinen

Wein hierher. Der Handel reicht sogar bis nach England, nach Petersburg und seit einigen Jahren sogar bis nach Amerika." Diese Auskunft erstaunte Anton. Wenn er zuvor an Bremen gedacht hatte, so war ihm das Bremer Bier in den Sinn gekommen, welches auch in Vechta ausgeschenkt wurde. Aber offensichtlich gab es in dieser Stadt auch die Tradition des Weinhandels und Weinausschanks bereits seit einigen Jahrhunderten.

Anton nickte beeindruckt. Lange aber konnte er nicht über die Informationen nachdenken, da zeigte die Marktfrau auch schon auf eine Statue ganz in der Nähe ihres Marktstandes. Das hohe Gebilde stellte einen Ritter dar, der zum Dom hinüberblickte. „Das ist unser Bremer Roland, er steht ebenfalls seit fast vierhundert Jahren hier als Wächter für die Freiheit und die Rechte der Stadt", fuhr sie ohne Pause fort. Anton ließ seinen Blick an der Statue hochgleiten. Vom Sockel bis zum Baldachin war sie wohl sechs Mann hoch, der Roland selbst mochte nach Antons Schätzungen gut drei Mann hoch sein.

„Schau mal, wie schön er gekleidet ist, mit seinem Lederwams, dem Kettenhemd, einem Gürtel, Schwert und Schild." Dann wies sie auf die Beine des Rolands. „Der Abstand zwischen seinen spitzen Knien beträgt genau eine Bremer Elle. Wenn es also bei den Tuchhändlern in der Stadt Streit gibt, dann können sie hierher gehen und den Stoff abmessen."

Lächelnd schaute die Frau ihn an. „Vielleicht solltest du dir auch einmal seine Haare ansehen, diese wunderbaren Wellen, die er trägt. Daran kannst du dir mal ein Beispiel nehmen. Eine solche Haartracht würde dir sicher auch gut stehen." Bei diesen Worten brach sie in ein lautes Lachen aus und warf den Kopf vor Vergnügen in den Nacken. Ihr Gelächter war so ansteckend, dass Anton unweigerlich einfiel. Sie hatte recht, er musste dringend einmal wieder zum Barbier, um sich die Haare und den Bart schneiden zu lassen.

Anton ging ein paar Schritte auf den Roland zu. Angestrengt versuchte er, die Inschrift des Wappens zu entziffern und sprach diese halblaut vor sich hin:

„Vryheit do ik vu openbar,
de karl und mennich vorst vorwar
desser stede ghegheven hat,
des dankt gode is min radt."

Fragend schaute Anton die Marktfrau an. Er hatte nichts von dem verstanden, was er dort gerade gelesen hatte. Sie kam ihm gerne zu Hilfe. „Solche wie dich gibt es hier immer wieder. Da kommen Fremde in die Stadt, schlendern hier über den Platz und lesen dann genauso hilflos wie du die Inschrift. Du hast nichts verstanden, oder? Ich kann zwar nicht lesen, weiß aber genau, was dort steht, zu oft schon haben hier Menschen gestanden und es vorgelesen. Soll ich es dir mal übersetzen?" Anton nickte dankbar. „Also, dort steht so ungefähr Folgendes: ‚Ich verkündige euch Freiheit, die Karl und manch anderer Fürst dieser Stadt gegeben hat. Dankt dafür Gott, das ist mein Rat.'" Als sie Antons verständnislosen Blick bemerkte, setzte sie hinzu: „Die Rede ist wohl von Karl dem Großen, der zusammen mit anderen Fürsten der Stadt Bremen zahlreiche Rechte und viele Vorteile ermöglicht hat. Aber das ist wohl schon tausend Jahre her, glaube ich."

Sie zeigte auf einen Bettler, der zu den Füßen des Rolands liegend dargestellt war. „Hier, der Krüppel ist aus einer Sage von Emma von Lesum. Soll ich sie dir erzählen?" Ein wenig verhalten nickte Anton der Marktfrau zu, hatte er doch erst vor wenigen Tagen von Sophia eine Sage erzählt bekommen, die sie beide sehr traurig gemacht hatte. „Wenn sie nicht allzu trostlos ist", sagte er deshalb. Aber die Marktfrau schüttelte energisch den Kopf und begann. „Es gab einmal eine Gräfin, Emma von Lesum. Sie war Witwe und galt als fromm und wohltätig. Dies machte ihrem Schwager, Herzog Benno von Sachsen, Sorgen. Er fürchtete um sein Erbe. Einmal hatte die Gräfin einigen Bürgern weit mehr Weideland für ihr Vieh zugesprochen, als es ihrem Schwager recht war. Sie hatte verfügt, dass die Bürger so viel Weideland erhalten sollten, wie ein

26

Mann in einer Stunde umgehen kann. Ihr Schwager versuchte, dies zu verhindern. Er wählte einen Bettler aus, der sich ohne fremde Hilfe nicht bewegen konnte. Die Gräfin aber legte ihre Hand auf den Kopf des Krüppels, sprach ein Gebet und forderte ihn auf, es zu versuchen. Das Laufen gelang ihm natürlich nicht, aber er kroch und kroch die ganze Stunde lang. Am Ende waren alle Bürger erstaunt darüber, welch großes Gebiet er „umkrochen" hatte. Zähneknirschend musste der Herzog von Sachsen damals zustimmen und den Bürgern das Weideland zugestehen. Tja, und jenes Land, das ist heute unsere Bürgerweide. Dort wird jedes Jahr der Freimarkt abgehalten. Die Bürger der Stadt Bremen haben den Krüppel nicht vergessen und ihm hier zu Füßen des Rolands ein Denkmal gesetzt. So sind die Bremer eben."

Geschäftig sah die Marktfrau sich um. „So, junger Mann, das muss für heute reichen. Jetzt habe ich keine Zeit mehr für dich. Du siehst es ja, es warten schon zwei Kunden darauf, bedient zu werden."

Anton bedankte sich herzlich bei der Alten. Gerne hätte er ihr etwas von dem Gemüse abgekauft, welches sie anbot, aber was sollte er damit? Er hatte kein Herdfeuer, auf dem er sich eine Mahlzeit zubereiten konnte. Nach kurzem Überlegen erstand er zwei Äpfel und einige Möhren, die würde er auch ohne große Zubereitung verdrücken können.

Langsam schlenderte er weiter, während er sich auf dem Marktplatz umsah. Er bestaunte die herrschaftlichen Giebelhäuser, die den Platz einrahmten, und warf dann einen Blick auf den Dom, der sich ein wenig abseits des Platzes erhob. Der Kirchenbau war einstmals sicher ein imposantes Gebäude gewesen, jetzt aber war sein Zustand erbärmlich. Der Nordturm wurde von einer Welschen Haube aus Kupferblech bedeckt. Auf den ersten Blick erkannte Anton, dass dies sicher nicht die ursprüngliche Bauform gewesen war. Vermutlich war der Turm irgendwann einmal eingestürzt und so wieder aufgebaut worden. Der Südturm fehlte gänzlich, nur eine

Ruine war von ihm geblieben. Das mittelalterliche Rosenfenster an der Ostfassade, welches einstmals sicher in herrlichen Farben geleuchtet hatte, war durch ein schlichtes Glasfenster ersetzt worden.

Anton wandte sich von diesem erbärmlichen Anblick ab und suchte dann den Schütting, das Haus der Kaufleute Bremens. Von diesem Gebäude mit dem eigentümlichen Namen hatte ihm der Herbergswirt erzählt. „Nachdem das Rathaus am Markt gebaut worden war, wollten die Elterleute, das sind die Sprecher der Kaufleute, dort genauso präsent sein wie der Rat. Daher bauten sie sich ein ebenso prunkvolles Gebäude, den Schütting, direkt gegenüber dem Rathaus. Dort treffen sich noch heute die Gilden. Wenn ein Handwerksbursche seine Prüfung zum Gesellen oder zum Meister ablegen will, so wird er dorthin bestellt."

Der Wirt hatte Anton zugezwinkert. „Bei dir ist es ja noch nicht so weit. Daher geh du man besser in unser berühmtes Kaffeehaus gleich neben dem Schütting, das älteste im ganzen Norden. Es gibt dort Kaffee, Kakao und Kuchen, aber sicher kriegst du dort auch Limonade oder Tee. Wenn es dich interessiert, dann kannst du dort auch das ‚Bremer Intelligenzblatt‘ lesen, es wird dort kostenlos für die Gäste ausgehängt." Bei dem Gedanken an diese Worte des Herbergswirtes verspürte Anton plötzlich einen ungemeinen Durst. Es war Zeit, das Kaffeehaus aufzusuchen. Einen echten Bohnenkaffee konnte es sich zwar nicht leisten, das war ein teures Vergnügen, nach den vergangenen arbeitsreichen Wochen wollte er sich jedoch zumindest einen kräftigen Tee gönnen.

5

Oldenburg,
Montag, 16. September 1799

Sophia und Elise verbrachten einen vergnüglichen Sonntag in
Oldenburg. Sie schlenderten durch die Straßen der Stadt und Elise
zeigte ihr die Ellenwarenhandlung der Frau Grovermann, die nur
wenige Fuß entfernt nördlich dem Haus der Scholtzes lag.

Jetzt aber, am frühen Montagmorgen, folgte Sophia Elise durch
das prächtige Treppenhaus der Scholtzes hinab. Hinter einer Tür
hörte sie Kinderstimmen. „Das sind Christian und Heinrich. Die
müssen gleich zur Schule. Ich hoffe, sie kommen heute Morgen auch
ohne mich pünktlich los, sonst bekomme ich vermutlich Ärger."

Elise zog Sophia aus der Haustür hinaus in den milden Septem-
bermorgen. Ein leichter Nebelschleier lag über der Stadt, die Sonne
ging soeben auf. Auf der Langen Straße herrschte bereits ein geschäftiges Treiben. Handwerker und Händler waren mit ihren
Karren unterwegs, Fuhrleute mit Pferdewagen, beladen mit Tuch-
ballen, Fässern oder Kisten in allen Größen, ratterten über die
kopfsteingepflasterte Straße. Dazwischen kreuzten Hausmädchen
und anderes Dienstpersonal ihren Weg, sorgfältig darauf bedacht,
nicht in die Pferdeäpfel oder die Kuhfladen zu treten, die die Pflas-
terung bedeckten. Eine Horde Schulkinder lief johlend an ihnen
vorbei, lederne Ranzen auf dem Rücken tragend.

Elise hakte sich bei Sophia unter und knuffte ihr liebevoll in die
Seite. „So, wir machen uns jetzt auf zu den Schröders. Das Haus
liegt ebenfalls an der Langen Straße. Wir müssen nur ein paar
Schritte in Richtung Norden gehen, bis die Achternstraße in einem
spitzen Winkel auf die Lange Straße trifft. Dort steht an der linken
Seite das Haus von Ratsherr Schröder. Man erkennt es sofort, es
befindet sich eine Getreidehandlung im Erdgeschoss. Wollen wir

doch mal sehen, wie dir deine neue Unterkunft gefällt. Ich wette, du willst dort irgendwann gar nicht mehr weg."

Nach wenigen Minuten zeigte Elise auf ein Fachwerkhaus. „Das ist das Haus der Schröders. Siehst du? Dort unten ist die Getreidehandlung und links der Weinhandel, der gehört auch dazu. Ich kann dich leider nicht hineinbegleiten. Ich muss dringend zurück und nachsehen, ob die Kinder rechtzeitig losgegangen sind." Aufmunternd nickte sie Sophia zu. „Du wirst sehen, Frau Schröder ist eine freundliche Person. Ich bin sicher, dass alles gut gehen wird. Wenn du deine Unterkunft bezogen hast, dann kannst du dein Gepäck abholen lassen. Gustav, der Knecht des Kanzleirates, wird es dir sicher mit einem Karren herüberschaffen. Wir können uns leider erst am 27. September wiedersehen. Du musst wissen, dass ich an jedem zweiten und letzten Sonntag des Monats immer von ein Uhr bis um sechs Uhr frei habe. Wir haben Glück, der 27. September ist der Kramermarktstag. Ich komme dann mittags zu dir, da kann ich gleich einmal sehen, wie du untergekommen bist. Danach gehen wir zusammen auf den Markt, was sagst du dazu?"

Sophia nickte abwesend. Was scherte sie im Moment der Kramermarkt? Ihr klopfte das Herz bis zum Hals, da konnte sie sich damit nicht beschäftigen. Flüchtig nickte sie Elise noch einmal zu, dann ging sie zögernd auf das Haus zu, welches ihre Freundin ihr gezeigt hatte. Beklommen öffnete sie die schwere Tür der Getreidehandlung Schröder und betrat den Laden. Die Morgensonne, die sich noch immer durch den Nebel kämpfte, schien milde in den Raum. Staubkörnchen wirbelten durch die Luft. An der linken Wand aufgereiht standen mehrere geöffnete Säcke, in denen hölzerne Schippen steckten. Daneben standen zwei hölzerne Scheffel, groß wie Bottiche. In dunklen Regalen lagerten Kisten und Kästen. Einen guten Teil des Verkaufsraumes nahm eine mächtige, eiserne Waage ein. Klotzige Gewichte standen aufgereiht nach Größe daneben auf einem mächtigen Eichentisch.

Kaum hatte Sophia sich ein wenig umgesehen, da trat ein junger Mann aus einem Nebenraum herein. Er hatte eine blaue Schürze umgebunden, die viel zu groß für ihn war und ihm fast bis zu den Füßen reichte. „Womit kann ich Ihnen dienen?", fragte er höflich. Sophia trug ihr Anliegen vor. „Ach, zu Frau Schröder wollen Sie", erklärte er beflissen, „dann müssen Sie die Tür gleich hier nebenan wählen. Dort kommen Sie zu der Privatwohnung der Schröders." Schnell lief er vor Sophia zur Ladentür, öffnete sie schwungvoll und zeigte ihr die Tür an der rechten Vorderfront des Hauses, die Sophia zuvor übersehen hatte.

Entschlossen betätigte Sophia den Türklopfer. Es dauerte nicht lange, bis eine betagte Dienstmagd ihr öffnete. Mit wenigen Worten erklärte Sophia der Frau den Grund ihres Besuches. „Ich kann nicht sagen, ob die gnädige Frau Zeit für dich hat. Ich werde nachsehen. Warte hier so lange", sagte die Frau mit einem undurchdringlichen Gesichtsausdruck. Sie bot Sophia einen Stuhl in der geräumigen Empfangsdiele an und stieg eine breite Treppe hinauf. Sophia hörte, wie sie im oberen Stockwerk an eine Tür klopfte. Es verging eine geraume Zeit, schließlich aber kehrte sie zurück. „Die gnädige Frau kommt gleich, es dauert nicht mehr lange", beschied sie ihr kurz und verschwand hinter einer der vielen Türen.

Als Frau Schröder schließlich die Stufen zu ihr hinunterkam, erschrak Sophia ein wenig. Die Frau hatte eine verblüffende Ähnlichkeit mit ihrer Mutter. Sie hatte die gleiche Größe und Figur und ihre Haare waren ähnlich frisiert. Auch die Haltung des Kopfes erinnerte sie an ihre Mutter. Als sie aber schließlich vor ihr stand, verflog dieser Eindruck. Nicht nur ihre Kleidung war deutlich kostbarer als alles, was ihre Mutter je getragen hatte, auch der Schmuck, den sie angelegt hatte, zeugte davon, dass sie begütert war. Nie im Leben hätte ihre Mutter sich eine solche Ausstattung leisten können.

Prüfend betrachtete Frau Schröder Sophia, bevor sie ihr zunickte und ihr andeutete, ihr in den Salon zu folgen. Mit kerzengerader

Haltung ließ sie sich auf einem der gepolsterten Stühle nieder und bot Sophia einen Platz an.

„Wie ich den Informationen von Elise Steimann entnehmen konnte, suchst du nach einer Schlafstatt mit Verkostung. Erzähle mir doch ein wenig von deinem Werdegang, damit ich beurteilen kann, ob ich dir eine Unterkunft zur Verfügung stellen kann", eröffnete sie die Unterhaltung. Sophia berichtete von ihrer Kindheit in Diepholz, von ihrer Arbeit im väterlichen Betrieb und ihrer Anstellung in der Rathausgaststätte in Vechta. Aufmerksam folgte Frau Schröder ihren Worten. Ab und zu nickte sie verstehend.

„Also gut, du scheinst ein ehrliches Frauenzimmer zu sein. Ich kann dir eine Schlafstatt anbieten, allerdings nicht in diesem Haus, sondern gleich nebenan, in der Nummer 82. Mein Mann hat das Haus vor drei Jahren von der Familie Herbart gekauft", sagte sie, nachdem Sophia geendet hatte.

„Wir haben uns zu der Zeit vergrößert. Im Erdgeschoss hat mein Mann eine Weinhandlung eingerichtet. Die Belletage und das zweite Stockwerk haben wir an einen Justizrat und dessen Familie vermietet. Unter dem Dach befinden sich mehrere Kammern. Früher lebten dort die Bediensteten der Herbarts, jetzt aber stehen sie leer, nur die Köchin, Geschen, hat dort noch ein Zimmer." Ein leichtes Lächeln glitt über Frau Schröders Lippen.

„Unsere gute alte Geschen, du wirst sie gleich kennenlernen. Sie war bereits viele, viele Jahre bei den Herbarts als Köchin tätig. Wir mussten sie beim Kauf des Hauses übernehmen. Geschen kocht für die Familie des Justizrates, dessen weitere Bedienstete wohnen außerhäusig. Wir möchten nun eine der Dachkammern vermieten, damit Geschen, die schon recht betagt ist, jemanden hat, der ihr bei schweren Arbeiten zur Hand gehen kann. Falls du dort wohnen möchtest, müsstest du morgens und abends das Wasser für sie vom Brunnen holen und ihr das Holz zum Beheizen des Küchenherdes aus dem Stall bringen. Weiterhin habe ich Geschen versprochen, dass derjenige, der dort einzieht, auch die schweren Einkäufe für sie erledigen wird. Allein schafft sie das nicht mehr. Dafür kannst du morgens und abends in der Küche Kost erhalten, Kaffee am Morgen und zwei Krüge Bier am Abend sind ebenfalls in der Verpflegung enthalten." Sie warf einen prüfenden Blick auf Sophia.

„Im Haupthaus hast du nichts zu suchen, das ist ganz und gar der Familie des Justizrates vorbehalten", fuhr sie fort.

„Auch im Garten hast du dich nicht aufzuhalten, es sei denn, es würde dir dort eine Arbeit übertragen. Es führt eine eigene Dienstbotentreppe vom Erdgeschoss, wo die Küche untergebracht ist, zum Dachgeschoss."

Aufmerksam lauschte Sophia den Worten von Frau Schröder, die mit ihren Ausführungen bereits fortfuhr.

„Für die Kammer und die Verkostung musst du nichts bezahlen", fuhr sie fort. „Wir erwarten nur deine Unterstützung für Geschen. Wenn du mit diesen Bedingungen einverstanden bist, so kannst du gern dort unterkommen. Zunächst einmal soll diese Absprache für zwei Wochen gelten. Wenn du bis dahin die Erwartungen erfüllt hast, können wir über eine Verlängerung sprechen."

„Keine Bezahlung", dachte Sophia zufrieden, „besser kann ich es doch nicht treffen. Wenn diese Geschen nur freundlich ist und wenn ich die Dienste mit meiner Arbeit in Einklang bringen kann, dann wird das schon klappen."

„Ich habe eine Stellung in der Ellenwarenhandlung der Witwe Kammerrat Grovermann in Aussicht", sagte sie eifrig. „Dort werde ich sicher meine festen Arbeitszeiten haben. Ich kann nicht jederzeit einspringen, wenn es etwas zu tun gibt. Früh am Morgen und am Abend nach Dienstschluss sowie am Sonntag werde ich jedoch vermutlich die erforderlichen Aufgaben erledigen können. Für die Einkäufe werde ich sicher auch Zeit finden. Wenn Ihnen das recht ist, so soll dieser Absprache nichts im Wege stehen."

Frau Schröder lächelte nun breit.

„Da wirst du dich sicher mit Geschen einigen. Ich denke, dass das funktionieren kann", entgegnete sie. Sie sah erleichtert aus, eine Lösung gefunden zu haben. Geschäftig klingelte sie nach ihrer Magd und wies diese an, Sophia zu Geschen zu bringen.

Die Frontseite des Nachbarhauses wurde an der rechten Seite von zwei Fenstern eingenommen. Darüber war eine metallene Stange angebracht, an der ein großes, kunstvoll geschmiedetes Schild baumelte. Eine Weinflasche und zwei Weingläser nebst einer Traube waren darauf zu sehen. Als Sophia im Vorbeigehen durch die Fenster spähte, erblickte sie einen großen Raum, in dessen Regalen an den Wänden Weinflaschen lagerten. Einige Kisten waren mitten im Raum gestapelt, vermutlich enthielten auch sie verschiedene Weine. Die linke Frontseite des Gebäudes wurde von einer imposanten, dunklen Holztür mit barocken Schnitzereien eingenommen.

Die Magd wies ihr jedoch nicht den Weg durch diese Tür, sondern sie führte sie links am Haus vorbei durch eine schmale Gosse hin zu einem unansehnlichen Seiteneingang. Ohne zu klopfen, stieß sie die Tür auf und führte Sophia einen schmalen Flur entlang zum rückwärtigen Bereich des Hauses in eine Küche. Ein großer, heller Raum mit Fenstern zum Hof empfing die beiden. Sophia wusste auf den ersten Blick, dass sie sich hier wohlfühlen würde. Ein gemauerter Herd mit einem Kaminabzug war an einer Seite errichtet worden. Kein lästiger Rauch und Qualm verpestete die Luft. Neben dem Herd hingen kupferne Kessel und Pfannen sowie Gerätschaften aller Art. In der Mitte des Raumes stand ein großer Tisch mit acht Stühlen. Eine alte Köchin, beladen mit einem Tablett, betrat gerade durch eine andere Tür die Küche. Sie war von kleiner, gedrungener Statur. Freundlich sah sie Sophia an und schaute dann fragend zur Magd der Schröders hinüber.

„Ist das das junge Frauenzimmer, welches Frau Schröder als Hilfe für mich einstellen will?", fragte sie. Die Magd nickte. „Erstmal für zwei Wochen soll sie hier wohnen, hat die gnädige Frau gesagt, dann will sie weitersehen. Es hängt davon ab, ob es gut geht." Ein wenig mürrisch sah sie Sophia an.

„Geschen, ich hab' viel zu tun, mein Essen steht auf dem Herd", sagte sie dann. „Du kommst schon klar mit ihr, nicht wahr? Ihr Name ist Sophia Mohr und sie kommt aus Diepholz." Kaum hatte sie dies gesagt, raffte sie ihren Rock und verließ die Küche wieder durch den Seiteneingang.

Sophia war allein mit der Köchin. Die Alte humpelte zum Herd, auf dem eine verheißungsvoll duftende Hühnersuppe köchelte. Um ihr dunkles Kleid hatte sie eine weiße Schürze gebunden, ein ebenso weißes Häubchen war akkurat auf ihrem grauen Haar festgesteckt, nur einzelne Strähnen schauten darunter hervor. Stöhnend rieb sie sich den Rücken. Um ihre krummen Beine waren dicke Verbände gewickelt, die Sophia sogar durch die grauen Strümpfe erkennen konnte.

Interessiert trat Sophia zu ihr, um sich die Kochstelle näher anzusehen. Die Feuerstelle war vollständig ummauert. Eine eiserne Herdplatte deckte sie nach oben ab. In die Platte waren Öffnungen eingelassen, aus denen die Flammen züngelten.

„Da staunst du, nicht wahr?", fragte die alte Köchin und sah Sophia zufrieden an. „Diesen Herd haben die Herbarts vor ein paar Jahren einbauen lassen. Es kocht sich ganz wunderbar darauf", erklärte sie eifrig.

„Frau Herbart hat auf einer ihrer Reisen einen solchen Herd kennengelernt. Sie war so überzeugt davon, dass sie hier ein ähnliches Modell einbauen ließ. Das Wunderbare daran ist, dass der Feuerqualm durch einen Abzug nach außen gelangt, dadurch ist es hier nicht mehr so rußig und verqualmt wie zuvor." Sie strahlte Sophia an. „Nun setz dich mal an den Tisch." Geschen schlurfte zur Speisekammer, holte einen Krug Bier und stellte ihn vor Sophia auf den Tisch. „Damit kannst du deinen Durst stillen, Mädchen."

Freundlich lächelte die Alte ihr zu und setzte sich ihr gegenüber an den Tisch. „Und nun erzähl mal, wo kommst du denn her?"

Nur zu gern tat Sophia der alten Frau den Gefallen. Mit wenigen Sätzen schilderte sie ihre Lebensjahre in Diepholz, dafür berichtete sie umso ausführlicher von ihrer Anstellung in der Rathausgast-stätte bei den Hesselmanns in Vechta. „Ich denke, dass ich Ihnen eine große Hilfe sein kann", schloss Sophia ihren Bericht, „schwere Arbeit bin ich gewohnt."

Geschen hatte ihr aufmerksam zugehört und immer wieder be-stätigend genickt. Jetzt reichte sie Sophia die Hand.

„Nicht so förmlich", sagte sie lächelnd, „du kannst ruhig Ge-schen zu mir sagen." Sie seufzte vernehmlich.

„Für mich wird die Arbeit immer beschwerlicher. Weißt du, meine Beine wollen nicht mehr so recht. Früher, als die Herbarts noch hier lebten, da hat mir die viele Arbeit nichts ausgemacht, aber die Zeiten sind wohl ein für alle Mal vorbei. Damals hatten wir hier auch noch viel mehr Personal. Neben mir gab es zwei Dienstmädchen, einen Knecht, einen Kutscher, der sich auch um die Pferde kümmerte und einen Gärtner." Sie hielt inne und dachte eine Weile nach. „Das ist seit drei Jahren alles vorbei. Nur ich bin noch übrig. Der Kammerrat, der hier oben im Haus wohnt, hat zwar auch noch sein eigenes Personal, aber das ist nicht mehr so wie früher. Keiner von denen lebt hier im Haus. Abends sind sie alle weg. Nur der Kutscher muss ihn natürlich ab und zu an den Abenden fahren. Ich bin froh, dass du jetzt hier wohnen wirst, da habe ich wenigstens jemanden zum Reden."

Sophia nickte zustimmend. „Voraussetzung ist natürlich, dass ich die Anstellung bei der Witwe Grovermann bekomme. Da habe ich dann vermutlich meine festen Arbeitsstunden und werde wohl nur morgens früh oder abends nach meiner Arbeit Zeit haben, dir zur Hand zu gehen. Und natürlich am Sonntag, aber da schickt es sich ja eigentlich nicht. Ich hoffe, dass ich dir damit alles recht ma-chen kann."

Geschen nickte. „Ach, mein Mädchen, das wird schon, du wirst schon sehen. Ich werde dir morgens dein Frühstück herrichten und es hier auf den Tisch stellen. Falls ich dann gerade bei den Herr-schaften bin, kannst du es dir einfach nehmen. Genauso mache ich es mit dem Abendbrot. Du kannst sicher nicht so genau sagen, wann du abends kommst. Vermutlich wartet bei der Witwe Grovermann dann und wann mehr Arbeit auf dich."

Sie stützte ihre Arme in die Hüften und sah Sophia prüfend an. „Ich habe gesehen, dass auch du Probleme mit dem Laufen hast. Meinst du, dass du mir solche Sachen wie Wasser und Holz schleppen, den Küchenboden schrubben und die Einkäufe trotzdem abnehmen kannst?" Sophia nickte energisch. „Das wird kein Problem sein. Ich hatte als junge Frau einen Unfall, dadurch muss ich jetzt humpeln. Das hindert mich aber nicht daran, auch schwere Arbeiten zu erledigen." Geschen lächelte zufrieden. „Gut, ich werde es sicher so einrichten können, dass du die Aufgaben, die du für mich erledigen musst, neben deiner Arbeit bei den Grovermanns schaffen kannst."

Sie stand ächzend auf, nahm einen Schlüssel von einem Brett und drückte ihn Sophia in die Hand.

„Dieses ist der Schlüssel für den Seiteneingang. Abends um sieben Uhr schließe ich dort ab und du musst das ebenfalls so halten, wenn du später zurückkommst. Von hier aus kannst du die Treppe hinauf ins Dachgeschoss gelangen." Sie zeigte auf ein enges Treppenhaus und wies Sophia an, hinaufzusteigen. Mühsam stapfte sie hinter ihr her.

Als sie oben angekommen waren, musste sie zunächst verschnaufen, bevor sie Sophia die Tür zu einer kleinen Kammer öffnete, ähnlich der, die sie in Vechta bewohnt hatte. Der kleine Raum war einfach möbliert, ein Bett, eine Wäschetruhe, ein Tisch mit einem Kerzenleuchter darauf, ein Stuhl und eine Kommode mit einer Waschschüssel und einer Wasserkanne.

„Das Wasser musst du dir selbst heraufholen, dort in der Ecke steht ein Eimer. Auch den Nachttopf musst du selbst leeren. Unten im Hof ist ein Abtritt für die Bediensteten, halte ihn bitte sauber. So, jetzt muss ich wieder in die Küche, um das Mittagessen zuzubereiten. Wenn du noch Fragen hast, dann findest du mich dort."

Sie nickte Sophia noch einmal kurz zu und verschwand.

Sophia zog ihre Schuhe aus, warf sich auf das Bett und drückte ihr Gesicht in das weiche Kissen. Hier hatte sie es gut getroffen. Das Zimmer war sauber und hell, für ihr leibliches Wohl war gesorgt und der Weg zu ihrer zukünftigen Arbeitsstelle war nur ein Katzensprung. Zudem würde sie sich jetzt oft mit Elise treffen können.

Eine Zeit lang blieb Sophia auf der Schlafstelle liegen und hing ihren Gedanken nach, dann aber sprang sie mit einem Satz hoch. Von einem heftigen Ziehen in ihrem Unterleib wurde sie unvermittelt in ihrem Tatendrang gebremst. Sie biss sich auf die Unterlippe. Hoffentlich kündigte sich mit diesem Ziehen endlich ihre monatliche Blutung an. Es wäre nicht auszudenken, wenn sie sich durch die Nacht, die sie neulich mit Anton verbracht hatte, eine Schwangerschaft eingehandelt hätte. Sie konnte sich zwar nichts anderes vorstellen, als eines Tages Kinder zu bekommen, aber zu diesem Zeitpunkt wäre eine Schwangerschaft eine Katastrophe. Ihr würde dann nichts anderes übrigbleiben, als zu ihrer Mutter und ihrem Bruder nach Diepholz zurückzukehren. Vorbei wäre es mit dem unabhängigen Leben, noch ehe es so recht angefangen hätte. Anton würde sie nicht heiraten, bevor er nicht seinen Meistertitel erlangt hätte. Wenn er sie überhaupt heiraten würde. Über solcherlei Dinge hatten sie noch nie gesprochen.

Unwillig wischte Sophia sich einige Haarsträhnen aus dem Gesicht und schob die düsteren Gedanken beiseite. Sie humpelte zum Fenster und sah hinaus. Die Mittagssonne schien auf die Lange Straße, die dort, wo die Achternstraße hinzustieß, sehr breit verlief. Sie war fast so weit wie ein Platz. Zufrieden stellte Sophia fest, dass vor dem gegenüberliegenden Haus ein Brunnen stand. Mehrere Frauen, emsig in ein Gespräch vertieft, standen drumherum, schöpften Wasser und unterhielten sich dabei lauthals. Weit hatte sie es also nicht, wenn sie frisches Wasser holen musste.

Unschlüssig, was sie mit dem restlichen Tag beginnen sollte, kratzte sie sich den Kopf. Schließlich aber entschloss sie sich, zunächst ihre Sachen von Elise zu holen und danach ein wenig zu Geschen in die Küche zu gehen. Vielleicht könnte die ihr ja schon etwas über die Witwe Grovermann und die Ellenwarenhandlung berichten.

6

Bremen,
Samstag, 21. September 1799

Müde sah Anton sich im Rathauskeller um. Es war bereits der dritte Abend, den er hier zubrachte. Zum ersten Mal war er am vergangenen Samstag hier gewesen. Voller Hoffnung und angespannter Freude hatte er drei Stunden gewartet, vergeblich. Georg war nicht aufgetaucht. Jetzt war es bereits der einundzwanzigste September, und noch immer hatte er kein Lebenszeichen von seinem Freund erhalten. Was war nur passiert? Er hatte Georg doch als äußert zuverlässig kennen gelernt. Auch in seinem letzten Brief, den er Anton Ende August geschrieben hatte, war nie die Rede davon, dass er nicht zum verabredeten Zeitpunkt in Bremen anlangen würde. Irgendetwas musste geschehen sein und das beunruhigte Anton.

Nervös rieb er sich die Stirn. Die vergangene Woche war anstrengend gewesen. Zu seinem Leidwesen hatte er feststellen müssen, dass die Werkstatt des Meisters Janssen in keiner Weise seinen Vorstellungen entsprach. Dort wurden nur einfache Reparaturaufträge und grobe Arbeiten für die Bauern in der Umgebung ausgeführt. Es gab für Anton nichts zu tun, was ihn interessiert hätte, oder wobei er etwas hätte lernen können. Zudem war der

Meister ein grober Kerl, der dem Alkohol mehr zugetan war als der Arbeit. Schon mehrmals war Anton drauf und dran gewesen, zu kündigen. Die Zunftregeln ließen das zu. Das würde jedoch bedeuten, dass er erneut nach Arbeit Ausschau halten müsste.

Tief in Gedanken versunken, kaute Anton auf seinem Daumennagel. Sollte er überhaupt noch hier in Bremen bleiben und weiter auf Georg warten? Die Stadt gefiel ihm durchaus. Er hatte schon viele Eindrücke gewonnen, eine genaue Erkundung hatte er jedoch bisher unterlassen. Die, so hatte er es sich vorgestellt, wollte er gemeinsam mit Georg unternehmen.

Anton nahm noch einen Schluck des köstlichen Weins aus seinem Zinnbecher. Er dachte an seinen ersten Abend in diesem Keller, als er noch aufgeregt dem Moment entgegengefiebert hatte, Georg bald wiederzusehen. Er war durch den Eingang an der Seite des Rathauses zunächst in die große, dreischiffige Halle gelangt, deren Gewölbe von zwanzig Säulen getragen wurde. Hier lagerten vier riesige, mit Holzschnitzereien verzierte Prunkfässer, welche von den Bremer Bürgermeistern gestiftet worden waren. Das größte Fass sollte laut Auskunft des Kellermeisters den Inhalt von siebenunddreißigtausend Flaschen Wein fassen, eine Zahl, die Anton schwindelig werden ließ. In jedes der Fässer waren Tierornamente eingeschnitzt, die ihnen ihren Namen gaben. Es gab das Löwenfass, das Delphinfass, das Drachenfass und das Affenfass. Lange hatte Anton vor den Schnitzereien gestanden und sich vorgenommen, eines Tages einmal mit seinen Zeichenutensilien hierherzukommen, um die kunstvollen Ornamente abzuzeichnen.

Die große Halle wurde als Schankraum genutzt. Man konnte sich an einem der vielen Tische niederlassen, um von den Weinen zu kosten. Wie war Anton erstaunt, als er an der Südseite der Halle sechs kleine, halbrunde Verschläge entdeckte, die für vier bis fünf Personen eingerichtet waren. Dies waren, wie der Wirt ihm erklärte, die sogenannten Priölken, ein plattdeutscher Ausdruck für

Laube. Jedes dieser holzverkleideten Räumchen konnte mit einem Ofen beheizt werden. Ursprünglich wurden diese Priölken von Kaufleuten genutzt, um dort mit den heimgekehrten Kapitänen ungestört über Verträge und Geschäfte sprechen zu können. Aber es waren wohl nicht nur Herren, die sich an diesen Orten trafen. Augenzwinkernd hatte der Wirt ihm verraten, dass die Türen zu diesen Kammern aus Anstandsgründen erst dann geschlossen werden dürften, wenn darin mehr als drei Personen am Tisch säßen.

Damit war das Platzangebot im Ratskeller jedoch noch längst nicht erschöpft. Es gab den Apostelkeller, in dem zwölf Eichenfässer mit Rheinweinen lagerten, sowie den Rosenkeller, in dem die ältesten und wertvollsten Weine gelagert waren. Er diente zudem als geheimes Besprechungszimmer für die Ratsherren. Weiterhin gab es wohl ein Senatszimmer, welches Anton selbst nicht zu Gesicht bekommen hatte, da es für den Empfang von Gästen des Senats vorgesehen war. Der Kopf hatte Anton geschwirrt, als er, auf der Suche nach Georg, durch diese vielen Räume gewandert war. Nachdem er sicher war, dass Georg sich noch nicht im Rathauskeller aufhielt, hatte er sich an einen kleinen Ecktisch in der großen Halle gesetzt, von dem aus er den Eingang stets im Blick behalten konnte.

An diesem Tisch saß er auch an diesem Abend. Der Ober kannte ihn und seine Vorliebe für die süßen Moselweine bereits. Gerade hatte er ihm den dritten Becher hingestellt. „Ich muss aufpassen, dass ich nicht so viel trinke, schließlich will ich nicht so enden, wie der vermaledeite Meister Janssen", dachte er trübsinnig. Seine Gedanken gingen zu Sophia. Wie so oft zuvor holte er ihr Bild aus seiner Westentasche und betrachtete es. „Was sie jetzt wohl gerade macht?", fragte er sich. „Hoffentlich ist sie wohlbehalten in Oldenburg angekommen. Ich muss ihr endlich einen Brief schreiben, das habe ich ihr versprochen." Entschlossen steckte er das Bild zurück und winkte den Ober, um seine Zeche zu bezahlen. An diesem Abend würde Georg sicher nicht mehr kommen.

7

Früh am Morgen, als die Dämmerung gerade im Osten aufzog, erwachte Sophia. Der Klang eines Horns hatte sie geweckt. Mit verquollenen Augen stolperte sie zum Fenster, als ein weiterer lauter Hornklang von der Straße heraufscholl. Sie seufzte laut. Natürlich kam der Kuhhirte auch am Sonntag, wie sollte es auch anders sein? Sie rieb sich den Schlaf aus den Augen, um die Szene unter ihrem Fenster besser beobachten zu können. Der Hirte trieb eine ansehnliche Anzahl von Kühen durch den Nieselregen die Straße hinauf in Richtung Norden. Ein korpulenter Mann sperrte bei dem Haus schräg gegenüber gerade das Tor auf und scheuchte seine Kuh mit einem Klaps auf den Hintern hinaus. Gemächlich trottete das Tier durch die tiefen Pfützen zur Herde und reihte sich brav in den Tross ein. Die Szene erinnerte Sophia an ihre Kindheit in Diepholz. Dort war es das Gleiche gewesen. „Hier wie da", dachte Sophia, „die Kühe haben überall gleich viel Hunger."

Zufrieden krabbelte sie noch einmal ins Bett zurück. Es war Sonntag, da konnte sie länger liegen bleiben als sonst. Genüsslich räkelte sie sich unter ihrer Decke. Wie hatte sie es gut getroffen! Die Kammer hier unter dem Dach bei den Schröders war ein Glücksgriff gewesen. Mit Geschen verstand sie sich ausnehmend gut. Die alte Frau war so ein warmherziger Mensch. So ähnlich stellte Sophia sich eine herzensgute Großmutter vor. Sie selbst hatte nur noch ganz schwache Erinnerungen an die Mutter ihrer Mutter. Die war bereits gestorben, als Sophia gerade einmal fünf Jahre alt gewesen war. Weiter gingen Sophias Gedanken zu Anton. Ein warmes Kribbeln breitete sich in ihrem Körper aus. Wie glücklich war sie gewesen, als sie noch mit ihm zusammen sein konnte.

„Nur gut, dass die Nacht, die ich vor zwei Wochen mit ihm verbracht habe, keine Folgen gehabt hat. All meine Pläne wären zunichte gewesen", dachte sie erleichtert. Als sie am vergangenen Sonntag erwacht war, hatte sie festgestellt, dass sie blutete. Sosehr sie sich auch sonst über diese lästige Weibergeschichte ärgerte, so froh war sie in dem Moment gewesen.

Zuversichtlich war sie daher am vergangenen Montagmorgen zu der Ellenwarenhandlung der Frau Grovermann gegangen. Sie war bereits am Tag zuvor mit Elise an dem Geschäft, welches im Erdgeschoss eines imposanten Fachwerkhauses an der Ecke zur Kurwickstraße gelegen war, vorbeispaziert. Sie hatten sich ihre Nasen an der Fensterscheibe platt gedrückt, um einen Blick auf die Waren werfen zu können, konnten aber nicht allzu viel erkennen.

Kaum hatte Sophia den Laden betreten, war sie sich sicher gewesen, einen passenden Arbeitsplatz gefunden zu haben. An den Wänden reihten sich tiefe Regale bis unter die Decke. Selbst zwischen den Fenstern zur Straße hinaus stand noch ein tiefes Eichenregal. Auf den Borten stapelten sich Stoffe in den verschiedensten Qualitäten und Farben. Sie sah einfache Leinenwaren, wie sie sie aus ihrer Heimatstadt Diepholz kannte. Dort wurden solche Stoffe von vielen Leineweberfamilien hergestellt. Daneben aber entdeckte sie Brokat- und Samtstoffe, und sogar Seidenstoffe lagen sorgfältig übereinander gefaltet in der Auslage.

Sophia war so versunken in die Betrachtung der Waren gewesen, dass sie die ältliche Frau überhört hatte, die aus einer Seitenkammer zu ihr in den Laden getreten war.

„Kann ich der Dame etwas Bestimmtes zeigen?", fragte diese mit brüchiger Stimme. „Wir haben erst vor ein paar Tagen neue Waren erhalten. Was möchten Sie nähen? Ein Kleid, einen Rock oder vielleicht eine schmucke Weste für den Gatten?"

Sophia hatte sich kopfschüttelnd zu der Frau umgedreht und sich vorgestellt. Vor lauter Begeisterung hatte sie so viel geredet, dass die Witwe zunächst gar nicht zu Wort gekommen war.

„Moment mal, junge Dame", hatte sie schließlich gesagt, „kommen Sie doch bitte zu mir ins Hinterzimmer. Ich koche uns einen kräftigen Tee, dann können wir über alles Weitere sprechen."

Ausführlich ließ sie sich berichten, welche Sachkenntnisse Sophia vorweisen konnte. Das Arbeitszeugnis, welches Frau Hesselmann ihr ausgestellt hatte, las die alte Frau konzentriert durch.

„Es scheint mir, dass Sie eine anstellige junge Frau sind", sagte sie schließlich. „Sie werden sicherlich alles schnell lernen. Ihre frühere Arbeitgeberin hat Ihnen Fleiß, Ehrlichkeit und Freundlichkeit bescheinigt. Das alles sind Eigenschaften, die für eine Anstellung bei mir unabdingbar sind. Die Kundinnen erwarten selbstverständlich, dass sie freundlich und sachkundig bedient werden. Es darf Ihnen niemals zu viel sein, alle Wünsche, die an Sie herangetragen werden, zu erfüllen. Ich erwarte natürlich ebenfalls Fleiß und Freundlichkeit, dazu kommt aber auch unbedingte Ehrlichkeit."

Zu all diesen Worten hatte Sophia bestätigend genickt. Daraufhin hatte Frau Grovermann sie durch die Ellenwarenhandlung geführt. Sie hatte ihr die vielen Schubläden geöffnet und ihr die reiche Auswahl an Kurzwaren präsentiert. Sogar in ein Hinterzimmer, wo nochmals verschiedenste Stoffe lagerten, zum Teil noch in Papier gewickelt, führte sie Sophia. Daneben stand auf einem Tisch ein Bügeleisen, welches mit Kohlen beheizt werden konnte.

„Solch eine Vielfalt habe ich noch nie in meinem Leben gesehen. Viele der Stoffe kenne ich gar nicht", sagte Sophia, nachdem sie alles ausgiebig betrachtet hatte. Die alte Dame nickte stolz. „Seit einigen Jahren bekommen wir viele Stoffe aus Übersee, aus Amerika, aber auch aus Asien. Es ist nahezu unvorstellbar, wie sich der Stoffhandel in den vergangenen Jahrzehnten verändert hat."

„Ich verspreche Ihnen, Frau Grovermann, wenn Sie mir alles erklären, werde ich schnell lernen. Seit ich denken kann, beschäftige ich mich mit Handarbeiten. Bei Ihnen zu arbeiten, das wäre wirklich genau das Richtige für mich."

Die Witwe Grovermann war gerade dabei gewesen, Sophia die Einzelheiten der Arbeit zu erklären, als eine hochgewachsene, dürre Frau die Treppe aus dem Obergeschoss herabgekommen war. Sie war um die vierzig Jahre alt. Hätte sie nicht ein blaues Kleid mit einem Spitzenkragen getragen, dann hätte Sophia sie auf den ersten Blick für einen Mann halten können. Ihr längliches Gesicht war hager, weit stachen die Wangenknochen daraus hervor. Die lange, gerade Nase dominierte das Gesicht und ein energisches Kinn verlieh der Frau einen herben Ausdruck. Ihre entzündeten Lider hingen schlaff über den Augäpfeln herab und verdeckten nahezu vollständig die kleinen, blassblauen Augen. Das bereits schüttere, rotblonde Haar hatte sie zu einem Zopf geflochten, den sie auf dem Kopf festgesteckt hatte.

„Ich bin Mathilde Grovermann", stellte die Frau sich vor. „Mit meiner Mutter haben Sie sich ja bereits bekannt gemacht. Wir arbeiten gemeinsam hier. Unser Geschäft ist die größte Ellenwarenhandlung in der Stadt. Ich bin in erster Linie für den Einkauf der Stoffe zuständig. Dafür muss ich manchmal nach Emden, Bremen oder sogar nach Hamburg reisen. Zudem besuche ich auf Wunsch unsere Kundinnen zu Hause und unterbreite ihnen dort die Stoffmuster. Meine Mutter kümmert sich um den Verkauf hier im Laden und um das Finanzielle. Das ständige Herumklettern auf der Leiter und das Heben der Stoffballen wird ihr nun aber langsam zu viel. Daher würden wir es sehr schätzen, wenn Sie uns unterstützen könnten. Ihre Freundin, das Fräulein Steimann, ist eine langjährige Kundin von uns. Sie hat mit solch guten Worten von Ihnen gesprochen, dass wir kaum umhin konnten, Sie zu einer Vorstellung einzuladen."

Sie unterbrach ihre Ausführungen und sah, um Einverständnis bittend, zu ihrer Mutter hinüber. Nachdem diese kurz genickt hatte, fuhr Mathilde Grovermann fort. „Fräulein Mohr, wir schlagen Ihnen vor, dass Sie für eine Woche zur Probe bei uns arbeiten. Wenn wir mit Ihrer Arbeit zufrieden sind und wenn Sie dann noch immer hier arbeiten möchten, dann sollte Ihrer Anstellung nichts mehr im Wege stehen."

Überglücklich war Sophia nach diesem Gespräch zu Geschen zurückgelaufen und hatte ihr alles brühwarm berichtet. Die darauffolgende Woche war nur so verflogen. Täglich hatte sie Neues gelernt. Der Umgang mit den Kundinnen fiel ihr nicht schwer. Viele waren sehr freundlich und dankbar für eine gute Beratung, manche verhielten sich leider auch überheblich oder gar frech. Sophia aber gelang es, alle Kundinnen höflich und zuvorkommend zu behandeln.

Am Vorabend hatte die alte Frau Grovermann sie zur Seite genommen und ihr eine Anstellung zugesagt.

„Jungfer Mohr, meine Tochter und ich sind übereingekommen, Sie bei uns einzustellen. Sie lernen schnell dazu und führen sich gut. Wir können Ihnen zwei Taler im Monat zahlen. Dazu können Sie einen guten Preisnachlass erhalten, wenn Sie selbst Stoffe benötigen. Sechzig Stunden müssen Sie in der Woche arbeiten, täglich von acht Uhr morgens bis um sieben Uhr abends. Mittags haben Sie eine Stunde Pause. Eine Mittagsmahlzeit können wir Ihnen nicht anbieten. Selbstverständlich können Sie aber in der Mittagspause Einkäufe erledigen. Wie sie die Stunde ausfüllen, ist Ihnen allein überlassen."

Überglücklich war Sophia auf diese Bedingungen eingegangen. Sie wusste jetzt, dass die Arbeit viel leichter und ansprechender als die in der Rathausgaststätte sein würde.

Sophia räkelte sich ausgiebig. Über die vielen Gedanken war sie hellwach geworden. Es hatte keinen Sinn mehr, noch weiter im Bett herumzuliegen. Eilig stand sie auf, kleidete sich an und lief die schmale Treppe hinunter in die Küche, in der Hoffnung, dort trotz des frühen Morgens schon Geschen vorzufinden.

Tatsächlich war die alte Frau damit beschäftigt, den Herd anzufeuern.

„Guten Morgen, Sophia, du bist schon auf?", fragte sie.

„Wahrscheinlich hat der Kuhhirte dich wieder geweckt, oder? Sei unbesorgt, daran wirst du dich gewöhnen. Er treibt die Kühe jeden Morgen bei Sonnenaufgang aufs Bürgerfeld, auch am Sonntag. Bei Einbruch der Dunkelheit werden sie wieder eingetrieben. Achtzehn Groten kostet das den Besitzer einer Kuh für die Zeit von April bis Oktober."

Fluchend schlug sie eine Ofenklappe zu, aus der gerade eine dunkle Aschewolke entwichen war. „Der Ofen ist heute Nacht fast ausgegangen, ich habe gestern Abend wohl vergessen, Holz aufzulegen. Du musst noch einen Moment warten, bis ich dir deinen Buchweizenpfannkuchen machen kann. Inzwischen kannst du mir ein wenig Holz aus dem Schuppen holen."

Sophia tat, was Geschen ihr aufgetragen hatte. Nachdem sie einige Male mit dem schwer beladenen Korb hin und her gelaufen war, schlug ihr schließlich ein Duft nach Zichorienkaffee und Pfannkuchen aus der Küche entgegen. Dankbar nahm sie Geschen Becher und Teller aus der Hand und setzte sich an den blank gescheuerten Tisch. Morgens schien die alte Frau eher mundfaul zu sein. Still werkelte sie vor sich hin, nur die Geräusche von klappernden Töpfen und Pfannen waren im Raum zu vernehmen. Fast hätte Sophia das Glöckchen aus der oberen Etage überhört, aber Geschen hatte es genau vernommen. Sie stapelte einige Teller und Schüsseln auf ein Tablett und verschwand nach oben.

„Hol mir doch noch zwei Eimer Wasser vom Brunnen", rief sie Sophia schnell zu. „Du kannst sie neben den Tisch mit der großen Waschschüssel stellen."

8

Anton war später aufgewacht als üblich. Sein Kopf schmerzte ihn ein wenig, vermutlich hatte er am gestrigen Abend im Rathauskeller doch wieder zu viel Wein getrunken. Er war gereizt. Noch immer hatte er kein Lebenszeichen von Georg erhalten. Zudem bekam es ihm ganz und gar nicht, dass sein sonntäglicher Tagesablauf seit Wochen anders verlief, als er es gewohnt war.

Seit jeher besuchte er am Sonntagvormittag einen Gottesdienst, hier in Bremen aber war ihm dies nicht möglich. Katholisches Leben gab es kaum in dieser Stadt. Bremens Bürger gehörten fast ausnahmslos dem protestantischen Glauben an. Nach einigen Nachforschungen hatte Anton herausgefunden, dass man mit vielen Beziehungen und noch mehr Glück im Hause des kaiserlichen Gesandten an katholischen Gottesdiensten teilnehmen konnte. Dieser Resident hatte vor gut fünfzig Jahren den Eschenhof, das alte Domdekanat bezogen und dort die Wagenremise zur St. Michaels-Kapelle umgebaut. Zwei Jesuiten, die Hauskapläne des Gesandten, kümmerten sich ein wenig um die katholischen Bediensteten in Bremen. Vor einigen Jahren jedoch hatte Papst Clemens XIV. den Jesuitenorden aufgehoben, was die Jesuiten dazu zwang, lediglich als Weltgeistliche weiter zu amtieren. Die Möglichkeiten, in Bremen einem katholischen Gottesdienst beizuwohnen, waren demnach so gut wie ausgeschlossen.

Zunächst wusste Anton nicht so recht, was er mit seiner freien Zeit anfangen sollte. Er war es nicht gewohnt, den Sonntagvormittag zu vertrödeln. Schließlich kramte er seine Zeichenutensilien hervor, um sich damit auf einer Holzbank vor dem Gesellenhaus niederzulassen. Für diesen Sonntag hatte er sich vorgenommen, aus dem Gedächtnis einige der Tierornamente von den Weinfässern im Rathauskeller zu zeichnen. Die Arbeit ging ihm gut von der Hand. Zufrieden betrachtete er die zwei Zeichnungen, die bereits vor ihm auf dem Tisch lagen.

„Darf ich mich zu dir setzen?". Anton sah erschrocken auf. War er etwa eingeschlafen, oder hatte er den jungen Mann nicht kommen sehen, der jetzt neben ihm stand? Mit seiner linken Hand klopfte Anton auf den Platz neben sich und forderte damit den Burschen auf, sich zu setzen. Interessiert beugte der schlaksige Junge sich über Antons Zeichnungen, wobei ihm einige seiner dunklen Locken in die Stirn fielen. „Ich heiße Martin Wilkens", sagte er. „Ich wohne hier in der Oelmühlenstraße und habe dich vor der Herberge sitzen und zeichnen sehen. Da auch ich sehr gerne zeichne, hat es mich interessiert, woran du arbeitest." Noch weiter beugte er sich über Antons Zeichenblock.

„Das sind Skizzen von den Tierfässern im Ratskeller, nicht wahr? Ich finde, die sind dir sehr gut gelungen", sagte er. Anton nickte erstaunt. „Woher kennst denn du die Weinfässer im Rathauskeller?", fragte er verwundert. „Du bist doch höchstens siebzehn Jahre alt, da gehst du doch wohl noch nicht am Abend in die Schenke, oder?" Der Junge schüttelte den Kopf. „Nein, natürlich nicht, aber ich muss dort ab und zu für meinen Vater ein paar Flaschen Wein abholen, da sind mir die schönen Fässer natürlich aufgefallen."

Mit der Hand deutete der Junge auf ein Haus, welches schräg gegenüber der Herberge direkt an der Straße stand. Eine Mauer, in die ein breites Tor eingelassen war, umschloss das Grundstück. „Mein Vater, der Böttcher Diedrich Wilkens, hat hier in der Straße seine Werkstatt, eine alteingesessene Firma. Er fertigt Holzgefäße, vor allem Fässer. Bereits meine Großväter haben in diesem Beruf gearbeitet. Sie führten ihre Werkstätten nahe der Böttcherstraße, die vom Marktplatz hinunter bis zur Weser verläuft. Seit gut dreißig Jahren betreibt mein Vater die Firma hier im St. Stephaniviertel. Demnächst wird mein älterer Bruder Hinrich die

Werkstatt übernehmen. Mein Vater ist in diesem Jahr sechzig Jahre alt geworden und will nun mit meiner Stiefmutter als Hausvater ins St. Johanniskloster übersiedeln. Das ist eine Wohnstätte für alte und kranke Menschen. Dort wird er sich um die Bewohner kümmern."

Martin hielt inne und blickte zu Anton hinüber.

„Ich möchte kein Böttcher werden, die Arbeit ist mir zu grob. Nein, ich möchte Gold- und Silberschmied werden. Vor zwei Jahren habe ich schon eine Ausbildung bei einem Meister hier in der Stadt begonnen, aber der war kein guter Lehrherr. Er stellte minderwertige Ware her, zudem war er jähzornig und nicht gerecht. Daher hat mein Vater mich wieder aus der Lehre genommen. Nach seinem Wunsch musste ich daraufhin eine kaufmännische Ausbildung beginnen. Ich bin jetzt in meinem zweiten Lehrjahr, aber Freude bereitet mir der Beruf nicht. Ich hoffe noch immer, dass ich eines Tages doch noch das Gold- und Silberschmiedehandwerk erlernen kann. In alten Kirchenbüchern habe ich gelesen, dass Vorfahren von mir bereits vor einhundertfünfzig Jahren hier in der Stadt als Goldschmiede gearbeitet haben. Sie haben silbernes Tafelgeschirr für den Rat der Stadt angefertigt. Warum sollte mir das nicht auch gelingen?" Trotzig lehnte Martin sich zurück und verschränkte die Arme vor der Brust. Anton lächelte ihn an.

„Welch ein Zufall", sagte er. „Ich bin Gold- und Silberschmiede- geselle auf der Wanderschaft." Er reichte Martin die Hand. „Ich heiße Anton Auling und komme aus Münster. Im Frühjahr dieses Jahres habe ich dort meine Lehrzeit beendet. Seitdem bin ich auf meiner Gesellenwanderung, wie es die Zunft vorschreibt. Vor gut zwei Wochen bin ich hier in Bremen angekommen, habe aber bisher noch kein Glück mit einer Arbeitsstelle gehabt. Meister Janssen, bei dem ich zurzeit arbeite, fertigt in meinen Augen schlechte Ware an, lernen kann ich bei ihm zumindest nichts. Zudem ist er der Trunk- sucht erlegen. Häufig kommt er sehr spät in die Werkstatt und oft zittern dann seine Hände bei der Arbeit." Missmutig schaute Anton die Straße hinunter, wo gerade einige Hühner gackernd um ein Stück Brot kämpften. „Nun überlege ich, ob ich die Arbeit dort kündigen soll. Es ist nur fraglich, ob ich in Bremen eine neue Anstellung finden werde. Die Sache ist die, dass ich unbedingt noch so lange hier verweilen muss, bis ein Freund von mir eingetroffen ist."

Nachdenklich zog Martin die Stirn in Falten. „Vielleicht kann mein Vater ja etwas für dich tun", sagte er. „Im letzten Jahr hat er in der Werkstatt von Meister Johan Rönneberg einige silberne Löffel anfertigen lassen. Zu der Zeit hat er sich mit dem Meister angefreundet. Ich habe Vater zweimal in die Werkstatt begleitet und ehrlich gesagt hoffe ich, dass ich dort eines Tages eine Lehrstelle erhalten kann. Bis dahin aber wird es wohl noch mindestens zwei Jahre dauern." Enttäuscht presste der Bursche die Lippen zusammen. „Vielleicht könnte mein Vater sich aber für dich verwenden, was meinst du?" Fragend sah er Anton an, der unschlüssig mit den Schultern zuckte. „Probieren könnte man es ja", sagte Anton ein wenig unsicher. „Vielleicht sollte ich mit deinem Vater darüber sprechen." „Es wäre wunderbar, wenn du dort arbeiten könntest", fuhr Martin daraufhin begeistert fort. „Ich könnte dich sicher ab und zu in der Werkstatt besuchen und mir ansehen, wie die Werkstücke dort gefertigt werden." Der junge Bursche blinzelte in die Mittagssonne. Von der nahen Stephanuskirche klang das Mittagsgeläut träge herüber. „Weißt du was? Komm doch am nächsten Sonntagnachmittag zu uns, so um drei Uhr, da ist der Vater zu Hause. Er hat dann sicher Zeit, mit dir zu sprechen. Jetzt muss ich schnell los, das Mittagessen steht bestimmt schon auf dem Tisch." Martin sprang auf.

„Ich sage dir im Laufe der Woche Bescheid, ob es mit dem Termin klappt!", rief er Anton noch eilig zu. Ehe der sich versah, war der Junge schon in der Torzufahrt seines Elternhauses verschwunden.

Verwundert schüttelte Anton den Kopf. Sollte er diese Einladung wirklich annehmen und darauf hoffen, dass Martins Vater ihm helfen könnte? In Gedanken versunken zeichnete er noch ein wenig weiter, aber es fehlte ihm jetzt die rechte Begeisterung für sein Tun. So legte er schließlich den Bleistift zur Seite.

9

Oldenburg,
Sonntag, 29. September 1799

Geschen und Sophia saßen am Mittagstisch. An den Sonntagen, so hatte Sophia es wenige Tage nach ihrer Ankunft mit Frau Schröder besprochen, wurde sie nun auch zu Mittag von Geschen verköstigt. Acht Groten musste sie dafür im Monat berappen. An den übrigen Mittagen aß sie nur ein belegtes Brot oder einen Apfel, abends bekam sie ja reichlich bei Geschen.

„Kind, iss noch was, du siehst doch, es ist genug von dem Erbseneintopf da", sagte Geschen gerade, als Elise in die Küche trat. Völlig aufgekratzt setzte sie sich zu ihnen. „Ach, Sophia, ich freu mich so auf den Markt", platzte sie sofort heraus. „So etwas wie unseren Kramermarkt bekommst du nicht alle Tage zu sehen. Dort gibt es Waren, die du dir gar nicht vorstellen kannst. Sogar aus Übersee verkaufen sie dort Gewürze, Stoffe und was nicht sonst noch alles."

Geschen schob den beiden jungen Frauen ein Bier über den Tisch. „Nun mal halblang, Mädchen", sagte sie, amüsiert von Elises Begeisterung. „Es ist erst zwei Uhr, der Markt beginnt nicht vor vier Uhr, da habt ihr noch jede Menge Zeit." Sophia nickte amüsiert. „Ich will ja nichts auf euren Kramermarkt kommen lassen, aber ich habe täglich mit Stoffen aus Übersee zu tun. Die Witwe Grovermann und ihre Tochter haben auch überlegt, einen Stand auf dem Kramermarkt zu beschicken, aber der alten Frau war der Aufwand dann doch zu viel."

Lächelnd sah Sophia ihre Freundin an. „Ich bin aber tatsächlich schon sehr gespannt darauf, was mich auf dem Markt erwartet. Ganz Oldenburg spricht ja seit Tagen von nichts anderem. Das ist ja wie in Vechta, wenn der Stoppelmarkt bevorsteht."

Sophia und Elise halfen Geschen noch schnell beim Abwasch, dann zog Sophia ihre Freundin hinter sich her, die Treppe zu ihrer Kammer hinauf. „Bevor wir zum Markt gehen, will ich dir noch mein Zimmer zeigen. Du wirst staunen, ich habe von dort oben einen schönen Blick auf die Straße. Wie ein Vogel kann ich herunterblicken und die Leute beobachten."

„Hier ist es wirklich ganz angenehm, so hell", sagte Elise kurz darauf anerkennend. „Im Winter wirst du aber vermutlich frieren wie ein Schneider, einen Ofen hast du ja nicht." Sophia zuckte mit den Achseln. „Das bin ich doch gewohnt, Elise. Hatten wir schon jemals einen Ofen in unseren Schlafkammern? Das haben doch nur die Reichen, die es sich leisten können, so viel Holz oder Torf zu kaufen. Ich mache mir im Winter einen Stein in Geschens Ofen heiß und wickele ihn in ein Laken. Das wärmt mich auch."

Die Freundinnen schauten hinunter auf das quirlige Treiben in der Langen Straße. Kinder, fein zurechtgemacht, Damen und Herren im Sonntagsstaat, Alte, die sich kaum noch auf den Beinen halten konnten, alle strebten zum Marktplatz bei der Lambertikirche, wo der Kramermarkt bald eröffnet werden würde.

„Geht es dir bei der Witwe Grovermann auch gut?", fragte Elise ihre Freundin gespannt. Sophia nickte. „Besser hätte ich es nicht treffen können. Du hast die Stelle genau richtig für mich ausgesucht." Sie berichtete Elise von ihrem Arbeitsalltag. „Elise, ich bin dir so dankbar für alles, was du für mich getan hast", sagte sie abschließend. „Wenn du magst, werde ich dir gleich auf dem Kramermarkt ein Bier spendieren."

„Da sag ich nicht nein, Sophia. Es freut mich, dass du es so gut getroffen hast." Prüfend schaute sie Sophia an. „Und was macht die Sache mit deinem Anton? Hast du noch Kontakt zu ihm?"

Sophia sah ihre Freundin lächelnd an. Sie ging zu ihrem Nachttisch und holte einen Brief aus dem kleinen Holzkasten, der dort stand. „Ich habe gestern Post von Anton bekommen. Endlich, ich dachte schon, er hätte mich vergessen. Er ist gut in Bremen angekommen und wohnt dort in der Gesellenherberge. Ganz so einfach ist dort wohl nicht alles. Er hat seinen Freund Georg noch immer nicht getroffen, obwohl der schon seit zwei Wochen dort eintreffen wollte. Die Arbeit bei seinem Meister gefällt Anton ganz und gar nicht. Das ist wohl ein vertrunkener Kerl, der keine guten Anfertigungen macht." Sophia biss sich auf die Unterlippe. Dann aber ging ein Lächeln über ihr Gesicht. „Er schreibt aber, dass er oft an mich denkt und mich vermisst. Ach Elise, ich vermisse ihn auch so sehr." Verschwörerisch sah Sophia zu Elise hinüber. „Ich verrate dir jetzt etwas, worüber du mit niemandem sprechen darfst. Versprichst du mir das?"

Als Elise auffordernd nickte, erzählte Sophia ihr von ihrer letzten Nacht mit Anton. Nicht in allen Einzelheiten, aber doch so viel, dass Elise verstand, was passiert war. Nachdem Sophia geendet hatte, starrt Elise sie einen Moment sprachlos an. „Das hätte ich gar nicht von dir vermutet", sagte sie schließlich. „Ich dachte, du wärest viel zu vorsichtig, um ein solches Risiko einzugehen. Aber offensichtlich ist es ja gut gegangen. War es denn wenigstens schön?"

„Also, einige Wochen vorher, da haben wir es schon einmal gemacht", gab Sophia zögernd zu. Beim ersten Mal da tat es ziemlich weh, und ich habe auch geblutet. Aber trotzdem war es auch schön. So etwas habe ich noch nie zuvor erlebt. Ich kann es dir gar nicht beschreiben. Mein ganzer Körper hat sich zu Anton hin gesehnt, ich konnte gar nichts dagegen machen."

Fragend schaute sie Elise an, deren Blick unverwandt auf Sophias Lippen ruhte.

„Hast du noch nie etwas mit einem Mann gehabt?", fragte Sophia vorsichtig. Elises Blick verhärtete sich, angespannt knetete sie ihre Finger. „Doch, schon einige Male", entgegnete sie zu Sophias Überraschung. „Beim ersten Mal dachte ich noch, es wäre Liebe. Aber der feine Herr hat sich ziemlich schnell verkrümelt, nachdem er bekommen hatte, was er wollte. Beim zweiten Mal war es nicht freiwillig. Ich kannte den Mann flüchtig von meinen Einkäufen auf dem Markt. Einmal hat er mich eingeladen, am Abend mit ihm in eine Gaststätte zu gehen. Wie ein Kavalier wollte er mich hinterher nach Hause bringen, dabei ist es dann passiert. Er hat mich einfach in einen Hof gezogen und es da mit mir getan. Ich habe versucht, mich zu wehren, aber er war stärker." Traurig schüttelte Elise den Kopf.

„Ja, und das dritte Mal war es im letzten Jahr. Ich hatte mich richtig verliebt in August, so hieß er. August ist Zimmermann, er kommt aus dem Ammerland. Ich dachte, er sei ein guter Kerl. Hier in Oldenburg hatte er für ein halbes Jahr eine Anstellung. Fast fünf Monate lang sind August und ich miteinander gegangen, wir hatten sogar schon Heiratspläne." Mit einem schiefen Lächeln blickte Elise zu Sophia hinüber. „Wir haben es nicht nur einmal miteinander gemacht. Und wie du es sagst, es war meistens wunderschön." Elise schloss die Augen, eine Träne rollte ihr die Wange hinab. „Dann habe ich eines Tages durch einen Zufall erfahren, dass August längst verheiratet ist. Er hat Frau und Kind in Westerstede, das ist ein Ort knapp vier Meilen von hier. Als er seine Arbeit hier in Oldenburg beendet hatte, ist er sang- und klanglos zu ihr zurückgekehrt und hat mich ohne ein Wort hier sitzenlassen. Ich habe nie wieder etwas von ihm gehört."

Sophia legte Elise tröstend den Arm um die Schultern. „Davon hast du mir ja nie geschrieben, Elise, das ist ja furchtbar traurig."

„Ich wollte dich nicht mit solchen Geschichten beunruhigen", sagte

Elise, „und ich wollte nicht, dass meine Herrschaften davon erfahren. Für sie hätte es ein Grund sein können, mich wegen sittenwidrigen Verhaltens aus dem Dienst zu entlassen. Hoffentlich hast du mit deinem Anton mehr Glück. Ich für meinen Fall habe die Nase gestrichen voll von den Männern. Ich kann nur froh sein, dass ich jetzt kein Balg am Hals habe."

Energisch ging sie zur Waschschüssel und kühlte sich ihr Gesicht. „So, genug mit der Heulerei. Jetzt lass uns zum Markt gehen, bevor wir das Beste verpassen."

„Koopen se, Koopen se!", drang schon von Weitem ein lauter Ruf zu ihnen herüber. Ein kugelrundes Frauenzimmer stand hinter dem Verkaufstisch einer Bude, an der Honigkuchen angeboten wurden. Sie rief aus voller Kehle, um die Kundschaft anzulocken. Zwei kleine Mädchen standen amüsiert davor und äfften die beleibte Verkäuferin nach: „Koopen se, koopen se! Vandaoge heel friske Hönningkoke! Koopen se, koopen se!" Das mächtige Doppelkinn der Frau legte sich bei jedem Ruf in gewaltige Falten und die Mädchen imitierten auch dieses, indem sie ihr Kinn ganz fest auf die Brust drückten. Der würzige Duft des Honigkuchens stieg Sophia in die Nase. Sie konnte nicht umhin, sich einen Laib zu kaufen. Sofort bröckelte sie sich ein Stück davon ab und steckte es in den Mund. Sie schloss die Augen, als sie die feinen Aromen von Lebkuchen und Honig schmeckte. „Weißt du noch Elise, manchmal gab es solch einen Honigkuchen auch bei euch in der Bäckerei. Dein Vater hat uns dann immer ein wenig davon zugesteckt." Sophia grinste bei dem Gedanken. „Ja", Elise nickte zustimmend, „und meine Mutter hat danach immer furchtbar mit ihm geschimpft, weil der Kuchen doch für die Kunden bestimmt war." Beide dachten in dem Moment an ihre Kindertage in Diepholz. Sie waren Nachbarinnen gewesen. Elises Vater führte dort eine Bäckerei, während Sophias Vater eine Perückenwerkstatt betrieb.

Sophia hakte sich bei Elise ein, langsam schlenderten sie an den Auslagen vorbei. Für einen Moment fühlte Sophia sich zurückversetzt auf den Stoppelmarkt, wo sie vor gerade einmal sechs Wochen mit Anton gewesen war. Der Kramermarkt unterschied sich vom Stoppelmarkt vor allem dadurch, dass er kein Viehmarkt war. Oldenburger und auswärtige Handelstreibende verkauften hier nach der Erntezeit ihre Ernteerträge. Obst, Gemüse und Getreide wurden reichlich angeboten, aber auch allerlei sonstiger Kram fand sich an den Buden.

Die beiden Frauen bummelten an Ständen mit Weißwäsche, Töpferwaren, Körben und Schreibutensilien vorbei. Sie sahen Karren, von denen allerlei Haushaltsgegenstände wie Holzlöffel, Bratpfannen, Kessel oder neuartige Zahnbürsten, aus Kuhknochen und -borsten hergestellt, verkauft wurden. Andere Händler boten Leitern, Nachttöpfe und Flohketten an. Wie Elise es schon angekündigt hatte, wurden zudem Waren aus den unterschiedlichsten Regionen der Welt feilgeboten. Sophia stieg der Duft fremder Gewürze in die Nase, deren Namen sie nicht kannte. In den Auslagen entdeckte sie Feigen aus der Türkei, geröstete Kaffeebohnen aus Brasilien und Stoffe aus Asien. „Was für eine Freude hätte Anton daran gehabt, all diese Dinge genauestens zu betrachten", dachte Sophia wehmütig. Sie selbst hatte nicht vor, sich etwas zu kaufen. Sie benötigte lediglich Briefpapier, welches sie an einer Bude zusammen mit zwei neuen Bleistiften erstand. Diese Utensilien, so hoffte sie, würde sie in den kommenden Wochen häufiger benötigen. Es konnte einfach nicht sein, dass ihr Anton so ein unzuverlässiger Bursche wie Elises August war.

„So, Elise, jetzt will ich dir ein Bier austun. Dort drüben neben dem Glockenturm habe ich einen Stand gesehen, an dem gutes Bremer Bier ausgeschenkt wird, dahin lass uns gehen." Damit sie sich im Gedränge nicht verlieren würden, zog Sophia Elise an der Hand hinter sich her.

Plötzlich hörte sie eine Männerstimme ganz nah neben sich: „Sophia, hab' ich es doch gewusst, dass wir uns hier wiedertreffen würden." Abrupt blieb sie stehen, so dass Elise fast in sie hineinlief.

„Wer ist denn der rothaarige Bursche, der dir da so fröhlich zuwinkt?", fragte sie neugierig. „Hast du noch einen Verehrer, von dem ich nichts weiß?" Sophia schüttelte grinsend den Kopf. „Ich denke nicht, dass er ein Verehrer ist. Das ist Wim aus Holland. Er hat mich vor zwei Wochen von Ahlhorn mit hierher genommen. Erinnerst du dich daran, wie mein gesamtes Gepäck nach Fisch gestunken hat?"

Die beiden Frauen traten an den Stand von Wim, der aus mehreren großen Eichenfässern bestand. Auf einem der Fässer saß Wim. Lässig ließ er die Beine baumeln. Einer der großen Bottiche war geöffnet.

„Ihr beiden möchtet doch gewiss einen leckeren Matjes probieren, das sehe ich euch doch an!" begrüßte er sie forsch. „Ich zeige euch mal, wie man den richtig isst." Mit einer Holzzange zog er einen Matjes aus einem Fass, dann packte er ihn an der Schwanzflosse und hob ihn über den Kopf. Genüsslich ließ er den Fisch in den Mund gleiten. Elise blieb der Mund offenstehen. „Was ist das denn für ein Fisch, dieser Matjes?", fragte sie. „Ich habe noch nie davon gehört."

„Mein Matjes kommt aus Vlissingen, das liegt in den Niederlanden an der Nordsee", erklärte Wim. „Matjes ist eine Abwandlung von *Maagdenharing*, was bei uns so viel wie ‚Mädchenhering' bedeutet." Wim zwinkerte Sophia und Elise verschmitzt zu. „Es werden Heringe verwendet, die Ende Mai bis Anfang Juni gefangen werden, bevor ihre Fortpflanzungszeit beginnt. Dann sind sie besonders fett. Die Heringe werden dann ausgenommen, nur einige Teile bleiben im Fisch. Anschließend werden sie in Salzwasser eingelegt."

Wim klopfte auf den Deckel eines Fasses und fuhr stolz fort: „Traditionell machen wir das in Eichenfässern. Unsere niederländischen Seemänner haben den Matjes schon vor vierhundert Jahren erfunden. Wisst ihr, wenn der Fisch an Bord kommt, dann verdirbt er schnell. Einer unserer Landsmänner hat sich daher überlegt, die Heringe aufzuschneiden und sie in eine Tonne mit Salz zu legen. So konnte man den Fisch viel länger aufbewahren. Der Matjes war erfunden. Die Emder haben sich das von uns abgeguckt. Seit hundertfünfzig Jahren stellen auch sie Matjes her, die aber sind längst nicht so mild wie unsere." Wim grinste schief. „So, ihr neugierigen Frauenzimmer, jetzt habe ich euch so viel erklärt, nun müsst ihr mir aber auch den Gefallen tun, einmal einen Matjes zu probieren." Mit der Holzzange angelte er zwei Fische aus der Salzlake und reichte jeder von ihnen einen. Vorsichtig probierte Sophia. Sie war überrascht, wie gut er ihr schmeckte. „Danke dir, Wim, deine Matjes sind wirklich lecker", sagte sie. „Packe mir doch bitte ein halbes Dutzend davon ein." Sie drehte sich zu Elise um, die weniger begeistert ausschaute. Ihr hatte die kleine Mahlzeit offensichtlich nicht so zugesagt. „Ich bringe welche für Geschen mit. Sie war so traurig, dass sie nicht mitkommen konnte. Ihre Beine schmerzen sie zu arg." Großzügig entlohnte sie Wim, dann aber zog sie Elise weiter, damit sie endlich ihren Durst stillen konnten.

Kaum hatten sie sich mit einem Krug Bremer Bier erfrischt, da dröhnte ihnen das Gedudel einer Drehorgel entgegen. Dorthin zog es Elise und Sophia als Nächstes. Direkt neben dem Stand eines Goldschmiedes hatte sich ein Leierkastenmann postiert, der mit schmetternder Stimme eine schauderhafte Moritat zum Besten gab. Seine Frau bot dazu auf großen Bildtafeln die Lebensgeschichte eines berüchtigten Raubmörders dar. Mit einem Zeigestock wies sie auf das betreffende Bild, von dem ihr Mann gerade die dazugehörige Strophe vortrug. Zunächst wurde ein friedliches Heim gezeigt, die frommen Eltern saßen in der Stube am Tisch. Auf dem zweiten Bild wurde die böse Tat des Verbrechers, der das arme Elternpaar fesselte und knebelte, dargestellt, während die kleinen Kinder in der Schlafstube nebenan arglos schliefen. Auf dem dritten Bild konnte jeder sehen, wie der dreiste Dieb aus einer Schublade das teure Tafelsilber entwendete, in einen Sack steckte und dann verschwand. Die armen Eheleute überließ er hilflos ihrer Situation.

Auf der vierten Tafel jedoch, und an dieser Stelle des Vortrags ging ein Raunen durch die Menge, wurde ein Schafott abgebildet, auf dem der Räuber sein Leben lassen musste. Die Eltern standen umringt von ihrer Kinderschar neben dem Galgen, sie waren also mit dem Schrecken davongekommen. Das Publikum atmete erleichtert auf, als der gruselige Vortrag ein Ende fand. Es machte seiner Genugtuung über das schmachvolle Ende des Diebes durch lautes Klatschen und Johlen Luft. Damit allein aber ließen die beiden Vortragenden ihre Zuhörer nicht davonkommen. Der Leierkastenmann verbeugte sich gönnerhaft, während seine Frau sich mit einem Hut durch die Zuschauermenge drängte, um ihre verdienten Groten einzusammeln. Manch ein Zuschauer versuchte, sich leise davonzuschleichen, ohne einen Obolus zu entrichten. Den meisten jedoch war dieses Schauspiel ein oder zwei Geldstücke wert.

„Was machen wir jetzt?", fragte Sophia unternehmungslustig. „Ich habe Hunger!", sagte Elise entschieden. „Der kleine Matjeshering hat mich nicht satt gemacht. Pass auf, jetzt zeige ich dir mal, welchen Fisch ich immer auf dem Kramermarkt esse. Sicher hast du noch nie einen Smoortaal gegessen."

Eingehakt schoben sie sich durch die Menge, bis sie nahe der Lambertikirche an eine Bude gelangten, von der es herrlich nach geräuchertem Fisch duftete. Elise gab eine Bestellung auf. Kurze Zeit später wurden zwei geräucherte Aale, noch in der Haut, und dazu für jeden eine dicke Scheibe Schwarzbrot vor ihnen auf die Theke gestellt. Skeptisch schaute Sophia auf den Fisch.

„Isst du den etwa mitsamt Haut und Flossen?", fragte sie entsetzt. Elise grinste, schüttelte dann aber den Kopf. „Nein, keine Angst. Pass auf, ich zeige dir, wie man ihn isst. Zuerst muss der Aal mitsamt Bauch- und Rückenflossen abgezogen werden." Ohne zu zögern, nahm sie den Aal in ihre Hände, knickte dessen Kopf nach hinten und zog ihn dann mitsamt der Haut ab. Dann knabberte sie das Fleisch von der Gräte ab. „Probier mal, der Aal ist ganz frisch. Er kommt vom Ammerschen Meer, gut zwei Meilen von hier entfernt, bei Zwischenahn." Noch immer ein wenig unsicher entfernte Sophia die Haut des Aals, wobei sie sich redlich Mühe geben musste, dass dieser ihr bei der Prozedur nicht aus den Fingern glitt. Vorsichtig biss sie hinein.

„Na los, ihr beiden, trinkt mal 'nen ordentlichen Schnaps dazu", sagte der Verkäufer, „dann bekommt der Aal euch besser." Er hielt ihnen einen Löffel mit Gebranntem hin. Sophia schaute verständnislos, aber nachdem Elise von dem Löffel getrunken hatte, machte sie es ihr ohne zu zögern nach. „Gibt es hier in der Nähe wirklich ein Meer?", fragte Sophia ihre Freundin. „Wenn es nicht weit von hier entfernt ist, dann können wir doch sicher einmal dorthin fahren. Elise schüttelte den Kopf. „Nein, Sophia, ein richtiges Meer ist das Ammersche Meer nicht. Es ist nur ein großer See, aber die Aale kommen tatsächlich daher."

Nachdem Sophia und Elise ihren Fisch vertilgt hatten, forderte der Verkäufer sie auf, ihre Hände wie zu einer Schale aneinanderzulegen. Er goss ihnen einen Schuss Kornschnaps hinein. „Damit könnt ihr eure Finger waschen, dann sind sie nicht mehr fettig", sagte er. „Leider riechen sie dann aber auch nicht mehr nach unserem leckeren Aal."

Belustigt ließen die beiden Frauen diesen Brauch über sich ergehen. Mehr Zeit blieb ihnen nicht, um sich das Marktgeschehen weiter anzusehen. Eben hatte die Glocke am Turm sieben Schläge verkündet. Es war höchste Zeit für Elise, zur Familie ihres Arbeitgebers zurückzukehren.

10

Am Nachmittag begab Anton sich tatsächlich die wenigen Schritte hinüber zum Hause der Wilkens. Etwas zaghaft betätigte er den Klopfer an der Eingangstür, die daraufhin fast augenblicklich von Martin aufgerissen wurde, gerade so, als habe er bereits dahinter gewartet. Mit seinen braunen Augen, in denen der Schalk geschrieben stand, strahlte er Anton an.

„Es freut mich, dass du, wie vereinbart, tatsächlich gekommen bist", sagte er. „Ich habe meinem Vater schon von dir erzählt."

Er führte Anton in eine große Diele, in der ein rechtes Durcheinander herrschte. Überall standen Holzkisten herum, in denen Geschirr, Besteck, Bücher, Wäsche und allerlei anderer Hausrat verstaut war.

„Mach dir bitte nichts aus der Unordnung hier", erriet Martin seine Gedanken. „Meine Eltern ziehen bald um. Die meisten Kisten sind bereits gepackt. Am Mittwoch kommt der Fuhrmann, um alles zum Johanniskloster zu befördern." Laut rief er nach seinem Vater, der kurz darauf mit festem Schritt die Treppe herabkam. Freundlich streckte der korpulente Mann, dessen rundes, rotwangiges Gesicht von einer Glatze gekrönt war, Anton die Hand hin.

„Guten Tag Anton, ich hoffe, ich darf dich beim Vornamen nennen. Mein Sohn hat mir schon einiges über dich erzählt. Er ist Feuer und Flamme für seinen Plan, dich in der Goldschmiedewerkstatt von Johan Rönneberg unterzubringen. Ich muss sagen, auch ich halte dies für eine gute Idee. Meister Rönneberg ist ein sehr freundlicher Mann und ein ausgezeichneter Gold- und Silberarbeiter. Bereits sein Vater hat hier in der Stadt eine Goldschmiedewerkstatt geführt. Soweit es in meiner Macht steht, werde ich dir gern dabei helfen, dort eine Anstellung zu finden. Ich kann dir ein paar Zeilen aufschreiben, einen Empfehlungsbrief für ihn. Vielleicht nutzt es ja etwas." Kopfschüttelnd blickte er zu Anton hinüber. „Aber was rede ich hier, komm doch erstmal herein, wir stehen hier in der Diele herum zwischen all diesen Kisten, dabei hat meine Frau extra den Kaffeetisch für uns bereitet. Sie ist froh, dass sie hier noch ein letztes Mal Besuch empfangen kann." Mit diesen Worten schob er Anton in ein helles Zimmer.

Eine zarte Frau, die weißen Haare im Nacken zu einem Knoten gebunden, war damit beschäftigt, den Kaffeetisch zu decken. Auf ihren feinen Gesichtszügen waren Falten zu erkennen, dennoch wirkte sie nicht alt. Sie strahlte eine Energie und Lebensfreude aus, wie Anton es selten bei einem Menschen gesehen hatte. Die Frau reichte ihm die Hand und bat ihn, Platz zu nehmen.

Interessiert schaute Anton sich in dem hellen Zimmer um, welches, da es bereits fast vollständig ausgeräumt war, riesengroß auf ihn wirkte. Lediglich der Esstisch mit den acht Stühlen drumherum, zwei Tischchen, ein Sekretär und ein großer Buffetschrank standen noch ein wenig verloren in dem Raum. Dort, wo zuvor vermutlich noch Bilder gehangen hatten, war die Tapete deutlich heller. An einer Wand musste zudem ein großes Bücherregal gestanden haben, das ließen helle Flecken erahnen. Auf dem Buffetschrank standen noch zwei Kerzenleuchter und ein kleines, silbernes Gefäß.

Frau Wilkens hatte Antons Blick aufgefangen.

„Es ist schon fast alles eingepackt, nur das Nötigste haben wir noch stehen lassen." Sie lächelte. „Die Kerzenleuchter benötigen wir ja noch, sonst sitzen wir morgens und abends im Dunkeln.

Und das da", sie deutete auf das kleine Silbergefäß, „das ist unser Hochzeitsbecher. Mein Mann und ich haben ihn seinerzeit von einer Tante von mir, die in Süddeutschland lebt, zur Hochzeit geschenkt bekommen. Gefällt er dir?" Frau Wilkens holte das Gefäß und reichte es Anton. Mit fragendem Blick begutachtete er den seltsamen Becher. Er war ungefähr sechs Zoll hoch und stellte eine Frau mit einem weiten Rock dar, die ihre Arme in die Höhe hob. Zwischen den ausgestreckten Armen hielt sie einen kleinen, in einem Scharnier beweglichen Becher. Sowohl der kleine Becher als auch der Rock der Frau, der über und über fein ziseliert war, waren von innen vergoldet. Achselzuckend sah Anton Frau Wilkens an, er konnte sich keinen Reim auf diese eigenartige Konstruktion machen.

„Die Legende, die hinter diesem Brautbecher steckt, ist folgende", erklärte Frau Wilkens. „Es lebte einst die schöne Tochter eines Ritters, ihr Name war Kunigunde. Sie hatte zwar viele betuchte Freier, aber keiner konnte ihr Herz gewinnen, da sie im Geheimen einen jungen und tüchtigen Goldschmied liebte. Eines Tages gestand sie dies ihrem Vater, woraufhin dieser sehr zornig wurde und den jungen Goldschmied in einen dunklen Keller werfen ließ. Das brach Kunigunde das Herz. Sie weinte Tag um Tag und wurde schließlich sehr krank. Der Vater jedoch war ohne Mitleid, und so dachte er sich einen gemeinen Plan aus. ‚Du darfst die Frau dieses Goldschmieds werden, wenn er mir einen Becher anfertigen kann, aus dem zwei Personen zur gleichen Zeit trinken können. Gelingt ihm dies, so soll er frei sein, und ihr könnt heiraten.‘ Natürlich glaubte er insgeheim, dass der junge Goldschmied diese Aufgabe niemals würde lösen können. Aber der alte Ritter hatte sich gründlich geirrt. Die geschickten Hände des Goldschmieds formten einen Becher, wie ihn noch kein Mensch zuvor gesehen hatte. Der umgedrehte Becher bildete den Rock einer Frau. In ihren erhobenen Händen hielt sie einen kleinen, beweglichen Becher. Und siehe da, nichts war leichter, als dass zwei Personen gleichzeitig aus den beiden gefüllten Bechern trinken konnten. Der Vater der jungen Frau hatte ein Einsehen und seine Tochter heiratete den jungen Goldschmied. Fortan tranken die beiden stets an ihrem Hochzeitstag aus diesem Becher und liebten sich bis an ihr Lebensende." Frau Wilkens beendete ihre Geschichte und errötete leicht. „Mein Mann und ich hatten gestern unseren Hochzeitstag, auch wir halten es so, dass wir an diesem Tag stets aus dem Becher trinken. Deshalb steht er noch dort und wartet darauf, eingepackt zu werden." Anton gefiel das kleine Kunstwerk ausnehmend gut. Vorsichtig stellte er es auf den Kaffeetisch zurück.

Geschäftig eilte Frau Wilkens in die Küche. Kurze Zeit später kam sie mit einer eigenartigen Kaffeekanne zurück. Sofort roch Anton eine kräftige Kaffeenote, die durch den Raum schwebte. Sollte es in diesem Haus etwa echten Bohnenkaffee geben? Er hatte erst ganz wenige Male davon probieren dürfen. Dieses Getränk war für den Haushalt seines Vaters viel zu teuer gewesen. Seitdem er auf der Wanderschaft war, konnte schon gar nicht die Rede davon sein, sich echten Bohnenkaffee zu leisten. Martins Vater hatte den Antons erstaunten Blick wohl gesehen.

„Wie du bereits bemerkt hast, frönen wir Bremer dem Kaffeegenuss", beeilte er sich zu erklären. „Hier in unserer Hansestadt sitzen wir sozusagen an der Quelle dieses braunen Goldes." Er lächelte zufrieden. „Vor fünfzehn Jahren begann hier in Bremen der direkte Transatlantikhandel mit Amerika. Seitdem werden Baumwolle, Stoffe, Tee, Reis, Tabak, Wein und eben auch Kaffee quer über den Atlantik nach Bremen gebracht. Von Jahr zu Jahr gewinnt dieser Handel an Bedeutung. Aber nicht nur deshalb sind wir Bremer Kaffeetrinker. Die Geschichte des Kaffees liegt für uns noch viel weiter zurück. Bremen war die erste Stadt des gesamten Landes, die überhaupt ein Kaffeehaus in ihren Mauern beherbergt hat. Der Niederländer Jan Jantz van Heusen stellte beim Rat der Stadt bereits vor gut einhundertfünfundzwanzig Jahren den Antrag, den Bremern Kaffee, heiße Schokolade und Potasie ausschenken zu dürfen." Er sah, dass Anton fragend die Augenbrauen hob. „Potasie ist eine Art Kräutertee oder auch Gemüsetee. Genehmigt wurde dem Herrn Heusen das Geschäft für sechs Monate. So eröffnete er damals sein Kaffeehaus. Hamburg folgte erst einige Jahre später." Stolz schwang in seiner Stimme mit, als er fortfuhr: „Heute weiß

man nicht mehr so genau, wo dieses erste Kaffeehaus seinen Anfang nahm, wahrscheinlich irgendwo am Marktplatz. Es muss sehr
erfolgreich betrieben worden sein, denn sechs Jahre später gab es
nachweisbar ein Kaffeehaus an der Marktseite des Schütting. Erhalten ist aus dieser Zeit noch eine Kaffeekanne aus dieser
Kaffeestube. Es ist eine sogenannte Klantjeskanne mit drei Zapf-
hähnen, aus denen die Kunden bewirtet wurden. Na ja, und was du
hier auf unserer Kaffeetafel stehen siehst, ist eine Dröppelminna,
mit der man allerdings seinerzeit Probleme gehabt hätte, eine
große Anzahl von Kunden zu bedienen."

Diedrich Wilkens zeigte auf die zinnerne, bauchige Kaffeekanne
mit drei Füßen, die nun mitten auf der Kaffeetafel thronte. Um den
Kaffee warmzuhalten, hatte seine Frau unter die Kanne ein Stöv-
chen gestellt. „So, jetzt lasst uns aber mal den Kaffee probieren und
dann, Anton, erzähl du uns doch bitte ein wenig von deinem Leben
in Münster und deiner Wanderschaft. Dafür interessieren wir uns
alle sehr."

Martins Mutter schenkte Anton eine Tasse des dunklen Gebräus
ein und schob ihm dann eine silberne Zuckerschale mit Deckel zu,
die mit einem Schloss versehen war. Anton nahm zwei Löffel dieses kostbaren weißen Stoffes und rührte ihn mit einem aufwendig
gearbeiteten, silbernen Kaffeelöffel um. Als schließlich der heiße
Kaffee seine Kehle hinunterrann, schloss er überwältigt die Augen.
Dieser leicht bittere, aber dennoch sehr aromatische Geschmack
war einzigartig und in keiner Weise zu vergleichen mit dem Gebräu des Malzkaffees, den er ansonsten am Morgen trank.
Anerkennend nickte er seinen Gastgebern zu. „Ich kann die Gelegenheiten, zu denen ich in meinem bisherigen Leben jemals echten
Bohnenkaffee genossen habe, an den Fingern einer Hand abzäh-
len", bekannte er freimütig. „Meine Eltern können sich das nicht
leisten."

Gerade wollte er fortfahren, von sich zu erzählen, da unterbrach
Martin ihn. „Anton, du weißt doch, ich zeichne so gern und vor

allem porträtiere ich gern. Hier im Hause habe ich schon alle Bewohner zigmal gezeichnet. Sie alle sind es langsam leid, stillzusitzen, während ich an einem Bild arbeite. Du wärest mir ein neues Gesicht, an dem ich mich gern versuchen möchte. Erlaubst du es mir?" Anton, der sich ja selbst nur zu gern der Zeichenkunst widmete, willigte gern ein. Sogleich zog Martin Zeichenpapier und Bleistift hervor und begann sein Werk.

Anton hingegen erzählte zunächst zögerlich, dann aber, als er feststellte, dass seine Gastgeber ihm interessiert lauschten, immer detaillierter seine Geschichte. Er berichtete von seinen Kindertagen in Münster, von seinen Lehrjahren zum Silber- und Goldschmied und von den ersten Monaten seiner Wanderschaft. Herr Wilkens unterbrach ihn ab und zu und hakte interessiert nach. „Es freut mich sehr, dass du einen Beruf gefunden hast, den du mit echter Herzensfreude ausübst. Die Liebe zu deinem Handwerk spricht immer wieder aus deinen Erzählungen heraus", sagte er, nachdem Anton geendet hatte. Nachdenklich schaute er zu seinem Sohn hinüber. „Auch Martin scheint eine besondere Leidenschaft für die Gold- und Silberschmiedekunst zu hegen. Vielleicht sollten wir darüber nachdenken, ob er in der Zukunft nicht eine Möglichkeit erhalten kann, doch noch eine Ausbildung zum Gold- und Silberschmied zu durchlaufen." Als er sah, wie Martins Augen bei diesen Worten aufblitzten, sprach er aber sogleich weiter. „Zuerst einmal beendest du deine Ausbildung zum Kaufmann, dann sehen wir weiter."

Martins Stiefmutter wollte Anton eine zweite Tasse Kaffee einschenken, dies gestaltete sich recht aufwendig, hatte der in der Kanne verbliebene Kaffeesatz doch den Ausguss verstopft. Seufzend nahm sie eine Feder in die Hand, die schon auf dem Tisch bereitlag und versuchte, die Tülle mit dem Kiel zu reinigen. Trotz allen Bemühens aber floss der Kaffee nicht mehr so recht. „Er dröppelt nur noch", sagte sie resigniert. „Das ist immer so, deshalb heißt diese Kanne auch überall hier in Bremen Dröppelminna." Als sie Antons fragenden Blick sah, beeilte sie sich, zu erklären. „Dröppeln ist Plattdeutsch und bedeutet so viel wie tröpfeln. Und weil die Kanne so schön rundlich ist und von ihrer Form an eine Hausmamsell – eine Minna eben – erinnert, gab man ihr den Beinamen Dröppelminna." Noch einige Male stocherte sie mit der Feder in dem Ausguss herum, bis es ihr schließlich gelang, Anton eine weitere Tasse zu servieren.

„Ich möchte nicht unhöflich sein", nahm Anton das Gespräch wieder auf, „aber warum ziehen Sie aus diesem Haus aus in ein Heim für Alte und Kranke, um dort zu arbeiten und ihren Lebensabend zu verbringen?" „Mein Mann und ich sind tief im protestantischen Glauben verwurzelt", gab Frau Wilkens bereitwillig zur Antwort. „Diedrich möchte daher sein weiteres Leben dazu nutzen, den Alten und Kranken zu helfen. Er möchte als Hausvater ins St. Johanniskloster übersiedeln. Dies sieht er als seine Christenpflicht an. Wenn du möchtest, erzähle ich dir ein wenig von dem Kloster." Fragend sah sie zu Anton hinüber und als der zustimmend nickte, fuhr sie fort. „Die Geschichte dieser Einrichtung ist lang. Im östlichen Stadtzentrum errichtete der Franziskanerorden vor mehr als fünfhundert Jahren ein Kloster nebst Basilika. Das Kloster wuchs rasch und die Kirche wurde bald zu klein. Rund einhundertfünfzig Jahre später wurde daher eine große, dreischiffige Hallenkirche an ihrer Stelle erbaut. Das Geld dazu kam hauptsächlich von den vielen Stiftungen aus den Seelenmessen nach der Pestepidemie in Europa. Allein in Bremen starben damals über siebentausend Menschen an dieser Krankheit. In der Reformation wurde das Kloster vor gut zweihundertfünfzig Jahren zwar zunächst geschlossen, aber mit Zustimmung der Mönche wurde dann kurze Zeit später Bremens erstes Kranken- und Irrenhaus darin errichtet. Die Klosterkirche wurde ab dem Zeitpunkt als Krankenhauskirche genutzt. Seit einhundertfünfzig Jahren nun ist es ein Heim für mittellose Alte und Kranke." Sie nahm einen Schluck aus ihrer Kaffeetasse. „Du siehst, unser

Hausstand ist schon weitestgehend gepackt. Unser Entschluss steht fest, es gibt kein Zurück mehr."

Anton hatte ihren Worten interessiert gelauscht. „Ich bin katholischen Glaubens erzogen", sagte er. „Ich habe erfahren, dass es so gut wie keine Katholiken in Bremen gibt. Daher habe ich leider keine Möglichkeit, hier einen Gottesdienst zu besuchen." Herr Wilkens räusperte sich vernehmlich. „Ja, ich weiß, die Katholiken spielen in Bremen nur eine untergeordnete Rolle. Selbst das Bürgerrecht können sie hier nur dann erwerben, wenn sie einem Beruf nachgehen, der in Bremen von niemand anderem ausgeübt wird. Ich kann mir vorstellen, dass dies für dich und deine Glaubensgenossen schwer ist." Ernst sah er Anton an. „Ich denke aber, dies sollte kein Hinderungsgrund sein, eine gute Anstellung als Wandergeselle hier in der Stadt zu finden. Ich werde in den nächsten Tagen die Werkstatt von Meister Rönneberg aufsuchen und ihn bitten, es einmal mit dir zu versuchen. Es würde mich wundern, wenn du daraufhin keine Anstellung bei ihm erhalten würdest."

Martin, der während des gesamten Gespräches still, aber emsig zeichnend auf seinem Stuhl gesessen hatte, überreichte Anton ein wenig zögerlich eine der beiden Zeichnungen, die er während der letzten Stunde angefertigt hatte. Anerkennend pfiff Anton durch die Zähne. „Da hast du mich wirklich gut getroffen", sagte er, „du hast tatsächlich eine große Begabung." Lächelnd fügte er hinzu: „Ich muss offensichtlich dringend einen Barbier aufsuchen, meine Haare sind ja schon unerhört lang. Darf ich die Zeichnung behalten?" Martin nickte erfreut und begleitete ihn, nachdem Anton sich herzlich vom Ehepaar Wilkens verabschiedet hatte, zur Tür. „Bitte sage mir Bescheid, wenn es bei Meister Rönneberg geklappt hat. Ich bin so gespannt darauf." Dies versprach Anton dem Jungen gerne. Ein wenig aufgekratzt verließ er das Haus der Wilkens. Sicher lag dies zum einen an den vielversprechenden Möglichkeiten, die sich ihm aufgetan hatten, aber auch der Genuss des Bohnenkaffees war daran schuld, dessen war Anton sich sicher.

11

Oldenburg, Montag, 7. Oktober 1799

Geschen stellte einen Teller mit dampfender Bohnensuppe vor Sophia auf den Tisch. Mit einem Ächzen setzte sie sich zu ihr. „Du hast mich nach meinem Leben hier in Oldenburg gefragt. Nun, da gibt es nicht so viel zu erzählen. Als dieses Haus verkauft wurde, haben die Schröders von nebenan mich behalten müssen. Ich diene nun schon seit gut sechzig Jahren hier." Geschen rieb sich ihr Bein und verzog das Gesicht vor Schmerzen, dann jedoch fuhr sie fort.

„Als ich anfing, gehörte dieses Haus dem Arzt Dr. Schütte. Er hat mich eingestellt, als er geheiratet hat. Ich war da gerade einmal vierzehn Jahre alt. Er ist schon einige Jahre später gestorben, aber Frau Schütte hat mich behalten. Ihre Tochter Margaretha hat fünfzehn Jahre später den Kanzleirat Herbart geheiratet. Sie hat sich mit ihrem Mann hier im Haus eingerichtet, während ihre Mutter in eine Wohnung ein paar Häuser weiter umgezogen ist. Bis vor drei Jahren hat Margaretha, also die Frau Herbart, mit ihrem Mann hier gewohnt." Geschen seufzte vernehmlich. „Ach ja, früher war hier eine Menge los. Frau Herbart hat hier sogar manchmal einen Ball abgehalten und später dann auch eine literarische Gesellschaft. Aber das ist alles längst vorbei. Ich bin nun seit einigen Jahren allein hier. Ich muss für die Familie des Kammerrates, dort oben", sie zeigte mit dem Daumen zur Decke, „die Einkäufe erledigen, das Essen zubereiten und servieren. Um die weiteren Dinge kümmert sich Personal, das nicht mehr hier im Haus lebt. Ich kenne es kaum."

Geschen biss sich auf die Lippen, wandte sich dann aber Sophia zu. „Erzähl mir doch noch ein wenig mehr von dir, Kind. Was hast du schon von der großen, weiten Welt gesehen?"

Das ließ Sophia sich nicht zweimal sagen. Sie war sich sicher, dass ihre Geschichten bei Geschen gut aufgehoben waren. So berichtete sie von ihrem Elternhaus, ihren Kinder- und Jugendjahren dort in Diepholz, von ihrer Reise nach Bonn, bei der sie sich in einen jungen Musiker verliebt hatte, von ihrem Sturz vom Baum, der schweren Verletzung und der langwierigen Genesung.

„Und dann kam eines Tages Anton in unsere Stadt. Er war auf seiner Gesellenwanderung und suchte eine Unterkunft in Diepholz. Er ist dann bei uns untergekommen. Wenn ich ganz ehrlich bin, habe ich mich sofort in ihn verliebt. Weißt du Geschen, er sieht hübsch aus, mit seinen blonden Locken und seinen Grübchen. Wenn er lächelt, dann wird mir immer ganz warm ums Herz. Anton ist auf mein Anraten hin weiter nach Vechta gewandert und hat dort bis Anfang September bei einem Gold- und Silberschmied gearbeitet. In jeder freien Minute haben wir gemeinsam etwas unternommen. Er scheint sich auch in mich verliebt zu haben. Wir haben uns sogar schon geküsst." Mehr verriet sie Geschen aber nicht. Was dann noch zwischen ihnen gewesen war, ging die alte Frau nun wahrlich nichts an. „Er hat mir erst einmal geschrieben", sagte sie traurig. „Ob er mich wohl schon vergessen hat?"

Geschen legte sich die Hand auf die Brust. „Bestimmt nicht, mein Kind. Du bekommst sicher noch mehr Briefe, warte es nur ab. Ich habe von solchen Dingen allerdings gar keine Ahnung. Mein ganzes Leben habe ich in Oldenburg verbracht und ich war nie verlobt. Ich bin mein Lebtag nicht von hier weggekommen. Wie es anderswo zugeht, weiß ich nicht. Daher freue ich mich immer, wenn ich auf jemanden treffe, der mir erzählt, was in der weiten Welt passiert."

Plötzlich schlug sie erschrocken die Hände auf die Tischplatte. „Großer Gott", stieß sie hervor, „ich sitze hier und plaudere mit dir, dabei muss ich doch längst den Herrschaften das Abendessen servieren." Schon rappelte sie sich vom Stuhl hoch und lief, so gut sie konnte, in der Küche auf und ab. Mit energischen Bewegungen füllte sie die Suppe in eine Terrine, stellte diese auf ein Tablett und verschwand damit die Treppe hinauf in die Beletage, von wo gerade ungeduldig mit einem Glöckchen geläutet wurde.

Sophia blieb einfach am Tisch sitzen. Hier war es warm und gemütlich. Sie würde auf Geschen warten. Bestimmt konnte die ihr viel über diese Stadt erzählen. Unschlüssig, was sie mit ihrer Zeit anfangen sollte, saß sie an dem blank gescheuerten Tisch, den Kopf in die Hände gestützt. Geschen kehrte und kehrte nicht zurück. Sophia gähnte herzhaft. Im Grunde war sie hundemüde.

Ihre Gedanken gingen zur Ellenwarenhandlung. Dort war ihr am Mittag etwas Eigenartiges widerfahren. Kurz vor der Mittagspause war Mathilda Grovermann zu ihr gekommen und hatte sie ins Hinterzimmer gebeten. Dort hatte sie einen grauen Wollmantel von einem Bügel genommen und ihn ihr hingehalten. „Probieren Sie diesen Mantel doch bitte einmal an, Fräulein Mohr", hatte sie leise zu ihr gesagt und ihr das Kleidungsstück hingehalten, so dass sie bequem hineinschlüpfen konnte. Der Mantel war an den Ärmeln viel zu lang und er reichte ihr bis weit über die Knöchel, ansonsten aber saß er einigermaßen.

„Ich benötige den Mantel nicht mehr, der Stoff entspricht nicht mehr dem aktuellen Geschmack. Als Stoffhändlerin kann ich es mir nicht leisten, ihn weiterzutragen. Wenn Sie möchten, überlasse ich Ihnen den Mantel. Eine geschickte Schneiderin kann ihn sicher vernünftig abändern." Die Worte von Mathilda Grovermann hatten dabei nicht gönnerhaft geklungen, eher freundlich und liebevoll.

Sie war hinter Sophia getreten und hatte ihr die Hände auf die Schultern gelegt. Dann aber hatte sie Sophia zärtlich auf den

Scheitel geküsst. Erschrocken hatte Sophia sich umgedreht und Mathilda Grovermann entsetzt angestarrt. Die stand vor ihr, die Hände an die Lippen gepresst, als ob sie sich daran verbrannt hätte. Sie hatte Sophia noch einen entschuldigenden Blick zugeworfen, dann war sie ohne ein weiteres Wort aus dem Hinterzimmer gelaufen, die Treppe zur Privatwohnung hinauf.

Aus diesen Gedanken schreckte Sophia hoch, als Geschen sie sanft an der Schulter schüttelte. „Kind, du bist mir hier in der Küche eingeschlafen, ich glaube, du gehörst ins Bett." „Ach Geschen, ich helfe dir schnell beim Abwasch und dann zeige ich dir einmal meine Schmuckstücke, die ich aus Haaren flechte. Jetzt, wo es draußen so kalt und ungemütlich wird, werde ich wohl wieder damit anfangen, in meiner freien Zeit Armbänder, Ketten und Uhrenketten anzufertigen. Du wirst staunen."

Nach dem Abwasch lief sie die Treppe hinauf und holte ihre Jatte, ein Holzgestell, an dessen oberem Rand eine Art runder Holzteller mit einem Loch in der Mitte befestigt war, aus ihrer Kammer. Am Rande des Tellers waren in einem regelmäßigen Abstand sechsunddreißig Nägel eingelassen. Über dieses Gestell musste man je nach Muster verschieden viele dünne Haarsträhnen spannen und miteinander verdrehen. Sophias Vater hatte sie vor vielen Jahren für sie anfertigen lassen, als sie wegen ihres schweren Unfalls ans Haus gebunden war. Damals hatte Sophia diese Art der Handarbeit für sich entdeckt. Seitdem hatte sie das Haarflechten nicht mehr losgelassen.

Geschen machte große Augen, als sie das Gerät erblickte. „Was ist das denn für ein Apparat?", fragte sie skeptisch. Sophia lächelte. „Keine Angst, Geschen, ich zeige dir, was man damit anstellen kann." „Lass uns erstmal etwas trinken, das haben wir uns verdient", antwortete Geschen energisch. Sie schob Sophia einen Krug mit Bier zu. Auch sich selbst schenkte sie ein, dann setzte sie sich ihr gegenüber an den Tisch.

Interessiert verfolgte sie Sophias Bewegungen, die durch das

Kreuzen und Wenden einzelner Haarsträhnen nach einem genau vorgegebenen Muster eine Kordel aus Haaren anfertigte. „Ach du liebe Güte, Kind, so etwas habe ich ja noch nie gesehen. Das dauert ja ewig." Sophia nickte. „Das ist wohl wahr, Geschen. In einer Stunde schaffe ich ungefähr einen Daumenbreit. Siehst du, hier entsteht eine runde Kordel."

Sophia zog ein schmales Holzkästchen heran und schob es Geschen zu. Mach es mal auf, dann siehst du, was ich bereits alles angefertigt habe. Stück für Stück zog Geschen Armbänder, Ketten und Uhrenketten aus dem Kästchen. Ein jedes Schmuckstück war nach einem anderen Muster gearbeitet, entweder rund oder als flaches Band. „Die Muster für diese Bänder habe ich über einen Umweg von einer Ordensschwester erhalten", sagte Sophia. Sie schob die Jatte zur Seite und kramte in dem Kästchen, bis sie ein Paar Ohrringe in Tropfenform, ebenfalls aus Haaren gefertigt, in den Händen hielt. „Diese Ohrringe haben eine Hohlform. Vor fast zehn Jahren war ich gemeinsam mit meinem Vater auf der Beerdigung einer Tante in Bonn. Diese Tante hat solchen Schmuck angefertigt, von ihr habe ich diese Ohrringe geerbt. Es ärgert mich, dass es mir noch nicht gelungen ist, das Geheimnis zu enträtseln, wie man eine hohle Kordel anfertigen kann. Ich habe schon alles Mögliche ausprobiert, bisher aber ohne Erfolg. In den Notizen der Ordensschwester habe ich auch nichts darüber gefunden." Sophia hielt die Ohrringe in die Luft.

„Wie gefallen sie dir?", fragte sie die alte Frau, „Ich trage sie nie." „Ach Kindchen, das ist doch viel zu schade", sagte Geschen. Mit ihrer rauen, abgearbeiteten Hand hielt sie Sophia vorsichtig einen der Ohrringe ans Ohrläppchen. „Sie stehen dir ausgezeichnet. Anstatt dich darüber zu ärgern, dass du nicht weißt, wie sie gemacht wurden, solltest du dich lieber damit schmücken. So etwas habe ich hier noch nie gesehen. Die Frauenzimmer, die bei dir in der Ellenwarenhandlung einkaufen, werden, sicher neidisch darauf sein."

Sophia musste grinsen. Mit dieser Vermutung mochte Geschen

wohl recht haben. Die Frauen, die in ihrem Geschäft verkehrten, legten viel Wert darauf, nach der neuesten Mode gekleidet zu sein. Nachdenklich schaute sie auf die Armbänder und Ketten, die kreuz und quer auf dem Tisch verteilt vor ihr lagen. Für jedes der Schmuckstücke hatte sie Strähnen von ihrem eigenen Haar benutzt. Wenn sie vorsichtig immer nur wenige Haare herausschnitt, dann bemerkte man dies gar nicht.

„Sieh mal, Geschen, ich muss für einige von den Schmuckstücken noch Verschlüsse anfertigen lassen. In Vechta hat der Meister Wagener zunächst welche aus Silber für mich gearbeitet. Als Anton dann dorthin gekommen ist, hat er das für mich gemacht. Hier in Oldenburg muss ich mir nun einen neuen Gold- und Silberschmied suchen, der diese Arbeiten für mich übernimmt. Kannst du mir einen zuverlässigen Meister in der Stadt nennen? Es wäre doch schön, wenn ich die Sachen verkaufen könnte. Vielleicht erlaubt mir Frau Grovermann sogar, sie in ihrem Laden anzubieten."

Nachdenklich zog Geschen die Stirn in Falten. „Ich musste damals dann und wann für Frau Herbart Schmuck zur Reparatur zu einem Goldschmied bringen. Den gibt es aber schon seit Jahren nicht mehr. Ich habe aber gehört, dass im letzten Jahr ein junger Goldschmied am Markt eine Werkstatt eröffnet hat. Er hat einen ausgezeichneten Ruf. Er soll sogar Gegenstände für unseren Herzog anfertigen. Probier es doch einmal bei dem. Ich glaube, er heißt Weber. Du kannst die Werkstatt kaum verfehlen, sie liegt an der Ecke vom Markt zur Achternstraße."

Vorsichtig legte Sophia die Schmuckstücke zurück in ihr Kästchen. Sie nahm sich vor, dem Rat von Geschen zu folgen und den Meister Weber aufzusuchen.

Gleich am nächsten Tag setzte sie in der Mittagspause ihren Plan um. So, wie Geschen es beschrieben hatte, traf Sophia es an. Das kleine Haus am Marktplatz, in dem die Goldarbeiterwerkstatt untergebracht war, nahm sich neben einem imposanten, herrschaftlichen Wohnhaus geradezu winzig aus. Es hatte in der Mitte eine Eingangstür und rechts und links davon Fenster, durch die man in die Werkstatt schauen konnte.

Aufgeregt öffnete Sophia die Tür zu dem hellen Raum, durch dessen Sprossenfenster das Mittagslicht hereinschien. An einem Werktisch, der in Dreiecksform mitten im Raum stand, arbeiteten zwei Männer. Der ältere von ihnen mochte etwa in ihrem Alter sein, der andere war noch ein ganz junger Bursche. Sophia schaute sich suchend um, schließlich wandte sie sich an den älteren der beiden. „Mein Name ist Sophia Mohr", begann sie zögernd. Ich würde gern mit Meister Weber sprechen, wann kann ich ihn antreffen?" Der Mann schaute Sophia mit einem verschmitzten Lächeln an, stand dann vom Werktisch auf, kam auf sie zu und reichte ihr die Hand. „Der steht vor Ihnen, ich bin Wilhelm Weber, seit drei Jahren Meister in der Innung." Erstaunt zog Sophia die Augenbrauen hoch. Dieser junge Mann sollte der Meister Weber sein? „Es tut mir leid, dass ich Sie nicht sofort als den Meister erkannt habe", brachte sie stotternd hervor, „Sie sind noch so jung."

Wilhelm Weber nickte bestätigend. „Ja, ich bin zeitig mit meiner Ausbildung fertig geworden. Ich war gerade zweiundzwanzig Jahre alt, als ich die Meisterprüfung vor drei Jahren abgelegt habe. Was kann ich für Sie tun?"

Eifrig zog Sophia das Kästchen mit den Schmuckstücken aus ihrer Manteltasche. Stück für Stück legte sie alles vor ihm auf den Werktisch: zwei Ketten, vier einfache Armbänder, vier dreireihige Armbänder und eine Uhrenkette. Sie erklärte ihm genau, was sie benötigte. „Der Goldschmied, den ich bisher damit beauftragt hatte, hat die Verschlüsse stets ganz einfach und schmucklos gearbeitet. Schließlich sollen sie nicht von meinem Schmuck ablenken. Er hat sie dann mit Schellack an dem Haarschmuck befestigt."

Meister Weber begutachtete jedes einzelne Schmuckstück sehr genau. „Sicherlich kann ich einfache Verschlüsse für Sie anfertigen", sagte der Meister kurze Zeit später, „aber vor Ende Oktober wird das nichts mehr. Reicht es Ihnen, wenn ich sie bis dahin fertig habe?" Sophia überlegte kurz. „Sollte der Preis stimmen, dann könnten wir handelseinig werden." Nachdenklich senkte Meister Weber den Kopf. „Wenn es Ihnen recht ist, dann werde ich sie auch aus Silber arbeiten." Er zählte die Schmuckstücke noch einmal durch. „Ich bräuchte nur zwei verschiedene Formen dafür anzufertigen, je nachdem, ob es ein Flachband oder eine runde Kordel ist. Das spart eine Menge Arbeit. Wenn es Sie nicht stört, dann werde ich meinen Lehrburschen mit dieser Arbeit betrauen. Natürlich wird die Qualität der Arbeit nicht darunter leiden. Ich werde persönlich alles kontrollieren." Meister Weber lächelte Sophia freundlich zu. „Dadurch wird es aber billiger für Sie. Wenn Sie mir zwölf Groten pro Stück geben, dann werde ich den Auftrag übernehmen." In diesen Handel schlug Sophia gern ein. Sie hatte mit weitaus mehr gerechnet, hatte doch Hermann Wagener in Vechta vierzehn Groten pro Stück verlangt. Froh, eine Lösung gefunden zu haben, verließ sie die Werkstatt. Ihre Schmuckstücke ließ sie gleich bei Meister Weber zurück.

12

Bremen,
Mittwoch, 9. Oktober 1799

Am Dienstagabend kam Martin kurz bei Anton in der Herberge vorbei. „Mein Vater war heute in der Werkstatt von Meister Rönneberg und hat dort wegen deines Anliegens vorgesprochen", berichtete er aufgeregt. „Meister Rönneberg erwartet dich morgen früh gegen zehn Uhr, da will er sehen, was er für dich tun kann."

Voller Spannung machte Anton sich am nächsten Morgen auf zu der Werkstatt von Meister Janssen, in der er seit einem Monat so ungern seine Arbeit versah. Wie er es schon vorausgesehen hatte, war der Meister noch nicht anwesend, lediglich ein Geselle und ein Lehrbursche saßen an den Werktischen über ihre Arbeiten gebeugt. Anton gab den beiden Bescheid, dass er etwas Dringendes zu erledigen habe und er daher erst am Mittag zurückkommen werde. Der Geselle schüttelte zwar missbilligend den Kopf, das aber war Anton herzlich egal.

Eilig machte er sich auf zum Barbier, um sich einer ordentlichen Rasur und einem längst fälligen Haarschnitt zu unterziehen. Am Abend zuvor hatte er noch schnell sein Hemd und seinen Anzug ausgebürstet. Er wollte bei Meister Rönneberg einen guten Eindruck machen.

Als er schließlich pünktlich um zehn Uhr die Werkstatt des Johan Rönneberg betrat, erfasste ihn vom ersten Augenblick an eine angenehme Arbeitsatmosphäre. An vier Arbeitstischen saßen Männer und arbeiteten emsig an verschiedenen Gold- und Silberarbeiten. In der Mitte des Raumes glühte ein kleiner Ofen, auf dem in einer Plantsche Silber geschmolzen wurde. Ein älterer Geselle stand daneben und überprüfte mit geschultem Auge die Temperatur. In einer Ecke wurde von einem jungen Mann eine Walze bedient, während ein älterer Mann ihm dabei zusah und ihm Hinweise zur richtigen Bedienung gab. Anton atmete tief durch. Es war ihm sofort klar, dass er hier gerne arbeiten würde. Schließlich sah der ältere Mann auf, kam auf Anton zu, stellte sich als Meister Rönneberg vor und fragte ihn nach seinem Wunsch. Als Anton den Grund seines Besuches schilderte, ging ein Lächeln über das Gesicht des Meisters.

„So, so, du bist also ein Geselle unserer Zunft und du möchtest bei mir arbeiten", sagte er. Prüfend maß er Anton mit den Augen ab. Er schien zufrieden zu sein mit dem, was er sah. „Dann berichte mir doch einmal, was du während deiner Ausbildung und in den

Monaten seit deiner Wanderschaft gearbeitet hast. Mich interessiert, ob du in meine Werkstatt passen würdest."

Nichts tat Anton lieber als das. Als er geendet hatte, nickte Meister Rönneberg anerkennend.

„Ich muss sagen, das hört sich nicht schlecht an. Ich denke, wir sollten es miteinander versuchen. Zurzeit fertige ich, ebenso wie du es von Vechta berichtet hast, kleinere Arbeiten, die für den Verkauf auf dem Freimarkt angefertigt werden müssen. Danach wartet ein Auftrag, an dem du vermutlich mitarbeiten kannst. Ein angesehener Kaufmann aus Bremen möchte seiner Frau ein silbernes Kaffeegeschirr, bestehend aus einer großen und einer kleinen Kaffeekanne, einer Zuckerschale und einem Sahnekännchen nebst dazugehörendem Tablett, schenken. Dazu hat er sechs silberne Kaffeelöffel und zwei Kerzenleuchter in Auftrag gegeben. Die Gegenstände sollen bis zum Weihnachtsfest angefertigt sein, da kommst du mir gerade recht. Für das Kaffeegeschirr gibt es schon Entwürfe, die zeige ich dir gleich einmal. Wenn du wirklich so ein guter Zeichner bist, wie du sagst, dann möchte ich, dass du gleich morgen damit beginnst, Entwürfe für die Leuchter und die Löffel anzufertigen. Was sagst du dazu?"

Anton konnte seine Freude über dieses Angebot kaum verbergen. Dankbar sagte er Meister Rönneberg seine Unterstützung zu. Die Aussicht, zumindest bis zum Jahresende eine gute Anstellung erhalten zu haben, ließ ihn tief durchatmen. Nachdem der Meister noch die Arbeitszeiten und den Lohn erklärt hatte, schrieb er ein paar Zeilen auf einen Briefbogen und drückte ihn Anton in die Hand. „Das ist ein Schreiben für den Zunftmeister, eine Erklärung, dass ich bereit bin, dich in meiner Werkstatt aufzunehmen. Du kannst gleich morgen bei mir beginnen. Ich erwarte dich pünktlich um acht Uhr hier in der Werkstatt."

Gegen Mittag suchte Anton erneut die Werkstatt von Meister Janssen auf. Dieser war kurz vor ihm dort eingetroffen. Die Nachricht von Antons Abwesenheit hatte ihn sehr erzürnt. Als

Anton die Werkstatt betrat, überschüttete er ihn sogleich mit Vorwürfen. Anton hatte sich vor diesem Ausbruch ein wenig gefürchtet, war aber darauf vorbereitet. Ganz ruhig packte er seine wenigen Sachen zusammen.

„Meister Janssen", erklärte er, „ich möchte sofort die Stelle bei Euch kündigen. Ich bin mit der Arbeit hier nicht zufrieden. Gebt mir bitte den Lohn für die letzten vier Wochen und dann werde ich gehen."

Als Meister Janssen diese Worte vernahm, griff er Anton hart am Arm, schüttelte ihn, fluchte ungeniert und hieß ihn einen Faulpelz und Betrüger. „Deinen Lohn für die letzten Wochen soll ich dir auszahlen, du Taugenichts?", schrie er. „Keinen Taler bekommst du von mir! Mach, dass du davonkommst." Anton aber bestand auf die Auszahlung.

„Meister Janssen, ich habe vier Wochen lang zuverlässig für Euch gearbeitet. In dieser Zeit habe ich festgestellt, dass ich hier nichts lernen kann. Nun habe ich eine Anstellung in einer anderen Werkstatt erhalten. Wenn Ihr mir den ausstehenden Lohn nicht zahlt, werde ich dem Zunftmeister über die Arbeit hier berichten."

Kaum hatte Anton das gesprochen, brüllte Janssen laut auf und spuckte ihm vor die Füße. „Du Mistkerl, nichts als Ärger hab ich mit dir." Mit nervösen Fingern nestelte er ein flaches Silberfläschchen aus der Innentasche seiner Weste und nahm einen tiefen Zug daraus. Anton wehte ein unangenehm scharfer Geruch von Branntwein entgegen. Angewidert verzog er das Gesicht, drehte sich auf dem Absatz um und verließ die Werkstatt. Janssen eilte ihm auf wackeligen Beinen nach, zog einen Lederbeutel aus seiner Hosentasche, klaubte vier Taler hervor und warf sie Anton vor die Füße in den staubigen Straßendreck. „Hier!", brüllte er. „Da hast du deinen Lohn. Lass dich hier bloß nicht mehr blicken, sonst vergesse ich mich!" Mit diesen Worten knallte er so kraftvoll die Werkstatttür hinter Anton ins Schloss, dass die Scheiben klirrten.

Erleichtert sammelte Anton seine Taler auf und eilte ohne

Umwege zur Werkstatt des Zunftmeisters. Als er diesem über seine neue Arbeitsstelle berichtete, zog der Meister die Stirn in Falten. „Wieso wechselst du die Arbeit, hatte Meister Janssen nichts mehr für dich zu tun?", fragte er. Anton schüttelte mit dem Kopf. „Ich kann dort nichts Rechtes lernen", erklärte er. „Die Arbeit bei Meister Rönneberg ist deutlich vielversprechender für mich." Mit diesen Worten musste der Zunftmeister sich zufriedengeben, obwohl Anton ihm die Zweifel ansah, die ihm ins Gesicht geschrieben standen.

Am Abend suchte Anton erneut den Rathauskeller auf. Müde zählte er in Gedanken die Abende durch, die er hier bereits saß und auf Georg wartete. „Nun bin ich schon einen Monat in der Stadt", dachte er niedergeschlagen. „Heute ist es der achte Abend, an dem ich hier sitze. Ich fürchte, Georg wird nicht mehr kommen. Ich verstehe es nicht, er war doch ein so zuverlässiger Freund."

„Bist du Anton Auling aus Münster?", fragte ihn plötzlich ein junger Mann, den Anton gar nicht hatte kommen hören. Als Anton nickte, atmete der Bursche erleichtert auf. Ungefragt setzte er sich zu Anton. „Ich bin Franz und ich habe eine Nachricht von Georg Niederegger für dich", sagte er. Anton war plötzlich wieder hellwach.

„Was ist passiert?", fragte er sogleich. „Seit vier Wochen warte ich auf Georg, und nun kommst du hierher. Das kann doch nichts Gutes bedeuten." Der andere schüttelte den Kopf.

„Ich habe Georg vor zwei Wochen in Osnabrück kennengelernt. Er liegt dort in der Gesellenherberge auf dem Krankenlager. Eine schlimme Influenza hat ihn erwischt. Tagelang hat er gefiebert. Auch als ich ihn vor einer Woche zuletzt gesehen habe, ging es ihm noch schlecht. Er war kaum in der Lage, Nahrung zu sich zu nehmen. Schwach und elend war er, an ein Fortgehen war zu dem Zeitpunkt nicht zu denken. Zwei Kameraden von seinem Zimmer kümmern sich mehr schlecht als recht um ihn, im Prinzip ist er aber ziemlich auf sich allein gestellt. Kurz bevor ich von dort fortging, stellte sich langsam eine Besserung seines Zustandes ein. Als Georg erfuhr, dass ich nach Bremen weiterwandern will, hat er mich eindringlich gebeten, hierherzukommen, um dir diese Nachricht zu überbringen. Georg lässt dir ausrichten, er werde kommen, sobald sein Gesundheitszustand es zulässt. Bis dahin mögest du bitte weiter auf ihn warten."

Genüsslich probierte Franz von dem Wein, den Anton ihm spendiert hatte. Erfreut schnalzte er mit der Zunge. „Kein schlechtes Gesöff, das hier. So kann man sich die Zeit doch gut vertreiben." Anton lächelte ihn gequält an. Einerseits war er erleichtert, endlich Nachricht von Georg erhalten zu haben, andererseits trieb ihn eine tiefe Sorge um den Freund um. Er wusste, er würde nicht eher wieder gut schlafen können, bis Georg endlich gesund und munter vor ihm sitzen würde. Nicht mehr lange saßen die beiden Männer zusammen. Es drängte Anton, zur Herberge zurückzukehren. Er wollte ausgeschlafen sein, wenn er am folgenden Tag die Arbeit bei Meister Rönneberg aufnehmen würde.

Der Meister empfing Anton am kommenden Morgen herzlich. Er stellte ihm zunächst alle Mitarbeiter vor, danach wies er ihn in die Abläufe der Werkstatt ein und führte ihn sodann zu einem Zeichentisch, auf dem einige Bleistiftskizzen lagen. „Ich habe dir ja gestern bereits gesagt, dass wir ein Kaffeeservice für einen reichen Bremer Kaufmann anfertigen. Dieser Mann ist durch den Transatlantikhandel zu Reichtum gekommen. Für die Stadt ist dies ein großes Glück, denn er hat in den letzten Jahren bereits für viele wohltätige und christliche Zwecke gespendet. Nun möchte er seiner Gattin zu Weihnachten ein kostbares Kaffeeservice aus vierzehnlötigem Silber anfertigen lassen."

Mit diesen Worten zog Meister Rönneberg einige Skizzen aus dem Stapel hervor. Anton erkannte den Aufriss zweier verschieden großer Kaffeekannen sowie die noch nicht vollendete Zeichnung eines Tablettes.

„Hier siehst du meine Entwürfe. Ich bin noch nicht fertig, aber du kannst schon erkennen, worum es geht. Die Werkstücke werden von Hand getrieben." Meister Rönneberg zog eine weitere Zeichnung aus dem Stapel hervor und deutete darauf. „Hier siehst du den Entwurf für das Tablett." Anton erblickte ein ovales Tablett, dessen Breite etwa eine halbe Elle maß, die Länge deren Hälfte dazu. Den Rand zierten ziselierte Blumengirlanden, dazwischen waren acht plastische Medaillons angeordnet, deren Fläche jedoch bisher noch nicht gestaltet war. Der Spiegel des Tabletts war mit ziselierten Palmenblättern versehen. „Für die Gestaltung der Medaillons fehlt mir noch die rechte Idee", fuhr Rönneberg fort. „Auch der Spiegel könnte durchaus noch eine andere Ausarbeitung erhalten. Ich möchte, dass du dich in den nächsten Tagen an diese Arbeit setzt und mir verschiedene Entwürfe anfertigst. Wir werden sehen, ob davon dann etwas verwendet werden kann."

Anton nickte zustimmend. Dies war eine Arbeit ganz nach seinem Geschmack. Fest nahm er sich vor, den Meister nicht zu enttäuschen.

Rönneberg wies ihm einen Tisch am Fenster zu, überließ ihm seine Skizzen sowie Zeichenpapier und Bleistifte und kehrte geschäftig zu seinem eigenen Werktisch zurück.

Nachdenklich zog Anton die Skizzen zu sich heran und dachte über mögliche Gestaltungselemente nach. Einerseits musste sein Entwurf zu dem Kaffeeservice passen, welches Meister Rönneberg entworfen hatte, andererseits wollte Anton den Werkstücken seinen eigenen Stempel aufdrücken. Da der Auftraggeber sein Geld im Transatlantikhandel gemacht hatte, verfiel Anton nach einigem Nachdenken auf die Idee, Motive von Handelsschiffen und Fregatten zu verwenden. Unschlüssig wiegte er den Kopf. Wie nur sollte er, ein Junge aus der Stadt, weit entfernt vom Meer, Schiffe zeichnen?

Vorsichtig probierte er einige Skizzen, war jedoch mit dem Ergebnis in keiner Weise zufrieden. Mit einem Mal kam ihm die Erinnerung an verschiedene Bilder einer Fregatte, die er Anfang des Jahres, noch in Münster, in der Zeitung entdeckt und in sein Skizzenbuch gelegt hatte. Eilig zog er das Skizzenbuch hervor und blätterte mit flinken Fingern die Seiten durch. Da waren sie. Zwei Bilder eines stolzen Segelschiffes, der „Proserpine", lagen vor ihm auf dem Tisch. Anton erinnerte sich. Ende Januar 1799 war dieses Schiff von England nach Cuxhaven aufgebrochen. Nach der Aufnahme eines Lotsen bei Helgoland nahm es Kurs auf die Elbmündung, wo es Anfang Februar bei starkem Wind und Eisgang auf das Scharhörn-Riff lief. Versuche, das Schiff freizubekommen, scheiterten. Der Kapitän entschied, die Besatzung über das Eis auf die sechs Meilen entfernte Insel Neuwerk zu evakuieren. Am kommenden Tag verließen alle das Schiff und erreichten die Insel noch am selben Tag. Hierbei starben vierzehn der knapp zweihundert Personen, die an Bord waren, darunter eine Frau und ein Kind. Über mehrere Ausgaben hinweg wurden Nachrichten über dieses Unglück in der Zeitung abgedruckt. An einem Tag waren dem Artikel Stiche von der „Proserpine" hinzugefügt. Sosehr das Schicksal der Menschen Anton seinerzeit auch berührt hatte, so sehr hatte ihn auch die Schiffskonstruktion beeindruckt. Er hatte die Bilder aus der Zeitung herausgerissen und in seinem Skizzenbuch aufbewahrt. Dies war jetzt sein Glück.

Emsig machte er sich an die Arbeit. Hart strich der Bleistift über das Zeichenpapier. Vier Entwürfe hatte er bereits angefertigt, jeder zeigte eine Fregatte aus verschiedenen Blickwinkeln in stürmischer See. Schließlich legte er den Stift zur Seite. Er war zufrieden mit seiner Arbeit. Noch aber fehlte ihm die Idee, wie er fortfahren könnte. Er benötigte dringend Anschauungsmaterial für ein weiteres Schiff, welches er zeichnen konnte.

13

Ein heftiger Wind aus Nordwest peitschte den Regen durch die Gassen. Sophia stand in der Ladentür zur Ellenwarenhandlung und sah besorgt zum Himmel hinauf. Dunkle Wolken rasten über den abendlichen Himmel, nur manchmal gaben sie den Blick auf den zunehmenden Mond frei. Missmutig zog Sophia sich ihren Mantel so fest um die Schultern, wie es eben ging. Es half ja nichts. Wollte sie zu ihrer Unterkunft, so musste sie durch dieses scheußliche Wetter laufen, ansonsten würde sie wohl noch ewig hier herumstehen.

Als sie die Küchentür aufstieß, empfing sie bereits der Duft einer köstlichen Hühnersuppe, die auf dem Herd köchelte. „Du kommst gerade zur rechten Zeit", empfing Geschen sie. „Setz dich ruhig schon an den Tisch, ich bringe dir gleich etwas. Möchtest du ein Bier?" Sophia bejahte die Frage. Schnell wickelte sie sich aus dem völlig durchnässten Mantel und hängte ihn über einen der Stühle. Geschen reichte ihr ein Handtuch, mit dem sie sich die Haare trockenrubbeln konnte. „Ach Geschen, du sorgst dich so gut um mich, was täte ich nur ohne dich?", seufzte Sophia. Erleichtert ließ sie sich auf einen der Stühle sinken.

Geschen schob einen gefüllten Teller und einen Krug mit Bier zu ihr hinüber und setzte sich ebenfalls. „Erzähl, Sophia, wie war es in dieser Woche bei der Witwe Grovermann?" Zufrieden nickte sie, als Sophia ihr von den neu eingetroffenen Stoffen, von den Kundinnen mit den unterschiedlichsten Wünschen und von dem neuesten Tratsch aus der Stadt berichtete, den sie in der Ellenwarenhandlung aufgefangen hatte. Pappsatt schob Sophia schließlich ihren Teller zur Seite. „Geschen, das war lecker, aber jetzt kann ich nicht mehr. Jetzt bist du dran, mir mal wieder etwas zu erzählen. Du hast doch dein ganzes Leben in dieser Stadt zugebracht, dann weißt du sicher eine Menge über Herzog Peter Friedrich Ludwig. Die Witwe Grovermann hat mir schon ein wenig vom Oldenburger Landesherren berichtet. Sie hat früher wohl sogar Stoffe an dessen so früh verstorbene Gattin verkauft."

Geschen wiegte den Kopf hin und her. „Das ist eine lange Geschichte." Sie holte tief Luft und stieß diese dann mit einem Seufzer aus. „Warte, ich hole eben das Huhn." Sie stand auf und trug ein stattliches Suppenhuhn aus der Speisekammer. „Ich habe heute die zwei Suppenhühner gekocht, die du mir gestern besorgt hast. Das eine ist schon in die Hühnersuppe gewandert, das andere werde ich zu einem feinen Ragout verarbeiten. Dafür muss ich nur noch das Fleisch von den Knochen absuchen und klein schneiden. Das kann ich machen, während ich dir erzähle." „Und ich hole meine Jatte von oben. Dann kann ich in der Zeit an dem Armband weiterarbeiten." Schnell sprang Sophia auf und lief die Treppe zu ihrer Kammer hinauf.

Kurze Zeit später hatte sie alle benötigten Materialien vor sich auf dem Küchentisch ausgebreitet. Geschen hatte sich ein Schneidebrett geholt, ein Messer an einem Schleifstab geschärft und sich dann zu ihr an den Tisch gesetzt. Mit flinken Fingern zerlegte sie das Huhn. „Bevor ich dir von unserem Herzog Peter Friedrich Ludwig erzähle, will ich mal ein wenig weiter ausholen", begann sie ihre Erzählung. Fragend sah sie Sophia an, die interessiert nickte. „Vor zweihundert Jahren gab es hier in Oldenburg einen Grafen namens Anton Günther", begann sie. „Er war sehr beliebt, noch heute erzählen die Oldenburger von ihm. Er ließ einen Teil der alten Burg zum Schloss umbauen und er begann mit der Zucht von Pferden, die als „Oldenburger" Pferde schon bald sehr begehrt waren. Während des Dreißigjährigen Krieges konnte er Oldenburg weitgehend vor Elend und Verwüstung retten. Er hat einen Feldherren, von Tilly oder so ähnlich hieß der, glaube ich, vom

unmittelbar bevorstehenden Überfall auf die Stadt Oldenburg ab-
halten können, indem er ihm wertvolle Pferde schenkte." Geschen
schob Sophia ein paar Stückchen weißes Hühnerfleisch über den
Tisch, die diese sogleich genüsslich verzehrte.

„Herr Herbart hat mir mal erzählt, dass es für die Stadt Oldenburg von großer Bedeutung gewesen war, dass der Graf den
Weserzoll als Oldenburgisches Recht erworben hatte. Das brachte
Oldenburg viel Geld ein." Sie unterbrach ihre Arbeit kurz und
nahm einen tiefen Schluck aus dem Bierkrug. „Lass mich nachdenken", fuhr sie fort und legte die Stirn in Falten. „Vor ungefähr 135
Jahren starb Graf Anton Günther. Er wurde in der Oldenburger
Lambertikirche bestattet, das ist die Kirche am Markt, du hast sie
sicher schon gesehen.

Als Sophia nickte, fuhr sie fort. „Der Graf hatte keine ehelichen
Nachkommen, nur einen unehelichen Sohn namens Anton. Daher
ging die Grafschaft Oldenburg an den nächsten männlichen Verwandten über. Das war der König von Dänemark. Die Dänen
haben sich aber wohl nicht viel um Oldenburg geschert und die
Stadt weitgehend sich selbst überlassen. Zu allem Schrecken wü-
tete zu der Zeit auch noch die Pest in der Stadt. Dem nicht genug
wurde Oldenburg ein paar Jahre, nachdem es zu Dänemark gekommen war, durch einen verheerenden Brand, der durch Blitzschlag
ausgelöst worden war, fast völlig zerstört. Die Bewohner bekamen
aber keine Hilfe von ihrer damaligen Regierung. Sie mussten zu
Verwandten oder Freunden außerhalb der Stadt ziehen. So verfiel
Oldenburg und mit der Stadt auch das Schloss. Alle wertvollen
Kunstgegenstände, sogar das Oldenburger Wunderhorn, wurden
nach Dänemark gebracht." Müde strich Geschen sich ein paar
Haarsträhnen, die sich unter der Haube gelockert hatten, aus der
Stirn. „Der Wiederaufbau dauerte Jahrzehnte", fuhr sie fort. „Auf
Befehl des dänischen Königs wurde Oldenburg mit einer Festungs-
anlage versehen. Die Einwohner Oldenburgs und umliegender
Ortschaften wurden zum Bau dieser Festungsanlage zwangs-

verpflichtet. Oldenburg war damals eine kleine, unbedeutende Stadt. Als ich Kind war, lebten hier gerade einmal dreitausend Menschen."

Geschen hatte die Knochen des Huhns sorgfältig abgesucht. Kaum ein Fitzelchen Fleisch war noch daran zu entdecken. Mit einem Ruck schob sie das Holzbrett zur Seite, stützte sich vom Tisch ab und stand auf. Sie deckte das Hühnerfleisch mit einem Tuch ab und brachte es in die Speisekammer. Dann wusch sie das dreckige Schneidebrett ab.

„Wo waren wir stehen geblieben? Ach ja, bei der dänischen Herrschaft. Es war wohl so, dass die Dänen Oldenburg geradezu ausnahmen. Sie verwendeten den allergrößten Anteil des Weserzolls für sich, die Oldenburger mussten viel Geld in Kopenhagen abliefern. So herrschten die Dänen mehr als hundert Jahre mehr schlecht als recht über unsere Stadt. Ich habe es noch erlebt. Vor einem Vierteljahrhundert, im Jahr 1773, gelangte die Grafschaft Oldenburg dann an den späteren Zaren Paul den Ersten, dem Sohn von Katharina der Großen. Die Herrscherhäuser Deutschlands, Dänemarks und Russlands sind irgendwie miteinander verwandt, frag mich nicht, wie. Paul der Erste war damals aber nicht lange Herrscher über das Land Oldenburg. Er trat es schon vier Tage später wieder an seinen Großonkel Friedrich August ab. Der wurde zum Herzog gekürt. So entstand das Herzogtum Oldenburg und die Stadt Oldenburg wurde dessen Hauptstadt. Den Herzog Friedrich August haben wir hier aber kaum gesehen. Der blieb weiterhin in Eutin. Manchmal, so alle zwei Jahre, kam er nach Oldenburg, da waren die Oldenburger ganz verrückt, weil er so große Feste feierte. Vor vierzehn Jahren ist er gestorben. Sein Sohn, Herzog Peter Friedrich Wilhelm, konnte das Amt nicht übernehmen. Du musst wissen, der ist ziemlich verrückt und kann deshalb nicht regieren." Bei diesen Worten wischte Geschen ein paarmal mit der Hand vor ihrem Gesicht hin und her. „Daher ist der Neffe von Herzog Friedrich August, Peter Friedrich Ludwig, unser neuer Herzog geworden. Katharina die Große hatte ihn und seinen Bruder bereits als Kinder nach Petersburg geholt, als deren Eltern kurz nacheinander gestorben waren. Dort haben sie eine hervorragende Ausbildung bekommen. Als Peter Friedrich Ludwig hier die Regentschaft übernahm, brach eine neue Zeit für Oldenburg an. Das Oldenburger Land erlebte einen enormen Aufschwung. Der Herzog verlegte seinen Hofstaat tatsächlich hierher. Seine junge Frau Friederike und seine zwei Söhne lebten mit ihm hier im Schloss."

An diesem Punkt der Erzählung angekommen, versagte Geschen die Stimme für einen Moment. „Aber seine entzückende junge Frau, mit der er erst vier Jahre verheiratet war, starb im Wochenbett bei der Geburt des dritten Kindes. Sie ist gerade einmal zwanzig Jahre alt geworden." Geschen nahm einen Zipfel ihrer weißen Schürze zur Hand und tupfte sich die Augen. „Von diesem Schicksalsschlag hat sich unser Herzog bis jetzt nicht so recht erholt. Er führt ein stilles, zurückgezogenes Leben. Sein älterer Sohn Paul Friedrich August ist jetzt sechzehn Jahre alt, der zweite Sohn, Peter Friedrich Georg, ist nur knapp ein Jahr jünger."

Geschen legte die Hände in den Schoß. „So, Sophia, genug für heute. Morgen ist auch noch ein Tag." Mit dem Kopf zeigte sie auf Sophias Jatte. „Du hast ja eine Menge geschafft. Die Arbeit scheint dir gut von der Hand zu gehen auch, wenn ich dir dabei erzähle. Es ist nur schade, dass du mir in der Zeit nichts berichten kannst, weil du dich so auf deine Arbeit besinnen musst."

Als sie sah, dass Sophia das Gerät wieder nach oben in ihre Kammer tragen wollte, schüttelte sie den Kopf. „Meinetwegen kannst du das Ungetüm hier in der Küche stehen lassen, dort drüben auf dem Ablagetisch, gleich neben der alten Küchenbank, ist genügend Platz. Ich vermute mal, du wirst jetzt in der dunklen Zeit öfters an den Abenden bei mir sitzen und daran arbeiten. Mir soll es recht sein."

Umständlich stand Geschen auf und stellte die Stühle ordentlich an den Tisch. Am Herdfeuer entflammte sie eine Kerze, steckte sie in einen kleinen Kerzenleuchter und löschte dann die Tranlampen.

„Ach so, bringe mir morgen doch zwei Köpfe Blumenkohl, einige Möhren, ein wenig Suppenkraut und Kartoffeln vom Markt mit. Gott sei Dank gibt es endlich wieder einen Markt hier in Oldenburg. Bis vor wenigen Monaten musste ich an einigen Tagen von Garten zu Garten gehen und nach frischem Obst und Gemüse fragen. Das ist nun zum Glück vorbei. In deiner Mittagspause hast du bestimmt Zeit dafür, ich schaffe es nicht mehr, alles hierherzuschleppen. Das Geld für den Einkauf gebe ich dir anschließend wieder, Frau Schröder gibt mir genügend Wirtschaftsgeld."

Sophia nickte. Hinter vorgehaltener Hand gähnte sie herzhaft. Es war längst Zeit, ins Bett zu gehen. Müde schlurfte sie die Treppe zu ihrer Kammer hinauf und warf einen Blick aus dem Fenster. Draußen war es längst dunkel geworden, nur ein paar Tranleuchten erhellten die Straße vor dem Haus. Kein Mensch war mehr unterwegs. Sophia zog die Vorhänge vor, entkleidete sich und ließ sich müde auf ihr Bett sinken. Kaum hatte sie die Augen geschlossen, war sie auch schon in einen tiefen, traumlosen Schlaf gesunken.

14

Bremen,
Dienstag, 22. Oktober 1799

Das schlimme Sturmtief der vergangenen Tage hatte sich endlich verzogen. Anton wollte den Oktoberabend nutzen, um zum Hafen hinauszugehen. Obwohl die Sonne längst untergegangen war, hoffte er, sich die Segler ansehen zu können, die dort vor Anker lagen. Schließlich war es Vollmond. Vielleicht war ja ein Schiff dabei, welches er skizzieren könnte. Bereits auf den ersten Blick stellte er jedoch fest, dass er hier nicht fündig werden würde. Die Segelschiffe, die vor Anker lagen, waren wohl kaum für die Überfahrten nach Amerika gebaut worden. Sie lagen viel zu flach im Wasser und waren viel zu klein, um Waren über so weite Strecken zu transportieren. Vermutlich lagen die großen Segler in Vegesack. Enttäuscht wandte Anton sich ab. Unverrichteter Dinge schlenderte er an der Schlachte entlang Richtung Osten. Er ließ die große Weserbrücke rechts liegen und ging weiter am Ufer der Weser entlang, ohne auf seinen Weg zu achten. Nach den vielen Tagen in der muffigen Herberge und der verräucherten Werkstatt tat es ihm gut, frische Luft zu schnappen.

Die Gegend wurde immer schäbiger. Kleine, windschiefe Stallungen wechselten sich mit heruntergekommenen Häusern ab, die nur zum Teil bewohnt schienen. Kein Mensch trieb sich hier in den Gassen herum, nur von fern hörte er das Gegröle betrunkener Männer. Als er um eine windige Ecke bog, erhob sich vor ihm ein zweigeschossiges Gebäude, dessen Mauerwerk große Risse aufwies, die an einigen Stellen notdürftig geflickt worden waren. Über dem Eingang hing eine Laterne, deren roter Lichtschein die kleine Straße nur schummrig beleuchtete. Durch einige der Fenster im Erdgeschoss fiel ein fahles Licht auf die Straße, alle anderen waren mit dichten Vorhängen verhüllt.

Eine Gruppe pöbelnder Männer hielt sich vor dem Haus auf. Einer von ihnen urinierte gerade in die Gosse, während die anderen zotige Witze rissen. Als sie Anton entdeckten, kamen zwei von ihnen auf ihn zu, legten den Arm um seine Schulter und feixten. „Na, Kleiner, willst du heute Abend auch mal ein wenig Freude haben? Du siehst ganz verlassen aus. Komm mal mit uns, wir zeigen dir was Schönes, da wird dir Hören und Sehen vergehen."

Bevor Anton sich noch so recht wehren konnte, drückten die Kerle bereits die hölzerne Tür des Freudenhauses auf, die sich knarrend öffnete. Entschlossen schoben sie Anton auf einen Stuhl und orderten beim schmierbäuchigen Wirt einen Krug Bier für jeden von ihnen.

Es herrschte ein rechter Lärm in dieser Stube. An einem Nachbartisch fläzten sich einige Kerle auf den Stühlen und ließen sich von einer Frau, die ein aufreizendes Miederkleid trug und die Haare in wilden Locken aufgetürmt hatte, Branntwein einschenken. Mit ihren kirschrot bemalten Lippen drückte sie jedem der Männer einen Kuss auf den Mund. In einer Ecke spielten zwei junge Männer Fiedel und Drehleier. Kaum hatten Anton und seine Begleiter ihr Bier erhalten, kamen zwei Weiber mit drallen Hüften an ihren Tisch. Eine von ihnen, schwarzhaarig und wohl schon an die vierzig Jahre alt, tänzelte um sie herum und setzte sich schließlich Antons Nebenmann auf den Schoß. Neckisch strich sie ihm mit dem Finger unters Kinn und machte ihm allerhand schöne Worte. „Da bist du ja wieder, mein Lieber, ich hab dich schon vermisst. Du hast dich ja heute so fein gemacht. Warst du etwa beim Bader? Das hast du doch bestimmt für mich gemacht." Ihre rechte Hand strich derweil über den Hosenschlitz des Angesprochenen, der sich daraufhin mit einem wohligen Grunzen zurücklehnte.

Anton war entsetzt über diese derben Sitten. Gerade wollte er aufstehen, um die Schankstube zu verlassen, da ließ sich die andere Frau, die etwa in seinem Alter war, neben ihm nieder. Sie hatte ein rundes, pausbäckiges Gesicht mit lustigen Grübchen an den Wangen. Ihre blonden Haare hatte sie mit einem Samtband geschmückt und ihr rotes Kleid war vorne so locker geschnürt, dass es ihre Brüste kaum bedeckte. Mit einem ihrer roten Lederschuhe strich sie an seiner Wade hinauf bis zu seinem Oberschenkel. Ohne Worte nahm sie ihn an die Hand, zog ihn vom Stuhl und legte ihre Arme um seinen Hals. Sie begann, sich nach der Musik zu wiegen und zog Anton dabei eng an sich. „Wie heißt du, mein Hübscher?", flüsterte sie ihm ins Ohr. Als Anton ihr daraufhin seinen Namen nannte, fuhr sie fort: „Oh Anton, wie gut, dass du heute Abend gekommen bist! Auf einen solchen Burschen wie dich habe ich gerade gewartet. Du kannst mich bestimmt gut reiten, das sehe ich dir doch an." Ungeniert rieb sie ihren Schoß an seiner Hose. Anton spürte, wie eine heiße Erregung ihm in die Lenden schoss. Fest umschloss er ihr Hinterteil mit seinen Händen, drückte sie noch enger an sich und wiegte sich mit ihr, bis ihm fast die Sinne schwanden. Sie roch so gut, so nach Frühling und Flieder und nach Erregung und Liebe. Betört vergrub Anton sein Gesicht an ihrem Hals. Die Frau murmelte ihm weitere schamlose Worte ins Ohr, Anton verstand in dem Lärm längst nicht alles, aber die Wortfetzen, die bis zu ihm vordrangen, klangen heiser und vielversprechend. „Ich bin Martje, du wirst es mir sicher zeigen. Komm, wir gehen auf mein Zimmer." In einem fort murmelte sie solcherlei Dinge.

Schließlich zog sie ihn an der Hand hinter sich her, die Treppe hinauf in eine Kammer. Dort war, von einem heimeligen Kerzenlicht beleuchtet, außer einer Bettstatt mit vielen Kissen nur ein Tisch mit einem Spiegel zu sehen, der Rest lag im Dunkeln.

Martje verschloss die Tür hinter sich, warf Anton mit einem einzigen Stoß auf ihr Bett und begann sofort damit, ihm seine Kleider vom Leib zu ziehen. Nachdem sie ihm die Hose ausgezogen hatte und er nackt mit einer stolzen Erregung vor ihr lag, pfiff sie anerkennend durch die Zähne. „Da hat aber einer viel Appetit, nicht wahr? Ist es das erste Mal für dich?" Als Anton den Kopf schüttelte, lächelte sie verschmitzt und fügte hinzu: „Du wirst sehen, so wie heute hast du es sicher noch nie getrieben."

Mit geübten Bewegungen öffnete sie die Verschnürung ihres Kleides und ließ es betont langsam über ihre Schultern hinabgleiten, so dass Anton ihren wohlgerundeten Körper im diffusen Licht erblickte. Unterkleidung schien sie gar nicht getragen zu haben, Anton erblickte sogleich das Dreieck der hellen gekräuselten Haare in ihrem Schoß. Als Letztes streifte sie ihre roten Schuhe von den Füßen und legte sich ohne große Umschweife zu ihm.

Ihre geschmeidigen Bewegungen rissen Anton augenblicklich in einen Strudel von Lust und Begierde. Ihre Hände schienen ihn überall zu liebkosen und ihr warmer feuchter Schoß drängte sich zu ihm hin. Sie stöhnte erregt, gurrte wie ein Täubchen und sprach Worte, die Anton alles andere vergessen ließen. Sie wälzten sich voller Begierde auf dem Lager, Anton wusste kaum noch, wo oben und unten war, bis er schließlich auf ihr lag und hart in sie eindrang. Jeder Stoß, mit dem er seiner Wollust freien Lauf ließ, wurde begleitet von einem Stöhnen, bis er sich schließlich mit einem einzigen lauten Aufschrei heiß in sie ergoss.

Angenehm müde rollte er sich danach auf die Seite, um ein wenig zu schlummern. Martje jedoch gab ihm einen kurzen Klaps auf sein Hinterteil und bedeutete ihm, sich umgehend wieder anzuziehen. Sie selbst verschwand im hinteren Teil des Raumes, Anton hörte das Geplätscher von Wasser, danach kehrte sie zurück und zog sich ihr tiefrotes Kleid wieder an, darauf bedacht, ihre Brüste gut zur Geltung zu bringen.

Als sie merkte, dass Anton noch immer in den Kissen lag, trieb sie ihn zur Eile an „Nun mach schon, mein lieber Anton, für heute wars genug. Zieh dich an und dann gib mir meinen Lohn, ich bekomme zwölf Groten von dir." Ernüchtert von diesen Worten schlüpfte Anton in seine Kleider und klaubte dann die verlangten Geldstücke hervor.

Plötzlich schrie Martje leise auf. „Verdammt, jetzt habe ich mich verletzt!", zischte sie zwischen den Zähnen hervor. Sie steckte den rechten Daumen in den Mund und hielt Anton einen ihrer Schuhe hin. „Die Schnalle ist schon seit Tagen verbogen. Ich bin damit neulich an der Tür hängengeblieben, jetzt steht der Dorn hoch." Noch einmal fluchte sie laut und warf den Schuh wütend in die

Ecke des Zimmers. „Ich werde mir wohl neue kaufen müssen", seufzte sie und streckte Anton die linke Hand hin. „Gib mir dein Geld und dann sieh zu, dass du loskommst. Ich habe nicht ewig Zeit."

Anton reichte ihr die Münzen, dann aber ging er in die Ecke des Zimmers, um den Schuh aufzuheben. Dessen gute Qualität erstaunte ihn. Er war aus weichem, rotem Leder gefertigt, hatte hohe Absätze und war mit aufwendigen Stickereien versehen. Die Schnalle war eine aufwendige Silberarbeit, verziert mit einigen Schmucksteinen.

„Das ist ein hochwertiger Schuh Martje, den solltest du nicht einfach wegwerfen. Die Schnalle kann ich dir reparieren. Du musst wissen, ich bin Gold- und Silberschmied, da ist das kein Problem für mich. Wenn du einverstanden bist, dann nehme ich sie mit. Wenn ich das nächste Mal zu dir komme, bringe ich sie dir wieder zurück." Martje nickte und lächelte Anton an. „Das wäre schön. Du bist ein Lieber, das habe ich sofort gewusst", raunte sie ihm zu. Anton spürte ihre Blicke, während er die defekte Schnalle vom Schuh löste und sie in seine Hosentasche steckte. „Lass dir aber nicht zu viel Zeit bis zu deinem nächsten Besuch, ich brauche die Schuhe nämlich. Ich verspreche dir, dass du als Dank dafür das nächste Mal meine Dienste umsonst in Anspruch nehmen kannst." Mit diesen Worten drückte sie ihm seine Jacke in die Hand, entriegelte die Tür und stieg vor ihm die Treppe hinab.

In der Wirtsstube herrschte Hochbetrieb wie zuvor, aber Anton stand nicht der Sinn danach, sich noch einmal niederzulassen. Er durchquerte den Raum Richtung Eingangstür. Einige der Kerle, die ihn hierher geschleift hatten, saßen noch immer am Tisch. Feixend und lachend winkten sie zu ihm herüber und stießen sich gegenseitig an. Anton hörte Sätze wie: „Die hat's ihm aber gegeben", oder „der wollte es wohl mal wissen, er sieht ja ganz schön mitgenommen aus" und in der Art noch mehrere. Er war heilfroh, als er schließlich die Tür erreichte. Aus den Augenwinkeln sah er noch, dass Martje gerade im Begriff war, sich dem Tisch ebendieser Männer zu nähern, da stolperte er auch schon Hals über Kopf hinaus durch die knarzende Tür in die sternenklare Nacht.

Müde und frierend irrte er durch die Gassen. In diesem Viertel der Stadt fand er sich nicht zurecht. Schließlich aber gelangte er in eine kleine Straße, die vom Fluss her ansteigend in das Zentrum zu führen schien. Viele Böttcherwerkstätten säumten den Weg. Dieses musste die Straße der Böttcher sein, von der Martin ihm erzählt hatte. Am Ende lichtete sich die enge Gasse und Anton trat hinaus auf den Marktplatz. Ein Nachtwächter schlurfte gerade am Roland vorbei. Kurz darauf blieb er stehen und blies zehnmal in sein Horn. „So spät ist es schon", dachte Anton, „da muss ich mich sputen. Morgen muss ich wieder früh hoch." Er nahm die Beine in die Hand und sah zu, dass er zur Herberge zurückkehrte, wo ihn eine angenehme Wärme empfing, die von dem Kaminfeuer in der Stube herrührte. Schnell schlüpfte er in sein Bett und fiel sogleich in einen tiefen, traumlosen Schlaf.

Den kommenden Tag verlebte er wie durch eine milchige Glasscheibe vom Rest der Welt getrennt. Die Arbeit in der Werkstatt ging ihm nicht so leicht wie sonst von der Hand. Er versuchte es redlich, sich auf die Zeichnungen zu konzentrieren, aber immer wieder wichen seine Gedanken ab.

Es war nicht so, dass er fortlaufend an Martje denken musste, wenn sie auch immer wieder in seinem Kopf herumspukte. Vielmehr bedrängten ihn Schuldgefühle wegen dem, was er getan hatte. Er hatte sich der Wollust hingegeben. Dies widersprach Gottes Gebot. Ein brennendes Schamgefühl stieg in ihm hoch. Gleichzeitig aber hatte er das Erlebnis zutiefst genossen, er bereute es nicht. Diese zwei Pole kämpften in seiner Brust und ließen ihn nicht zur Ruhe kommen.

So quälte er sich durch die nächsten Stunden. Schließlich zog er seufzend die Silberschnalle von Martjes Schuh aus der

Hosentasche und begann mit der Reparatur. Das war keine große Sache, sie erforderte nur wenig Konzentration. Kaum eine Viertelstunde hatte er damit zu tun, dann war diese Arbeit erledigt und es blieb ihm nichts, als sich wieder den Zeichnungen zuzuwenden. Am Abend verließ er erschöpft die Werkstatt, ohne mit den Entwürfen wesentlich vorangekommen zu sein.

15

Oldenburg,
Samstag, 26. Oktober 1799

Sophia liebte die Arbeit in der Ellenwarenhandlung. Kein Tag verging, an dem sie nicht am Morgen erwartungsfroh zum Geschäft ging und am Abend zufrieden in die Küche von Geschen zurückkehrte.

Die Tage hatte Sophia sich so eingerichtet, dass sie noch vor dem Frühstück ihre täglichen Verrichtungen für Geschen erledigte. Sie holte einen Tagesvorrat Holz und Wasser für sie und kümmerte sich darum, dass der Herd stets ausreichend befeuert wurde. Sie half ihr dabei, den Steinboden der Küche zu fegen und zu schrubben und die Tranlampen neu zu befüllen. Mehrmals in der Woche schickte Geschen sie noch vor dem Frühstück zum Bäcker Pape, der gleich zwei Häuser weiter seine Backstube und dazu eine kleine Hökerei betrieb. Bereits nach einigen Tagen wusste Pape Bescheid, dass jetzt nicht mehr Geschen, sondern Sophia die Einkäufe erledigte. Es kam nicht selten vor, dass er für Sophia bereits einen Korb mit frischem Brot beiseitegestellt hatte, damit sie nicht warten musste. Dann und wann steckte er ihr eine Semmel zu, die Sophia gerne annahm.

Fast täglich musste Sophia zudem in der Mittagspause Besorgungen erledigen. Sie tat dies gern, kam sie doch so in der Stadt herum, lernte die Leute kennen und hörte manche interessante Geschichte.

Da war der Schlachter Griese in der Achternstraße 24. Geschen schwor, er habe die besten Würste für den Eintopf und der Schinken sei der leckerste in der ganzen Stadt. Für die Besorgung feiner Köstlichkeiten schickte sie Sophia meistens zum Kaufmann Bulling in der Langen Straße Nummer 8, gleich schräg gegenüber dem Haus der Schröders. Als Sophia diesen Laden zum ersten Mal betrat, stieg ihr der Duft verschiedenster Köstlichkeiten in die Nase. In einer Ecke lagerten Säcke gefüllt mit Kaffeebohnen, Zucker und fein gemahlenem Mehl und Fässer mit eingelegten Gurken, Heringen oder Sauerkraut. An der Wand stapelten sich Holzkisten, in denen Flaschen gelagert waren und Sophia meinte sogar, Schokolade und Marzipan in einer Schachtel gesehen zu haben. In den Regalen standen, fein aufgereiht, große und kleine Dosen, gefüllt mit verschiedenen Teesorten, getrockneten Erbsen oder Linsen und in dickwandigen Gläsern erspähte Sophia einiges Zuckerzeug.

Ein paar Häuser weiter, in der Langen Straße Nummer 11, betrieb der Wirt Hilbert Tiemann eine Wirtschaft. Neben Hochprozentigem bot er auch Käse, Milch, Butter und Sahne an. Hierhin schickte Geschen sie oft, um die feine Butter zu besorgen, die sie gerne zum Kochen verwendete. Als Sophia den Laden von Tiemann betrat, erkannte sie den Mann hinter dem Tresen sofort wieder. Er war es, den sie so oft früh am Morgen die Kuh aus der Toreinfahrt treiben sah, bis diese dann gemütlich in Richtung Norden davontrottete.

Gleich neben Tiemann betrieb Ludwig Sartorius einen Handel mit Drogeriewaren und verschiedenen Gewürzkräutern. Geschen ging dann und wann noch selbst dorthin, um ein Tütchen Muskat,

Pfeffer oder Bohnenkraut zu erstehen. Nur, wenn ihre Beine so gar nicht wollten, schickte sie Sophia für derlei Besorgungen.

Alle weiteren Dinge für den täglichen Speiseplan musste Sophia samstags auf dem Markt erstehen. An diesem Tag drückte Geschen ihr schon frühmorgens einen Korb in die Hand. Sie drängte Sophia, sich alle Einkaufswünsche auf einem kleinen Zettel gewissenhaft zu notieren. Kaum konnte sie es abwarten, bis Sophia in der Mittagspause kam, um ihr die bestellten Waren zu bringen.

Sophia liebte es, über den Wochenmarkt zu schlendern, auf dem neben Fisch, Fleisch- und Wurstwaren, Eiern, Käse und anderen Milcherzeugnissen vor allem Obst und Gemüse feilgeboten wurden. Zudem gab es Steinzeug, Gläser, Brenn- und Bauholz, Flachs, Hanf und Ellenwaren, Leitern, Körbe, Lederwaren und manch anderen Kram. An diesem letzten Samstag im Oktober jedoch erledigte sie die Einkäufe, die sie sonst mit viel Sorgfalt durchführte, in Windeseile. Sie wollte unbedingt die Mittagspause noch dazu nutzen, bei Meister Weber vorbeizugehen, um sich nach den Verschlüssen für ihren Haarschmuck zu erkundigen.

Ein wenig außer Atem betrat sie die Goldschmiedewerkstatt. Zu ihrer Freude traf sie den Meister selbst an. Er nickte ihr freundlich zu, als er sie erkannte.

„Fräulein Mohr, Ihre Sachen sind bereits fertig. Mein Lehrjunge hat fleißig daran gearbeitet." Aus einer Schublade zog er den Haarschmuck und breitete jedes Stück sorgfältig vor ihr aus. Sophia prüfte jedes einzelne Schmuckstück genau.

„Die Arbeiten sind sehr schön geworden", sagte sie schließlich, „was bin ich Ihnen dafür schuldig?"

„Elf Werkstücke zu 12 Groten, das macht 132 Groten. Das ist dann ein Taler und 60 Groten." Sophia zog ihre Geldkatze hervor und klaubte die erforderlichen Münzen zusammen. „Entschuldigen Sie, Fräulein Mohr, aber ich kann mir die Frage nicht verkneifen, was Sie mit den Schmuckstücken vorhaben. Falls Sie sie verkaufen möchten, so könnte ich Ihnen anbieten, sie hier bei mir zum

Verkauf auszulegen. Ihre Arbeiten gefallen mir sehr. Sollte sich das Geschäft gut anlassen, dann wäre ich auch bereit, interessierte Kundinnen, die sich von ihren eigenen Haaren ein Schmuckstück anfertigen lassen wollen, an Sie zu verweisen. Was meinen Sie dazu?"

Verdutzt starrte Sophia Meister Weber an. „Das ist eine gute Gelegenheit für mich", stotterte sie überrumpelt. Ich weiß gar nicht, ob ich das annehmen kann."

„Aber natürlich können Sie das", entgegnete der Meister. „Schließlich verdienen wir beide daran, ich fertige ja die Verschlüsse an. Sie können den Schmuck gleich hierlassen. Sagen Sie mir nur die Preise, die ich für jedes Schmuckstück nehmen soll."

Bedächtig schob Sophia Stück für Stück des Haarschmucks über den Werktisch hinüber zu Meister Weber. Dabei nannte sie für jedes Schmuckstück den Preis, den sie erzielen wollte. „Diese zehn Teile können Sie verkaufen", sagte sie abschließend. „Nur die Uhrenkette möchte ich mitnehmen, die will ich selbst zu Weihnachten verschenken." Als alles geregelt war, reichte sie dem Meister die Hand zum Abschied.

„Bevor Sie gehen, möchte meine Frau Sie gern sprechen", sagte Meister Weber schnell. „Sie ist oben mit unserem Nachwuchs, dem kleinen Ernst Friedrich." Der Meister führte sie die schmale Treppe in den ersten Stock hinauf bis in die Küche.

Am Tisch saß eine Frau, etwa in Sophias Alter, die einen Säugling im Arm hielt. Fasziniert starrte Sophia sie an. Die Frau war nicht nur hübsch, sie war wunderschön. Langes, rotes Haar fiel ihr in Wellen über die Schulter bis zur Hüfte hinab. Ihr ebenmäßiges, blasses Gesicht leuchtete im Mittagssonnenschein. Die Frau lächelte sie freundlich an und bat sie, bei ihr am Tisch Platz zu nehmen. „Wilhelm, ich brauche dich hier nicht mehr", sagte sie lächelnd zu ihrem Mann. „Lass uns doch bitte für einen Moment allein." Nachdem Meister Weber den Raum verlassen hatte, wandte Frau Weber sich Sophia zu. „Fräulein Mohr, ich habe Ihre Arbeiten aus Haarschmuck gesehen. Sie haben mich begeistert und ich möchte Sie bitten, etwas für mich anzufertigen. Ich möchte meinem Mann zu Weihnachten gern eine Uhrenkette aus meinen eigenen Haaren schenken. Was denken Sie, ist mein Haar dafür geeignet?"

Ohne zu überlegen, nickte Sophia. „Aber natürlich, Frau Weber, schöneres Haar als Ihres habe ich tatsächlich noch nie gesehen. Auch die Länge wird mehr als ausreichend sein für eine Uhrenkette. Ich würde den Auftrag sehr gern für Sie übernehmen, allerdings wird das nicht ganz billig. Ich muss etliche Stunden für die Arbeit an der Kette verwenden, es erfordert viel Sorgfalt."

Frau Weber nickte bestätigend. „Das verstehe ich. Die Bezahlung sollte kein Problem sein, ich habe einige Rücklagen. Würden Sie den Auftrag also übernehmen?"

Sophia willigte gern ein. „Ich müsste dann aber Haare von Ihnen bekommen. Am einfachsten wäre es, wenn ich sie selbst abschneiden würde. Keine Angst, man wird es gar nicht sehen, ich schneide an vielen verschiedenen Stellen sehr dünne Strähnen heraus." Frau Weber runzelte die Stirn. „Wir können es schlecht hier machen, mein Mann würde es sofort bemerken. Kann ich vielleicht am Sonntagvormittag um zehn Uhr mit Ernst Friedrich zu Ihnen kommen? Mein Mann besucht dann den Gottesdienst, er wird es nicht bemerken." „Das dürfte kein Problem sein", entgegnete Sophia. „Ich kann Ihnen dann auch die verschiedenen Kettenmuster zeigen, Sie können sich gern eines aussuchen."

Vom Glockenturm her vernahmen die beiden Frauen einen langen Glockenschlag. Es war ein Uhr, Zeit für Sophia, zur Ellenwarenhandlung zurückzukehren. „Ich muss wieder zur Arbeit", sagte sie rasch. „Ich erwarte Sie dann am Sonntag gegen zehn Uhr in der ‚Langen Straße‘ im Haus, in dem die Weinhandlung der Schröders ist.

16

Das Wetter war umgeschlagen und ein unangenehmer Nieselregen lag über der Stadt. Dazu war es bitterkalt geworden. Anton schlug seinen Jackenkragen hoch und sah zu, dass er in den Rathauskeller kam. Er würde es sich nicht verzeihen, wenn er die Ankunft seines Freundes verpassen würde, nur weil er ein wenig unpässlich war.

Missmutig saß er an seinem angestammten Platz in der Halle, einen Becher Moselwein vor sich. Ohne große Hoffnung schaute er sich in dem Raum um, als sein Blick plötzlich an dem Modell einer Fleute, eines stolzen Handelsschiffes, hängen blieb. Es hing recht weit oben unter dem Gewölbe, wohl deshalb war es ihm bisher nicht aufgefallen. Dieser Segler war ein schlankes Schiff mit geringen Aufbauten, einem durch die stark nach innen gekrümmten Spanten schmalen Deck, einem bauchigen Laderaum und einem Rundgatt am Heck. Seine drei hohen Masten und kurzen Rahen trugen schmale und hohe Segel.

Anton gefiel dieses Schiff sehr. Genauso hatte er sich den Segler vorgestellt, der neben der „Proserpine" seine Entwürfe zieren sollte. Wie von selbst entstand in seinem Kopf das Bild des Silbertabletts, dessen Spiegel mit einer Szene eines solchen Segelschiffes auf hoher See geschmückt war. Die Medaillons am Rand würden ebenfalls diese Motive tragen. Die Deckelknäufe der Kaffeekannen würden in der Form der beiden Segler geformt sein und auch die Zuckerschale und das Milchkännchen, selbst die Kaffeelöffel und die Kerzenständer würden Segelschiffe als Motiv tragen. Kurz entschlossen zog Anton seinen Zeichenblock und verschiedene Bleistifte aus der Tasche und begann mit Feuereifer, das Segelschiff aus verschiedenen Blickwinkeln zu zeichnen. So vergaß er zum ersten Mal an diesem Tag seine Bedrängnis.

Georg war wieder nicht im Rathauskeller aufgetaucht. Zu später Stunde machte Anton sich auf den Rückweg zur Herberge. Der Nieselregen hatte sich verzogen, ein sternenklarer Himmel wölbte sich über ihn. Trotz der nagenden Sorge um Georg war Anton recht guter Stimmung. Er war sich sicher, jetzt würde er zügig mit seinen Entwürfen vorankommen. Bestimmt würde er sie Meister Rönneberg schon am Ende der kommenden Woche vorlegen können.

Trotz der kalten Witterung nahm Anton noch einen kleinen Umweg, die frische Luft tat ihm gut und machte ihm den Kopf frei. Fast wäre er gestürzt, als er auf dem eisglatten Kopfsteinpflaster den Halt verlor. „Wir haben erst Ende Oktober und bereits jetzt gibt es den ersten Frost", dachte Anton bestürzt. „Ich kann nur hoffen, dass Georg, falls er schon unterwegs hierher ist, eine warme Bleibe gefunden hat."

Als er den Gastraum der Herberge betrat, brannte dort, anders als sonst, noch ein schummriges Kerzenlicht. In der Ecke an einem Tisch hockte eine zusammengesunkene Gestalt auf der Bank. Fast wollte Anton achtlos vorbeigehen, da hörte er den Herbergswirt im Nebenraum nach ihm rufen:

„Hey Auling, bist du das?" Müde kam der Wirt in die Gaststube geschlurft. „Gut, dass du endlich kommst. Du hast hier einen Besucher. Der wartet schon seit Stunden auf dich. Der Junge ist völlig abgebrannt, hat nicht einmal ein paar Groten, um ein Bier zu bestellen, geschweige denn, um ein Bett zu bezahlen."

Der Wirt zündete eine Laterne an und leuchtete damit in Richtung des Mannes.

„Er sagt, er kennt dich gut, daher hab ich ihn dort sitzen lassen. Er scheint nicht gut zuwege zu sein, schau doch mal nach ihm."

Fassungslos schaute Anton zu dem jungen Mann hinüber. In dem trüben Licht konnte er nicht viel sehen. Als er sich jedoch dem

Tisch näherte, erkannte er, dass dieser Mann Georg Niederegger war, sein lang erwarteter Freund aus Münster. Schnell setzte er sich zu ihm und legte ihm den Arm um die Schulter. Er spürte, dass Georg völlig abgemagert war, dazu zitterte er, seine Zähne schlugen ihm aufeinander. „Wirt, bring uns doch bitte eine Kanne Tee mit Rum. Ich wäre Ihnen auch für ein paar Blutwurstbrote sehr dankbar. Natürlich zahle ich alles. Dies ist tatsächlich mein Freund Georg, auf den ich seit Wochen warte. Es geht ihm nicht gut."

„Gott sei Dank, nun bist du endlich da", sagte er, zu Georg gewandt. „Dein Bote, der Wandergeselle Franz, hat mir ausgerichtet, dass du sehr krank warst. Ich habe mir große Sorgen um dich gemacht. Jetzt trink erstmal etwas Warmes und dann werden wir weitersehen."

Als der Wirt die Bestellung an den Tisch brachte, schaute er nachdenklich auf Georg. „Nicht, dass der mir hier was einschleppt. Der Junge sieht nicht gut aus." Aber Anton beruhigte ihn.

„Georg ist nur völlig erschöpft. Er hat die Influenza gehabt. Jetzt braucht er Ruhe und gut zu essen und zu trinken, damit er wieder auf die Beine kommt. Habt Ihr noch ein Bett in der Herberge frei?"

Wie Anton es schon befürchtet hatte, schüttelte der Wirt den Kopf. „Nein, im Moment ist nichts frei. Erst am Samstag ziehen zwei Burschen weiter. In diesem Zustand würde ich deinen Freund auch nicht in einer der Schlafkammern nächtigen lassen, wer weiß, was tatsächlich mit ihm ist." Als Anton ihn entsetzt anschaute, fügte er nach kurzer Zeit hinzu:

„Meinetwegen kann er hinten im Stall auf dem Strohlager schlafen. Dort ist es trocken. Ich gebe dir ein paar Decken für ihn. Wenn es ihm bis Samstag besser geht, kann er gerne ein Bett bei mir bekommen, vorausgesetzt, er ist Geselle und du übernimmst erst mal die Kosten für ihn."

Ohne zu zögern, nickte Anton, schenkte Georg von dem heißen Getränk ein und drückte ihm den Becher in die Hand. Noch hatte Georg kein Wort gesprochen. Anton sah ihm an, dass er dazu im

Moment kaum in der Lage war. Still aß er von dem Blutwurstbrot, schlürfte den heißen Grog und schlief schließlich am Tisch ein.

Anton bereitete ihm mit den Decken, die der Wirt ihm hingelegt hatte, ein notdürftiges Lager, ging dann zurück in die Gaststube, weckte seinen Freund und half ihm hinüber. Kaum hatte er Georg zugedeckt, war dieser auch schon wieder eingeschlafen.

Nachdenklich ließ Anton ihn dort unten zurück, stieg die Treppe zu seinem Schlafraum hinauf und schlüpfte müde in sein Bett. Im Dunkeln sprach er, nur in seinen Gedanken, ein Nachtgebet. Niemals hätte er in dieser Schlafstube, die er mit fünf anderen Gesellen teilte, laut gebetet. Da hätte er sich zum Gespött der gesamten Herberge gemacht, dessen war er sich gewiss. Er dankte Gott dafür, dass er ihm seinen Freund gebracht hatte, flehte um eine baldige Genesung von Georg, bat um Verzeihung für seine Sünden, gelobte Besserung und dankte ihm für seinen Schutz auf allen seinen Wegen. Mit sich und der Welt im Reinen erwartete er den kommenden Schlaf.

17

Oldenburg,
Sonntag, 27. Oktober 1799

Fröstelnd erwachte Sophia am Sonntagmorgen. Es war kalt in ihrer Kammer, sie konnte ihren Atem vor den Augen sehen. Müde zog sie sich die Decke bis über die Nase, aber auch das half nicht. Schlaftrunken schwang sie die Beine aus dem Bett und schlurfte zum Fenster. Die Sonne war noch nicht aufgegangen, in der Dämmerung jedoch konnte Sophia den Frost auf den gegenüberliegenden Dächern glitzern sehen.

Er war früh in diesem Jahr, schließlich war es noch nicht einmal November.

Eilig zog sie sich ihre Nachtwäsche vom Körper und schlüpfte schnell in ihre wärmenden Kleider. Im letzten Winter hatte sie sich ein wollenes Schultertuch gestrickt, auch das legte sie sich um. Sie griff nach dem Briefpapier, welches sie sich auf dem Kramermarkt gekauft hatte, klaubte einen Bleistift aus ihrem Holzkästchen und lief dann hinunter zu Geschen in die Küche. Bevor Frau Weber zu ihr kommen würde, wollte sie endlich den Brief an Anton schreiben, das schob sie schon viel zu lange vor sich her.

In der Küche war es mollig warm, Geschen hatte schon in aller Frühe den Herd angefeuert. Zudem duftete es nach frisch gebackenem Apfelkuchen mit Zimt. Sophia schnupperte erstaunt. „Geschen, du hast ja gebacken", begrüßte sie die alte Frau. „Ist denn heute ein besonderer Tag?" Geschen lächelte Sophia fröhlich an. „Für mich schon, mein Kind. Ich habe heute Geburtstag. Fünfundsiebzig Jahre werde ich heute, das wollte ich gern ein wenig mit dir feiern."

Sophia legte den Arm um Geschens Schulter und drückte sie herzlich. „Ach Geschen, hättest du mir doch vorher etwas davon gesagt, dann hätte ich eine Kleinigkeit für dich besorgen können." Die alte Frau winkte ab. „Ich will doch keine Geschenke, ich habe doch alles, was ich brauche. Wenn du und deine Freundin Elise heute Nachmittag mit mir feiern, dann bin ich glücklich. Jetzt setze dich aber erst einmal, dein Frühstück ist schon fertig. Heute habe ich sogar ein Ei für dich gekocht."

Gemütlich saßen die beiden Frauen eine Weile zusammen. Geschen seufzte, als die Herrschaften von oben energisch nach ihr läuteten. „Die sind sicher auch aus den Betten gekrochen, da will ich ihnen mal ihr Frühstück bringen."

Geschen holte allerlei Teller und Schüsseln aus der Speisekammer und stapelte sie auf ein Tablett. Dazu stellte sie eine Kanne Bohnenkaffe und vier Eier, hob ächzend das Tablett an und schlurfte hinaus. „Ewig geht das nicht mehr so weiter", dachte Sophia. „Geschen kann ja kaum noch Treppen steigen, geschweige, das schwere Tablett hinaufschleppen. Ich werde bei Gelegenheit einmal mit Frau Schröder sprechen, ob es nicht eine bessere Lösung gibt."

Noch immer ein wenig müde schob Sophia den Teller zur Seite und legte das Briefpapier auf den Tisch. Die ersten Sätze gingen ihr zügig von der Hand. Sie schrieb Anton von ihrem Alltag in Oldenburg, von ihrer Arbeitsstelle, von Geschen und wie gut sie es bei ihr getroffen hatte. Nachdem sie von den gemeinsamen Unternehmungen mit Elise berichtet hatte, fiel es ihr schwer, Worte zu finden für das, was sie Anton zudem noch mitteilen wollte. Gern hätte sie ihm geschrieben, dass sie Sehnsucht nach ihm hatte, dass sie es gar nicht erwarten konnte, ihn wiederzusehen, dass sie sich nach seinen Küssen und Umarmungen sehnte und dass sie innig hoffte, er würde genauso empfinden. Aber sie traute sich nicht, dieses aufzuschreiben. Was wäre, wenn Anton kaum noch an sie dachte, wenn er vielleicht sogar längst eine andere gefunden hatte? Vielleicht erging es ihr ja genauso wie Elise, die von August einfach sitzengelassen worden war.

Traurig legte Sophia den Kopf in ihre Hände. Es hatte ja keinen Sinn, irgendwie musste sie den Brief beenden. „Ich hoffe, es geht dir gut. Ich denke oft an dich und an unsere schöne Zeit in Vechta. Schreibe mir doch bald einmal wieder. Deine Sophia."

Entschlossen faltete sie das Blatt zusammen und steckte es in einen Umschlag. Gleich morgen würde sie den Brief zur Post bringen, dann könnte sie es sich nicht noch einmal anders überlegen.

Da sie gerade dabei war, zog sie einen weiteren Briefbogen zu sich heran und schrieb eine kurze Nachricht an ihre Mutter und an Gottlieb. Zunächst formulierte sie fast die gleichen Sätze, wie sie sie an Anton geschrieben hatte. Der Schluss war jedoch natürlich ein ganz anderer. „Ich komme zu Weihnachten nach Diepholz", endete sie. „Am Montag, dem 23. Dezember, brechen Elise und ich von hier auf. Es war nicht einfach, Frau Grovermann davon zu überzeugen, dass ich an den beiden letzten Tagen vor Weihnachten nicht mehr in ihrem Geschäft arbeiten werde. Schließlich hat sie es aber erlaubt. Am Freitag, dem 27. Dezember, werden Elise und ich wieder nach Oldenburg zurückkehren, dann wisst ihr das schon einmal." Sie schrieb noch ihren Namen unter den Brief, dann legte sie ihn zu dem anderen.

Gerade hatte sie ihre Schreibutensilien zusammengepackt, da erschien Geschen mit hochrotem Kopf wieder in der Küche. „Da soll doch mal einer!", sagte sie wütend und ließ das Tablett krachend auf den Tisch fallen. Ächzend setzte sie sich auf einen Stuhl. Sie atmete heftig. „Die Herrschaften sind wahrlich nicht immer einfach", presste sie schließlich hervor. „Heute konnte ich ihnen gar nichts recht machen. Der Kaffee war zu kalt, die Eier zu hart gekocht und der Schinken zu dick geschnitten. Wenn das so weitergeht, dann werfe ich ihnen eines Tages alles vor die Füße." „Ach, Geschen, gräme dich nicht so. Die Herrschaften wissen genau, was sie an dir haben, da mach dir mal keine Gedanken. Weißt du was? Ich helfe dir jetzt schnell beim Abwasch und dann kommt auch schon bald die Frau Weber, von der ich dir erzählt habe. Du wirst staunen, so eine hübsche Frau mit so wunderschönen Haaren hast du sicher noch nie gesehen." Ein wenig getröstet von Sophias Worten nickte Geschen.

Nach dem Abwasch holte Sophia eine Tafel aus ihrer Kammer, auf der verschiedene kurze Bänder und Kordeln befestigt waren. Neben jede Kordel und neben jedes der flachen Bänder hatte sie säuberlich eine Nummer angepinnt. „Seitdem ich mit der Arbeit an dem Haarschmuck begonnen habe, fertige ich immer eine kleine Probe an, bevor ich einer Arbeit beginne", erklärte sie Geschen, die ratlos auf die Tafel blickte. „Damit ich später noch weiß, um welches Muster es sich handelt, nummeriere ich alles. So können die Kunden wählen, wie sie es gerne hätten. Ich hoffe, Frau Weber kann sich für eines der Muster entscheiden."

Um kurz nach zehn Uhr erschien die rothaarige Frau, in dicke wollene Tücher gewickelt, den schlafenden Säugling auf dem Arm. Geschen schlug entzückt die Hände zusammen, als sie das kleine Gesicht des Kindes betrachtete. „Darf ich Ihren Sohn halten, während Sophia Ihnen die Haare schneidet?", fragte sie bittend. „Gerne, ich bin froh, wenn ich die Arme einmal frei habe", entgegnete Frau Weber freundlich und legte Geschen den Säugling in den Arm. „Viel Zeit haben wir nicht", sagte sie dann zu Sophia. „Mein Mann ist zum Gottesdienst gegangen, in einer guten Stunde wird er zurück sein. Reicht die Zeit dafür?"

Sophia runzelte die Stirn. „Vermutlich nicht, aber wir fangen einfach einmal an." Sorgfältig kämmte Sophia die Haare von Frau Weber zur Seite. Mit einer zierlichen Schere schnitt sie direkt an der Kopfhaut eine kleine Strähne ab. Vorsichtig legte sie die Haare auf den Tisch, kämmte dann die Haare der Frau zwei Fingerbreit weiter und schnitt erneut eine Strähne heraus. So fuhr sie fort. Geschen saß derweil überglücklich am Küchentisch und schaute den beiden Frauen zu. Der Säugling in ihrem Arm schlief tief und fest, nur ab und zu gab er schmatzende Geräusche von sich. „Es ist gleich Viertel vor elf", sagte sie geraume Zeit später nach einem Blick auf die Uhr, die ihr gegenüber an der Wand hing.

Sophia war mit der Arbeit gut vorangekommen, fertig war sie jedoch noch nicht. „Frau Weber, die Haare, die ich bis jetzt geschnitten habe, reichen zwar dafür aus, dass ich mit der Arbeit an der Uhrenkette beginnen kann, aber ich werde noch mehr Haare benötigen. Können Sie am nächsten Sonntag noch einmal wiederkommen? Dann wird die Zeit sicher reichen." „Vorausgesetzt, mein Mann hat heute nichts gemerkt, sollte das möglich sein", entgegnete Frau Weber. Sie warf einen fragenden Blick auf die Mustertafel. „Kann ich mir ein Muster für die Kette aussuchen? Ich hätte gern eine runde Kordel, haben Sie dafür verschiedene Vorlagen?" Sophia reichte Frau Weber die Tafel. „Es sind mehrere runde Kordeln dabei, suchen Sie sich eine aus."

Schnell entschied Frau Weber sich für ein schlichtes Muster. „Das ist sehr hübsch, ich denke, es wird Wilhelm gefallen. Fräulein Mohr, Sie machen mir eine große Freude damit, dass Sie den Auftrag angenommen habt. Ich wäre gern noch ein wenig hiergeblieben, hier ist es so schön warm und gemütlich, aber ich muss dringend los." Schnell schlüpfte sie in ihr dickes Wolltuch. Geschen half ihr, den Säugling ebenso darin einzuwickeln, dann verabschiedete Frau Weber sich eilig und verschwand in die neblig kalte Oktoberluft.

Am Nachmittag kam Elise. Es brauchte keinerlei Überredungskünste, sie zum Apfelkuchen einzuladen. Dazu schenkte Geschen großzügig Pflaumenlikör aus.

„Den hat Frau Schröder mir letzte Weihnachten geschenkt, so langsam muss der doch mal weg. Trinkt Mädchen, solange noch was da ist." Zufrieden lächelte sie den beiden Frauen zu, die fröhlich bei ihr am Küchentisch saßen.

„Sophia, mein Kind, wenn ich dich nicht hätte, dann könnte ich hier gar nicht mehr weitermachen. Aber wo sollte ich denn hin? Ich habe keine Familie, keinen Mann und keine Kinder, bloß zwei Nichten, die in Bardenfleth wohnen. Ich habe kaum Kontakt zu ihnen. Viel Geld haben die auch nicht, sie arbeiten als Mägde auf einem Hof und haben so gerade einmal ihr notwendigstes Auskommen." Geschen schüttelte den Kopf.

„Was denkt ihr, wie ich im Alter fertig werden soll, wenn es gar nicht mehr geht mit meinen Beinen?" Sophia zog die Schultern hoch und schüttelte den Kopf. Auch Elise schaute Geschen ratlos an.

„Darüber habe ich noch niemals nachgedacht", sagte sie kleinlaut. „Noch bin ich ja jung und kräftig." Geschen nickte wissend.

„Ja, so ist es, wenn man jung ist, mir ging es genauso. Unser Herzog aber, der hat sich zum Glück Gedanken gemacht um das Auskommen der Witwen und Waisen, der Alten und Kranken, der Seeleute und der Armen. Er hat gleich zu Beginn seiner Amtszeit vor dreizehn Jahren eine Ersparungskasse gegründet. Dort können wir jeden Monat ein wenig Geld von unserem Lohn zu einem günstigen Zinssatz sicher anlegen. Mindestens 36 Groten muss man im Monat einzahlen, mehr als 25 Reichstaler dürfen es in einem halben Jahr aber nicht sein. Die Kasse ist nicht für die Reichen, all die Leute mit Häusern und Grundbesitz und Säcken voller Geld. Nein, ausdrücklich für die kleinen Leute wie mich ist diese Ersparniskasse gedacht, damit ich im Alter Rücklagen habe und nicht auf die Armenkasse oder die kirchliche Fürsorge angewiesen bin. Ich habe sofort nach der Gründung das erste Geld eingezahlt und heute ist, dank der Zinsen, schon ein ganz beträchtliches Sümmchen zusammengekommen. So Gott will und mit deiner Unterstützung", bei diesen Worten lächelte sie Sophia warm zu, „kann ich dort auch noch einige Zeit weiter einzahlen."

Kurz hielt sie inne, dann griff sie zur Likörflasche. „Kommt, Mädchen, trinkt noch einen mit mir. Wer weiß, wann wir wieder so fröhlich beieinandersitzen können?"

Als Elise sich um sechs Uhr erhob, um zu ihrer Arbeitsstelle zurückzukehren, wankte sie ein wenig. Kichernd hielt sie sich die Hand vor den Mund. „Ich glaube, ich habe zu viel von dem Likör gehabt", grinste sie. „Wenn das meine Herrschaft mitbekommt, dann ist der Teufel los." Sophia hakte sie unter. „Ich begleite dich bis zu den Scholtzes, damit du heil dort ankommst. Du wirst sehen, die frische Luft wird dir wieder einen klaren Kopf machen."

18

Anton und Georg saßen, noch müde vom Vorabend, an dem es im „Roten Hahn" hoch hergegangen war, in der Gaststube der Gesellenherberge. Gerade verzehrten sie ihr Frühstück, als einer der Gesellen in den Gastraum stürmte.

„Habt ihr es schon gehört?", rief er vernehmlich durch den Raum. „Vor einer Woche hat Napoleon in Paris die Revolutionsregierung gestürzt. Er ist heimlich von seinem Ägyptenfeldzug zurückgekehrt und bereitete dann seine Machtübernahme vor. Nun hat ein Konsulat aus drei Männern die Macht in Frankreich und Napoleon ist der erste Konsul. Das ist das Ende der Französischen Revolution."

Lautes Gemurmel erhob sich im Raum. Die Meinung zu diesem Ereignis war geteilt. Einige der Gesellen klatschten laut johlend Beifall, während andere die Revolution und Napoleon verfluchten und die Zeiten der Monarchie zurückwünschten.

Genauso schnell, wie die Stimmung im Gastraum angeheizt worden war, kühlte sie auch wieder ab. Frankreich war weit weg und im Grunde glaubte niemand so recht, dass die Ereignisse in diesem fernen Land Auswirkungen auf die eigene Situation haben würde.

Auch Anton und Georg waren schon bald wieder in ein Gespräch vertieft.

„Ich werde mein Lebtag nicht vergessen, wie du hier im Oktober plötzlich in der Gaststube saßest, du warst wirklich sehr krank", erinnerte sich Anton. „Die Influenza hatte dich so sehr mitgenommen, dass du noch einige Tage brauchtest, um wieder voll und ganz auf die Beine zu kommen."

„Ja, und das ist mir auch nur durch deine gute Unterstützung gelungen", bekräftigte Georg. „Du hast mir schließlich immer gutes Essen besorgt, warme Kleidung und ein Bett hier in der Herberge. Das werde ich dir nie vergessen. Als ich mich damals aufmachte, um aus Osnabrück hierherzukommen, hatte ich keinen Taler mehr in der Tasche, mein ganzes Geld war in Osnabrück während meiner Krankheit aufgebraucht worden. Schließlich hatte ich einen Monat lang nichts verdient und musste dennoch die Herberge und das Essen bezahlen. Zum Glück hat sich ein Geselle auf meiner Stube ein wenig um mich gekümmert. Eines Tages, als ich schon weitgehend genesen war, sah ich keinen anderen Ausweg mehr, als mich möglichst schnell zu dir aufzumachen. Unterwegs habe ich Fuhrwerke angehalten, an eine längere Wanderung war gar nicht zu denken. Dennoch habe ich vier Tage gebraucht, um hier anzukommen. Ernährt habe ich mich weitgehend von Almosen, die mancher Kutscher mir zusteckte. Sie hatten wohl Mitleid mit mir und haben mir eine Stulle oder ein Bier spendiert. Nachts habe ich in Heuschobern oder Schafställen geschlafen und dabei bitterlich gefroren. Ich glaube, mich hat nur der Gedanke daran am Leben erhalten, dich hier zu finden. Der Fuhrmann, der mich die letzte Wegstrecke von Bassum aus mitgenommen hat, war ein besonders guter Kerl. Er wollte zum Markt nach Bremen, um dort Obst und Gemüse zu verkaufen. Dazu hatte er auch Zwetschgen- und Rhabarbermus in Tontöpfen dabei, auch Erdbeer- und Kirschmus gehörten zu seinem Angebot." Bei diesen Worten grinste Georg und leckte sich die Lippen. „Nachdem ich ihm erzählt hatte, dass ich Konditorgeselle bin, hat er mich alles probieren lassen. Einen Tontopf nach dem anderen hat er geöffnet. Du kannst dir nicht vorstellen, wie das allein geduftet hat." Tief sog Georg Luft durch die Nase ein. „Als wir dann auf dem Markt angekommen waren, hat er mir erstmal bei seinem Stand ein gemütliches Plätzchen hergerichtet und sich dann erkundigt, wo hier in Bremen die Gesellenherberge ist. Auf meinen Protest hin, ich wolle doch am Abend in den Rathauskeller, um dich dort zu suchen, hat er nur energisch den Kopf geschüttelt. „Ausgeschlossen", hat er gesagt. ‚Wie du aussiehst, lässt man dich da gar nicht hinein. Außerdem hast du kein Geld und du bist noch so schlapp, dass man dich umpusten könnte.' Schließlich hat er einen jungen Burschen gefunden, dem er zwei Birnen dafür in die Hand gedrückt hat, dass er mich hierher bringt. Zu meinem großen Glück konnte der Herbergswirt mir bestätigen, dass du tatsächlich hier untergekommen bist."

„Gott sei Dank", entgegnete Anton. „Stell dir vor, du hättest mich nicht gefunden, was wäre dann wohl geworden?"

Georg zuckte mit den Schultern. „Ich weiß es nicht, Anton, aber es ist ja alles gut gegangen. Jetzt bin ich wieder lebenslustig und fidel." Er grinste in Antons Richtung.

„Viel Spaß haben wir auch schon gehabt, hier in Bremen. Den Freimarkt habe ich ja leider verpasst, so schwach wie ich noch war. Inzwischen weiß ich aber dennoch, dass das Bremer Bier nicht zu verachten ist!"

Bei diesen Worten lachte er laut. Vermutlich dachte er an den Abend, als er nur noch mit Antons Hilfe in der Lage war, den Weg durch die Gassen Bremens zur Herberge zurückzufinden. So laut hatte er dabei gesungen, dass der Nachtwächter, der ihren Weg kreuzte, ihn energisch zur Ruhe wies.

„Auch das Rathaus mit seinem Ratskeller gefällt mir", fuhr er fort. „Noch viel mehr aber mag ich die Stunden im ‚Roten Hahn', wenn wir dort einige Mitspieler gefunden haben, um Karten zu spielen." Er lächelte vor sich hin.

„Dazu habe ich eine gute Anstellung bei einem Konditor am Marktplatz gefunden. Mit meiner Marzipanherstellung bin ich hier zwar noch keinen Schritt vorangekommen, dafür aber war die Bekanntschaft mit dem Fuhrmann aus Bassum Gold wert. Woche für Woche bietet der an seinem Stand auf dem Marktplatz seine

Fruchtmuse an, über Nachschub brauche ich mir keine Sorgen zu machen. Auf unserer Fahrt hierher hatte er mir berichtet, dass es in England sogar schon Fabriken gibt, die solche Muse einkochen und im ganzen Land verkaufen. Die Engländer nennen das „Jam“. Na ja, und ich hatte dann neulich die Idee, diesen „Jam“, in dem Fall war es ein Mus aus Kirschen, in meinen Kuchen einzubacken. Jetzt, im späten Herbst, gibt es ja sonst nur Apfel-, Birnen oder Pflaumenkuchen. So aber können die Kunden auch zu dieser Jahreszeit mal Kirschkuchen essen. Mein Meister ist ganz angetan von dieser Idee. Die Kunden haben ihm den Kuchen wohl aus den Händen gerissen. Neulich hat er mich gefragt, ob ich nicht auch einmal Johannisbeer- oder Erdbeerkuchen backen könne.“ Schmunzelnd sah er Anton an. „Du hörst es schon, mein Meister ist sehr zufrieden mit mir.“

Fröhlich klimperte er mit einigen Münzen in seiner Hosentasche. „Er bezahlt mich auch gut. Was hältst du davon, wenn wir heute Abend zusammen losziehen? Wir gehen in den ‚Roten Hahn‘, spielen ein paar Runden Karten und ich gebe dir einen aus.“

19

Oldenburg,
Sonntag, 1. Dezember 1799 (1. Advent)

In der Ellenwarenhandlung hatte Sophia täglich alle Hände voll zu tun. Manche Bürgersfrau benötigte noch dringend einen passenden Stoff, um für sich selbst, ihren Gatten oder ihren Nachwuchs zu Weihnachten ein Kleid oder eine Hose anfertigen zu lassen.

Die alte Frau Grovermann blühte in diesen Wochen auf. Sie

wurde es nicht müde, ihre Waren anzupreisen. Geschäftig lief sie im Laden hin und her, eilte von einer Kundin zur nächsten, kletterte trotz des Verbotes ihrer Tochter die Leiter hinauf und hinab, um den Kundinnen Stoffe präsentieren zu können, die auf den oberen Regalbrettern lagerten. Es war ihr nicht zu viel, selbst einen einzelnen Knopf mit werbenden Worten anzubieten.

„Diese Wochen vor Weihnachten sind die wertvollsten für unser Geschäft", erklärte sie Sophia während einer Mittagspause. „Nur die Ballwochen, in denen die Frauen neue Tanzkleider benötigen, kommen da annähernd mit. Also spute dich. Was wir jetzt nicht einnehmen, werden wir im ganzen Jahr nicht mehr verdienen."

So sehr Sophia ihre Arbeit liebte, so froh war sie, wenn sie abends in der Küche bei Geschen sitzen und endlich ihre geschwollenen Füße hochlegen konnte. Manchmal nahm sie auch ein Fußbad und rieb sich hinterher die Füße mit einer Salbe ein, die Elise ihr geschenkt hatte.

„Die hilft bei geschwollenen Füßen und gegen Hühneraugen, ich habe sie auf dem Wochenmarkt gekauft", hatte Elise erklärt. „Ich selbst habe mir auch ein Töpfchen davon besorgt. Die Paste enthält Kampfer, Rhabarberwurzel, Wermut und Eberwurzel. Du wirst sehen, sie wirkt Wunder."

Jetzt am Sonntag benötigte Sophia jedoch kein Fußbad und keine Fußsalbe. Völlig schmerzfrei saß sie am Tisch in Geschens Küche und arbeitete an der Uhrenkette für Frau Weber.

Die rothaarige Frau war tatsächlich am ersten Sonntag im November noch einmal zu ihr gekommen und hatte sich die benötigten Haare schneiden lassen. Zum Glück hatte ihr Mann von ihrem heimlichen Ausflug nichts bemerkt. Seitdem saß Sophia Abend für Abend bei Geschen und arbeitete an der Kette. Vorsichtig ließ sie den bereits fertiggestellten Strang durch ihre Finger gleiten. Das rote Haar der Auftraggeberin leuchtete im Kerzenschein wie Kupfer.

Sophia rückte näher an den vierarmigen Kerzenleuchter, den

Geschen mitten auf den Tisch gestellt hatte. Zu dieser Jahreszeit war es selbst am Nachmittag bereits so dunkel, dass sie ohne das Kerzenlicht nicht mehr genug sehen konnte. „Geschen, woher hast du denn den edlen Leuchter?", fragte Sophia. „Den habe ich hier noch nie gesehen, ist der aus Silber?"

Geschen nickte und legte einen Finger auf den Mund. „Nichts verraten", flüsterte sie, „der Kerzenständer gehört den Herrschaften. Neulich hat die Frau Kammerrat ihn mir zum Putzen mit in die Küche gegeben. Solange sie nicht danach fragt, behalte ich ihn erst einmal hier." Als sie Sophias bestürzten Blick sah, legte sie ihr begütigend eine Hand auf den Arm.

„Ich will ihn doch nicht stehlen, Sophia, wo denkst du hin? Nur während der Adventszeit ein wenig ausleihen. Heute ist doch der erste Advent und er bringt so einen festlichen Glanz in meine Küche. Du kannst so doch auch viel besser sehen." Verschmitzt blickte sie zu Sophia hinüber.

„Die Frau Weber wird sicher sehr zufrieden mit dir sein, die Kette sieht schon jetzt wunderschön aus. Kaum zu glauben, was man aus Haaren alles herstellen kann."

„Stell dir vor, Geschen, gestern ist Frau Weber zu mir in die Ellenwarenhandlung gekommen. Sie hat mir berichtet, ihr Mann habe bereits sieben Schmuckstücke von mir verkauft. Er hat auch schon Interessentinnen, die sich Schmuck aus ihren eigenen Haaren anfertigen lassen wollen." Sophia lächelte glücklich. „Geschen, das ist der Anfang meines eigenen kleinen Geschäftes. So lange warte ich schon darauf, meinen eigenen Schmuck verkaufen zu können."

Geschen wiegte bedächtig den Kopf. „Aber wie willst du es denn machen? Wann nimmst du dir die Zeit dafür, den Frauenzimmern die Haarsträhnen zu schneiden?"

„Die Interessentinnen können doch abends hierherkommen oder natürlich an den Sonntagen. Dazu können sie in der Ellenwarenhandlung einen Termin mit mir absprechen. Dagegen hat

Frau Grovermann nichts einzuwenden." Fragend sah sie Geschen an. „Und du hoffentlich auch nicht, oder?"

Geschen schüttelte den Kopf. „Die Kundinnen werden uns schon nicht die Tür einrennen. Mir soll es recht sein, so lerne ich vielleicht noch manch eine Bürgerin kennen und kann ein Schwätzchen halten."

Sophia schob die Jatte von sich und schüttelte die verspannten Finger. Sie kam gut voran. Bis Weihnachten würde sie fertig werden, da war sie sich sicher. Das Muster war nicht allzu schwierig. Versonnen schaute sie Geschen an.

„Gestern war ich übrigens bei dem Perückenmacher Janssen in der Achternstraße 51, du weißt sicher, wo das ist, nicht wahr?", fragte sie. „Mein Bruder hat diesem Perückenmacher nach dem Tod meines Vaters die Materialien aus der eigenen Manufaktur verkauft. Es war schon eigenartig, einmal wieder in einer Perückenwerkstatt zu sein. Kaum hatte ich den Raum betreten, empfing mich ein Geruch, den ich seit meiner Kindheit nur zu gut kenne. Ein Gemisch von Mottenpulver, Kampfer, Pomade, Kölnisch Wasser und Kernseife. Ich musste nur die Augen schließen und sah gleich die Werkstatt meines Vaters vor mir, die wuchtigen Regale, den großen Werktisch und den Stuhl mit den Armlehnen, der nur den Kunden vorbehalten war. Der Meister Janssen war sehr freundlich zu mir", fuhr sie fort. „Er ist ein noch recht junger Mann, kaum älter als ich selbst. Nachdem ich mich vorgestellt hatte, konnte er sich gut an meinen Bruder erinnern. Er wusste noch genau, dass der die Damen und Herren in Diepholz jetzt nur noch frisiert. Er hat mir erzählt, dass auch hier in Oldenburg kaum noch Perücken bestellt werden. Nur die älteren Herren zählen hin und wieder noch zu seinen Kunden. Dennoch findet Meister Janssen weiterhin sein Auskommen. Hier in Oldenburg gibt es den herzoglichen Hof, von dort werden noch einige Perücken in Auftrag gegeben. Zudem leben hier viele Juristen und Beamte. Bei denen ist eine

Perücke noch immer Pflicht, sie gehört sozusagen zur Berufs-
kleidung."

Sophia grinste. „Es war so lustig, Geschen. In Janssens Werkstatt
habe ich tatsächlich noch die hölzernen Perückenköpfe erblickt,
die er meinem Bruder abgekauft hat. Sie standen aufgereiht in einem Regal. Als ich genau hingeschaut habe, ist mir an einem der
Köpfe sogar noch eine Kritzelei aus meinen Kindertagen aufgefallen. Auf diesen Kopf hatte ich damals mit einem Bleistift lauter
Bartstoppeln gemalt. Ich hatte mir dafür eine Menge Ärger mit
meinem Vater eingehandelt."

Sophia lächelte eine ganze Weile in sich hinein. Nicht sofort ließen die Erinnerungen an ihre Kindheit in Diepholz sie wieder los.
„Weißt du, Geschen, ich wäre damals selbst so gern Perückenher-
stellerin geworden, aber das war natürlich nicht möglich. Mein
Bruder, der viel lieber Bäcker geworden wäre, war vom Vater bestimmt worden, die Werkstatt zu übernehmen." Sie strich sich über
die Stirn und verscheuchte damit die Gedanken an frühere Zeiten.
„Vorbei ist vorbei", sagte sie. „Nun bin ich hier in Oldenburg und
ich bin glücklich und zufrieden."

20

Bremen,
Sonntag, 8. Dezember 1799 (2. Advent)

Georg deutete auf ein Backblech, welches vor ihm und Anton auf
dem Tisch im Gastraum der Herberge stand. „Den Kirschkuchen
habe ich für die Kaffeetafel bei Wilkens gebacken. Martin hat ihn
bei mir bestellt. Es ist doch sehr freundlich von ihm, dass er uns

heute zum zweiten Advent eingeladen hat. Seine Eltern leben jetzt zwar im Altenhaus, aber sie kommen heute Nachmittag zu ihm. Na ja, und sein Bruder und dessen junge Frau, mit denen er hier in der Oelmühlenstraße wohnt, sind wohl, genau wie er selbst, nicht in der Lage, einen vernünftigen Kuchen zu backen."

Georg zwinkerte Anton zu. Er sprach von Martin Wilkens, der den beiden in den vergangenen Wochen ein guter Kamerad geworden war. Heute hatte er sie zu sich eingeladen. Er wollte seinen beiden Freunden, die fern der Heimat weilten, im Advent ein wenig Freude bereiten. Anton schaute auf seine Taschenuhr. Es war kurz vor zehn Uhr, um diese Uhrzeit pflegte er früher sonntags zum Gottesdienst zu gehen. In der Adventszeit fiel es ihm besonders schwer, auf den Besuch der Heiligen Messe zu verzichten. In Münster war er stets mit seinen Eltern und seinen Brüdern in die Adventsgottesdienste gegangen. Entschlossen erhob er sich vom Tisch.

Draußen schien eine helle Wintersonne. Seit Tagen hatte es ordentlich gefroren und Anton zog es hinaus zu einem winterlichen Spaziergang. Da Georg einige Briefe schreiben wollte, ließ er ihn allein in der Herberge zurück.

Auch Anton hatte sich am frühen Morgen hingesetzt und einen Brief an seine Eltern und einen an Sophia verfasst. Sie alle sollten Weihnachtspost von ihm bekommen, wenn sie sich schon an einem solchen Tag nicht sehen konnten. Mit dem Brief für Sophia hatte er sich besondere Mühe gegeben. Er hatte ihr von seiner Zuneigung zu ihr geschrieben und ihr versichert, dass er oft an sie denke. Mit in das Kuvert hatte er eine Silberbrosche gepackt, die er schon vor Wochen in Vechta für sie angefertigt hatte. Liebevoll hatte er das Päckchen verschnürt. Morgen würde er es zur Poststation bringen, damit es rechtzeitig vor Weihnachten ankommen würde.

Dick eingemummelt machte er sich auf den Weg hinunter zum Hafen. Seine Gedanken gingen zu seiner Familie in Münster, zu

Meister Wagener und dessen Frau Anna in Vechta und dann wieder zu Sophia. „Was macht sie wohl gerade?", fragte er sich ein wenig wehmütig. „Wie gern wäre ich jetzt bei ihr." Eine Welle der Zuneigung erfasste ihn. Er vermisste sie, ihre liebevolle und zugleich zielstrebige und energische Art. Zuweilen, wenn er ihr Bild betrachtete, wurde ihm ganz warm ums Herz. Aber liebte er sie? Ja, auf eine stille und beständige Art. Aber es fehlte ihm auch etwas. Er vermisste die Leidenschaft, die er empfand, wenn er zu Martje ins Freudenhaus ging.

Zweimal war er seit seinem ersten Besuch bereits wieder dort gewesen. Bei Martje konnte er sich ungeniert seiner Lust hingeben, die ihn fortriss wie eine Flutwelle. Trotz des festen Vorsatzes, dort in Zukunft nicht mehr einzukehren, verleitete ihn nach wenigen Wochen die Begierde erneut dazu, das Haus an der Weser aufzusuchen.

Anton seufzte tief. Er fand keine Lösung für dieses Dilemma. Mit Georg wollte er darüber nicht reden. Diese Angelegenheit musste er mit sich selbst ausmachen.

Die Weser war fast vollständig zugefroren. Einige Seeleute waren damit beschäftigt, mit Äxten das Eis rund um einen Schiffsrumpf wegzuschlagen. Sie hatten sich am Hafenplatz ein Feuer gemacht, ein Kessel mit dampfendem Wasser hing darüber. Die Männer versuchten, sich mit einem steifen Grog die Kälte vom Leib zu halten. Zwei Matrosen prosteten zu Anton herüber, riefen ihm in einer fremden Sprache etwas zu und lachten freundlich dabei. Als Anton sich bereits ein gutes Stück von ihnen entfernt hatte, begannen sie, ein traurig klingendes Lied anzustimmen.

Ja, ein wenig traurig war Anton auch zumute, wenn er an sein Elternhaus in Münster dachte. Dort saßen jetzt vermutlich sein Vater, seine Stiefmutter und seine Geschwister versammelt um den Mittagstisch in der warmen Stube.

Mit einer unwilligen Kopfbewegung schüttelte Anton diese Gedanken fort. Es ging ihm doch gut. Seine Arbeitsstelle bei

Meister Rönneberg gefiel ihm ausnehmend. Der Entwurf seines Silberservices hatte in den Augen des reichen Kaufmanns nicht nur für Zufriedenheit gesorgt, nein, dieser war geradezu angetan gewesen und hatte den Plänen von Anton sofort zugestimmt. Die Anfertigung war nicht einfach, im November hatte er einige Male gedacht, er werde die Bestellung nicht rechtzeitig zu Weihnachten abliefern können. Viele zusätzliche Arbeitsstunden, oft bis in die Nacht hinein, musste er leisten, um im Zeitplan zu bleiben. Meister Rönneberg aber bestärkte ihn stets und stand ihm, wenn es nötig war, mit Rat und Tat zur Seite. Inzwischen war Anton sich sicher, dass es ihm gelingen würde, alles bis Weihnachten fertigzustellen.

In den vorangegangenen Wochen war Martin Wilkens mit der Zustimmung von Meister Rönneberg regelmäßig einmal in der Woche in die Werkstatt gekommen. Begeistert war er Anton zur Hand gegangen, hatte er doch damals während seiner ab-gebrochenen Ausbildung zum Goldschmied durchaus einige Grundkenntnisse erworben, die er hier anwenden konnte. Geschickt hantierte er mit der Feile oder er lötete Einzelteile zusammen. Meister Rönneberg war dies natürlich nicht entgangen. Am Vortag hatte er Martin, als Anerkennung für seine Dienste, mit einem kleinen Geldbetrag entlohnt.

Mittlerweile hatte Anton den Marktplatz erreicht. Er legte den Kopf in den Nacken und schaute an der Fassade des Doms hinauf. Jetzt, wo das Jahr zur Neige ging, hatte sich alles gut gefügt. Bald würde ein neues Jahrhundert beginnen. Die kommenden Jahre lagen offen vor ihm. Dafür wollte er jetzt Gottes Segen erbitten. Kurz entschlossen öffnete er das Portal der Kirche. Es war ihm egal, dass er ein lutherisches Gotteshaus betrat. Es war Advent, und an diesen Tagen musste er sich Gott nahe fühlen. Beten konnte er schließlich überall.

Am Mittag begann es in dünnen Flocken zu schneien, und bereits am Nachmittag herrschte ein dichtes Schneetreiben. Mit hochgezo-genen Schultern liefen Anton und Georg die wenigen Schritte von der Herberge hinüber zum Haus der Wilkens. Martins Bruder Hinrich hatte sich in den letzten Monaten mit seiner jungen Frau dort eingerichtet. Nun saßen sie in der Wohnstube am Kaffeetisch. Frau Wilkens hatte einige Kerzen entzündet, die den Raum in ein gemütliches Licht hüllten. Im Ofen knisterte ein wärmendes Feuer und auf dem Tisch stand die Dröppelminna und verströmte ihren herrlichen Kaffeeduft. Georgs Kirschkuchen war gelungen, es gab nichts, was die heimelige Stimmung hätte stören können.

Martins Eltern erzählten von ihrem anstrengenden, aber erfüllten Leben in dem Altenhaus. Martins Bruder Hinrich berichtete, wie es um die Böttcherwerkstatt stand und auch Georg und Anton erzählten von ihrem Alltag in der Backstube und in der Werkstatt von Meister Rönneberg.

Kaum hatte Anton geendet, da räusperte Martin sich vernehmlich. Zuerst zögerlich, dann aber entschlossen und mit fester Stimme erklärte er: „Ich werde meine Ausbildungsstelle als Kaufmann zum Ende des Jahres verlieren. Mein Herr meldet Konkurs an, also ist dort für mich nichts mehr zu tun." Entsetzt blickte sein Vater zu ihm herüber. „Vater, ich weiß, dass dich das trifft, aber bitte höre mir erst einmal zu. In den vorherigen zwei Monaten habe ich an meinen freien Nachmittagen in der Goldschmiedewerkstatt von Meister Rönneberg gearbeitet. Ich habe vor allem Anton bei seiner Auftragsarbeit geholfen, die bis Weihnachten fertiggestellt werden muss. Nachdem ich letzte Woche erfahren hatte, dass ich ab Januar ohne Arbeit sein werde, habe ich am Samstag mit Meister Rönneberg gesprochen. Ich habe ihm meinen bisherigen Werdegang erzählt und ihn um eine Ausbildungsstelle gebeten." Fest sah Martin seinen Vater an. „Stellt euch vor, Meister Rönneberg hat dem ohne Umstände zugestimmt. Er ist sogar bereit, mich nicht erst im April ins erste Lehrjahr zu übernehmen, sondern möchte mich schon ab Januar in die Werkstatt aufnehmen. Bereits im April kann ich dann, soweit der Zunftmeister zustimmt, ins zweite Lehrjahr aufrücken. Vater, jetzt fehlt mir nur noch deine Genehmigung. Ich bitte dich, lass mich die Ausbildung machen, du wirst es nicht bereuen."

Martins Vater hatte während dieser Rede einen hochroten Kopf bekommen. Als Martin geendet hatte, sauste seine Faust auf den Tisch herab.

„Zum Teufel, das hast du alles hinter meinem Rücken eingefädelt?", stieß er laut hervor. Seine Frau knuffte ihn mit dem Ellenbogen in die Seite.

„Du sollst doch nicht fluchen, Diederich, erst recht nicht, wo wir heute so schön zusammensitzen", ermahnte sie ihn sacht. Ihr Mann aber nahm hiervon kaum Notiz.

„Zumindest scheinst du ja einen guten Eindruck bei Meister Rönneberg hinterlassen zu haben", sagte er schon ein wenig ruhiger. „Anton, was sagst du dazu? Denkst du, dass Martin für eine solche Ausbildung geeignet ist und er sie erfolgreich abschließen kann?"

Er fixierte Anton mit seinen Augen, genau beobachtend, wie dieser reagieren würde. Die Antwort darauf aber war für Anton überhaupt kein Problem.

„Ich habe keinen Zweifel daran", sagte er überzeugt, „Martin ist sehr begabt für diesen Beruf."

Einen kurzen Moment noch hielt Martins Vater inne und sinnierte vor sich hin, dann lachte er plötzlich laut auf und schlug sich auf die Schenkel.

„Na, mein Sohn, dann soll es wohl so sein. Ich werde Meister Rönneberg in der kommenden Woche aufsuchen und alles mit ihm besprechen. Meinen Segen hast du. Sieh nur zu, dass du mir keine Schande machst."

Martin sprang auf, die Erleichterung stand ihm ins Gesicht geschrieben.

Anton fühlte sich augenblicklich zurückversetzt an den Tag, als er selbst seinen Lehrvertrag bei Meister von Mönster erhalten hatte. Lächelnd nickte er Martin zu.

Dessen Bruder stand auf und holte zur Feier des Tages eine Flasche Wein aus dem Keller, zu fortgeschrittener Stunde auch noch eine weitere. Schließlich aber verabschiedeten Anton und Georg sich von der Familie Wilkens, es war Zeit, zum Abendessen in die Herberge zurückzukehren.

21

Oldenburg,
Samstag, 21. Dezember 1799

Gut gestimmt verließ Sophia die Ellenwarenhandlung und summte ein Weihnachtslied vor sich hin. Sie freute sich auf die Tage, die sie in Diepholz verbringen würde. Bereits am kommenden Montag würde sie gemeinsam mit Elise dorthin aufbrechen können, so hatte die Witwe Grovermann es ihr versprochen. Zuvor würde sie noch einige Weihnachtsgeschenke einkaufen.

Vor einigen Tagen hatte sie bereits für Anton ein Päckchen zur Post gebracht. Sie hatte ihm die Uhrenkette aus ihrem eigenen Haar geschickt, für die Meister Weber den Verschluss angefertigt hatte. Dazu hatte sie einen Brief gelegt. Mehrere Seiten lang war der geworden, so viel hatte sie zu berichten von ihrem Alltag in Oldenburg. Am Ende hatte sie ihm Küsse gesandt und von ihrer Hoffnung geschrieben, sie würden sich eines Tages wiedersehen. Ein paar Tränen waren ihr dabei über die Wangen gelaufen. Sie hatte nur wenig Zuversicht, dass dieser Wunsch in Erfüllung gehen würde.

Zusammen mit dem Päckchen für Anton hatte sie auch für Anna Wagener in Vechta ein kleines Paket zur Poststation gebracht.

Anna musste inzwischen hochschwanger sein, im Februar erwartete sie ihren Nachwuchs. Sophia hatte einen zarten, weißen Baumwollstoff für sie ausgesucht, dazu ein paar feine Pralinen, die sie beim Konditor erworben hatte. Für Elise hatte sie ebenfalls einen Stoff ausgesucht, einen grünen Samtstoff, den Frau Grovermann ihr zu einem günstigen Preis verkauft hatte. Jetzt aber wurde es höchste Zeit, für ihre Mutter und Gottlieb, aber auch für Geschen etwas zu besorgen.

Vergnügt schlenderte Sophia durch die vorweihnachtlichen Gassen der Stadt. Auf dem Töpfermarkt, der an jedem Samstag am Stautorplatz abgehalten wurde, erstand sie einen hübschen Becher für Geschen. Beim Kaufmann Bulling würde sie ihr dazu einen feinen Tee kaufen. Für Gottlieb erwarb sie einen aromatisch duftenden Pfeifentabak. Ihre Mutter würde sie mit einem halben Dutzend feiner Bienenwachskerzen überraschen. Die würden sich gut in dem Leuchter machen, der bei ihnen in der Stube auf dem Tisch stand. Dazu wollte sie ihr einen schönen Kamm kaufen. Sie betrat die Werkstatt des Kammmachers Modick in der Baumgartenstraße 2. Vor ein paar Tagen hatte sie dort einen wunderschönen Kamm aus Walnussholz gesehen, den Meister Modick mit Blumenmotiven verziert hatte. Zu ihrem Glück lag er noch immer in dem Regal. Ohne mit der Wimper zu zucken, erstand sie das Geschenk, welches nicht gerade billig war. Ihre Mutter würde sich freuen.

Erschrocken hörte sie die Glocken vom Turm bereits ein Uhr läuten. Sie hatte die Zeit völlig aus den Augen verloren. Ihre Mittagspause war schon zu Ende.

Beladen mit den Einkäufen strebte sie ihrem Zuhause zu. Dort lud sie schnell die Geschenke ab, bevor sie zu der Ellenwarenhandlung zurückkehrte.

Wie Sophia es befürchtet hatte, sah Frau Grovermann missbilligend auf die Uhr, als sie mit zehn Minuten Verspätung zu ihrer Arbeit zurückkehrte.

„Sophia, Sie wissen doch, Pünktlichkeit ist eine Zier!", sagte sie mit einem strafenden Blick. „Aber ich will heute einmal nicht so sein. Ich möchte Sie bitten, heute Abend nach Dienstschluss noch einen Moment zu bleiben, ich möchte dann noch mit Ihnen abrechnen."

Sophia nickte. Bevor sie eine Antwort geben konnte, betrat eine Kundin das Geschäft und Frau Grovermann wandte sich der Frau geschäftig zu.

„Sie fahren ja bereits übermorgen nach Diepholz, daher müssen wir uns schon heute verabschieden", eröffnete Frau Grovermann das Gespräch am Abend. „Ich möchte Ihnen für Ihre Dienste danken. Sie sind eine gute Verkäuferin und verstehen es, unsere Kundinnen zu beraten. Ich will Ihnen ehrlich sagen, als ich Sie im September kennenlernte, war ich zunächst skeptisch, ob Sie mit Ihrem Humpelbein die Arbeit hier bewerkstelligen können. Aber was soll ich sagen, Sie erfüllen all meine Erwartungen." Zufrieden blickte sie Sophia bei diesen Worten an.

Aus einer Schublade, die mit einem Schloss versehen war, holte sie einen Geldbeutel, kramte darin herum und zählte Sophia dann zwei Taler und 36 Groten auf den Tisch.

„Dies ist der Lohn für Ihre Dienste im Dezember. Für die fünf Tage Ende Dezember, an denen Sie nicht arbeiten, kann ich Ihnen natürlich auch kein Geld zahlen. Aus einem Regal zog sie ein Päckchen, welches sie mit einer Kordel schön verziert hatte. „Das ist mein Geschenk für Sie, Jungfer Mohr. Sie dürfen es natürlich erst zu Weihnachten öffnen. Ich wünsche Ihnen ein schönes Weihnachtsfest. Kommen Sie gesund ins neue Jahrhundert! Am zweiten Januar 1800 sehen wir uns hoffentlich wieder."

Diese Wünsche gab Sophia an die Witwe zurück. „Grüßen Sie auch Ihre Tochter von mir, sie wird doch während der Weihnachtstage hoffentlich zurück sein?" Frau Grovermann nickte fröhlich. „Ja, sie wird am Tag vor dem Heiligen Abend aus Hamburg zurückkommen. Ich hoffe, sie hat gute Stoffe für uns einkaufen können. Für das kommende Frühjahr wollte sie eine Menge leichter Stoffe ordern. Sie wissen es ja, die gehen weg wie warme Semmeln."

Bevor Sophia zu Geschen zurückkehrte, lief sie noch schnell bei Webers vorbei.

Zu ihrem Glück war die Ladentür noch nicht verschlossen. Freundlich sah Meister Weber sie an. „Fräulein Mohr, Sie kommen sicher wegen der verkauften Schmuckstücke vorbei." Er zog eine Schublade auf und lächelte. „Nur noch zwei Armbänder sind übrig." Er holte einen Notizzettel und einen Bleistift aus der Lade und schrieb säuberlich darauf, was er zu welchem Preis in den letzten Wochen für Sophia verkauft hatte.

Anerkennend nickte er, nachdem er alles zusammengerechnet hatte. „Alle Achtung, Fräulein Mohr, da haben Sie ja tüchtig verdient. Sechs Taler und fünfzig Groten, das ist eine Menge Geld." Er entnahm der Schublade einen Geldbeutel und zählte die Münzen vor Sophia auf den Tisch. „Das sind mehr als zwei Monatslöhne", sagte Sophia begeistert. „Ich danke Ihnen sehr, Herr Weber. Wenn es Ihnen recht ist, dann würde ich unsere Zusammenarbeit gern fortsetzen."

Meister Weber lächelte breit. „Nichts lieber als das, Fräulein Mohr." Er räusperte sich kurz. „Was halten Sie davon, wenn wir uns dann in Zukunft nicht mehr so förmlich anreden? Ich heiße Wilhelm." Er streckte Sophia die Hand entgegen, die sie gern annahm. „Ich heiße Sophia", sagte sie glücklich.

„Ich möchte noch kurz zu Ihrer, äh ... zu deiner Frau, ist das möglich?" Erstaunt blickte Wilhelm Sophia an, führte sie aber, ohne weiterzufragen, ins Obergeschoss.

Frau Weber stand am Herdfeuer in der Küche. Auf der Küchenbank stand ein Weidenkorb, in dem der kleine Ernst Friedrich schlummerte. Ein Kerzenleuchter, in dem drei Kerzen brannten, tauchte den Raum in ein dämmriges Licht. Das Haar der Frau schimmerte in dem Lichtschein. Wilhelm Weber trat zu ihr und legte ihr den Arm um die Schulter. „Johanne, Fräulein Mohr und ich haben soeben beschlossen, unsere gemeinsamen Geschäfte auch in Zukunft weiter fortzuführen. Ich habe ihr angeboten, dass wir uns mit Vornamen ansprechen, ist dir das recht?"

Frau Weber nickte. „Fräulein Mohr und ich kennen uns bisher zwar kaum", bei diesen Worten zwinkerte sie Sophia, für Wilhelm unmerklich, zu. „Ich denke aber, dem sollte nichts im Wege stehen." Auch sie reichte Sophia die Hand. „Ich heiße Johanne, und ich würde mich freuen, wenn wir uns öfter sehen könnten." Sofort ergriff Sophia Johannes Hand und drückte sie fest. „Sehr gern, Johanne, mein Name ist Sophia. Ich freue mich sehr."

„Ich muss die Werkstatt noch aufräumen, Johanne, wann gibt es Abendessen?", fragte Wilhelm seine Frau. „Lass dir ruhig Zeit, es dauert noch eine Viertelstunde", antwortete sie und zwinkerte Sophia dabei erneut zu.

„Ist die Uhrenkette fertig geworden?", wisperte sie, nachdem ihr Mann die Küche verlassen hatte. Sophia zog ein Päckchen aus der Tasche und legte es vor Johanne auf den Tisch. Eingehend betrachtet sie die gleichmäßig geknüpfte Kette, die im Kerzenlicht kupfern leuchtete.

„Die ist wunderschön, Sophia. Ich wünschte, ich könnte auch so wunderbare Dinge herstellen, aber ich fürchte, dafür bin ich nicht geeignet. Du musst wissen, ich habe zwei linke Hände. Wilhelm wird sich sicher sehr darüber freuen. Den Verschluss muss er sich natürlich noch selbst anfertigen." Sie lächelte Sophia glücklich an. „Was bekommst du für deine Arbeit von mir?"

„Einen Taler und zwölf Groten. Ich weiß, Johanne, das ist viel Geld, aber ich habe auch sehr viel Arbeit hineingesteckt." „Das ist doch völlig angemessen", entgegnete Johanne. Sie zog eine Schublade am Küchentisch auf und holte einen Umschlag heraus." Gewissenhaft zählte sie Sophia das Geld in die Hand. Als die Frauen hörten, dass Wilhelm erneut die Treppe zur Küche hinaufkam, steckte Sophia das Geld schnell in ihre Jackentasche, während Johanne die Kette in ihrem Ausschnitt verschwinden ließ.

Wilhelm schien nichts bemerkt zu haben. „Johanne, was hältst du davon, wenn wir Sophia zu Silvester zu uns einladen?", fragte er. „Dein Bruder hat doch auch zugesagt. Wenn Sophia kommt, dann sitzt du hier nicht so allein mit zwei Männern zusammen. Vermutlich habt ihr euch eine Menge zu erzählen." „Der Vorschlag gefällt mir sehr gut", sagte Johanne. Sie blickte zu dem Weidenkorb hinüber, wo Ernst Friedrich gerade die kleinen Fäuste in die Luft streckte und dann daran saugte. „Wir können ja nicht mehr ausgehen, wie noch im letzten Jahr, daher wollen wir es uns zum Jahreswechsel hier ein wenig gemütlich machen. Sophia, bitte komm am 31. Dezember zu uns. Ich koche uns etwas Leckeres. Anschließend verbringen wir dann den Abend zusammen, bis das neue Jahrhundert beginnt." Sophia nickte gerührt. „Ich danke euch. Natürlich komme ich gern. Ich werde zur Feier des Tages eine Flasche Schaumwein mitbringen."

Als Sophia schließlich todmüde und hungrig zu Geschen in die Küche kam, schob diese ihr ein Bier über den Tisch. „Du musst noch einen Moment warten, ich muss die Kartoffeln erst noch braten. Hier ist heute ein Päckchen für dich angekommen, das kannst du ja inzwischen schon mal öffnen." Sie schob Sophia einen dick verschnürten Umschlag zu. Sophia erkannte sofort Antons Schrift. Aufgeregt drehte sie das kleine Paket in ihren Händen. „Ach, Geschen, Anton hat es geschickt", sagte sie. Plötzlich war sie wieder hellwach, ihr Herz klopfte viel schneller als zuvor. „Das werde ich aber jetzt nicht öffnen. Ich nehme es mit nach Diepholz. Dort werde ich es an Weihnachten auspacken. Vorsichtig, damit sie es nicht zerdrückte, steckte sie es in ihre Tasche.

„Geschen, ich muss dir so viel erzählen. Heute ist mein Glückstag. Stell dir vor, mit meinem Haarschmuck habe ich über sechs Taler verdient. Herr Weber, ich meine, Wilhelm hat es mir heute ausgezahlt." „Wilhelm?", fragte Geschen neugierig. Sophia nickte. „Hör zu", begann sie, und dann erzählte sie die ganze Geschichte. Als sie geendet hatte, schlug Geschen mit der flachen Hand auf den Tisch.

„Mädchen, du bist mir ja eine. Da gratuliere ich dir ganz herzlich. Wie schön ist es für dich, dass du den Silvesterabend bei den Webers verbringen kannst, wo Elise doch die Kinder der Scholtzes hüten muss. Ansonsten hättest du ja mit mir hier allein in der Küche gehockt und Däumchen gedreht oder vielleicht sogar wieder gearbeitet."

„Geschen, ich finde es ganz traurig, dass du an Weihnachten und an Silvester allein hierbleibst", sagte Sophia. Sanft streichelte sie der alten Frau die Hand. „Mach dir um mich mal keine Sorgen, Sophia. Ich habe während der Feiertage genug mit den Herrschaften zu tun. An diesen Tagen erwarten die natürlich ein besonders feines Essen, da wird mir kaum Zeit bleiben, Trübsal zu blasen. Im Gegenteil, ich werde vermutlich froh sein, einmal meine Ruhe zu haben." Sophia sah der alten Frau an, dass dies nicht so ganz der Wahrheit entsprach. Ändern aber konnte sie es auch nicht, schließlich konnte sie Geschen ja nicht mit nach Diepholz und zu den Webers nehmen.

22

Bremen,
Samstag, 21. Dezember 1799

Am Samstagabend vor dem 4. Advent wurde in der Gesellenherberge ein zünftiger Abend veranstaltet. Der Wirt hatte ein Spanferkel besorgt, welches er an einem Spieß über dem offenen Feuer briet. Seine Frau hatte für alle Brot gebacken, es in dicke Scheiben geschnitten und in Körben auf die Tische gestellt.

Die Gesellen, fast alle junge Burschen wie Anton, weilten wie er vermutlich zum ersten Mal an Weihnachten nicht in der Heimat. Sie ließen sich den unerwarteten Gaumenschmaus schmecken. Sie vergolten dem Wirt seine Großzügigkeit mit dem Genuss etlicher alkoholischer Getränke, durch die er deutlich bessere Einnahmen verzeichnete als an gewöhnlichen Abenden. Neben Schnaps und Branntwein wurde reichlich Bremer Bier ausgeschenkt.

Es war noch nicht einmal neun Uhr, das Ferkel war längst verspeist, da ging es in der Gaststube der Herberge bereits hoch her. An diesem Abend widmete man sich jedoch nicht den Karten- oder Würfelspielen, sondern dem Gesang.

Zwei Gesellen aus Bayern machten den Anfang. Sie kletterten, bierselig wie sie waren, auf ihre Stühle und sangen aus voller Brust Lieder von Wanderlust und Alpenglühen. Einer von ihnen ließ zwischendrin einen eigenartig kehligen Gesang hören, bei dem hohe und tiefe Töne sehr schnell wechselten. Einen Text konnte Anton dabei nicht verstehen, der Bursche schien nur Lautfolgen wie Holaria oder Holadio hervorzubringen. Verständnislos sah Anton Georg an. „Was singt der da?", fragte er. „Das kann doch niemand verstehen."

Georg grinste. „Das nennt man in Bayern Jodeln", raunte er Anton zu. „Dazu musst du vor allem das Schnackeln lernen, das ist der Übergang von der tiefen Brust- zur hohen Kopfstimme. Schön hört sich das an, oder?"

Die meisten Gesellen schauten genauso entgeistert wie Anton, Georg aber sang freudig mit und klatschte begeistert in die Hände. Er kam ja aus Ulm, was ebenfalls unweit von Bayern lag, und konnte er selbst auch nicht jodeln, so war ihm diese Art des Gesangs durchaus bekannt. Schließlich sprangen die beiden Burschen von den Stühlen, ihre Darbietung war jedoch noch nicht beendet. Mangels Musikinstrumenten stimmten sie selbst einen Gesang im

Dreivierteltakt an und begannen dazu einen höchst eigenartigen Tanz, bei dem sie eine Reihe schwieriger Bewegungen ausführten. Sie drehten sich um die eigene Achse, klopften sich auf Schenkel und Beine, sprangen in die Luft und warfen ihre Hüte hoch. Dazu stießen sie ein freudiges „Tju-hu" aus. Anton hatte so etwas noch nie gesehen und amüsierte sich, wie auch die anderen Gesellen, köstlich über diese Vorstellung. „Diesen Tanz nennt man in Bayern Schuhplattler", erklärte ihm Georg. „Ich kann ihn leider nicht, er ist eher in Oberbayern verbreitet. Dort aber ist er sehr beliebt."

Kopfschüttelnd sah Anton den beiden noch eine Weile zu. Nachdem sie ihre Vorführung beendet hatten, ließen sie sich verschwitzt und außer Atem auf ihre Stühle fallen. Freudig nahmen sie den donnernden Applaus der übrigen Gesellen in Empfang. Sie lehnten auch nicht das Freibier ab, welches ihnen gereicht wurde.

Nachdem sich der Tumult ein wenig beruhigt hatte, standen drei englischsprechende Männer auf. Anton hatte mit ihnen bisher noch kein Wort gewechselt, wie sollte er auch, er beherrschte ihre Sprache nicht. Georg aber, den solcherlei Hindernisse nicht störten, hatte bereits mehrfach mit ihnen zusammengesessen und mit Händen und Füßen eine Unterhaltung mit ihnen geführt. „Die drei kommen aus Birmingham", raunte er Anton zu. „Das ist eine Stadt in England, die liegt ungefähr 25 Meilen nordwestlich von London. Sie sind Gesellen im Schmiedehandwerk. Stell dir vor, sie haben mir etwas von neuartigen Maschinen erzählt, die mit Dampf betrieben werden. Dazu wird Wasser in einem Kessel erhitzt, das daraufhin verdampft. Der Wasserdampf dehnt sich aus, so entsteht Druck in dem geschlossenen Kessel. Dadurch wird ein Kolben hin- und herbewegt, der dann ein Schwungrad antreibt. So kann die Energie weitergeleitet werden."

Völlig perplex sah Anton Georg an. „Und wozu sollen diese Maschinen gut sein?", fragte er verständnislos. „Verstehst du denn nicht?", raunte Georg ihm zu, da die beiden Männer gerade ihren

Gesang angestimmt hatten. „Mit solchen Maschinen kann man in Zukunft vielleicht Werkzeuge antreiben, die bisher noch mit Muskelkraft bedient werden müssen. In Birmingham forscht man daran, Maschinen zu bauen, die demnächst Schiffe antreiben sollen. Stell dir vor, Anton, dann könnten riesige Schiffe, mit Dampf betrieben, über die weiten Ozeane fahren, unabhängig von Wind und Wetter."

Anton schüttelte den Kopf. „Georg, das ist doch Spökenkiekerei, das wird niemals funktionieren". Georg jedoch sah Anton eindringlich an. „Doch Anton, das wird es mit Sicherheit. In England wurde bereits vor einigen Jahren ein Patent auf einen mechanischen Webstuhl angemeldet, der mit Hilfe solcher Maschinen funktioniert. Du wirst es vermutlich noch miterleben, in der Zukunft werden Maschinen die Arbeit der Weber ersetzen." Hinter ihnen zischte einer der Gesellen und gab ihnen ein eindeutiges Zeichen, endlich den Mund zu halten.

Die drei Schmiedegesellen gaben Lieder zum Besten, die offensichtlich von Meer und Wellen, von Segelschiffen und reichlich betrunkenen Seemännern handelten. Anton konnte den Inhalt nur erahnen, da die beiden ihrem Gesang dann und wann entsprechende Gesten hinzufügten. Das Publikum machte begeistert mit, schließlich schunkelten und grölten alle, so gut sie es eben vermochten.

Die Stimmung stieg, je weiter der Abend voranschritt. Ein jeder war froh, endlich einmal wieder zünftig feiern zu können. Noch einige Gesänge erklangen, Anton jedoch hielt sich zurück. Ihm war kein Lied bekannt, mit dem er die Menge hätte unterhalten können. Zudem hatte er noch nie vor einer größeren Menschenmenge gesungen, nur in der Kirche, im gemeinsamen Gesang mit der Gemeinde.

Erst zu sehr später Stunde, als die ersten Weihnachtslieder erklangen und den Raum mit wehmütigen Klängen füllten, stimmte er in den Gesang ein. Nicht nur ihn beschlich eine Traurigkeit darüber, in diesem Jahr an Weihnachten von der Familie getrennt zu sein. Georg jedoch knuffte ihn in die Seite. „Nun blas hier doch kein Trübsal. Du wirst dich dran gewöhnen, glaube mir." Er reichte Anton einen gefüllten Bierkrug hinüber. „Solange wir beide zusammen sind, sind wir schließlich nicht ganz allein."

Erst zu spät bemerkte Anton, dass er den Bierkrug an diesem Abend viel zu oft gehoben hatte. Am Ende benötigte er Georgs Hilfe, um auf seinen zwei Beinen mehr schlecht als recht die Treppe hinaufzugelangen.

Trotz der späten Stunde fand er lange nicht in den Schlaf. Sobald er die Augen schloss, wurde ihm schwindelig. Zudem wirbelten seine Gedanken wild durcheinander. Er dachte an seine Eltern und seine Brüder in Münster, an seine Arbeit bei Meister Rönneberg und an die Neuigkeiten, die er an dem Abend erhalten hatte. Schiffe, die mit Maschinen fuhren, Webstühle, an denen keine Weber mehr arbeiteten, das konnte er sich beim besten Willen nicht vorstellen. Noch bevor seine Gedanken jedoch zu Sophia hinüberschweifen konnten, war er eingeschlafen.

23

Fahrt nach Diepholz,
Montag, 23. Dezember 1799

Am Morgen des 23. Dezember startete die Kutsche, in der Elise zwei Plätze gemietet hatte, bereits in aller Herrgottsfrühe. Im letzten Moment ließ Sophia sich auf die harte Sitzbank plumpsen. „Entschuldige, Elise, du hast dich sicher schon um mich gesorgt", sagte sie atemlos zu ihrer Freundin, die ihr mit gefurchter Stirn gegenübersaß. „Ich habe verschlafen. Hätte Geschen mich nicht in letzter Minute geweckt, dann wäre ich wohl zu spät gekommen."

„Gott sei Dank, hast du es ja noch geschafft", erwiderte Elise. „Ohne dich würde ich mich während der Fahrt sicher zu Tode langweilen." Aufmerksam sah sie ihre Freundin an. „Was für einen hübschen und vor allem warmen Mantel trägst du denn da, den habe ich noch nie an dir gesehen. Hast du dir den schneidern lassen?" Sophia erklärte ihrer Freundin, was es mit dem Mantel auf sich hatte, sie verschwieg aber die eigenartigen Umstände, unter denen sie das Geschenk erhalten hatte. Sie hatte beschlossen, mit niemandem darüber zu sprechen, das könnte nur zu Unannehmlichkeiten führen.

Die Fahrt in der Kutsche zog sich endlos lang dahin durch eine frostige, nebelverhangene Landschaft. Mit ihnen in dem Wagen saß ein junges Ehepaar mit zwei kleinen Töchtern. „Wir fahren zu Weihnachten nach Wildeshausen, dort wohnen die Eltern meiner Frau", erklärte der Ehemann. Seine Frau saß verschüchtert an ihrem Platz. Soweit es ihr möglich war, drückte sie sich in die Ecke des Wagens. Mit Schrecken sah Sophia, dass sie Prellungen im Gesicht hatte, ein Auge war blutunterlaufen. „Meine Frau ist gestern gestürzt", sagte der Mann erklärend, als er Sophias ratlosen Blick aufgefangen hatte. Sophia zweifelte augenblicklich daran. Sie sah, wie der Frau Tränen aus den Augen liefen. „Hoffentlich ist es so", dachte sie dennoch mitleidig. Sie hatte in den Monaten, in denen sie in der Rathausgaststätte in Vechta arbeitete, nicht wenige Frauen gesehen, die von ihren Männern geschlagen worden waren. Nur selten hatten sie den wahren Grund ihrer Blessuren preisgegeben. Zu oft hatten sie Stürze oder Unfälle als Grund genannt.

Der Mann vertiefte sich in eine Lektüre, während Elise eingeschlafen war. Sie hatte den Kopf an die Seitenwand gelehnt und schnarchte leise. Eines der Mädchen beobachtete Elise fasziniert und als ihr der Kopf ruckartig auf die Brust fiel, kicherte es belustigt. Der Vater sah empört zu seiner Tochter hinüber und gab ihr einen Schlag auf die Wange. „Man lacht nicht über andere Leute, wie oft habe ich dir das schon gesagt!", fauchte er seine Tochter an. Dem Mädchen stürzten Tränen aus den Augen. Schluchzend sah es seine Mutter an, die hilflos die Schultern hob.

Sophia wurde heiß und kalt vor Wut. Zornig wandte sie sich an den Unbekannten. „Ihre Tochter hat doch gar nichts getan, sie darf doch ruhig einmal lachen", sagte sie empört. Der Mann aber sah sie mit eiskalten Augen an. „Das geht Sie einen feuchten Kehricht an. Ich verbitte mir Ihre Einmischung."

Über diesen Disput war Elise erwacht. Sie hatte von alledem nichts mitbekommen und versuchte, ein lockeres Gespräch mit den Eheleuten zu führen. Schnell gab sie auf, als ihr nur ein eisiges Schweigen entgegenschlug. Achselzuckend wendete sie sich an Sophia. Um die Stimmung ein wenig aufzulockern, berichtete Sophia ihr von den zurückliegenden Ereignissen. „Du bist mir doch nicht böse, Elise, dass ich an Silvester zu den Webers gehe?", fragte Sophia ihre Freundin vorsichtig. „Wieso sollte ich dir deswegen böse sein?", entgegnete Elise verständnislos. „Ob du nun bei Geschen in der Küche sitzt oder dorthin gehst, ändert für mich doch nichts. Ich werde so oder so auf die Kinder der Scholtzes aufpassen müssen."

Sophia und Elise waren froh, als die Kutsche am Mittag die fünf Meilen nach Wildeshausen hinter sich gelegt hatte. Grußlos stieg der Mann aus, hob die Kinder grob aus dem Wagen und zerrte seine Frau rücksichtslos von ihrem Sitz.

„Oh, wie ist das furchtbar", platzte es aus Sophia heraus, als die Familie die Poststation verlassen hatte. „Ich wette, der Mann schlägt seine Frau. Hast du gesehen, wie sie aussah und wie er sie behandelt hat? Die Frau und die Kinder tun mir so leid." Elise nickte. „So etwas habe ich auch schon gedacht. Du hast recht, es ist furchtbar", bestätigte sie Sophias Worte. „Aber wenn es so ist, können wir nichts machen. Ich hoffe, die Frau ist so klug und weiht ihre Eltern ein. Vielleicht kann ihr Vater ja etwas für sie tun. Oder sie beschwert sich beim Pfarrer. Vielleicht nützt es ja was, wenn der dem Grobian ins Gewissen redet. Was anderes bleibt ihr wohl nicht übrig. Wenn sie allerdings Pech hat, dann vermöbelt ihr Mann sie hinterher noch doller."

Fröstelnd zog Sophia die Schultern hoch. „Was ist das für ein Elend?", grübelte sie dann traurig. „Wir Frauen haben kaum Möglichkeiten, uns gegen so etwas zu wehren. Der Mann kann mit seiner Ehefrau umspringen, wie er will. Keiner kann dagegen etwas machen. Der Mann kann nicht einmal dafür bestraft werden.

Eine Stunde hatten sie Aufenthalt in Wildeshausen. Um ein Uhr würde ihre Kutsche nach Diepholz von hier aus abfahren. Auf ihre Nachfrage nach einer Gaststätte zeigte der Kutscher auf ein Lokal gleich bei der Poststation. „Da kann man gut und reichhaltig essen. Die Forellen sollten Sie probieren, die werden dort frisch zubereitet." Sophia und Elise bedankten sich herzlich für den Ratschlag und kehrten in den erleuchteten Gasthof ein. Der Kutscher hatte nicht zu viel versprochen. Die Forelle war köstlich.

Nach dem Mahl wärmten die beiden sich noch ein wenig am Kaminfeuer der Gaststube, dann aber mussten sie wieder hinaus in die Kälte, ihre Kutsche wartete schon.

Sechs Stunden Fahrt durch die eisige Dezemberluft lagen noch vor ihnen. Dick mummelten sie sich in die Felldecken, die der Fuhrmann ihnen reichte. Ihre Füße stellten sie auf kleine hölzerne Fußbänkchen, die der Kutscher zuvor mit heißen Steinen befüllt hatte. „Zum Glück sind die Wege gut befahrbar", munterte er die Reisenden auf. Der Frost hat die aufgeweichten Straßen fest gemacht, da werden wir kaum im Schlamm stecken bleiben."

Dieser Abschnitt ihrer Reise verlief um einiges angenehmer. Zwei ältere Herren waren ihre Reisebegleiter. Sie verhielten sich äußerst galant gegenüber ihren beiden Mitreisenden. Sophia musste lächeln. „Sie legen es darauf an, uns zu gefallen", dachte sie, als die beiden sich darin zu übertreffen suchten, lustige Anekdoten zu erzählen. Einer der beiden zog irgendwann eine flache Flasche

aus seiner Westentasche und reichte sie Sophia. „Hier, trink mal
was, junge Deern. Du bist ja schon ganz blass um die Nase. Bevor
du hier festfrierst, wirkt so ein Schnaps manchmal Wunder." Sophia zögerte zunächst, das nutzte Elise, um ihr die Flasche vor der
Nase wegzuschnappen. „Wenn du dich so zierst, dann lass mich
ruhig zuerst trinken", sagte sie vorlaut, setzte die Flasche an den
Mund und nahm einen kräftigen Schluck. „Hier, nimm", sagte sie
dann zu Sophia. „Das hilft wirklich gegen die lausige Kälte."

In gelöster Stimmung erreichten die vier um sieben Uhr am
Abend den Marktplatz von Diepholz. Sophia und Elise ließen sich
vom Kutscher das Gepäck reichen, dann umarmten sie sich zum
Abschied. „Wir sehen uns Weihnachten", sagte Elise. „Meine Mutter hat mir geschrieben, dass sie euch zum Kaffee eingeladen hat.
Ich weiß ja nicht, ob Gottlieb dabei sein möchte, aber deine Mutter
und du, ihr kommt doch sicher, oder?"

Sophia nickte erfreut. „Danke dafür, Elise, ich wünsche euch ei-
nen schönen Heiligen Abend. Wir kommen bestimmt zum Kaffee."
Die beiden Frauen ergriffen ihre Koffer und strebten, fröstelnd vor
Kälte, ihren Elternhäusern zu.

24

Bremen,
Montag, 30. und Dienstag, 31. Dezember 1799

Am Montag, dem Tag vor Silvester, stürmte Martin in den Gastraum der Herberge, in der Hand schwenkte er ein Blatt Papier.
Anton saß gerade mit Georg beim Abendbrot. Erstaunt blickte er
auf, als Martin ihm den Zettel unter die Nase hielt. „Hier, schaut!",

rief er. „Das ist mein Vertrag. Dort steht, dass ich am Freitag, dem 3. Januar 1800 bei Meister Rönneberg anfangen kann." Kaum hatte er dies begeistert ausgerufen und Anton und Georg dabei einen triumphierenden Blick zugeworfen, da war er schon wieder hinausgerannt.

„Na, der wird sich schon noch umschauen", brummte Georg, „ein Zuckerschlecken ist so eine Ausbildung ja nun auch wieder nicht." Ausgiebig streckte er die Arme. „Sag einmal, Anton, wie wollen wir eigentlich morgen den Silvesterabend verbringen? Ich hätte Lust, zunächst den ‚Roten Hahn' zu besuchen. Danach können wir auf den Marktplatz gehen, um das neue Jahrhundert zu begrüßen. Ich habe in der Konditorei gehört, dass dort alljährlich viele Bremer zusammenströmen, um zum Jahreswechsel ordentlich Radau zu veranstalten. Mit Gewehren und Pistolen soll dort geschossen werden, aber es werden auch wohl Feuerwerkskörper abgebrannt. Auf dem Rückweg von der Arbeit habe ich heute einen Ausrufer gesehen, der hat mit Trommelschlag auf sich aufmerksam gemacht und bekannt gegeben, dass der Senat bei empfindlichen Strafen davor warnt, Raketen und „Mordschläge" zu zünden. Wer dagegen verstößt, wird mit Gefängnis bei Wasser und Brot bestraft. Ich habe in der Tat schon seit einigen Tagen fliegende Händler gesehen, die heimlich Feuerwerkskörper verkauften. Ich muss dir gestehen, auch ich habe mit dem Gedanken gespielt, mir einige zuzulegen, aber es ist wohl nicht ganz ungefährlich. Gestern hat mir einer dieser Händler berichtet, dass der Senat versuche, sie schon an der Landesgrenze abzufangen. Da sie aber sehr vorsichtig vorgehen, ist dieses Unterfangen meistens vergeblich." Laut lachte Georg auf. „Das Verbot gilt im Übrigen auch für das Werfen von Töpfen, Scherben und anderen Dingen, die ordentlich Krach machen. Was meinst du, wollen wir uns das nicht einmal anschauen? Das hört sich doch interessant an!" Georg blitzte die Unternehmungslust aus den Augen und Anton konnte nicht umhin, sich dessen Vorfreude auf den Silvesterabend anzuschließen.

Der Herbergswirt hatte Georgs Worte wohl gehört. „Jungs, ich warne euch eindringlich", sagte er daraufhin. „Wie ihr wisst, gibt es hier in der Stadt noch viele, mit Stroh gedeckte Häuser. Die Gefahr einer Feuersbrunst ist nicht zu unterschätzen. Und denkt doch auch einmal an die Auswirkungen der Schießerei auf die Tiere, die hier in der Stadt vielerorts in den Ställen stehen, Pferde und Kühe, Schweine und Ziegen. Die leiden doch enorm unter dem Krach. Der Pastor hat gestern von der Kanzel gepredigt, es sei an solchen Tagen Christenpflicht, sich mit Demut vor dem Herrn niederzuwerfen und ihm im Gottesdienst mit inbrünstigem Gebet und wahrer Buße zu danken.

Bedächtig wiegte Anton den Kopf hin und her. Der Pastor mochte vielleicht recht haben, aber schlussendlich war man doch nur einmal jung. Auch würde er nur einmal in seinem Leben Zeuge sein können, wenn ein neues Jahrhundert anbrach. So kam er zu der Erkenntnis, dass es doch sicher nicht verwerflich sein könne, sich das ganze Spektakel einmal aus der Nähe anzusehen.

„Wir wollen ja nicht selbst den Krach veranstalten, wir wollen doch einfach nur schauen, was auf dem Marktplatz so passiert. Daran kann doch nicht Schlimmes sein, oder?", fragte er den Wirt. Der aber verzog den Mund und schüttelte den Kopf. „Ich habe euch gewarnt", sagte er. „Macht mir bloß keinen Ärger."

Am Silvestertag mussten Anton und Georg zunächst noch ihrer Arbeit nachgehen. Gleich zum Arbeitsbeginn rief Meister Rönneberg Anton zu sich.

„Anton, du weißt es wohl, ich bin sehr zufrieden mit deiner Arbeit hier in meiner Werkstatt. Unsere Vereinbarung über deine Zeit hier bei mir läuft heute allerdings, wie im Oktober besprochen, ab." Bei diesen Worten erschrak Anton zutiefst. Er hatte gar nicht mehr daran gedacht, dass sein Auftrag mit der Herstellung des Silberservices ja erfüllt war. Rönneberg aber sprach bereits weiter. „Ich weiß nicht, wie deine Pläne sind, aber ich wüsste es sehr zu schätzen, wenn du noch einige Wochen bleiben könntest. Ich bin sehr angetan von deiner Zeichenkunst. Im kommenden Jahr möchte ich eine Arbeit umsetzen, die mir schon seit langem durch den Kopf geht. Dafür könnte ich sowohl dein zeichnerisches Talent als auch dein handwerkliches Können gut gebrauchen. Wärest du bereit, noch für ein weiteres Vierteljahr bei mir zu arbeiten?"

Über diesen Vorschlag brauchte Anton gar nicht nachzudenken. Obwohl er mit Georg noch kein Wort über ihre weiteren Pläne gewechselt hatte, war er sich sicher, dass auch er noch eine Weile in Bremen bleiben wollte. „Meister Rönneberg", sprach er daher, „ich danke Euch für Euer Vertrauen und Euren Zuspruch. Gerne nehme ich Euer Angebot an. Wenn es Euch recht ist, so könnte ich bis zum Osterfest in Euren Diensten verbleiben." Erfreut nickte Johan Rönneberg und reichte Anton die Hand.

„Abgemacht, Anton. Als Dank für deine fleißige Arbeit möchte ich dir heute einen zusätzlichen Taler geben. Du hast nie gemurrt und geklagt, auch wenn die Arbeit zuweilen überhandnahm. Sicher kannst du das Geld gut gebrauchen, ihr jungen Leute habt doch immer Verwendung dafür." Er lächelte Anton an, verzog aber dann sein Gesicht in Sorgenfalten.

„Eines aber möchte ich dir für heute Abend mit auf den Weg geben. Der Senat hat alle Bürger ermahnt, auf ihr Gesinde, die Gesellen und Lehrjungen ein Auge zu haben und ihnen das Ausgehen nicht zu gestatten. Es werden sogar demjenigen zehn Reichstaler versprochen, der dem Senat meldet, wenn unberechtigt Waffen getragen oder wenn Feuerwerkskörper gezündet werden, die einen Schaden verursachen. Du wohnst nicht in meinem Haus, daher kann ich dir den Ausgang nicht verwehren. Ich bitte dich aber eindringlich, verhalte dich vernünftig!" Mit diesen Worten entließ Meister Rönneberg Anton aus der Unterredung.

Am Nachmittag eilte Anton, so schnell er konnte, zurück zur Herberge. Ein leichter Schneefall hatte die Gassen rutschig werden lassen und er musste aufpassen, nicht zu stürzen. Georg wartete schon auf ihn, vor Aufregung war er ganz unruhig und redete in einem fort. Auch Anton spürte eine innere Erregung. Aber nicht nur ihnen ging es so. In der Herbergsstube herrschte ein lautes Durcheinander, all die Gesellen, die dort zusammensaßen, scherzten und lachten laut und schienen sich auf den bevorstehenden Abend zu freuen.

Schnell nahmen Anton und Georg ihr Abendbrot zu sich, danach wollten sie sofort aufbrechen. Völlig überraschend für die beiden betrat Martin die Gaststube. Suchend schaute er sich unter den Männern um, bis er seine Freunde in einer Ecke entdeckte. Er steuerte direkt auf sie zu. Anton erkannte sofort, dass der Junge sich ausgehfertig angezogen hatte, er trug eine warme Jacke, Schal und Handschuhe.

„Ich möchte mit euch gehen", stieß er auch sofort hervor. „Heute Abend mag ich nicht allein zu Hause herumsitzen. Mein Bruder hat mit seiner Frau auch schon das Haus verlassen, mir aber hat er verboten, rauszugehen."

Fast gleichzeitig mit Georg schüttelte Anton sofort den Kopf. „Martin, das kommt gar nicht infrage. Du bist viel zu jung, wenn du auf der Straße erwischt wirst, bekommst du eine Menge Unannehmlichkeiten", sagte Anton. „Geh nach Hause, wir nehmen dich sicher nicht mit, so leid es uns für dich tut."

Martin sah die beiden noch eine Weile bittend an, schließlich aber gab er klein bei und verschwand durch das Gedränge.

Anton zog seine Taschenuhr aus der Westentasche. Vorsichtig strich er über die Uhrenkette, die Sophia ihm zu Weihnachten geschickt hatte. Er freute sich sehr über das kostbare Geschenk, wusste er doch, wie viel Arbeit es Sophia gekostet haben musste. Zudem trug er somit immer einen Teil von ihr bei sich.

„Es ist schon nach acht Uhr, Georg, lass uns aufbrechen. Im ‚Roten Hahn' ist es sicher schon proppenvoll."

Die Schneewolken hatten sich verzogen und der Abend war klirrend kalt und sternenklar. An Weihnachten war Neumond gewesen, jetzt stand eine zunehmende Mondsichel hell am Himmel.

Der ‚Rote Hahn‘ war auch an anderen Tagen durchaus gut besucht, heute aber herrschte dort Hochbetrieb. Anton und Georg waren froh, als sie an einem der Tische zwei Kumpane entdeckten, mit denen sie bereits des Öfteren zusammengesessen und Karten gespielt hatten. Sie droschen auch an dem Abend manche Runde. Es lief ordentlich für Anton, um elf Uhr hatte er ein ansehnliches Häufchen Münzen vor sich aufgestapelt. Als er nachzählte, kam er auf die stolze Summe von sechsundsechzig Groten. Vergnügt packte er die Münzen in seine Geldkatze. Aufgekratzt verabschiedeten Georg und Anton sich von den beiden Mitspielern, wünschten Ihnen ein gutes neues Jahr und begaben sich hinaus in die Gassen der Stadt.

Es war beileibe nicht so, dass dem Aufruf des Bremer Senates Folge geleistet worden war. In den Gassen herrschte ein reges Treiben und Anton hatte den Eindruck, dass die Menschen von überall herbeiströmten und in Richtung Marktplatz eilten. Georg und er schlossen sich dem Pulk an. Aus allen Straßen hörte man Geschrei, Gegröle und Gesang. Einige Menschen hatten Pfeifen, Topfdeckel oder Ratschen mitgebracht, mit denen sie einen ordentlichen Lärm veranstalteten. Hier und da beobachtete er, dass Flaschen mit Branntwein die Runde machten und so mancher Geselle stand bereits vor dem Jahreswechsel nicht mehr sicher auf seinen Beinen. Sogar einige Frauensleute hatten sich unter die Menge gemischt.

Anton schaute auf seine Uhr, als sie den Marktplatz erreicht hatten. Es war zwanzig Minuten vor zwölf, und der Platz war bereits fast gefüllt. Gleich neben dem Roland spielte ein alter Mann mit einer Fidel muntere Weisen, dazu drehten sich einige Paare zum Tanz. Die Stimmung war äußerst ausgelassen und Anton lächelte insgeheim über die Warnungen des Senates. Was sollte denn schon dabei sein, hier ein wenig zu feiern? Trotz der vielen Menschen um ihn herum fröstelte er.

Die Nacht war eisig kalt und ihm fehlte ein dicker Mantel. Die

Jacke seiner Wanderkluft war zwar zweckmäßig, aber solchen Minustemperaturen konnte sie nicht trotzen. Mehrmals schlug er sich die Arme um seinen Körper, bis Georg schließlich ein Fläschchen Rum aus seiner Westentasche zog. „Hier, Anton, nimm ruhig einen ordentlichen Schluck, damit dir wieder warm wird." Er hatte gerade ein Schlückchen genossen, da zog ihn eine unbekannte Frau an der Hand davon, hin zu den Tanzenden auf dem Platz.

Anton hatte das Tanzen zwar niemals erlernt, aber dieses Drehen und Wiegen war nicht schwer. Schon nach kurzer Zeit hatte er einen Rhythmus gefunden. Mit einem Mal veränderte sich jedoch die ausgelassene Stimmung. Der Fidler stellte sein Spiel ein und die Tanzenden hielten inne. Ein Raunen ging durch die Menge, einige Menschen starrten wie gebannt auf ihre Taschenuhren. In die entstandene Stille hinein erklangen zunächst zögernd die ersten Glockenschläge. Sie schwollen an und dröhnten schließlich laut und feierlich durch die Nacht. Die Menschen jubelten, prosteten sich zu oder lagen sich in den Armen. Das neue Jahrhundert war angebrochen.

25

Oldenburg,
Dienstag, 31. Dezember 1799

Sophia fror erbärmlich, als sie am Morgen des Silvestertages erwachte. Die Fenster waren mit Eisblumen zugefroren, selbst auf dem Wasser in ihrer Waschschüssel hatte sich eine dünne Eisschicht gebildet. Schnell schlüpfte sie in ihr altes Arbeitskleid und zog sich eine Schürze darüber. Über die Haare band sie sich ein Tuch zum Schutz gegen Fett und Rauch. Sie hatte Geschen versprochen, ihr beim Waffelbacken zu helfen. Das, so wusste sie noch von zu Hause, war eine anstrengende Arbeit, bei der die Kleider hinterher nach heißem Fett stanken.

Sie schaute sich in dem kleinen, halbblinden Wandspiegel an. Abgekämpft und müde sah sie aus. Die Tage in Diepholz saßen ihr noch in den Knochen. Seufzend kämmte sie ihre Haare und band sie im Nacken zu einem Knoten zusammen.

Ihre Gedanken glitten zurück zu ihrer Mutter. Wie hatte sie sich darauf gefreut, sie endlich einmal wiederzusehen, aber wie erschrocken war sie gewesen, als diese dann vor ihr stand. Abgemagert war sie und sie strahlte keine Lebensfreude mehr aus. Der Haushalt, den sie vor dem Tod des Vaters immer mit Sorgfalt in Ordnung gehalten hatte, war heruntergekommen. In den Ecken hingen Spinnweben, der Fußboden in der Küche war seit langem nicht gewischt worden und Essensreste standen unbeachtet herum.

Um den gröbsten Schmutz zu beseitigen, hatte Sophia während der wenigen Stunden bis zum Heiligen Abend nahezu ununterbrochen geputzt. Die Mutter saß, die Hände im Schoß gefaltet, dabei und jammerte. Vor allem über Gottlieb beklagte sie sich bitterlich. „Um das Geschäft kümmert er sich einigermaßen zuverlässig, so kommt er wohl über die Runden. Aber seine Frauengeschichten, Sophia, das ist furchtbar. Ich fürchte, eines Tages kommt ein junges Ding bei ihm an, welches er geschwängert hat. In der ganzen Stadt zerreißt man sich das Maul über ihn. An mich denkt er dabei gar nicht. Manchmal sehe ich ihn tagelang nicht." Unruhig knetete sie die Hände im Schoß, Tränen liefen ihr über die Wangen. „Kind, kannst du nicht wieder hierherkommen? Ich bin so einsam, seitdem dein Vater nicht mehr ist."

Sophia gab sich redlich Mühe, ihrer Mutter gut zuzureden. Am Heiligen Abend kochte sie Grünkohl, den sie im Garten erntete, dazu bereitete sie Kartoffelstampf und ein paar Würste, die sie in der Speisekammer fand. Die Mutter aß kaum etwas davon. Gottlieb tauchte den ganzen Abend nicht auf, so saß Sophia mit der Mutter allein in der Stube. Sie hatte ein wenig Tannengrün auf einen Teller gelegt, das duftete herrlich nach Wald, dazu hatte sie ein paar Kerzen entzündet und der Mutter dann ihr Geschenk überreicht. Achtlos legte diese den Kamm zur Seite. Als Sophia ihn ihr daraufhin ins Haar stecken wollte, wehrte sie mit einer entschiedenen Handbewegung ab. „Wofür soll ich mich denn noch hübsch machen, Mädchen?", fragte sie resigniert. „Auf mich achtet doch sowieso niemand mehr."

Die Bienenwachskerzen steckte Sophia schließlich selbst in den Leuchter. Dann packte sie ihre eigenen Geschenke aus. Die Mutter und Gottlieb hatten nichts für sie besorgt, das nahm sie verbittert zur Kenntnis, verlor jedoch kein Wort darüber. Zunächst wickelte sie das Päckchen der Witwe Grovermann aus. Kurz darauf hielt sie ein Stück roten Samtstoff, ganz weich und zart, in den Händen.

„Schau, Mutter, wie schön, daraus kann ich mir ein Halstuch nähen." Die Mutter aber schaute kaum hin.

Danach packte Sophia das Päckchen von Anton aus. Mit feinem Silberdraht hatte Anton ein fließendes, ineinander verschlungenes Muster geschaffen. In die Mitte hatte er einen großen roten Granatstein gesetzt, rechts und links davon vier kleine Saatperlen und ganz außen zwei Türkise.

„Mutter, sieh doch, die hat Anton mir geschickt. Du erinnerst dich doch an ihn, nicht wahr? Anton und ich haben uns im letzten Sommer ineinander verliebt, als wir gemeinsam in Vechta waren."

Bei diesen Worten von Sophia glomm kurz ein Leuchten in Dorothea Mohrs Augen auf. Sophia wusste, sie konnte Anton gut leiden.

„Noch bevor der Herbst kam, mussten wir uns aber trennen", erklärte sie weiter. „Anton hat seine Wanderung fortgesetzt und ich habe die Stelle in Oldenburg bekommen." Bei diesen Worten verschloss sich das Gesicht ihrer Mutter wieder. Sophia griff nach ihrer Hand.

„Mutter, ich verspreche dir, ich werde dich eines Tages zu mir holen. Wenn ich weiß, wie es mit mir weitergeht, wenn ich etwas Festes habe, dann kannst du zu mir kommen. Dazu ist es jetzt aber noch zu früh. Du musst Geduld haben." Die Mutter nickte. Sophia sah ihr an, dass sie daran nicht glaubte.

Am Weihnachtstag ging Sophia allein zu den Steimanns hinüber. Trotz guter Worte konnte sie die Mutter nicht dazu überreden, mit ihr zu kommen. Diesen Nachmittag genoss Sophia. Im Haus der Steimanns herrschte reges Leben. Elises Eltern hatten sich auf ihr Altenteil gesetzt. Ein Neffe, Elises Vetter Theodor, hatte ihren Betrieb, die einzige Bäckerei in Diepholz, vor knapp zwei Jahren übernommen. Theodor war mit seiner Frau und den beiden kleinen Söhnen zu den Alten ins Haus gezogen. Dann und wann, wenn Not am Mann war, half Elises Vater noch in der Bäckerei mit aus. Offensichtlich funktionierte das. Ein wenig neidvoll beobachtete Sophia das fröhliche Miteinander. Wie weit entfernt davon war doch das Leben in ihrem Elternhaus.

Am Tag nach Weihnachten brachte Gottlieb eine Frau mit. Sophia kannte sie flüchtig von früher aus der Schule. Diese Frau, Magdalena hieß sie, saß doch tatsächlich mir nichts, dir nichts bei ihnen am Mittagstisch und schlug sich den Bauch voll. Sophia vermutete, dass sie schwanger war.

„Ich bin zu Besuch bei meiner Mutter", sagte sie, „aber gestern hatte ich einen heftigen Streit mit ihr. Sie hat mich vor die Tür gesetzt. Gott sei Dank hat Gottlieb mir erlaubt, hier für ein paar Tage unterzukriechen. Am Tag vor Silvester fahre ich wieder nach Bremen. Dort arbeite ich in einer Gaststätte. Zum Jahreswechsel ist dort immer eine Menge Betrieb."

Als Sophia und Elise zwei Tage später zurück nach Oldenburg fuhren, erzählte Elise ihr eine Geschichte, die Sophia die Haare zu Berge stehen ließ. „Sophia, du hast mir doch von Magdalena erzählt, die Gottlieb vorgestern mit zu euch gebracht hat. Weißt du, was man sich in der Stadt über sie erzählt?" Ahnungslos schüttelte

Sophia den Kopf. „Du kannst dir nicht vorstellen, womit Magdalena tatsächlich ihren Lebensunterhalt in Bremen verdient. Die Gaststätte, in der sie arbeitet, liegt in einem schmuddeligen Viertel der Stadt direkt an der Weser. An jedem Abend hängt eine rote Laterne über der Eingangstür, es handelt sich nämlich um ein Freudenhaus. Dort arbeitet Magdalena seit einigen Jahren unter dem Namen Martje." Bestürzt schaute Sophia Elise an. „Ist das wirklich wahr? Woher weißt du so etwas?"

„Eine Nachbarin der Menkens, so heißt Magdalena mit Nachnamen, hat mir das erzählt. Sie hat dann und wann etwas mitbekommen, wenn Magdalena zu Hause bei ihrer Mutter war und sich mit ihr gestritten hat. Magdalena ist vor vier Jahren mit großen Plänen aus Diepholz fortgegangen, aber bereits nach kurzer Zeit ist sie in der Spelunke gelandet. Mindestens zweimal war sie in der Zeit schon schwanger. Die Nachbarin hat es mitbekommen. Ein Kind aber hat Magdalena offensichtlich nie bekommen." Elise sah Sophia mit ernstem Blick an. „Vermutlich hat Magdalena eine Engelmacherin gefunden, die ihr die Kinder weggemacht hat. Jetzt ist sie wieder schwanger. Natürlich weiß sie nicht, von wem das Kind ist, dazu hat sie viel zu viele Männer im Bett gehabt. Sie ist zu ihrer Mutter nach Diepholz gefahren, um sie um Hilfe zu bitten. Die Mutter aber hatte sie aus dem Haus geworfen. ‚Du bist nicht mehr meine Tochter‘, hat sie ihr hinterhergeschrien, bevor sie die Tür zugeworfen hat."

Entsetzt über das Gehörte hatte Sophia fest die Hand von Elise gedrückt. Was würde jetzt aus Magdalena werden? Gab es denn niemanden, der diesen gefallenen Mädchen Hilfe anbieten konnte?

„Sophia, wo bist du denn mit deinen Gedanken?" Sophia erschrak. Sie hatte Geschen gar nicht kommen hören, die schwer atmend vor ihr stand und sie an der Schulter schüttelte. „Ich habe dich schon dreimal gerufen, aber du hörst ja nicht. Der Teig ist fertig, wir müssen loslegen. Ist alles in Ordnung mit dir, Kind?" Sophia straffte die Schultern und nickte entschlossen. Gemeinsam mit Geschen stieg sie die Treppe hinunter in die Küche. Dort war es mollig warm, Geschen hatte das Feuer im Ofen schon kräftig eingeheizt. „Schau, eine ganze Schüssel mit Teig habe ich vorbereitet." Mit roten Wangen rührte Geschen einen kräftigen Schluck Rum in die Schüssel. „Du kannst das Eisen schon einmal holen, ich bin gleich so weit."

Sophia hob das schwere Eisen aus dem Regal. Zwei Eisenplatten waren durch ein Scharnier miteinander verbunden und mit zwei langen Stäben, die als Griffe dienten, ausgestattet. Beim Backen auf dem offenen Feuer waren solch lange Stiele erforderlich, um genügend Abstand von der Hitze zu halten. Geschen hatte am Abend vorher alles gründlich gereinigt. Neugierig betrachtete Sophia die zwei Eisenplatten. Die Innenseiten waren mit aufwendigen Bildmotiven verziert. In der Mitte der einen Platte war seitenverkehrt ein Monogramm eingraviert. „M.H.", konnte Sophia entziffern. „Das ist aber ein besonders schönes Eisen, Geschen", sagte sie bewundernd, „wem gehört es?"

„Das hat Margaretha Herbart damals zu ihrer Hochzeit bekommen. Bevor die Herbarts sich scheiden ließen, habe ich es all die Jahre benutzt. Der Sohn der Herbarts, der Johann Friedrich, mochte die Neujahrswaffeln immer besonders gern. Seit Jahren hat es nur noch in der Speisekammer gelegen, aber nun habe ich es einmal wieder herausgeholt."

Geschen rührte noch ein letztes Mal kräftig den Teig um, dann holte sie eine Kelle von der Stange an der Wand. „Du kannst das Eisen schon mal erhitzen und dann einfetten", sagte sie geschäftig. „Es muss ordentlich vorbereitet sein, sonst wird das nichts." Vorsichtig legte Sophia das Eisen auf einen Dreifuß, der vor dem Herd stand. Sie öffnete die Ofenklappe und schob es ins Feuer. Als es glühend heiß war, zog sie es wieder heraus und fettete beide Seiten vorsichtig mit einem Stück Speck ein. Mit geübtem Schwung befüllte Geschen die eine Seite der Platte mit dem flüssigen Teig. Langsam, so dass er nicht an den Seiten herausquoll, schloss

Sophia die beiden Eisenteller. Zunächst von der einen und dann von der anderen Seite hielt sie es über das Feuer. „Sophia, pass gut auf. Es ist nicht einfach, den Zeitpunkt zu finden, an dem die Waffeln zwar knusprig, aber noch nicht verbrannt sind." Sophia nickte. „Das weiß ich doch, Geschen, mit meiner Mutter habe ich früher auch jedes Jahr Neujahrswaffeln gebacken."

Waffel um Waffel buken die beiden Frauen an diesem letzten Vormittag im alten Jahrhundert. Zunächst mussten sie gut aufpassen, damit nichts verbrannte, nach und nach aber stellte sich eine Routine ein. Geschen versah diese Arbeit offensichtlich mit großer Freude. Sie schwatzte in einem fort und berichtete Sophia, was sich während der Weihnachtstage in Oldenburg zugetragen hatte. Währenddessen drehte sie die gebackenen Kuchen, die Sophia ihr auf den Tisch legte, geschickt zu Waffelhörnchen. Sophia aber blieb wortkarg. „Sophia, was ist dir nur über die Leber gelaufen? Du guckst ja so traurig", sagte Geschen schließlich und schaute Sophia besorgt an.

Mit zusammengepressten Lippen sah Sophia zu ihr hinüber. „Ach Geschen, heute am letzten Tag in diesem Jahr komme ich ins Grübeln. Ich mache mir Sorgen um meine Mutter. Sie ist so traurig, seitdem mein Vater gestorben ist und ich weiß nicht, wie ich ihr helfen kann. Auf keinen Fall will ich nach Diepholz zurückgehen, nicht einmal ihr zuliebe. Aber ich kann sie doch auch nicht zu mir holen. Ich habe Elises Eltern gebeten, sich ihrer ein wenig anzunehmen. Bei der alten Jungfer Fliegel bin ich auch noch gewesen. Das ist die, die mir die Arbeit mit dem Haarschmuck beigebracht hat. Sie hat mir versprochen, ab und zu nach meiner Mutter zu sehen und mit ihr gemeinsam zu handarbeiten. Vielleicht muntert sie das ein wenig auf. Mit Gottlieb habe ich natürlich auch über Mutter gesprochen, den hat das aber nicht so recht interessiert."

Geschen seufzte vernehmlich. „Ach Kind, ich kann deine Mutter ja verstehen. Es ist nicht schön, wenn man so allein ist und keinen zum Reden hat. Du solltest sie tatsächlich zu dir nehmen, wenn die

Zeit dafür gekommen ist. Jetzt aber gräme dich nicht so. Es wird sich schon alles finden."

Drei Stunden buken die beiden zusammen, bis der letzte Teig schließlich im Eisen gelandet war. Vorsichtig stapelte Geschen die fertigen Waffeln und stellte sie auf einen Tisch neben dem Ofen. „In die kalte Speisekammer kann ich sie nicht legen, sie müssen warm und trocken stehen, sonst werden sie weich und schwammig." Eine Waffel legte sie auf ein Brettchen und schob es Sophia zu. „Hier, iss mal, wer weiß, was du heute Abend bei den Webers zu essen bekommst."

Ein wenig getröstet stieg Sophia hinauf in ihre Kammer. Sie hielt einen Topf mit heißem Wasser in den Händen, den Geschen ihr gereicht hatte. „Nimm das, damit du dich ordentlich waschen kannst", sagte sie. „Sonst riechst du heute Abend ja selbst wie ein Neujahrskuchen."

Sophia genoss diese seltene Gelegenheit. Es war wohl Jahre her, dass sie sich zuletzt mit warmem Wasser gewaschen hatte. Schnell rieb sie sich anschließend trocken und zog ihr bestes Kleid über, ein blaues Leinenkleid, welches sie sich kurz vor ihrem Umzug nach Oldenburg selbst genäht hatte. Gemeinsam mit Anton hatte sie den Stoff auf dem Stoppelmarkt erworben. Die Farbe erinnerte sie stets an seine blauen Augen. Mit kräftigen Zügen kämmte sie sich ihr langes Haar und steckte es mit einigen Klammern geschickt hoch. Aus dem kleinen Holzkästchen, in dem sie ihren gesamten Schmuck aufbewahrte, holte sie die Silberbrosche mit dem dunkelroten Granatstein, die Anton ihr zu Weihnachten geschenkt hatte. Vorsichtig, um den Stoff nicht zu beschädigen, steckte sie das zierliche Schmuckstück fest. Dann holte sie das goldene Medaillon hervor und legte es sich um den Hals. Behutsam öffnete sie den Verschluss und betrachtete wehmütig das Porträt von Anton. Mit den Fingerkuppen streichelte sie über das kleine Bild. „Ich vermisse dich, Anton", flüsterte sie.

„Kind, du hast dich aber hübsch hergerichtet für den Abend", sagte Geschen anerkennend." Dankbar lächelte Sophia die alte Frau an. „Hier", Geschen drückte ihr eine Schachtel in die Hand, „ich habe dir ein paar von den Waffeln eingepackt. Nimm die mal mit zu den Webers, darüber werden sie sich sicher freuen". Sophia nickte. „Ich habe bei den Schröders eine Flasche Schaumwein besorgt, den nehme ich heute Abend ebenfalls mit".

Wenige Minuten vor sieben Uhr schlüpfte Sophia in ihren Mantel. Sieben Glockenschläge hallten vom Glockenturm herüber, als sie an die Tür des Webers klopfte. Wilhelm öffnete ihr und führte sie die Treppe hinauf in den Wohnraum. Aus der Küche duftete es bereits köstlich. „Johanne ist eine gute Köchin", sagte Wilhelm, als er sah, dass Sophia schnuppernd die Nase in die Luft reckte. „Wir können essen, sobald ihr Bruder Theodor gekommen ist." In der Tat war Johanne das Abendessen gut gelungen. Sie hatte ein Hähnchen gebraten, dazu gab es weiße Rübchen und Kartoffeln mit einer leckeren Soße.

In angeregter Unterhaltung verlief der Abend recht kurzweilig. Theodor war ein amüsanter Kerl. Mit seinem roten Krauskopf und dem prächtigen Backenbart sah er stattlich aus. Sophia fing nicht nur einmal den Blick seiner grünen Augen auf, während er fast pausenlos Geschichten aus seinem aufregenden Arbeitsalltag, er war Gendarm bei der örtlichen Polizei, erzählte.

„Sophia, wir wissen bisher so wenig von dir. Wo kommst du eigentlich her und was genau machst du hier in Oldenburg? Willst du uns nicht ein wenig von dir erzählen?", fragte Johanne schließlich. Zunächst zögerlich, als sie die Aufmerksamkeit der Zuhörer spürte, aber dann immer anschaulicher, erzählte Sophia ihnen von der Perückenwerkstatt in Diepholz, von ihrem Unfall vor einigen Jahren, von ihrem Streit mit dem Vater und dem Bruder und von ihrer Arbeit in Vechta. Selbst von Anton, seinem Aufenthalt in Vechta und seiner Wanderzeit berichtete sie den Dreien.

„Sollte dein Anton jemals hier bei uns in Oldenburg vorbeikommen", sagte Wilhelm lächelnd, „so kann er gern einmal bei mir um

Arbeit nachfragen. Ich habe mehr als genug davon."

Es schien Sophia, als sei Theodor dieser Gedanke nicht sehr recht, böse funkelte er seinen Schwager an. Schnell verscheuchte Sophia den Gedanken jedoch. „Er wird schon keinen Gefallen an mir gefunden haben. Ein so gut aussehender Mann hat sicher Möglichkeiten genug."

Als es auf Mitternacht zuging, stellten die vier sich ans Fenster der Wohnstube, welches direkt auf den Marktplatz hinausging. Eine unübersichtliche Menschenmenge strömte auf den Platz, um dort das neue Jahr zu begrüßen. Hier und da knallte ein Feuerwerkskörper. Vom Schloss her kam eine vierspännige Kutsche über den Platz gerattert. Die zwei vorderen Pferde gingen hoch, erschreckt durch einen lauten Knall. Zum Glück gelang es dem Kutscher, sie wieder zu beruhigen. Laut dröhnten die zwölf Glockenschläge durch die Nacht. Wilhelm Weber entkorkte die Flasche Schaumwein und schenkte ihnen allen ein. Sie stießen miteinander an und wünschten sich ein glückliches neues Jahr. Sophia hatte den Eindruck, Theobald würde ihr dabei besonders tief in die Augen schauen. Schnell richtete sie ihren Blick zum Fenster hinaus. Sie spürte, wie ihr das süße Getränk die Kehle hinabrann. Draußen auf dem Platz johlten die Menschen. Sie fielen sich in die Arme und tanzten zur Musik, die ein Leierkastenmann zum Besten gab. Mit ihrer freien Hand ergriff sie das Medaillon und drückte es fest. „Ein frohes neues Jahr wünsche ich dir, Anton", sagte sie in Gedanken.

26

Bremen,
Anfang Januar 1800

Anton lauschte eine Weile ergriffen dem Glockengeläut. Er sah dem neuen Jahr mit Zuversicht und Freude entgegen. So viel würde er noch erleben, dazu sicher noch einige Städte sehen und mit Georg zusammen die Freiheit genießen. Auch an Sophia dachte er kurz, schob den Gedanken jedoch sofort zur Seite. Das Grübeln nutzte doch nichts.

Erst, als zwei betrunkene Männer ihn hart anrempelten und ihn dabei fast zu Fall brachten, wurde er aus seinen Gedanken gerissen. Suchend schaute er sich um, Georg aber konnte er nirgendwo entdecken. In dem Gedränge hatte er ihn verloren. Die Frau, die ihn zum Tanz geholt hatte, war ebenfalls längst in der Menge verschwunden. Anton seufzte. Es blieb ihm wohl nichts anderes übrig, als sich allein einen Weg durch die feiernden Menschen zurück zur Herberge zu bahnen.

Zunächst schlug er sich zum Rathaus durch, um sich von da aus linker Hand zu halten. Lärmendes Volk drängte sich um ihn herum, wohin er auch sah. Plötzlich wurden unmittelbar neben ihm mehrere Schüsse abgegeben. Einige Frauen schrien erschrocken auf und hielten sich die Ohren zu, zum Glück aber war nichts passiert. Der Schütze johlte laut und reckte die Arme in die Luft, einige Menschen klatschten Beifall. Antons rechtes Ohr war zunächst fast taub von dem Lärm, dennoch drängte er sich weiter vorwärts.

Schließlich hatte er das Ende des Platzes erreicht, von hier wollte er in die Obernstraße einbiegen. Eine Gruppe junger Männer versperrte ihm den Weg. Sie hatten sich im Kreis aufgestellt und einer von ihnen hantierte mit einer Fackel.

Noch bevor Anton die herannahende Gefahr erkennen konnte, krachte und knallte es gewaltig um ihn herum. Er war direkt in einige Feuerwerkskörper hineingelaufen, welche die Burschen in ihrem Kreis aufgestellt und gezündet hatten. Geblendet hielt Anton sich die Hände vor die Augen. Ein Zischen und Pfeifen ohnegleichen dröhnte an seine Ohren, niemals zuvor hatte er einen solchen Lärm gehört. Neben ihm schrie eine Frau laut und durchdringend. Anton spürte, wie sie stürzte und gegen ihn fiel. Bevor er aber noch die Hände von den Augen nehmen konnte, durchfuhr ein brennender Schmerz seine linke Hand. Wie von Sinnen wedelte er sie in der Luft herum, doch der Schmerz ließ nicht nach.

Als der ohrenbetäubende Krach abebbte und Anton es endlich wieder wagte, die Augen zu öffnen, lag zu seinen Füßen eine wimmernde Frau zusammengekrümmt am Boden. Die jungen Männer, die zuvor die Feuerwerkskörper entzündet hatten, waren verschwunden, stattdessen hatten wildfremde Menschen einen Kreis um ihn und die Frau gebildet und gafften erschrocken zu ihnen herüber.

Anton sah auf seine linke Hand. Sie war schwarz. Dicke Blasen hatten sich auf der Haut gebildet und an einigen Stellen war das rohe Fleisch zu sehen. Benommen vor Schreck beugte er sich zu der Frau hinab, die ganz ruhig geworden war. Sie hielt beide Hände vor die Augen und wiegte sich hin und her, es sah gespenstisch aus.

„So helft uns doch!", schrie Anton voller Schmerz und Zorn. „Ich kenne diese Frau nicht, sie ist offenbar schwer verletzt. Ihr müsst sie zu einem Arzt bringen. Ich kann ihr nicht helfen, ich bin selbst verletzt, meine linke Hand ist verbrannt."

Einige der Umstehenden drehten sich um und gingen einfach davon, andere blieben stehen und beobachteten regungslos, was passierte. Drei Männer jedoch lösten sich aus dem Kreis und stürzten zu der Frau. Sie drehten sie zur Seite und zogen ihre Hände vom Gesicht.

Anton erschrak bis ins Mark, als er die Verwundung sah. Tiefe blutende Wunden durchzogen die Wangen, aber das Schlimmste war die Leere der einen Augenhöhle. Die Frau hatte ein Auge verloren. Entschlossen nahm einer der Männer die Frau auf seine Arme. „Einen Arzt, ich brauche einen Arzt!", rief er laut. Anton erinnerte sich, dass ganz in der Nähe das Armenhaus und das Hospital waren, in dem die Wilkens lebten, er hatte sie dort an einem Mittag einmal besucht. Fast bewusstlos vor Schmerz zeigte er in die Richtung.

Zwei der Männer bildeten nun entschlossen die Vorhut. Sie drängten sich laut schreiend energisch durch die Menge, so dass ein kleiner Weg hinter ihnen entstand, dem Anton und der Mann mit der Frau auf dem Arm folgen konnten. So gelangten sie, Anton erschien die Zeit bis dahin endlos lang, an das große hölzerne Tor des Hospitals. Einer der Männer schlug laut schreiend dagegen und schließlich öffnete sich die Pforte.

Ab diesem Zeitpunkt waren Anton die Sinne geschwunden. Er erwachte erst wieder, als schon das Tageslicht durch ein Fenster in das Krankenzimmer fiel. Seine linke Hand war dick verbunden. Ein starker, pochender Schmerz erinnerte ihn augenblicklich an das Geschehen der vergangenen Nacht.

Hilfesuchend blickte er sich in dem großen Krankensaal um. Um die zwanzig weitere Schlafstellen konnte er ausmachen. Alle waren belegt. Von einigen Krankenlagern vernahm er eindringliches Stöhnen und Jammern.

Schließlich trat eine Krankenschwester an sein Bett. Sie hatte bemerkt, dass er erwacht war. Anton bat um ein wenig Wasser und die Schwester half ihm dabei, sich im Bett aufzusetzen, damit er trinken konnte. Sie zeigte auf seinen Verband.

„Du hast viel Glück im Unglück gehabt", sagte sie. „Deine Hand ist schlimm verbrannt. Ein Arzt hat die Wunde notdürftig gesäubert. Viel von der Haut hat sich abgelöst. Wenn sie sich nicht entzündet, dann wirst du sie aber in einigen Wochen wieder gut gebrauchen können. Vermutlich werden einige Narben zurückbleiben, das dürfte jedoch wohl kaum ein Problem sein." Sie schaute ihn ernst an. „Die Polizei war bereits hier. Es hat letzte Nacht einige Vorkommnisse gegeben. In der Stadt wurden hier und da Feuerwerkskörper entzündet, obwohl dies streng untersagt war. Dadurch sind einige Personen verletzt worden und zwei Häuser in Brand geraten. Gott sei Dank konnten die Brände schnell gelöscht werden und keiner ist zu Schaden gekommen." Ernst sah die Pflegerin ihn an. „Du musst mir jetzt deinen Namen und deinen Wohnort sagen. Das muss ich an die Polizei weitergeben. Dann wirst du sehen, was passiert."

Erschöpft fiel Anton zurück in die Kissen. Wo war er nur hineingeraten? Hätte er doch bloß auf Meister Rönneberg und den Herbergswirt gehört. Dabei hatte er doch nichts Verbotenes getan. Hoffentlich würden die Ermittlungen dies auch ergeben.

Er gab der Schwester die gewünschten Informationen und erkundigte sich dann nach der Frau, die neben ihm verunglückt war. Traurig schüttelte die Schwester den Kopf.

„Das arme Ding. Sie wird wohl durchkommen, aber sie hat ein Auge verloren und schwere Verletzungen im Gesicht, die sie wohl für immer zeichnen werden. Für sie hat das neue Jahr grausam begonnen."

Bevor die Ordensfrau den Raum verließ, bat Anton sie, Diedrich Wilkens über seinen Verbleib zu informieren. Sicher suchten Georg und Martin schon besorgt nach ihm. Am Ende seiner Kraft schloss Anton die Augen und versank in einen traumlosen Schlaf.

Er erwachte davon, dass eine Hand ihm vorsichtig über die Wange strich. Er öffnete die Augen und erkannte Martins Mutter, die betrübt an seinem Bett stand. Hinter ihr sprach ihr Mann gerade mit der Krankenschwester.

„Gott sei Dank, jetzt bist du wach", flüsterte Frau Wilkens. „Was hast du uns für einen Schrecken eingejagt. Die Schwester sagt, dass deine Hand arg verbrannt ist. Sie hat eine Salbe aus Leinöl, Ringelblumenblüten und Honig aufgetragen. Dein

Verband wird nun täglich gewechselt und wir wollen zu Gott beten, dass die Haut gut heilt."

Dankbar für die Zuwendung durch Martins Mutter nickte Anton. Erneut fragte er nach einem Schluck Wasser, welches er gierig trank.

„Einige Tage musst du noch hierbleiben", hörte er die sanfte Stimme von Frau Wilkens. „Ich werde jeden Tag kommen und nach dir sehen. Diedrich hat schon mit einem Polizisten gesprochen. Morgen wirst du wohl von ihm verhört. Du hattest doch keine Feuerwerkskörper dabei, oder?" Anton schüttelte den Kopf, woraufhin Martins Mutter erleichtert aufatmete. „Warst du denn nicht mit Georg gemeinsam unterwegs?", fragte sie.

Anton berichtete ihr in groben Zügen, wie sich der Abend zugetragen hatte. Der Schmerz in der Hand quälte ihn aber so sehr, dass es ihm schwerfiel, sich auf alle Einzelheiten zu besinnen. Schließlich schlief er erneut ein.

Als Anton das nächste Mal aufwachte, war es draußen bereits dunkel geworden. Georg saß an seinem Bett und wachte über seinen Schlaf. Erleichtert nahm er zur Kenntnis, dass Anton erwachte.

„Anton, ich mache mir solche Sorgen um dich!", rief er. Eine Pflegerin, die am Nachbarbett Dienst tat, zischelte empört zu ihm herüber. Sofort dämpfte Georg seine Stimme und fuhr fort. „Ich mache mir solche Vorwürfe, dass ich dich aus den Augen verloren habe. Hätte ich besser aufgepasst, wäre das alles nicht geschehen." Anton aber winkte ab.

„Du kannst doch nichts dafür. Bei dem Getümmel, welches auf dem Marktplatz herrschte, ist es doch kein Wunder, dass wir uns verloren haben. Vermutlich habe ich sogar noch Glück im Unglück gehabt. Eine Frau ist mit mir gemeinsam in das unglückselige Feuerwerk hineingeraten. Sie hat sehr viel schlimmere Verletzungen als ich. Ich konnte mich Gott sei Dank geistesgegenwärtig schützen, indem ich die Hände vors Gesicht geschlagen habe. Mein Hut hat vermutlich auch einiges abgehalten, ansonsten hätte ich vielleicht ebenso ein Auge oder sogar mein gesamtes Augenlicht verloren."

Bei dem Gedanken wurde ihm ganz übel und es schüttelte ihn. „Du musst mir zwei Gefallen tun", sprach er dann weiter. „Geh bitte morgen früh zu Meister Rönneberg und berichte ihm, was mit mir passiert ist. Zum anderen möchte ich, dass du morgen bei der Polizei eine Aussage machst und den Verlauf des gestrigen Abends schilderst. Das Glücksspiel lässt du natürlich weg." Anton lächelte gequält. „Ich bin in Sorge, dass man mir wegen des Gebrauches von Feuerwerkskörpern etwas in die Schuhe schieben will."

Georg versprach ihm, alles zu erledigen, dann forderte die Krankenschwester ihn unmissverständlich auf, zu gehen. „Der Patient braucht Ruhe", sagte sie energisch. „Du regst ihn mit deinem lauten Geschwätz nur unnötig auf." Mit diesen Worten schob sie ihn aus dem Krankensaal.

Am nächsten Tag ging es Anton ein wenig besser. Er hatte wieder Hunger und auch die Benommenheit war verschwunden. Gegen Mittag war der alte Verband abgenommen worden. Anton hatte sich tüchtig erschrocken über die schwarze, blasige Haut, aber die junge Schwester beruhigte ihn.

„Es sind, Gott sei Dank, nicht so tiefe Flächen verbrannt", sagte sie. „Du kannst hoffen, dass die Heilung gut voranschreitet. Wenn du versprichst, dass du sorgsam auf deine Hand aufpasst, sie ruhig hältst, nicht verschmutzt, täglich frische Salbe aufträgst und den Verband wechselst, dann kannst du schon bald nach Hause gehen. Zudem musst du an jedem zweiten Tag hierherkommen, damit wir deine Wunde ansehen können." Streng sah sie Anton an. „Kannst du das versprechen?", fragte sie eindringlich. „Ansonsten kann das nämlich böse enden."

Anton nickte entschlossen und schaute der Pflegerin zu, wie sie vorsichtig frische Salbe auf der Wunde verstrich und anschließend einen neuen Verband anlegte.

„Ein Polizist wartet übrigens draußen auf dich. Fühlst du dich schon kräftig genug, um mit ihm zu sprechen?" Anton nickte. „Ich stehe auf", sagte er sofort. „Hier im Bett möchte ich nicht mit ihm reden." Kurz entschlossen warf er die Decke zur Seite, schlüpfte in ein paar dicke Socken, die jemand ihm hingelegt hatte, zog mit Hilfe der Krankenschwester sein Hemd, seine Hose und seine Jacke an und begleitete sie nach draußen.

Die Befragung war glimpflich verlaufen. Es gab mehrere Aussagen, die bezeugten, dass Anton keine Schuld an dem Unglück trug. Man hatte bereits zwei der jungen Männer in Gewahrsam genommen, die vermutlich an dem Vorfall beteiligt gewesen waren. Erleichtert atmete Anton auf. Jetzt musste nur noch seine Hand heilen, dann war hoffentlich alles wieder gut.

Ein wenig Sorgen bereiteten ihm die Kosten, die dieser Aufenthalt im Hospital verursachen würde. Würde er genügend Geld aufbringen können, um das bezahlen zu können? Aber auch diese Last wurde ihm am Nachmittag von den Schultern genommen. Diedrich Wilkens war erneut zu ihm gekommen und hatte ihn beruhigt. „Du, als ordentlich gemeldeter Geselle, hast doch in die Krankenlade der Zunft einbezahlt. Die wird nun einen Großteil der Kosten übernehmen. Wenn du einverstanden bist, werde ich morgen mit dem Zunftältesten darüber sprechen. Wenn die Schuldigen gefasst werden, dann müssen vermutlich auch sie etwas bezahlen, soweit sie dazu in der Lage sind. Vermutlich werden sie dafür sogar ins Gefängnis gehen. Alle weiteren Kosten wird das Kloster übernehmen, es finanziert sich durch Spenden. Lass das mal meine Sorge sein. Auch, wenn du ein Katholik bist, geht unsere christliche Nächstenliebe doch so weit, dass wir auch den Kranken anderer Konfessionen zur Seite stehen." Dabei zwinkerte er Anton gütig zu.

Am übernächsten Tag, es war Samstag, der 4. Januar 1800, wurde Anton tatsächlich entlassen. Man hatte ihm Verbandszeug und Salbe mitgegeben. Martin war gekommen, um ihn abzuholen. Meister Rönneberg hatte darauf bestanden, dass er Anton zurück zur Herberge begleiten solle.

Betreten hatte er sich die Geschichte von Anton erzählen lassen. „Ich war am Silvesterabend so wütend auf dich und Georg",
sagte er dann. „Ihr wolltet mich nicht mitnehmen und ich saß
allein zu Hause und habe mich furchtbar gegrämt. Jetzt aber
weiß ich, dass das richtig war." Er schnaufte einmal tief durch
und sprach dann weiter. „Ich möchte dir Folgendes vorschlagen.
In der Herberge wirst du Probleme haben, die Verbände zu waschen und zu trocknen. Das möchte ich gerne übernehmen. Ich
werde abends nach der Arbeit zu dir kommen, ich helfe dir beim
Verbandswechsel und wasche dann zu Hause alles gründlich
aus, was hältst du davon?"

Anton war sehr erleichtert über diesen Vorschlag. Er hatte
schon darüber gegrübelt, wie er das alles einhändig erledigen
sollte. Unter den Bedingungen in der Herberge wäre es wohl
selbst Georg schwergefallen, die Verbände zu säubern. So aber
könnte es glücken. Dankbar legte er Martin den Arm um die
Schulter. „Du bist ein echter Freund", sagte er, „das werde ich
dir nie vergessen."

27

Oldenburg,
Sonntag, 5. Januar 1800

Sophia machte es sich mit Geschen und Elise am Küchentisch gemütlich. Sie zog ihre Jatte heran und arbeitete eifrig an einem
Auftrag, den Wilhelm Weber ihr vermittelt hatte. Eine junge Frau
ließ sich aus ihren eigenen Haaren ein dreireihiges Armband aus
runden Kordeln anfertigen.

Geschen stellte einen Teller mit einem ganzen Stapel der leckeren Neujahrswaffeln auf den Tisch und goss ihnen einen Tee ein. „Sophia, seitdem du mir den Tee zu Weihnachten geschenkt hast, trinke ich ihn viel lieber als den Muckefuck, den es sonst immer gab. Eigentlich mochte ich Tee vorher nicht so gern, er erinnerte mich immer an die Einquartierungen, die wir hier jahrelang hatten. Zeitweise waren acht Soldaten oben in den drei freien Kammern untergebracht. Zum Glück musste ich die nicht bekochen, nur für heißen Tee musste ich immer sorgen, kein Wunder, bei der Kälte im Winter dort oben. Vor allem die Engländer waren ganz verrückt nach Tee, nicht selten aber haben sie sich auch mit Schnaps beholfen." Sie schüttelte sich. „Ich sage euch, das waren keine guten Zeiten."

„Hattet ihr hier in Oldenburg tatsächlich auch so viele Einquartierungen?", fragte Sophia interessiert. „Ich dachte, die Länder nördlich der Grafschaft Hoya und des Fürstbistums Münster seien nicht betroffen gewesen.

„Was du nur denkst", rief Geschen aufgeregt. „Zunächst kamen viele Adelige und Geistliche, die aus Frankreich geflüchtet waren. Emigranten wurden sie hier genannt. Einige von ihnen sollen recht viel Geld gehabt haben, die meisten aber brachten sich mit allerlei Arbeiten durch. Irgendwann zogen sie weiter, ich glaube, die meisten in Richtung Braunschweig. Danach aber hatten wir hier ständig Einquartierungen von hannoverschem, preußischem und auch englischem Militär. Oft waren alle Kammern unter dem Dach belegt. Ich bin zu der Zeit hier in die Küche gezogen." Sie zeigte auf eine Küchenbank im hinteren Teil des Raumes. „Die Bank kann man ausziehen, da haben früher die Küchenmägde drauf geschlafen. Sie ist zwar nicht so bequem wie ein Bett, aber besser, als allein unter dem Dach zu schlafen, war es allemal. Ich hatte furchtbare Angst dort oben unter all den Mannsleuten. Hier in der Küche fühlte ich mich einigermaßen sicher."

Sophia konnte das gut verstehen, ihr wäre es sicher ähnlich ergangen.

„Ihr glaubt es nicht, wie es zu den Zeiten gewesen ist, als die Engländer hier waren", fuhr Geschen fort. „Die warfen mit dem Geld nur so um sich. In den Wochen hat Herr Schröder mit dem Verkauf von Wein eine Menge Geld verdient. Den Weinhandel im großen Stil hatte er damals noch gar nicht, immer nur so ein paar Fässer in seiner Getreidehandlung. Damals hatte er vermutlich die Idee bekommen, einen eigenen Weinhandel zu eröffnen. Ich habe einmal mitbekommen, wie er eine Bouteille Burgunder für einen Dukaten und eine Bowle Punsch für einen Louisdor verkauft hat." Elise sah, wie Sophia die Stirn in Falten legte. „Geschen, aber das kann doch nicht sein", sagte Sophia verwirrt. „Ein Dukaten ist eine Goldmünze, die einem Wert von nahezu drei Reichstalern entspricht. Ein Louisdor ist sogar noch einmal das Doppelte wert. Das ist doch unglaublich viel Geld." Geschen nickte bestätigend. „Ja, aber so war es, ich schwöre es bei Gott. Als die Engländer 1795 abzogen, schifften sie sich zu Tausenden hier in Oldenburg am Hafen ein. Dazu mussten nicht nur Kanonen verladen werden, sondern auch Frauen und Kinder. In Bremen sind damals ebenfalls viele Engländer an Bord gegangen, dort werden ähnliche Verhältnisse geherrscht haben."

Aufgeregt knetete Geschen ihre Hände. „Tausende von Soldaten zogen hier durch die Stadt. In den Straßen und am Hafen herrschte bis tief in die Nacht überall ein unvorstellbares Gewühl. Es wurde Wein und Punsch und Branntwein getrunken, alles durcheinander. Ihr hättet das Menschengewimmel einmal sehen sollen. Ich bin mit meiner Freundin Theresa, Gott hab sie selig, damals zum Hafen gegangen, das Schauspiel wollte ich mit eigenen Augen sehen. Tausende Menschen drängten sich dort. Die englischen Generale verschleuderten ihre Pferde, weil sie die nicht mitnehmen konnten, zu einem unsagbar günstigen Preis. Ihr müsst wissen, jeder hatte ja dreißig bis vierzig Tiere und es waren edle Pferde. Das war ein Hauen und Stechen, ihr könnt es euch nicht vorstellen."

Bei der Erinnerung an diese Szenen schüttelte Geschen den Kopf. „Die Engländer grölten unentwegt Lieder, davon konnte ich natürlich nichts verstehen. In den Straßen war kein Durchkommen. Einzelne Wirte haben mehr als fünfhundert Taler in einer Nacht verdient. Sie haben Alkohol, Kaffee und gebratenes Fleisch verkauft. Theresa hat mir damals erzählt, ein englischer Hauptmann habe dreißig Louisdor für einen Mittagstisch, an dem zwölf Personen teilnahmen, bezahlt." Geschen schnaubte verächtlich. „Na ja, seine achtzehn Pferde mussten dafür auch versorgt werden. Dennoch, dreißig Louisdor, Mädchen, das sind ungefähr einhundertachtzig Taler für einen Mittagstisch. Unvorstellbar!"

Schwerfällig stand Geschen auf, holte die Teekanne vom Herd und schenkte allen noch einmal ein. Kaum saß sie wieder, fuhr sie mit ihrer Geschichte fort. „Auf der Straße von Nadorst nach Oldenburg haben die Engländer Pferderennen veranstaltet. Sie wetteten dabei bis zu hundert Louisdor auf den Ausgang." Sophia schüttelte ungläubig den Kopf. Ihr schwirrte bei diesen Summen der Kopf. Geschen senkte die Stimme, fast flüsterte sie.

„Die Engländer haben damals aber nicht nur für Speis' und Trank saftige Preise gezahlt. Ich mag es kaum erzählen, aber auch für Frauen haben sie ihr Geld springen lassen." Geschen rümpfte die Nase. „Liederliche Frauensleute waren da im Volk unterwegs, ich sage es euch. Am Stau, unter freiem Himmel, konnte ich wohl hundert Paare auf der Wiese liegen sehen, die sich dort höchst unzüchtig verhielten. Ein junger Engländer hat sich ungelogen mit fünf Mägden vergnügt. Eine Schande war das. Man hat sich hinterher erzählt, dass die Frauen drei Louisdor von den Soldaten für ihre Dienste erhalten haben sollen."

Geschen schnaubte vernehmlich. „Na ja, einige der jungen Dinger hatten dann im Jahr drauf die Bescherung. Hier in Oldenburg sind 1796 deutlich mehr uneheliche Geburten verzeichnet worden als in den Jahren zuvor. In den meisten Fällen sind fremde Soldaten als Kindsväter angegeben worden." Resigniert schüttelte Geschen den Kopf. „Was haben die Mädchen von ihren drei Louisdor? Nun müssen sie die armen Würmer irgendwie durchbringen und haben zudem noch Schande über sich gebracht."

Sophia und Elise schwiegen entsetzt. Bei diesen Schilderungen verschlug es ihnen die Sprache. Sie hatten bereits viele Geschichten von dem legendären Geld gehört, welches die Engländer verjubelt hatten, dass aber dem englischen Gold einfach alles zu Diensten gestanden hatte, erschütterte sie zutiefst.

28

Bremen,
Januar 1800

Dank seiner Freunde konnte Anton den Alltag in den nächsten Wochen recht gut bewältigen. Georg half ihm morgens, bevor er zur Arbeit ging, sich anzukleiden, am Abend kam zunächst Martin, um ihm den Verband zu wechseln, und zur Nacht half ihm wiederum Georg beim Ausziehen. Tagsüber konnte er im Gastraum der Herberge seine Mahlzeiten einnehmen und dort am Kaminfeuer sitzen. Er war dankbar, dass es ihn nicht schlimmer erwischt hatte. Kaum auszudenken, wenn er sein Augenlicht verloren oder andere schwere Verletzungen erlitten hätte. Es wäre ihm dann nichts anderes übriggeblieben, als die Wanderschaft abzubrechen und in sein Elternhaus zurückzukehren.

In den kommenden Tagen vertrieb er sich die Zeit damit, Briefe an seinen Vater und an Sophia zu schreiben. Endlich hatte er auch die Zeit, in dem Buch zu lesen, welches er sich auf dem Stoppelmarkt in Vechta gekauft hatte. „Der Verbrecher aus verlorener Ehre – eine wahre Geschichte" von Friedrich Schiller. Schnell wurde Anton in den Bann der spannenden Erzählung gezogen. Sie handelte von einem Wilddieb, der für seine Taten im Zuchthaus landete, danach aus Not wieder und wieder wilderte, und schließlich für seine Taten zum Tode verurteilt wurde. Nach wenigen Tagen hatte er das Buch durchgelesen, die Geschichte verfolgte ihn einmal sogar bis in den Schlaf.

An jedem zweiten Tag ging er zum Hospital, wo eine strenge Krankenschwester seine Wunde begutachtete. Sie war zufrieden mit der Wundheilung, ermahnte ihn aber stets, auf Sauberkeit zu achten. Nach diesen Konsultationen im Krankenhaus spazierte er stets zunächst zum Hafen und im Anschluss daran in das Kaffeehaus am Marktplatz.

Im Vordergrund seines Interesses stand dabei weniger der Genuss eines heißen Getränkes als vielmehr die Tatsache, dass dort für die Gäste einige Zeitungen zur kostenfreien Benutzung auslagen. Sobald er das Kaffeehaus betrat, holte er sich ein auf einen Zeitungsstock aus Bugholz aufgespanntes Nachrichtenblatt, das an einem Haken direkt neben dem Tresen hing. Hierdurch ergab sich eine Gelegenheit für ihn, sich über den Fortgang des Koalitionskrieges zu informieren.

Begierig sog er die Worte auf, die ihn gleich auf der ersten Seite entgegensprangen. Er erfuhr, dass seit September 1799 ein Umschwung in der militärischen Lage zuungunsten der koalierten Mächte eingetreten war. Die zunächst von den Verbündeten eroberte Schweiz geriet wieder in die Hände der Franzosen, zudem war ein Angriff der Verbündeten gegen Holland gescheitert. Ein weiteres Problem war, dass Österreich, Russland und Großbritannien sich gegenseitig argwöhnisch beobachteten. Großbritannien wollte nicht, dass Russland zum Mittelmeer vordrang, Österreich sah sich in Oberitalien von Russland bedroht. Als Folge war

Russland im Oktober 1799 aus dem Bündnis ausgetreten. Seitdem verschlechterte sich die militärische Lage für die Koalierten immer mehr. Am 9. November 1799 hatte der aus Ägypten zurückgekehrte Napoleon sich selbst als Konsul ernannt und die Macht mit einem Staatsstreich übernommen.

Besorgt nahm Anton die Informationen zur Kenntnis. Diese Zeiten der Unruhe zermürbten das ganze Volk. Ein Graben hatte sich in der Bevölkerung gebildet. Nicht wenigen Menschen waren Napoleon und die Französische Revolution verhasst, sie hätten gern die alte Monarchie wieder an der Macht gesehen. Viele andere aber waren glühende Anhänger Bonapartes und seines Kampfes für Freiheit, Gleichheit und Brüderlichkeit.

Eines Tages, Ende Januar, fühlte Anton sich wieder so weit hergestellt, dass er die Werkstatt von Meister Rönneberg aufsuchte. Freudig und voller Mitgefühl begrüßte der Meister ihn. In allen Einzelheiten ließ er sich die Geschehnisse von der Silvesternacht berichten und schüttelte immer wieder entsetzt den Kopf. „Junge, ich habe dich ja gewarnt", sagte er schließlich, „aber es ist dennoch unglaublich, was dir passiert ist. Hat man denn die Burschen schon gefasst, die für dieses Unglück verantwortlich sind?"

„Ja, drei von ihnen hat man bis jetzt erwischt. Es sind Handwerkslehrlinge aus der Stadt. Alle leben noch in ihren Elternhäusern. Sie hatten sich gegen das Gebot ihrer Eltern davongeschlichen und sich Feuerwerkskörper beschafft. Da sie noch nicht volljährig sind, können sie nicht allzu schwer bestraft werden, das Gefängnis bleibt ihnen wohl erspart. Sie müssen ihre Arbeitskraft aber für einige Zeit in den Dienst der Stadt Bremen stellen. Vermutlich können sie froh sein, wenn sie ihre Ausbildungsstellen nicht verlieren. Die Eltern der Burschen müssen Strafen zahlen, und zwar nicht zu wenig. Die arme Frau, die so schwer verletzt worden ist, wird wohl eine lebenslange Unterstützung erhalten. Ich weiß noch nicht, ob ich auch eine Vergütung bekomme. Der Polizist vermutet, dass mir zumindest meine beschädigte Kleidung und der Ausfall für den Lohn ersetzt wird."

Meister Rönneberg kratzte sich an der Wange. „Kommst du denn zurecht?", fragte er. „Wenn du Not leiden solltest, dann komm ruhig zu mir. Ich werde bestimmt einen Weg finden, um dir zu helfen." Anton nahm dieses Angebot dankend zur Kenntnis, schüttelte aber energisch den Kopf. „Noch reicht mein Geld", sagte er. „Soviel ich weiß, bekomme ich eine Zuwendung aus der Krankenlade meiner Zunft. Zudem bin ich guter Dinge, dass ich bald wieder auf dem Damm bin." Er streckte die linke Hand mit dem dicken Verband aus. „Ich habe kaum noch Schmerzen, nur wenn das Wetter wechselt, dann juckt die Wunde unerträglich."

„Ich möchte dir einen Vorschlag machen", sprach Meister Rönneberg weiter. „Bereits am Silvestertag hatte ich dir ja berichtet, dass ich eine Aufgabe für dich habe. Ein Kunde von mir hat kurz vor Weihnachten deine schönen Silberarbeiten hier in der Werkstatt gesehen. Deine so gut gelungenen Silberlöffel mit den Schiffsmotiven gefielen ihm so sehr, dass er gerne zwei davon als Taufgeschenk für seine Enkel gekauft hätte. Leider musste ich ihm eine Absage erteilen, die Löffel sind ja Unikate und nur für den Auftraggeber hergestellt. Solche Motive darf ich nicht mehrfach verkaufen. So aber kam mir die Idee, Silberlöffel mit sechs verschiedenen Motiven der Stadt Bremen anzufertigen. Diese könnten dann einzeln als Geschenke erworben werden. Wer mag, kann sie aber auch sammeln, bis er alle sechs Motive zusammen hat. Nach meiner Vorstellung soll es auch die Möglichkeit geben, zusätzlich ein Monogramm eingravieren zu lassen. Ich habe an folgende Motive gedacht: das Rathaus, den Dom, den Roland, den Schütting, den Hafen und die große Weserbrücke. Mit deinem zeichnerischen Talent könntest du die Entwürfe dafür anfertigen. Später, wenn deine Hand wieder völlig in Ordnung ist, kannst du auf den Löffeln die entsprechenden Gravuren vornehmen. Was sagst du zu meinem Vorschlag?"

Anton nickte erleichtert. Diese Aufgabe würde es ihm ermöglichen, trotz seiner Verletzung bald mit der Arbeit beginnen zu können. „Vermutlich kann ich schon nächste Woche mit den Entwürfen anfangen, schließlich ist meine rechte Hand ja nicht verletzt. Ich nehme eine Staffelei mit, Martin leiht mir seine sicher, dann kann ich vor Ort die Skizzen anfertigen. Ich kann für jeden der sechs Löffel einen Entwurf machen, der dann als Vorlage für die Bestellungen dienen kann."

Meister Rönneberg klopfte Anton auf die Schulter. „Lass es langsam angehen, mein Junge. Zuerst ist es wichtig, dass deine Hand wieder geheilt ist, dann kannst du mit den Gravuren beginnen." Der Meister reichte ihm die Hand. „Ich erwarte dich am Montag nächster Woche, dann können wir die Einzelheiten besprechen." Unbemerkt von den anderen Anwesenden drückte er Anton ein Geldstück in die Hand. „Das ist für dich, damit du bis dahin gut über die Runden kommst", sprach er freundlich lächelnd zu Anton.

Vor der Werkstatt konnte Anton sich nicht länger bezähmen und schaute nach, was der Meister ihm zugesteckt hatte. Ein Taler, der Lohn für eine ganze Woche, glänzte in seiner Hand. Anton schwor sich, das würde der Meister nicht bereuen. Sobald er wieder arbeiten könnte, würde er all seine Kraft in die Fertigung der Silberlöffel stecken.

Beschwingt machte er sich auf den Weg zurück zur Herberge, wobei er gleich einen ordentlichen Umweg einlegte, um die von Meister Rönneberg genannten Orte schon einmal in Augenschein zu nehmen.

Drei Wochen später war Antons Hand wieder so weit geheilt, dass er keine Schmerzen mehr verspürte. Dicke Narben zogen sich jedoch über seinen linken Handrücken. Narben, die er an jedem Morgen und jeden Abend mit der Salbe einrieb, die ihm die Pflegerin in dem Kloster gegeben hatte. Einen Verband benötigte er nicht mehr, er trug zum Schutz der Wunde aber einen dünnen Handschuh, den Martins Mutter für ihn gestrickt hatte.

Jeden Tag, an dem das Wetter es zuließ, zog es ihn, beladen mit einer Staffelei und den Zeichenutensilien, hinaus zum Zeichnen. Die Skizzen für das Rathaus, den Roland und die große Weserbrücke hatte er bereits fertig. Zurzeit arbeitete er an einer Hafenszene. Obwohl es an einigen Tagen lausig kalt war und ihm die Hände fast erfroren, gefiel ihm die Arbeit außerordentlich.

Die Weser war völlig zugefroren. Viele Menschen, vor allem Kinder und junge Leute, zog es dorthin, um sich mit Schlitten oder Schlittschuhen auf dem Eis zu tummeln. Anton konnte diesem Vergnügen nichts abgewinnen, er fühlte sich auf den schmalen Kufen zu unsicher. Als Kind war er einige Male heftig gestürzt, als er auf der Aa erste Gleitversuche unternommen hatte. Dennoch sah er dem winterlichen Treiben gerne vom Ufer aus zu. Er fertigte mehrere Zeichnungen dieses Wintervergnügens an und schickte sie sowohl Sophia als auch seiner Familie in Münster. In den Briefen, die er dazulegte, berichtete er ihnen zudem von der Verletzung, die er in der Neujahrsnacht erlitten hatte. Jetzt, knapp sechs Wochen später, war er sich sicher, dass er außer den Narben keine bleibenden Schäden zurückbehalten würde. So schrieb er in einem unbekümmerten Ton, der den Adressaten nicht die volle Wahrheit preisgeben sollte.

Am Samstag, dem 15. Februar, wurde Anton auf die Polizeiwache geladen. Die fünf jungen Burschen, die für seinen Unfall verantwortlich gewesen waren, hatte die Polizei allesamt ermitteln können. Der Polizist überreichte ihm ein Protokoll, in dem der Tathergang und die verursachten Schäden aufgeführt waren. Gegen eine Quittung wurden Anton zehn Taler für die erlittenen Verletzungen und die beschädigte Kleidung ausgezahlt. Dieses Geld hatten die Eltern der noch nicht erwachsenen Burschen als Entschädigung zahlen müssen. Nur wenige Tage später erhielt er zudem von der Krankenlade seiner Zunft vier Taler als Ausgleich für den Lohnausfall.

29

Oldenburg,
Ende Februar 1800

Wieder und wieder las Sophia den Brief, den Anton ihr geschickt hatte. War seine Verletzung an der Hand wirklich so weit abgeheilt, dass außer einigen Narben nichts zurückblieb? Sie konnte es nur hoffen, es wäre zu schrecklich, wenn Anton wegen einer solchen Verletzung sein geliebtes Handwerk an den Nagel hängen müsste.

Unruhig wälzte sie sich im Bett hin und her. Schon einige starke Stürme waren in den vergangenen Wochen über das Herzogtum Oldenburg hinweggetost, in dieser Nacht aber war es besonders schlimm. Windböe um Windböe schlug wie ein entfesselter Wellengang mit enormer Kraft gegen den Giebel des Hauses. Dicke Wolkenfetzen zogen über den Himmel und gaben nur dann und wann den Mond frei, der die gespenstische Szenerie ausleuchtete. Die Schilder draußen an den Häusern quietschten im Sturm eine unheilvolle Symphonie, so dass es kaum auszuhalten war. Sophia zog sich die Decke über den Kopf, aber es half nichts.

Plötzlich durchbrach ein ohrenbetäubendes Scheppern das Sturmgetöse. Wie von der Tarantel gestochen sprang Sophia aus dem Bett und stürzte ans Fenster. Das schöne, eiserne Schild der Weinhandlung Schröder war vom Sturm herabgerissen worden und schepperte jetzt die Lange Straße hinunter in Richtung Rathaus. Kein Mensch, der das Schild hätte bergen können, war auf der Straße zu entdecken.

Entschlossen warf Sophia sich in ihre Kleider, eilte die Treppe hinunter und lief, vom Sturm getrieben, die Lange Straße hinab. Einige zerschlagene Dachziegel sowie unzählige abgerissene Äste und Zweige lagen bereits auf ihrem Weg und sie musste aufpassen, nicht darüber zu stürzen. Sie erschrak bis ins Mark, als direkt neben ihr ein weiterer Ziegel auf das Pflaster knallte und zerbarst. Ab und zu gaben die Wolken den Vollmond frei, dadurch wurde die Dunkelheit kurz zerrissen, ansonsten war die Nacht in dunkelstes Schwarz gehüllt.

Sophia folgte eher dem Lärm, den die polternde Spur des Schildes verursachte, als dass sie ihren Augen traute. Plötzlich jedoch erstarb das Gepolter. Das Schild hatte sich in einem Hauseingang verfangen und lag dort wie ein gestrandetes Schiff in einer Ecke. Sophia klaubte es auf, es war erstaunlich schwer, und schleppte es mühsam, sich nun gegen den Wind anstemmend, zurück zu ihrer Unterkunft. Mit einem Ächzen stellte sie das unförmige Ding in der Küche ab, sie würde es am folgenden Tag den Schröders zurückbringen. Fröstelnd kroch sie zurück in ihr Bett. Der erwärmte Stein, den sie sich am Abend mit ins Bett genommen hatte, war längst abgekühlt. Noch lange lag sie wach, bis sie schließlich in den frühen Morgenstunden doch noch ein wenig Schlaf fand.

Am Morgen saß Geschen wie ein Häufchen Elend in der Küche und jammerte vor sich hin. Auch sie hatte wegen des Sturms keinen Schlaf gefunden. Sophia sah, dass die alte Frau tatsächlich kränkelte. So übernahm sie an diesem Morgen die Aufgabe, Malzkaffee zu kochen und nach Geschens Anweisungen Buchweizenpfannkuchen zu backen.

Ihr Weg zur Arbeit offenbarte ihr wenig später das gesamte Ausmaß des nächtlichen Sturmes. Einige Dächer wiesen große, klaffende Löcher auf. Überall lagen Zweige und Äste herum. Unweit des Schröderschen Hauses war ein Baum entwurzelt worden, auf ein Haus gestürzt und hatte dessen Giebel eingedrückt. Auf der Straße waren die Menschen damit beschäftigt, Äste und kaputte Ziegel zusammenzukehren und die Zerstörungen notdürftig zu beseitigen. Das Haus der Witwe Grovermann war ebenfalls betroffen. Der kleine Giebel im Dach auf der Seite zur Kurwickstraße hin war völlig abgedeckt worden.

Gleich nach Feierabend ging Sophia mit dem Schild unter dem Arm zu den Schröders hinüber, um es ihnen zurückzubringen. Der junge Angestellte, den sie bereits am ersten Tag kennengelernt hatte, war gerade damit beschäftigt, im Lager Scherben zusammenzufegen. Der Sturm hatte auch hier einige Dachziegel herabstürzen lassen, wodurch ein paar Flaschen Wein zerbrochen waren. Dankbar nahm er Sophia das Schild ab.

„Ich habe schon danach gesucht", erklärte er, „aber in dem ganzen Durcheinander da draußen habe ich das schnell aufgegeben." Sophia berichtete von ihrer Rettungsaktion mitten in der Nacht. „Du hast dich ganz schön in Gefahr gebracht", hörte sie plötzlich die Stimme von Frau Schröder, die unbemerkt in das Lager gekommen war. „Es hätte dir auch etwas passieren können. Gott sei Dank ist alles gut gegangen. Ich danke dir herzlich. Es wäre uns teuer zu stehen gekommen, ein neues Schild anfertigen zu lassen. Es ist eine aufwendige Schmiedearbeit, die uns damals gut acht Taler gekostet hat." Sie wandte sich an den jungen Mann. „Theodor, packe doch bitte dem Fräulein Mohr zum Dank drei Flaschen unseres guten Madeiraweins ein, das hat sie wahrlich verdient."

Gerade wollte Frau Schröder das Lager wieder verlassen, da gingen Sophia die Gedanken durch den Kopf, die sie seit langem wegen Geschens Gesundheitszustand mit sich herumtrug. „Frau Schröder, haben Sie vielleicht einen Moment Zeit für mich? Ich habe noch ein Anliegen", begann sie. „Geschen geht es seit den letzten Wochen nicht gut. Sie tut sich sehr schwer beim Gehen, ich glaube, sie hat oft große Schmerzen."

Frau Schröder seufzte. „Es ist gut, dass du mir Bescheid gibst, ich habe das auch schon bemerkt. Lange wird es so nicht mehr weitergehen, ich werde mich bald einmal mit Geschen unterhalten, damit wir über eine Lösung nachdenken können." Freundlich sah sie Sophia an. „Du kannst dir sicher sein, dass wir uns um sie kümmern werden, wenn sie einmal gar nicht mehr kann", setzte sie hinzu. Dieses Versprechen erleichterte Sophia ein wenig, sie nahm sich jedoch vor, genau im Auge zu behalten, ob Frau Schröder tatsächlich etwas unternehmen würde.

Wenige Tage später lag am Abend ein Brief für Sophia auf dem Küchentisch. Er war nicht von Anton, wie sie es heimlich gehofft hatte. Das Fräulein von der Horst aus Vechta hatte ihr geschrieben. Schnell riss Sophia das Kuvert auf. Datiert 24. Februar 1800.

„Liebe Sophia,

du wunderst dich sicher, einen Brief von mir zu erhalten. Ich denke aber, dass du die Nachricht über das Unglück erhalten solltest, welches die Familie Wagener getroffen hat. In tiefer Trauer muss ich dir mitteilen, dass sowohl Anna Wagener als auch ihr ungeborener Knabe bei der Geburt gestorben sind. Das Kind hat quer im Mutterleib gelegen. Der Hebamme gelang es nicht, es noch zu drehen. Nach stundenlangem Kampf ist Anna schließlich verblutet, es hat sie wohl innerlich zerrissen. Dieses schreckliche Ereignis ist bereits am 20. Februar geschehen.

Ende Januar hatte ich Anna zuletzt getroffen. Damals hat sie mir so glücklich erzählt, dass du ihr zu Weihnachten Stoff geschickt hast. Sie hat sich sehr darüber gefreut und für die Stubenwiege einen schönen Kissenbezug daraus genäht. Daher weiß ich, dass ihr euch ein wenig angefreundet hattet.

Viele Menschen hier in Vechta haben Anna sehr geschätzt und einige versuchen, Hermann, der von diesem Unglück schwer getroffen ist, zu unterstützen.

Liebe Sophia, ich hoffe, das Schicksal hat es mit dir bisher gut gemeint. Von den Frauen unseres montäglichen Handarbeitsabends soll ich dir die besten Grüße ausrichten.

Herzlichst
Elisabeth von der Horst“

Erschüttert legte Sophia den Brief aus der Hand, Tränen liefen ihr über die Wangen. Die gute, freundliche Anna. Sie und Hermann hatten sich so auf das Kind gefreut. Sophia legte den Kopf auf den Tisch und begann, hemmungslos zu weinen. Wie furchtbar das Schicksal den Menschen doch oft mitspielte. Sie beruhigte sich erst wieder, als Geschen ihr einen Becher mit warmem Tee zuschob. „Trink mal, Sophia, das tut gut. Ich habe dir auch extra einen Löffel Honig eingerührt."

30

Bremen,
Anfang März 1800

Es war bereits März geworden. Anton wunderte sich, dass es in diesem Jahr am Ende des Monats Februar keinen Schalttag gegeben hatte, wie sonst immer in den Jahren, deren Zahl durch vier teilbar war. „Wir befinden uns in einem Säkularjahr, also in einem Jahr, welches ein Jahrhundert abschließt", erklärte Martins Vater ihm. „Und ebendiese Säkularjahre sind ausnahmsweise keine Schalt-jahre. Davon gibt es allerdings auch wieder eine Ausnahme, das sind die durch vierhundert teilbaren Säkularjahre, die sind durch-aus doch wieder Schaltjahre, so die Jahre 1600 und 2000." Der alte Wilkens sah Anton aufmerksam an, ob der seinen Ausführungen folgte. So ganz hatte Anton die Erklärung nicht verstanden, zudem schien sie ihm auch nicht allzu wichtig, würde er doch mit Sicher-heit einen solchen Jahreswechsel nicht mehr erleben. Er hatte nur gemerkt, dass auf den 28. Februar der 1. März gefolgt war.

Anton war es nun wieder möglich, voll und ganz in der Werk-statt zu arbeiten. Die Zeichnungen hatte er zur Zufriedenheit des Meisters Rönneberg abgeliefert. Er war begierig darauf, diese auf die Löffel zu übertragen. Martin hatte gemeinsam mit einem weiteren Lehrling, Hans Georg Ossenius, den alle nur Ossi nannten, bereits einige Silberrohlinge für die Löffel angefertigt. Hierzu hatten sie eine Gussform hergestellt, den Rohling darin gegossen, anschließend mit einer Feinsäge Ausstülpungen entfernt und zum Schluss die Löffel gefeilt und poliert. Antons Aufgabe war es nun, auf den Stiel des Löffels, der sich zum Ende hin verbreiterte, das entsprechende Motiv einzugravieren.

Meister Rönneberg hatte die sechs Motivzeichnungen in der Werkstatt ausgehängt und bereits die ersten Kunden gefunden, die einen Löffel mit Gravur als Geschenk erwerben wollten. Vor allem als Tauflöffel hatte sich diese Idee offensichtlich herumgesprochen, sieben Bestellungen dafür lagen bereits vor. Alle sollten die Monogramme des Täuflings erhalten.

Die Arbeit war für Anton zunächst ungewohnt, da er während seiner Ausbildung noch nicht sehr oft Gravuren angefertigt hatte. Bald aber ging ihm die Arbeit leicht von der Hand. Schrittweise lernte er auch Martin an, die Gravuren so fein auszuführen, dass sie dem Auge des Meisters standhielten. Da Martin ebenso begabt war wie Anton, gelang ihm dies binnen kurzer Zeit.

An einem lauen Vorfrühlingsabend eilte Anton zielstrebig zu dem Haus mit der roten Laterne. Nach den langen Wochen seiner Verletzung wollte er sich ein wenig Entspannung bei Martje holen. Erwartungsfroh betrat er den Gastraum, konnte sie aber nirgendwo entdecken. Unwillig setzte er sich an einen Tisch in der Ecke. Er würde eben warten müssen. Er hasste das. Zu wissen, dass Martje gerade mit einem anderen im Bett lag, verursachte ihm Übelkeit. Er konnte sich nicht mehr vormachen, er sei etwas Besonderes für Martje. Nein, er war nur ein zahlender Kunde, wie so viele andere Männer auch.

„Ich warte auf Martje", sagte er zu einer ausgemergelten Dirne, die an seinen Tisch trat, um ihn zu sich zu holen. „Weißt du es denn nicht?", raunte sie ihm zu, „Martje ist nicht mehr. Sie ist zu

Beginn des neuen Jahres hier in die Weser gegangen und ertrunken." „Martje?", fragte Anton ungläubig. „Warum hat sie das getan?" Die Frau zuckte mit den Schultern. „Keine Ahnung, davon weiß ich nichts. Soweit ich es gehört habe, hat man noch nicht einmal ihren Leichnam gefunden."

Anton wurde übel. Eilig verließ er die Gaststube. Lange stand er am Ufer der Weser und blickte der Strömung hinterher. „War Martje krank gewesen?", fragte er sich. „War sie etwa von der Franzosenkrankheit, der gefürchteten Syphilis heimgesucht worden?" Eine diffuse Angst kroch in Anton empor. Wenn dem so war, dann konnte er selbst auch nicht sicher sein, davon verschont geblieben zu sein. Unwillig schüttelte er den Kopf. Bisher hatte er keinerlei Anzeichen dafür entdecken können.

Langsam wanderte er zurück zum Gesellenhaus. Die Lust auf Vergnügungen war ihm vergangen. Zum Glück traf er Georg in der Gaststube an, der mit einigen anderen Gesellen in ein Kartenspiel vertieft war. Er orderte eine Runde Bier beim Wirt und setzte sich zu den Männern. Ein Kartenspiel war jetzt genau das Richtige für ihn, es würde die schlechten Gedanken vertreiben. Der Wirt brachte das Bier an den Tisch. „Auling, heute ist ein Brief für dich angekommen", sagte er, legte einen Umschlag vor Anton auf den Tisch und zwinkerte ihm dabei zu. „Du hast wohl eine Liebste in Oldenburg, scheint mir." Ein wenig verärgert blickte Anton den Wirt an. Was ging es ihn an, von wem er Post bekam?! Unwirsch schob er das Kuvert in seine Westentasche. Er würde den Brief später lesen, jetzt wollte er erst einmal spielen.

Erst am folgenden Abend, auf dem Rückweg von der Arbeit, fiel ihm der Brief wieder ein. Er setzte sich an einen leeren Tisch in der Herberge und riss den Umschlag auf.

„Lieber Anton,
   ich muss dir die traurige Mitteilung machen, dass Anna Wagener am 20. Februar bei der Geburt ihres Sohnes gestorben ist. Auch das

Kind ist nicht lebend zur Welt gekommen. Elisabeth von der Horst hat mir diese Nachricht geschrieben. Hermann ist von diesem Unglück wohl sehr schwer getroffen. Einige Nachbarn in Vechta kümmern sich um ihn. Ach, Anton, die liebe Anna, ich habe sie so gemocht. Es muss furchtbar für Hermann sein, seine Frau und auch das Kind verloren zu haben. Sobald es mir möglich ist, werde ich nach Vechta fahren und ihn besuchen.

Ich hoffe, dir und Georg geht es gut. Zum Glück ist die Wunde an deiner Hand verheilt und du kannst sie wieder gebrauchen wie zuvor. Es wäre furchtbar gewesen, wenn du dein Handwerk nicht mehr hättest ausüben können.

Ich habe es hier sehr gut getroffen. Meine Arbeitgeberin, Witwe Grovermann, ist freundlich zu mir und zahlt mir einen angemessenen Lohn. Und Geschen, die Köchin, bei der ich wohne, ist wie eine Mutter für mich. Elise sehe ich leider nur selten, sie hat lediglich an jedem zweiten und letzten Sonntagnachmittag im Monat frei. Meistens kommt sie dann zu mir, und wir lassen uns von Geschen Geschichten erzählen. Die alte Frau hat so viel zu berichten.

Ich habe mich mit dem Ehepaar Weber angefreundet. Wilhelm Weber ist ein noch junger Goldschmiedemeister hier in Oldenburg. Er führt eine Werkstatt am Marktplatz und arbeitet sogar für den Herzog Peter Friedrich Ludwig. Wilhelm fertigt für meinen Haarschmuck die Verschlüsse an. Jetzt, wo du nicht mehr da bist, musste ich ja nach einer anderen Möglichkeit suchen. Er verkauft meinen Schmuck auch in seinem Laden und vermittelt mir Kundinnen, die Schmuck aus ihren eigenen Haaren anfertigen lassen möchten. Seine Frau Johanne hat zu Weihnachten eine Uhrenkette für ihren Mann bei mir in Auftrag gegeben, daher habe ich auch sie kennengelernt. Den Silvesterabend habe ich bei den Webers verbracht, auch ein Bruder von Johanne hat mit uns gefeiert. Es war sehr vergnüglich.

Lieber Anton, auch wenn es mir hier gut geht, so vermisse ich dich doch sehr. Können wir uns nicht noch einmal wiedersehen, bevor du von Bremen weiterwanderst?

*Ich bitte dich, schließe Anna und den tot geborenen Knaben in
deine Gebete ein und denke auch an Hermann.*

In Liebe. Deine Sophia"

Tief erschüttert las Anton diesen Brief wieder und wieder. Wie nah
Glück und Leid doch beieinander lagen. Er überlegte verzweifelt,
ob er eine Möglichkeit sah, Hermann zu helfen, kam aber zu dem
Schluss, dass er nach Ostern gemeinsam mit Georg weiter nach
Hamburg wandern würde, so war es seit Jahren beschlossen. Bis
dahin würde es auch keine Möglichkeit mehr geben, Sophia zu treffen. Nach seinem Arbeitsausfall wegen des Unfalls würde Meister
Rönneberg es ihm nicht erlauben, mehrere Tage freizunehmen. An
einem Tag jedoch war es nicht zu schaffen, nach Oldenburg und
zurück zu gelangen.

Anton schickte einen langen Brief mit tröstenden Worten zurück. In ihm blieb eine dumpfe Traurigkeit über Hermanns
schweres Schicksal und eine stille Sehnsucht nach Sophia.

31

*Oldenburg,
Ende März 1800*

Geschen saß bei Kerzenschein am Küchentisch und strickte, als Sophia von ihrer Arbeit zurückkehrte. Die Tage waren bereits
deutlich länger geworden, dennoch reichte das Tageslicht noch
nicht aus, um zu dieser Abendstunde genügend Licht in die Küche
zu werfen. „Sophia", du kommst aber spät, ich dachte schon, es
wäre dir etwas passiert", sagte sie sorgenvoll. „Ach, Geschen,

ängstige dich doch nicht immer um mich", schmunzelte Sophia. „Du bist ja schlimmer als meine Mutter. Wir haben heute viele Stoffe geliefert bekommen. Die musste ich noch auszeichnen und in die Regale räumen. Gibt es denn etwas Wichtiges?"

„Stell dir vor", platzte es aus Geschen heraus, „heute Morgen war Frau Schröder hier. Sie macht sich Sorgen um meine Gesundheit, deshalb hat sie mir einen Vorschlag gemacht. Sie hat ein junges Ding aufgetan, Magda heißt sie, gerade einmal vierzehn Jahre alt. Magda wird nach Ostern hier bei mir arbeiten und mir zur Hand gehen. Kochen kann sie noch nicht, das soll ich ihr beibringen. Ich brauche dann aber nicht mehr die vielen Treppen hochzusteigen, das Servieren wird Magda nämlich übernehmen. Die Einkäufe soll sie auch besorgen, und das Putzen natürlich." Geschen strahlte Sophia an. „Ich bin wirklich sehr froh über diesen Vorschlag von Frau Schröder. Was meinst du dazu? Du musst dann nicht mehr für mich arbeiten."

Sophia nickte zögerlich. „Tatsächlich, Geschen, das sind hervorragende Nachrichten für dich", stimmte sie zu. „Da wird mir die Frau Schröder aber nicht mehr kostenlos die Dachstube zur Verfügung stellen", fügte sie nachdenklich hinzu. „Hoffentlich kündigt sie mir nicht. Ich werde in den nächsten Tagen einmal mit ihr reden, wie sie sich das vorstellt."

Gleich am Sonntagvormittag suchte Sophia Frau Schröder auf, zu sehr trieb sie die Sorge um, ihre Dachkammer zu verlieren. „Sophia, mach dir keine Sorgen", beruhigte Frau Schröder sie sofort. „Ich sehe doch, wie gut du dich mit Geschen verstehst und wie du dich um sie kümmerst. Du kannst natürlich in der Dachkammer wohnen bleiben, allerdings muss ich dann Miete von dir verlangen. Ich habe an achtzehn Groten pro Woche gedacht, inbegriffen sind natürlich weiterhin die Mahlzeiten. Du musst verstehen, wenn du von den Einkäufen entbunden bist und auch vom Wasserschleppen, vom Fegen und Wischen und alldem, dann kann ich dich nicht mehr kostenlos dort wohnen lassen. Schließlich muss ich Magda ja auch entlohnen."

Sophia verstand das durchaus. Im Grunde war sie sogar ein wenig froh, würde sie so doch mehr Zeit für die Anfertigung ihres Haarschmucks zur Verfügung haben. „Ich bin einverstanden, Frau Schröder", sagte sie daher schnell, „achtzehn Groten in der Woche kann ich zahlen."

Am Nachmittag kam Elise zu Besuch. Frohgelaunt schwenkte sie eine Tüte in der Hand. „Frau Scholtz hat mir Kuchen geschenkt. Die Scholtzes hatten gestern eine große Kaffeetafel, da ist eine Menge übriggeblieben. Das Wetter ist heute so herrlich, wollen wir es uns nicht draußen gemütlich machen, solange die Sonne noch in den Hof scheint?" Geschen nickte glücklich. „Das ist eine gute Idee, Elise. So haben wir es früher auch ab und zu gehalten, als die Herbarts noch hier wohnten." So schnell ihre alten Beine sie trugen, lief sie von der Küche in den Hof, wischte den rostigen Tisch ab, der dort vor einer eisernen Gartenbank stand und deckte ein Tischtuch darauf. Sophia und Elise kochten Zichorienkaffee. „Wie war das denn früher hier mit den Herbarts?", fragte Elise neugierig, als sie schließlich nebeneinander auf der Bank saßen, jede einen Kuchenteller vor sich.

„Ach, Kinder, da kann ich euch tatsächlich eine Menge berichten", sagte Geschen. Sie legte die Stirn in Falten. „Wo fange ich am besten an?". Sie steckte sich ein großes Stück Kuchen in den Mund, kaute genüsslich und begann dann zu erzählen.

„Die Herbarts haben einen leiblichen Sohn, Johann Friedrich. Der wurde im Mai 1776 geboren, er wird also bald vierundzwanzig Jahre alt. Johann Friedrich ist schon vor fünf Jahren nach Jena gegangen. Zunächst wollte er Jura studieren, dann hat er sich aber auf die Philosophie verlegt. Weiß Gott, was er eines Tages damit anfangen will. Die Margaretha, also die Kanzleirätin Herbart, fühlte sich nach dem Weggang ihres Sohnes hier in dem großen Haus recht allein. Sie hat zwar noch eine Adoptivtochter, Antoinette, die ist ungefähr im gleichen Alter wie Johann Friedrich, aber ihr Sohn war doch ihr Lebensmittelpunkt. Als er ein Kind war, hat sie sich ständig um ihn gesorgt, er hat Klavierunterricht und Cellounterricht erhalten, dann auch noch privaten Sprachunterricht. Sie sprach immer nur von ihm und führte eine strenge Aufsicht über seinen Bildungsgang. Als Johann Friedrich in Jena war, ist sie hier richtig krank geworden."

Geschen senkte die Stimme. „Die Ehe der Herbarts war nicht glücklich", flüsterte sie. „Oft hörte ich Streit und Türenwerfen im Haus. Der Justizrat war nach außen hin ein ganz freundlicher Mann, aber hier im Haus war er seiner Frau gegenüber oft streng und unerbittlich. Die Frau Justizrätin litt darunter. Sie hatte Probleme damit, von ihrem Mann gegängelt zu werden. Sie selbst ist eine starke Frau, die ihre eigenen Vorstellungen vom Leben hat. Zudem ist sie sehr interessiert an Literatur und Politik, was ihr Mann nicht so gern gesehen hat. Ihm wäre es wohl lieber gewesen, sie hätte sich mehr um den Haushalt gekümmert." Geschen seufzte tief.

„Es ging auch immer wieder um Finanzen. Frau Herbart hatte viel Geld, zudem hatte sie dieses Haus mit in die Ehe gebracht. Sie warf ihrem Mann vor, damit nach seinem Gutdünken zu wirtschaften und es in erster Linie für sich zu verwenden. Irgendwann gab es kein gutes Wort mehr zwischen den Eheleuten. Schließlich, vor vier Jahren, haben die Herbarts dieses Haus hier mitsamt dem meisten Inventar an Schröders verkauft.

Frau Herbart ist tatsächlich zusammen mit ihrer Adoptivtochter Antoinette nach Jena gezogen, um ihrem Sohn nahe zu sein. Offiziell hieß es, sie benötige aus gesundheitlichen Gründen einen Luftwechsel. Das wurde so erzählt, um der Oldenburger Gesellschaft keine Nahrung für Gerüchte zu bieten. In Wahrheit war schon damals die Ehe zerrüttet. Der Kanzleirat ist natürlich hier in Oldenburg geblieben. Er hat sich das stattliche Haus neben Webers Werkstatt am Markt gekauft und aufwendig umgebaut.

Ein Jahr später kam Frau Herbart dann zurück, ich kann euch nicht sagen, warum. Seit dem Verkauf dieses Hauses habe ich die

Geschichten der Herbarts ja nicht mehr so genau mitbekommen. Zumindest zog Frau Herbart wieder zu ihrem Mann. Man munkelt, in dem Haus am Markt hätten die Eheleute in getrennten Räumen gewohnt. Ein Jahr hat Frau Herbart es hier ausgehalten, dann war sie wieder weg. Zum zweiten Mal ist sie zu ihrem Sohn nach Jena gegangen. Ich sage euch, ein Hin und Her war das. Ihr Sohn Johann Friedrich ist im darauffolgenden Jahr ohne Abschluss seines Studiums von Jena nach Genf gegangen, um dort die zwei Söhne einer begüterten Familie zu unterrichten. Da konnte Frau Herbart wohl kaum allein mit Antoinette in Jena bleiben, also ist sie wieder hierher zurückgekehrt." Geschen schüttelte den Kopf.

„In der Stadt zerreißt man sich natürlich den Mund über diese Verhältnisse. Kürzlich hieß es nun, Frau Herbart sei mit Antoinette aus dem Haus am Markt ausgezogen und lebe irgendwo hier in der Stadt zur Untermiete. Sie zeigt sich gar nicht mehr in der Öffentlichkeit, die Leute reden ihr wohl zu viel. Ich habe gehört, dass es auf offener Straße zu Beleidigungen gekommen sein soll."

Geschen steckte sich noch ein großes Stück Kuchen in den Mund und kaute aufgeregt. „Stellt euch vor, Frau Herbart hat sogar bei unserem Herzog ein Scheidungsgesuch eingereicht. Jetzt wartet sie auf den Urteilsspruch. Man sagt, sie will vor allem einen ganzen Teil des Geldes zurückhaben, welches ihr Gatte angelegt hat. Dabei hat auch Frau Herbart selbst immer viel Geld für Hausrat und Kleidung ausgegeben." In diesen Streit ums Geld ist jetzt wohl auch noch Johann Friedrich hineingezogen worden. Er hat es in den letzten Jahren wahrlich nicht immer leicht gehabt." Neulich habe ich gehört, er schreibt viel, irgendwelche philosophischen Aufsätze oder so. Na ja, er ist noch jung, vielleicht wird ja noch etwas aus ihm. Nachdem Geschen so geendet hatte, wurde sie plötzlich sentimental. „So geht alles dahin, Mädchen. Wo keine Liebe ist, da gedeiht nichts Gutes."

32

Bremen,
Mitte April 1800

Wegen der Fastenzeit hatte wochenlang wenig Arbeit auf Georg gewartet, jetzt aber, kurz vor Ostern, hatte er in der Konditorei alle Hände voll zu tun. Auch Anton musste bis zum Osterfest noch einige Bestellungen bearbeiten. Martin ging ihm fleißig zur Hand.

Gleich nach Ostern wollten Georg und Anton aufbrechen, um sich in Richtung Hamburg aufzumachen. In den letzten Tagen vor seinem Aufbruch war Anton emsig damit beschäftigt, seine Reiseutensilien zusammenzustellen. Es war dringend nötig, seine gesamte Wäsche waschen und ausbessern zu lassen. Damit hatte er unter Inaussichtstellung eines guten Lohnes die Magd in Martins Haushalt betraut. Mürrisch über diese ungeliebte Aufgabe war sie an den Waschplatz zur Weser aufgebrochen, nicht ohne sich vorher lange über den schlimmen Zustand seiner Wäsche auszulassen.

Auch einen Besuch beim Barbier hielt Anton für dringend nötig. Als er sich dort im Spiegel anschaute, bemerkte er, dass er seit seinem Aufbruch zur Wanderung vor einem Jahr deutlich gealtert war. Die Unbeschwertheit war aus seinen Zügen gewichen und die vormals noch weichen Wangen waren schmaler geworden. Auch der jugendliche Schalk war aus seinen Augen verschwunden und hatte einer männlichen Ernsthaftigkeit Platz gemacht. Anton gefiel durchaus, was er sah.

Am Samstag vor Ostern holte Anton zunächst sein Wanderbuch vom Zunftmeister ab. Wie schon in Osnabrück wurde ihm eine Kundschaft ausgestellt, an deren oberen Rand ein Stich mit einer Stadtansicht aufgedruckt war. Sorgfältig gegen Regen geschützt, verstaute Anton die Unterlagen in seinem Felleisen. Danach suchte er die Werkstatt von Meister Rönneberg auf, um sich zu verabschieden. Als er den Raum betrat, verspürte er eine leise Wehmut, dass er diese Stätte, in der er stets so gut behandelt worden war, nun verlassen würde.

Als Meister Rönneberg ihn erblickte, stand er von seinem Werktisch auf und reichte ihm zum Abschied die Hand. Er dankte ihm für seine treuen Dienste und steckte ihm, als er sicher war, dass es keiner bemerkte, erneut einen Taler zu. Dankbar verstaute Anton das Geld in seiner Geldkatze. Sicher würde er jeden Taler gut gebrauchen können.

Er schaute sich nach Martin um, den er in einer Ecke unter dem Fenster an einem Werktisch erblickte. Traurig schaute er bereits zu Anton hinüber. Anton ging zu ihm und klopfte ihm aufmunternd auf die Schulter. „Martin, seit ich dich kennengelernt habe, warst du mir ein guter Freund. Ich danke dir dafür. Sei dir sicher, ich werde dich nicht vergessen. Du hast hier einen guten Ausbildungsplatz gefunden, darauf kannst du stolz sein. Du wirst deinen Weg machen, davon bin ich überzeugt. Von deinen Eltern werde ich mich noch persönlich verabschieden, ich werde sie am Sonntag treffen. Bevor er sich umdrehen konnte, hielt Martin ihm einen kleinen Gegenstand hin, der in ein Leinentuch gewickelt war. „Ich möchte dir noch etwas zum Abschied schenken", sagte er schnell. „Vielleicht erinnert es dich ja ab und zu an deine Zeit hier in Bremen." Gerührt wickelte Anton das Geschenk aus. Ein kleiner Zinnbecher, versehen mit einer Gravur, lag in seiner Hand. „Für Anton Auling, als Dank für seine Freundschaft. Martin Wilkens, Bremen im April 1800", war dort mit zierlichen Buchstaben eingraviert. „Ich musste das Gravieren von Buchstaben üben, da habe ich mir diese Aufgabe gesucht, um dir eine Freude zu machen", sagte Martin ein wenig verlegen. Anton würdigte die hervorragende Arbeit seines Freundes ausgiebig, dann dankte er ihm herzlich und verstaute den kleinen Becher in seiner Westentasche. Wer wusste schon, ob er ihn auf der Wanderung nicht gut würde gebrauchen können? Nachdem er sich noch einmal umgesehen und allen Mitarbeitern zum Abschied zugenickt hatte, verließ Anton die Werkstatt, die ihm in den letzten Wochen so vertraut geworden war.

Am Ostersonntag, es war der 13. April, suchte Anton gemeinsam mit Georg den protestantischen Gottesdienst im Dom auf, um in einer christlichen Gemeinschaft die Auferstehung Jesu zu feiern. Dort, im Gotteshaus, sehnte er sich mit einem Mal heftig zurück in sein Elternhaus nach Münster. Bei den Gedanken an seine verstorbene Mutter traten ihm die Tränen in die Augen und er hatte Mühe, dies vor Georg zu verbergen. Der aber saß, in seinen eigenen Gedanken versunken, in der Bank und achtete gar nicht auf Anton. „Vielleicht geht es ihm ja ähnlich", mutmaßte Anton, „schließlich ist er bereits seit mehr als zwei Jahren unterwegs, ohne seine Lieben daheim auch nur einmal gesehen zu haben."

Am Nachmittag besuchten Anton und Georg die Eheleute Wilkens im Altenhaus. „Habt ihr es schon gehört?", fragte Diedrich Wilkens Anton und Georg. „Die katholische Kirche hat einen neuen Papst." Freudig nahm Anton diese Botschaft auf. „Nein, ich wusste es noch nicht. Ich wusste nur, dass seit Beginn des Jahres die wahlberechtigten Kardinäle in Venedig über die Wahl eines neuen Papstes beraten. Sie konnten sich bisher nicht einigen, da mehrere Kandidaten den Österreichern oder Franzosen politisch nicht genehm waren." Der alte Wilkens nickte. „Sie haben am 14. März den Benediktiner Barnaba Chiaramont gewählt, einen neutralen Kandidaten. Am 21. März ist er zu Papst Pius VII. gekrönt worden." „Er wird eine schwere Amtszeit vor sich haben", mischte Georg sich in das Gespräch. „Die Kirche wurde durch die Revolution weitgehend enteignet und völlig zerschlagen. Möge er unsere katholische Kirche mit starker Hand vor weiterem Unheil beschützen."

Da die Sonne herrlich schien und eine milde Frühlingsluft über der Stadt lag, unternahm das Ehepaar Wilkens gemeinsam mit

Anton und Georg einen Spaziergang an der Weser und am Hafen entlang. Schließlich lud Diederich Wilkens sie zum Abschied in das Kaffeehaus am Marktplatz zu Kaffee und Kuchen ein. Dort herrschte ein reger Betrieb, sie ergatterten erst nach einem Weilchen einen Tisch am Fenster mit Blick auf das Rathaus und den Roland. Stolz zeigte Georg auf die Vitrinen neben der Theke, in denen die leckersten Kuchen ausgestellt waren. „Unsere Konditorei beliefert dieses Kaffeehaus. Einige der Kuchen dort habe ich hergestellt. Ich kann euch jeden davon empfehlen." Das ließen sie sich nicht zweimal sagen. Anton bestellte einen herrlich lockeren Mandelkuchen. Er musste Georg recht geben, dieses Backwerk war wirklich ein Genuss.

33

Oldenburg,
Sonntag, 13. April 1800, Ostern

„Du warst sicher noch nie in Rastede, oder?", fragte Elise Sophia einige Tage vor Ostern. „Rastede ist ein kleiner Ort, nicht einmal zwei Meilen nördlich von hier, die ‚Nadorster Straße' hinaus. Da hat der Herzog ein Schloss, eine Sommerresidenz. Wir könnten einmal dorthin wandern und uns alles ansehen. Das Schloss ist wirklich sehr prächtig, mit einem wunderschönen Park drumherum. Der Ostersonntag, der wäre doch wie geschaffen dafür. Was meinst du? Ich habe den ganzen Tag frei. Die Familie Scholtz fährt an dem Tag zu Verwandten nach Edewecht." Sophia nickte. Dieser Vorschlag war eine schöne Idee.

Früh am Morgen des Ostersonntags brachen sie auf. Die Sonne

war gerade aufgegangen, rotgolden kämpften sich die ersten Strahlen durch den feinen Morgendunst. In den Gräsern hing noch der Morgentau. Die Vögel zwitscherten ein himmlisches Konzert. Sophia ging das Herz auf. Elise hatte nicht zu viel versprochen, die Wanderung nach Rastede tat ihr gut. Die Bewegung an der frischen Luft belebte sie. Glücklich hakte sie sich bei Elise unter.

Sie waren gut eineinhalb Stunden unterwegs, da rasteten sie nahe einer kleinen Bauernschaft an einer Bäke. Sophia ließ sich rücklings ins Gras fallen und schaute gedankenverloren in den blauen Himmel, an dem einzelne Wolken gemächlich vorbeizogen. „Ach Elise, wie geht es uns gut. Jetzt liegt die schöne Zeit vor uns. Wir haben gute Arbeit und gesund sind wir auch." Sie pflückte einen Grashalm und kaute gedankenverloren darauf herum. „Wenn ich nur wüsste, wie es mit Anton weitergeht." Elises sah sie stirnrunzelnd an. „Vielleicht solltest du ihm bald einmal schreiben, dass du immer noch auf ihn wartest. Du wirst schon sehen, was er dir dann antwortet. Es könnte doch sein, dass deine ganze Hoffnung völlig vergeblich ist. Dann verplemperst du nur unnütz Zeit mit deinen Gedanken an ihn. Stattdessen könntest du dir in Oldenburg einen geeigneten Mann suchen." Traurig sah Sophia Elise an, schließlich nickte sie. „Mal sehen, zu Pfingsten fahre ich nach Vechta, ich will sehen, wie es Hermann Wagener geht. Davon wollte ich Anton sowieso berichten. Wenn ich mich dann traue, werde ich ihn fragen, wie er zu mir steht."

Entschlossen erhob sie sich aus dem Gras. „Lass uns weitergehen, Elise, wir haben erst die Hälfte geschafft, oder?" Nach einer weiteren guten Stunde hatten sie den waldreichen Geestrand von Rastede erreicht. Sie passierten ein Tor, welches zu einer Parkanlage führte. Als das Gehölz sich lichtete, sahen sie, eingebettet in einem weit angelegten Park, das Sommerschloss des Herzogs. Ein geschlängelter Weg führte über die weiten Rasenflächen. Auf den Weiden vor dem Schloss grasten Kühe und Pferde. Die beiden näherten sich dem Gebäude, um es näher betrachten zu können. Vor ihnen lag ein Bau mit zwei Stockwerken und einem Zwischengeschoss. An der Hauptfassade zierte mittig ein Vorbau mit einem Dreiecksgiebel und einem vorgelagerten Portikus die Fassade. Rechts und links des Hauptgebäudes schlossen sich in der gleichen Flucht zwei einstöckige Flügelbauten an.

„Gehörte dieses Schloss schon dem Grafen Anton Günther?", fragte Sophia. Elise zuckte die Achseln. „Ich glaube, der Graf Anton Günther hatte hier früher ein Schloss, aber der dänische König, in dessen Besitz es dann gelangte, hatte es zwischenzeitlich verkauft. Der letzte Eigentümer war ein Ostindienfahrer. Er hat das alte Gebäude abreißen und hier anstelle des ehemaligen Grafenschlosses ein prächtiges Landhaus errichten lassen. Vor fünfundzwanzig Jahren, als Peter Friedrich Ludwig noch Prinz war, stand das Anwesen wieder zum Verkauf. Es wurde als vorläufiger Hauptsitz für Peter Friedrich Ludwig gekauft. Im Oldenburger Schloss residierte damals ja noch sein Onkel, Herzog Friedrich August. Nachdem er Herzog geworden war, ließ Peter Friedrich Ludwig das Landhaus nicht abreißen, sondern nahm lediglich einige Umbauten vor. Hier im Schloss wurden auch seine beiden Söhne geboren", erklärte Elise. „Gemeinsam mit ihnen hat er hier schon oft im Sommer einige Wochen verbracht."

Eine Weile schauten sie zu dem schlichten Gebäude hinüber. „Schau mal, das Schloss scheint im Moment bewohnt zu sein, auf dem Dach weht eine Fahne", erklärte Elise. „Leider dürfen wir nicht näher heran, aber wir können einmal in einem weiten Bogen auf die Rückseite gehen, vielleicht gelingt es uns, in den Garten zu schauen." Die beiden schlenderten in einem gebührenden Abstand Richtung Norden und ließen so die Westfassade des Hauses rechter Hand liegen. Elise zeigte auf einige neue Gebäude an der breiten Auffahrt. „Der Herzog hat im Laufe der Jahre den Marstall, das Kavalierhaus und zwei Wachthäuser erbauen lassen", erklärte sie.

„Woher weißt du das alles, Elise?", fragte Sophia erstaunt. „Man könnte meinen, du lebtest hier in Rastede. „Ich war schon oft bei

Sonntagsausflügen mit den Scholtzes hier", entgegnete Elise lächelnd. „Jedes Mal wieder erklärte Herr Scholtz seinen Kindern jedes Detail, ich musste notgedrungen zuhören. Da bleibt schon ein wenig hängen." Sie zog Sophia am Arm. Gemeinsam umrundeten sie eine kleine, aus Backstein erbaute Kirche und gelangten danach in einem weiten Bogen wieder in den Wald, von wo aus sie schließlich einen Blick auf die rückwärtige Seite des Schlosses werfen konnten. Durch dichtes Gebüsch blickten sie auf einen Nutzgarten, in dem verschiedene Gemüsepflanzen, Obstbäume, aber auch Weinstöcke wuchsen. Auf der Terrasse saß ein junger Mann. Elise und Sophia nahmen an, einen der Prinzen zu sehen. Ob es jedoch der sechzehnjährige Prinz August oder sein jüngerer Bruder, der fünfzehnjährige Prinz Georg war, vermochten sie nicht zu sagen. Der junge Mann las in einer Zeitung. Vor ihm auf dem Tisch stand ein Glas mit einer weißen Flüssigkeit. „Das ist bestimmt Molke", sagte Elise. „Herr Scholtz hat schon oft erzählt, dass die Erbprinzen sich hier ab und zu einer Molkekur unterziehen. Es wäre den Prinzen sicher lieber, wenn sie stattdessen eine Weinkur machen könnten." Sophia und Elise schauten sich schmunzelnd an.

In angemessener Entfernung gingen sie weiter um das Schloss herum, bis sie schließlich wieder an der südlichen Seite des Komplexes angelangt waren. „Dort, an der Grenze zum Wald", Elise zeigte auf ein Gebäude, „hat der Herzog einen Pavillon erbauen lassen. An schönen Sommertagen werden dort Konzerte veranstaltet."

Die Sonne stand inzwischen weit in der Mittagsstunde, die beiden verspürten zunehmend Hunger und Durst und so kehrten sie in einen Rasthof ein, der auf der anderen Straßenseite unweit vom Schloss gelegen war. Obwohl es noch früh im Jahr war und die Bäume noch kahl dastanden, setzten sie sich an einen Tisch draußen vor der Gaststätte, bestellten einen Krug Bier sowie eine Portion gebratener Kartoffeln mit Speck, eingelegten Gurken und Ei. Gemütlich saßen sie dort, entbunden von allen Verpflichtungen des Alltags, in eine träge Unterhaltung vertieft. Den Blick hielten sie stets auf den Weg vor sich gerichtet, auf dem allerhand Volk, welches bei einem Spaziergang den Frühlingstag genoss, an ihnen vorbeizog. Man sah quengelnde Kinder, kläffende Hunde sowie Damen, vorsichtig darum bemüht, ihre langen Kleider nicht zu beschmutzen. Herren, die unentwegt ihre Hüte vor den Vorbeiflanierenden zogen, junge Männer, die, strotzend vor Lebenskraft, johlend ihre Späße trieben und junge Mädchen, die übermütig ihre Kleider ausführten und manchen riskanten Blick zu den jungen Herren hinüberwarfen. Die beiden hätten noch lange dort sitzen können, aber schließlich zeigte ihnen die niedergehende Sonne, dass es höchste Zeit wurde, nach Oldenburg zurückzukehren.

Sophia und Elise hatten noch nicht einmal einen viertelstündigen Fußmarsch zurückgelegt, als Sophia sich eingestehen musste, dass sie den Rückweg nicht mehr zu Fuß würde laufen können. Von der Hüfte bis in die Wade hinunter verspürte sie einen reißenden Schmerz, der mit jedem Schritt unerträglicher wurde. Kurz hinter dem Ortsausgang von Rastede blieb sie, gestützt von Elise, am Wegesrand stehen. Von der Anstrengung standen ihr Schweißperlen auf der Stirn. Ein älteres Ehepaar, welches in einer offenen Kutsche unterwegs war, bemerkte Sophias Unglück und wies den Kutscher an, neben den beiden Frauen zu halten.

„Bis zum Pferdemarkt in Oldenburg können wir euch mitnehmen", rief der Mann ihnen zu. Dankbar nahmen Sophia und Elise das Angebot an. Der Kutscher musste Sophia in die Kutsche hinaufheben, allein war sie nicht in der Lage, einzusteigen. Tränen standen ihr in den Augen. Schon lange hatte sie nicht mehr an ihre kaputte Hüfte gedacht, in dem Moment jedoch war ihr grausam klar geworden, wie beeinträchtigt sie durch ihre Verletzung war.

Gestützt auf Elise humpelte Sophia das letzte Stück des Weges vom Pferdemarkt über die Heiligengeiststraße bis zum Haus der Schröders. Es schien ihr, als bräuchten sie eine halbe Ewigkeit dafür. Geschen wartete bereits mit einer warmen Mahlzeit auf sie. „So einen weiten Weg seid ihr gelaufen?", wunderte sie sich, als Sophia ihr von dem Ausflug berichtete. „Das ist viel zu weit für dich. Auch wenn du die Schnürschuhe besitzt und nicht mehr in Holschken laufen musst, konnte das nicht gut gehen." Sie schüttelte den Kopf. „Versprich mir, dass du in Zukunft nicht mehr so unvernünftig bist. Jetzt legst du dich am besten hin, ich bringe dir nachher eine Salbe, mit der du dich einreiben kannst."

Ächzend setzte Geschen sich etwas später zu Sophia ans Bett. Sie reichte ihr einen kleinen Tiegel aus Ton. „Hier Sophia, diese Salbe benutze ich auch immer für meine schmerzenden Beine. Der Doktor von Frau Herbart hat sie mir seinerzeit verschrieben, sie hilft mir wirklich. Damit solltest du dich einreiben, dann wird es sicher besser werden." Prüfend sah sie Sophia an. „Und morgen bleibst du im Bett. Ich werde Frau Grovermann eine Nachricht schicken, dass du unpässlich bist." Erst, als Sophia kleinlaut zustimmte, gab sie sich zufrieden.

„Ich muss jetzt wieder hinunter in die Küche. Übermorgen kommt Magda, ich bin ein wenig unruhig deswegen", gestand sie Sophia. „Wer weiß, ob das Mädchen anstellig ist und ob sie zur Zufriedenheit der Herrschaften arbeiten wird. Es ist ja nicht nur das Kochen. Weißt du, auch das Servieren ist gar nicht so einfach. Die Herrschaften legen großen Wert darauf, dass alles mit dem richtigen Geschirr und Besteck eingedeckt wird. Sie dulden nicht den kleinsten Fehler. Auch das Anreichen der Speisen, das Einschenken der Weine, das Abräumen des Tisches, alles muss leise und möglichst unauffällig vonstattengehen." Ein wenig unsicher rieb Geschen sich die Stirn.

„Mach' dir nicht so viele Gedanken, Geschen." Sophia nahm die Hand der alten Frau und drückte sie einmal kurz. „Du bist bestimmt eine gute Lehrerin für Magda, und wenn die sich nicht ganz dumm anstellt, wird sie es sicher schnell lernen."

34

Wanderung zum Teufelsmoor,
Mittwoch, 16. April 1800

Anton schaute auf seine Taschenuhr. Er war spät dran. Um zwölf Uhr am Mittag hatte er sich mit Georg vor der Konditorei verabredet, in der dieser in den letzten Wochen gearbeitet hatte. Jetzt war es bereits eine Viertelstunde über der Zeit. Eilig lief er zum Marktplatz, Georg würde sicher bereits auf ihn warten. Als er um die Ecke des Rathauses bog, sah er seinen Freund, bepackt mit einigen Schachteln, vor der Konditorei stehen. Ungeduldig trat er von einem Bein auf das andere. Anton musste an ihre erste Begegnung in Münster denken und konnte sich ein Grinsen nicht verkneifen. Damals waren sie aneinander gerempelt und Georg waren mehrere Schachteln mit köstlichen Pralinen auf das Straßenpflaster gefallen.

Als Anton auf Georg zutrat, atmete dieser erleichtert auf und drückte ihm sofort eine Schachtel in die Hand. „Hier drin ist Gebäck und Brot. Das hat mir mein Meister zum Abschied mitgegeben, es ist von Ostern übriggeblieben. Er denkt wohl, ich habe einen Karren dabei", schimpfte Georg vor sich hin. „Niemals können wir das alles verstauen, schau dir doch an, wie viel das ist." Nachdem die beiden jedoch ihre Habseligkeiten hin und her gepackt hatten, gelang es ihnen, einen Großteil der Backwaren zu gleichen Teilen in ihren Felleisen zu verstauen. Was nicht mehr hineinpasste, hielten sie in ihren Händen.

Bereits auf dem Weg zum Herdentor, durch welches sie die Stadt Richtung Nordosten verließen, hatte Anton die beiden ersten Gebäckstücke verdrückt. „Es ist wirklich nicht schlecht, einen Freund zu haben, der solche Leckereien herstellen kann", dachte Anton bei sich, „da werden wir so schnell keine Not leiden."

Es war ein kühler, aber wunderschöner Frühlingstag. Die

Blattknospen der Bäume am Wegesrand entfalteten bereits ein zaghaftes Grün. Auf der Bürgerweide, die sie passierten, blühten neben allerlei Gräsern bereits Adonisröschen, Gänseblümchen und Löwenzahn, begehrtes Futter für die Kühe, die die Bremer auf dieser Weide grasen ließen. In ausgelassenen Sprüngen liefen die Tiere über das feuchte Gras. Es war ihnen anzusehen, wie sehr sie sich nach der Winterzeit im Stall über den ausgiebigen Weidegang mit Gras, Sonne und frischer Luft freuten.

Einige Zeit wanderten Anton und Georg in Richtung Nordosten, bis sie auf den Kuhgraben stießen, einen schmalen Kanal, dem sie folgten. Dann und wann schipperte ein kleiner Kahn, beladen mit Torf oder Vieh, in Richtung Bremen, um dort die Waren anzuliefern. Anton und Georg winkten den Schippern zu, die zurückgrüßten, indem sie sich an die Mütze tippten oder freundlich nickten.

Am frühen Nachmittag stießen sie auf die Wümme, ein Flüsschen, welches flussabwärts in die Lesum und dann in die Weser mündete. Anton und Georg ließen sich eine Weile am Ufer des Flusses nieder, während sie auf die kleine Fähre warteten, die unermüdlich zwischen den beiden Ufern hin und her fuhr. Versonnen beobachteten sie die Kähne, die durch das offene Sieltor von der Wümme in den Kuhgraben einbogen.

Lange mussten sie sich nicht gedulden. Der alte Fährmann, dessen wettergegerbte Haut tiefe Furchen in sein Gesicht gezogen hatte, rief ihnen, kaum hatte er ihre Uferseite erreicht, zu: „Jungs, wenn ihr mit rüber wollt, so müsst ihr jetzt kommen. Gleich mache ich für eine Stunde Pause." Schnell sprangen Anton und Georg auf die Fähre, auf der bereits einige Schafe und einige Männer in dreckiger Arbeitskleidung ihren Platz gefunden hatten. Der Fährmann war offensichtlich froh, mit seinen Kunden ein wenig plaudern zu können.

„Welch ein Glück für die Schiffer, dass das Sieltor um diese Jahreszeit schon aufsteht", sagte er leutselig. „Oft ist es im April noch geschlossen, wenn das Wasser der Wümme noch zu hoch steht, oder wenn die Nordsee eine sehr hohe Flut hat. Dann müssen die Schiffer ihre Boote selbst über den Deich ziehen oder sie von Pferden darüber ziehen lassen, um aus der Wümme in den Kuhgraben zu gelangen oder umgekehrt. Das ist eine elende Plackerei. Habt ihr bemerkt, dass der Wasserstand der Wümme in der letzten halben Stunde deutlich gestiegen ist? Man glaubt es kaum, aber bis hierher ist der Fluss noch abhängig von den Gezeiten in der Nordsee. Wenn dort Flut ist, steigt das Wasser bis hierher, ist dort Ebbe, fällt es ab. Das passiert so ungefähr alle sechs Stunden." Anton staunte. Sie waren noch so weit weg von der Nordsee und dennoch war die Kraft des Meeres bis hierher zu spüren.

Am anderen Ufer stand unter einer Birke ein kleiner, windschiefer Schuppen, den der Alte offensichtlich für seine Pause nutzte. Als Anton und Georg nach einer Möglichkeit fragten, ein Getränk zu sich zu nehmen, verkaufte er den beiden gern eine Kanne Bier. Anton bemerkte ein Bierfass und eine ganze Reihe von Kannen im Regal des Schuppens. Offensichtlich hatte der Fährmann eine vielversprechende Möglichkeit für einen erquicklichen Nebenverdienst gefunden.

Nach der Stärkung wollten die beiden aufbrechen, waren sich aber uneins über den weiteren Verlauf des Weges. „Richtung Hamburg wollt ihr also", sagte der Fährmann, der ihnen gelauscht hatte. Er zeigte mit der Hand Richtung Osten. „Ihr müsst zunächst immer der Wümme folgen, bis ihr auf ein Flüsschen trefft, die Wörpe. An der müsst ihr weiter entlanggehen. Es kommen dann einige armselige Dörfer, Torfkolonien. Dort findet ihr bestimmt ein Nachtlager. Passt aber auf! Ihr kommt durch das Teufelsmoor. Das ist kein Spaß. Bleibt immer auf dem Weg, sonst kann es sein, dass ihr in den Sümpfen versinkt." Trotz der warmen Frühlingssonne fröstelte Anton. Schaudernd dachte er an die unselige Nacht im Moor bei Diepholz, wo er im vergangenen Frühjahr nur knapp einer Katastrophe entgangen war. Aber was half es denn, wenn sie nach Hamburg wollten, mussten sie diesen Weg gehen.

Bereits nach kurzer Zeit erreichten die beiden, wie es der Alte gesagt hatte, die Wörpe. Vergnügt plaudernd, die Sonnenwärme auf der Haut, folgten sie diesem Flüsschen. Ihr Weg wurde von nun an unwegsamer und einsamer. Seit Stunden war ihnen keine Menschenseele mehr begegnet. Tiefer und tiefer wanderten sie ins Moor hinein, der Weg war nunmehr nur noch ein schmaler Pfad. Das Moos unter ihren Füßen federte unheimlich. Bei jedem Tritt quoll Wasser aus dem Boden und gab einen quietschenden Laut von sich. Rechts und links erstreckte sich weithin sumpfiges Gelände, unterbrochen nur von schlanken Birkenstämmen und verschiedenen Moosen, Pfeifengras und Seggen sowie Pflanzenbüscheln und Flechten, die aus dem trüben Wasser herausragten.

Anton wurde es von Minute zu Minute unheimlicher zumute. Die Stille um sie herum setzte ihm zu. Nur manchmal flatterte ein Vogel, den sie aufgescheucht hatten, aus einem Strauch auf und flog mit hektischen Flügelschlägen davon. Georg ging vor ihm her, der Weg war längst zu schmal geworden, um nebeneinander zu wandern. Um sein Unbehagen zu übertönen, begann Anton ein Gespräch mit Georg. Verzweifelt versuchte er so, die verdammte Stille zu vertreiben. Bald schon erstarb jedoch jedes Wort auf ihren Lippen, zu sehr mussten sie auf den Weg achten, um nicht in die Sümpfe zu treten. Bei jedem Schritt stieß Anton seinen Stenz mal rechts, mal links neben den Weg, um zu prüfen, ob der Boden ihn noch tragen würde. Es gluckerte und quatschte und voller Grauen wurde Anton sich bewusst, dass er keinen falschen Schritt machen durfte, um nicht in dem trüben Nass zu versinken.

Die Dämmerung setzte bereits ein und immer noch hatten sie keinen Ort erreicht. Plötzlich blieb Georg stehen und lauschte angestrengt. Von ferne vernahmen sie am Himmel ein unheilvolles Gurren, welches sich unaufhörlich näherte. In einer Keilformation zogen große, graue Vögel, Anton hielt sie für Kraniche, wie an einer Schnur gezogen, heran. Unweit ihres Weges ließen die Vögel sich im Sumpf nieder, um dort die Nacht zu verbringen.

Anton war begeistert von dem Anblick, gleichzeitig aber bemächtigte sich eine bange Verzweiflung seiner. Die Sonne war bereits untergegangen und es wurde kühl. Was, wenn er und Georg die Nacht hier in der Einsamkeit verbringen müssten? Die Nächte waren Mitte April noch empfindlich kalt und die Feuchtigkeit kroch langsam an ihm hoch. Zu essen hatten sie zwar genug, aber vom Leichtsinn getrieben hatten sie nichts zu trinken eingepackt, hatten sie doch gedacht, unterwegs gäbe es genug Möglichkeiten, den Durst zu stillen.

Voller Angst trottete Anton hinter Georg her. Sie mussten sich verlaufen haben. Der Abend war bereits viel zu sehr vorangeschritten, um noch umzukehren. Die Dunkelheit legte sich über die gespenstische Landschaft. Anton traute sich kaum noch, einen Schritt zu tun. Mutlos nahm er sein Felleisen von der Schulter und setzte sich auf einen Baumstumpf. Durst quälte ihn, das Bier, das er bei der Hütte des Fährmannes zu sich genommen hatte, hielt längst nicht mehr vor. Er holte den kleinen Zinnbecher, den Martin ihm geschenkt hatte, aus seinem Bündel. Fast schossen ihm die Tränen in die Augen bei dem Gedanken daran, dass er noch vor Kurzem in der Werkstatt des Meisters so fröhlich seinem Aufbruch entgegengefiebert hatte.

Er beugte sich über den Sumpf und schöpfte ein wenig braunes Moorwasser in den kleinen Becher. Dunkel war die Flüssigkeit, aber sie roch nicht unangenehm und so trank er schließlich, zunächst vorsichtig, dann in wenigen entschlossenen Schlucken, davon. Georg, der bemerkt hatte, dass Anton sich gesetzt hatte, war zu ihm zurückgekehrt und hockte sich niedergeschlagen neben ihn.

„Anton, wir müssen die Nacht hier verbringen. Lass uns schauen, ob wir nicht zumindest ein paar Äste, Moos und altes Laub sammeln können, um uns eine Schlafstatt herzurichten." Müde schüttelte Anton den Kopf.

„Was sollen wir denn hier finden, Georg? Es hat keinen Zweck. Schau dich doch einmal um." Mit der Hand wies Anton hinaus in die Dunkelheit, hin zu den Kranichen, die dort still in den Sümpfen standen.

Doch was war das? Angestrengt starrte Anton über den Sumpf hinweg. Hatte er dort hinten zwischen der Baumreihe nicht gerade ein Licht gesehen? In der Tat, ein flackerndes, auf und nieder tanzendes, winziges Licht tauchte wie aus Geisterhand dann und wann auf. Aufgeregt zeigte Anton in die Richtung, voller Angst, er würde sich täuschen und Georg würde es nicht erspähen. Der aber hatte es ebenso gesehen und packte bereits voller neuer Energie sein Bündel, zog Anton hoch und suchte sich vorsichtig einen Weg hin zum Lichtschein. Täuschte Anton sich, oder war jetzt auch Hundegebell und das Blöken von Schafen zu hören? Vorsichtig, aber entschlossen, setzten die beiden ihren Weg fort. Bereits nach kurzer Zeit vernahmen sie Pfiffe und Rufe aus der Ferne. Anton spürte, wie eine Welle der Erleichterung durch seinen Körper lief. Er formte mit seinen Händen einen Trichter vor dem Mund und rief, so laut er konnte, um Hilfe. Zunächst tat sich gar nichts, aber dann bewegte sich das Licht tatsächlich in ihre Richtung. Schwankend kam es auf sie zu, immer größer wurde es, bis Anton schließlich zwei schwarze Silhouetten erkennen konnte, die sich deutlich vor dem Abendhimmel abzeichneten.

Ein Mann und ein Junge, vermutlich Vater und Sohn, ärmlich gekleidet, standen schließlich vor ihnen und starrten sie mit offenen Mündern an.

„Wie kommt ihr denn hierher?", fragte der Ältere mit rauer Stimme. Er trug eine Laterne in seiner Hand und leuchtete den beiden Fremden damit ins Gesicht. „Seid ihr etwa durchs Moor gelaufen? Ihr seid ja lebensmüde!" Kurz wies er Anton und Georg an, ihm und seinem Sohn zu folgen. Hintereinander gingen sie den schmalen Weg, der sich nun stets weitete. Der Boden unter ihren Füßen wurde mit jedem Schritt fester. Anton atmete befreit auf, als sie einen kleinen Platz erreichten, auf dem ein helles Feuer brannte.

Rund um das Feuer saßen einige Männer. Kinder rannten um sie herum und riefen sich etwas zu, das Anton nicht verstehen konnte. Als sie Anton und Georg sahen, blieben sie plötzlich wie angewurzelt stehen und schauten neugierig herüber. Die Gespräche erstarben und unvermittelt herrschte Stille, nur das Kläffen der Hunde war noch zu vernehmen.

„Setzt euch doch", sprach der Mann, der sie aus dem Moor hierher gebracht hatte. „Wir können euch nichts zu essen anbieten, wir haben ja kaum für uns selbst etwas, aber Schnaps, den könnt ihr haben." Entschlossen reichte er ihnen eine Flasche hinüber, die Anton sofort an den Mund setzte. Dankbar nahm er wahr, wie die Flüssigkeit brennend seine Kehle hinabrann. „Und jetzt erzählt uns einmal, was euch hierher verschlagen hat!", forderte der Mann sie auf.

Nachdem sie ihre Geschichte berichtet hatten, brach ein wildes Gemurmel unter den Männern aus. Alle sprachen durcheinander, sodass Anton nicht recht verstehen konnte, was sie eigentlich sagten. Sie hatten sich verlaufen, das verstand er. Man kam hier sonst nur mit einem Kahn an, über die Wörpe, auch das verstand er. Sie waren dem Tod knapp entronnen, auch das hatte er begriffen, aber die ganze Zeit drehte sich in seinem Kopf die Frage, wo er hier eigentlich war.

„Was machen diese Menschen hier in der tiefsten Einsamkeit im Moor?", fragte er sich. Suchend schaute er sich um und entdeckte im flackernden Feuerschein einige kleine Katen, die in einer Reihe an einem schmalen Kanal gebaut waren. Schließlich überwog seine Neugier und er fragte einige der Männer, die neben ihm am Feuer saßen:

„Lebt ihr hier im Moor? Habt ihr hier Arbeit?" Grinsend nickten die Männer daraufhin, jeder druckste ein wenig herum, bis sie schließlich den Mann ansahen, der Anton und Georg aus dem Moor geholt hatte.

„Ja, du hast recht, wir leben hier in einer Moorkolonie." „Dies hier ist das Teufelsmoor. Seit knapp fünfzig Jahren gibt es hier solche Kolonien wie unsere. Der hannoversche Kurfürst hat zu der Zeit beschlossen, das Moor zu kultivieren."

Die Schnapsflasche machte während seiner Rede die Runde und immer, wenn sie bei Anton angelangte, nahm er einen tiefen Zug. Georg steckte ihm ein wenig Gebäck zu, erst da merkte Anton, dass er sehr hungrig war. Herzhaft biss er hinein. Sogleich umringten ihn einige der Kinder und sahen ihn mit hungrigen Augen an. Fragend warf Anton einen Blick zu Georg hinüber und als dieser ihm fast unmerklich zunickte, öffneten beide ihr Felleisen und legten die Backwaren zwischen sich. Einige der Kinder stürzten sich sofort darauf, aber die laute Stimme des Mannes, der offenbar der Dorfälteste in dieser Kolonie war, ließ sie zurückweichen.

„Ihr teilt das gerecht", sagte er entschieden. Für jedes Haus einen Teil davon, und wehe euch, ihr haltet euch nicht daran!" Anton und Georg reichten den Kindern die Brote und den Kuchen hinüber. Gierig griffen die vielen Hände danach, dann aber zogen die Kinder mit ihrer Beute davon. Der Mann fuhr fort:

„Zunächst wurden im Moor Gräben und Kanäle angelegt. Sie dienten der Entwässerung und sollten vor Überschwemmungen schützen. Sie sind unsere Wege. Über die Kanäle gelangen wir nach Bremen oder nach Zeven. Straßen gibt es hier nicht. Auf dem entwässerten Land entstanden kleine Siedlungen. Jeder Ort hat zwischen zwanzig und dreißig Höfe. Zu jedem Hof gehören fünfzig Morgen Ackerland und fünfzehn Morgen Weide- und Torfstichfläche. So kann jeder Hof mehr schlecht als recht eine sechsköpfige Familie ernähren. Unwillig schüttelte der Mann seinen Kopf und schnaufte einmal laut. „Unsere Siedlung hier heißt Eickedorf. Hier gibt es zweiundzwanzig Höfe. Dreiundneunzig Menschen wohnen hier, gut fünfzig Alte und um die vierzig Kinder. Meine Eltern haben hier vor knapp fünfzig Jahren gemeinsam mit anderen Siedlern begonnen. Sie erhielten als Starthilfe Bauholz, Getreide und

Obstbäume aus den Herrenhäuser Gärten in Hannover. Ihr Leben war ein einziger Kampf ums nackte Überleben. Die Viehhaltung war schwierig. Um überhaupt ein wenig zu verdienen, konnten sie nur den Torf verkaufen, der hier gestochen wurde. Mit dem Torfkahn haben sie ihn dann nach Bremen gebracht". Mit ernstem Blick sah der Mann Anton und Georg an. „Bis heute machen wir das noch so. Zusätzlich haben wir viele weitere Pflichten. Wir müssen Gräben und Kanäle ausheben, Dämme und Brücken bauen und alles in Ordnung halten und, wenn nötig, reparieren. Inzwischen ist die allerärgste Not vorüber, viele unserer Eltern und Geschwister aber sind am Hunger gestorben". Er wischte sich über die Augen, dann zeigte er sich mit dem Daumen auf seine Brust. „Ich heiße Cord", er streckte ihnen die Hand hin, dann zeigte er auf die anderen Männer. „Das sind Hinrich, Johann, Gerd, Franz und Bernard." Anton und Georg nannten ebenfalls ihre Namen, Cord aber fuhr schon fort: „Wir halten hier ein paar Schweine und Kühe und eine kleine Herde von Moorschnucken. Heute war Schafschur, die meisten der Schnucken haben wir geschoren, aber wir sind nicht fertig geworden. Es wird Zeit, die Frühjahrswärme setzt ihnen sonst zu sehr zu. Einige der Muttertiere haben auch schon abgelammt. Morgen früh machen wir weiter. Wenn alle Schafe geschoren sind, kann Bernard euch den Weg nach Tarmstedt zeigen, er hat da Arbeit auf einer Hofstelle. Von da aus findet ihr euch dann allein wieder zurecht. Jetzt ist es Zeit, schlafen zu gehen. Ihr könnt bei mir übernachten. Im Stall liegt genug getrockneter Torf, darauf könnt ihr euch ein Lager bauen, damit ihr es einigermaßen warm habt.

Die Männer löschten das Feuer und verstreuten sich. Anton und Georg folgten Cord in seine kleine Kate. Eine dunkle, niedrige Hütte empfing sie. Es war nicht schwer zu erahnen, wie karg und entbehrungsreich der Alltag der hier lebenden Moorsiedler sein musste. Der kleine Raum wurde nur notdürftig mit einem offenen Feuer beleuchtet. Im Feuerschein saß, über ein Spinnrad gebeugt, eine Frau, offensichtlich Cords Eheweib. Mit geübten Bewegungen spann sie einen langen Faden, während sie die Wolle gleichmäßig durch die Finger gleiten ließ. In einer Bettstelle an der Wand lagen drei Kinder, vier weitere hockten noch um die Feuerstelle und waren damit beschäftigt, Löffel zu schnitzen. Cords Frau begrüßte die beiden freundlich, machte jedoch keine Anstalten, ihretwegen die Arbeit zu unterbrechen. Cord reichte ihnen eine Wolldecke und führte sie dann in den kleinen Stall, der ans Haus angebaut war. Zwei Schweine lagen hier in einem Koben, in einer geschützten Ecke daneben lagerte ein gehöriger Haufen mit Torf, auf den Cord wies. „Hier könnt ihr schlafen, eine bessere Lagerstatt habe ich leider nicht für euch." Anton dankte ihm dennoch herzlich. Er war zufrieden, Hauptsache, er musste die Nacht nicht in dem schaurigen Moor verbringen. Müde legten Georg und er sich zur Ruhe und bevor er auch nur an ein Nachtgebet denken konnte, war Anton schon eingeschlafen.

35

Oldenburg,
Mittwoch, 16. April 1800

Vorsichtig machte Sophia ein paar Kniebeugen und ließ anschließend ihre Hüften kreisen. Zwar nagte der Schmerz weiterhin an ihrem Beckenknochen, dennoch fühlte sie sich kräftig genug, um wieder zur Arbeit zu gehen. Sie rieb sich die Hüfte und das Bein mit Geschens Salbe ein, dann zog sie sich sorgfältig an, kämmte sich ihr langes Haar und flocht es zu zwei dicken Zöpfen, die sie auf dem Kopf zu einem Körbchen verdrehte.

Ihr Blick fiel auf die Geldkatze, die auf dem Tisch neben dem Bett lag. „Der Beutel ist schon ziemlich prall gefüllt", ging es ihr durch den Kopf. „Ich weiß gar nicht, über welche Barschaften ich inzwischen verfüge. Es ist an der Zeit, mir einmal einen Überblick zu verschaffen." Sie nahm das Ledersäckchen und schüttete sämtliche Geldstücke auf den kleinen Tisch. Sorgsam stapelte sie Taler auf Taler, Groten auf Groten. Einige Groschen und ein Louisdor befanden sich ebenfalls unter den Münzen. Ein Louisdor, auch Pistole genannt, entsprach ungefähr sechs Talern.

Zweiundzwanzig Taler, ein Louisdor, achtundvierzig Groten und zwölf Groschen zählte sie am Ende zusammen. Alles in allem waren das etwas über neunundzwanzig Taler, das war eine Menge Geld. Gerade wollte Sophia ihre Barschaften zurück in den Geldbeutel legen, da kam es ihr fahrlässig vor, stets eine so große Summe mit sich herumzuschleppen. Was wäre, wenn sie einmal Opfer eines Raubes würde? Überfälle kamen durchaus vor, wenn auch selten innerhalb der Stadtgrenzen. Angestrengt überlegte sie, aber es fiel ihr kein Ort ein, wo sie ihr Geld verstecken könnte. Sie beschloss, Geschen zu fragen. Geschen war vertrauenswürdig, niemals würde sie sich an fremdem Eigentum bereichern, dafür würde Sophia ihre Hand ins Feuer legen. Sie band sie den Beutel an ihren Gürtel und stieg, noch immer vorsichtig, die Treppe hinunter in die Küche.

„Ich halte nach einem Platz Ausschau, wo ich mein Geld sicher aufbewahren kann. Es ist inzwischen so viel zusammengekommen, dass ich es nicht ständig mit mir herumtragen möchte. Kannst du mir helfen?", trug sie Geschen ihre Bitte vor, nachdem sie zuvor zwei Eimer mit Wasser für die alte Frau herbeigeschleppt hatte.

„Komm mal mit mir, Sophia, ich zeige dir was." Zielstrebig zog Geschen Sophia in die dunkelste Ecke der Küche. Dort löste sie einen Ziegelstein aus der Mauer. Dahinter war ein Hohlraum, gerade groß genug, um darin einen kleinen Beutel zu verbergen. „Dieses Versteck habe ich vor vielen Jahren durch

Zufall entdeckt. Als wir die ständigen Einquartierungen hatten, habe ich ab und zu auch ein paar Taler hineingelegt, bevor ich sie zur Ersparungskasse bringen konnte. Niemand findet dein Geld dort, das schwöre ich dir."

Auch Sophia war überzeugt, dass dieser Ort der rechte Platz für ihre Ersparnisse war. Sie zählte fünfundzwanzig Taler ab, wickelte sie in einen kleinen Lappen, den Geschen ihr zuschob und deponierte das Päckchen in dem Hohlraum. Sorgfältig fügte sie den Ziegel wieder in die Mauer. Tatsächlich war mit bloßem Auge kaum zu erkennen, dass dort ein Stein locker war. Zufrieden rieb Sophia sich die Hände. Sie drehte sich zu Geschen um. „Jetzt mache ich mir schnell ein paar Brote und dann gehe ich wieder zur Arbeit, Frau Grovermann wartet sicher schon auf mich."

Als Sophia am Abend abgekämpft und mit schmerzender Hüfte von der Arbeit zurückkehrte, traf sie Geschen am Küchentisch an. Vor ihr lag allerhand Silberbesteck.

„Die Herrschaften haben sich über den Zustand des Silbers beschwert", sagte sie mit zusammengebissenen Zähnen. „An Ostern haben sie einige dunkle Ablagerungen bemerkt. Jetzt hat die gnädige Frau mich dazu verdonnert, das komplette Tafelbesteck samt aller Schüsseln, Tabletts und Kerzenleuchter zu reinigen."

Ächzend schlurfte sie zum Herd hinüber und holte einen Kessel mit heißem Wasser. Sie goss einen großen Schwall davon in eine flache Schale, die vor ihr auf dem Tisch stand, dazu gab sie einen Esslöffel mit Salz. Aus einer großen Schachtel mit Natron schüttete sie eine kräftige Prise hinzu und rührte dieses Gemisch mit kräftigen Bewegungen um, bis sich alles aufgelöst hatte. Aus dem Besteck, welches vor ihr lag, zählte sie zwölf Gabeln ab und legte sie vorsichtig in das Wasserbad. Sie seufzte vernehmlich.

„Die Messer und Löffel habe ich schon fertig, aber es fehlen noch die Gabeln, die kleinen Löffel, das Fischbesteck und das ganze Vorlegebesteck. Ich fürchte, ich werde noch Stunden damit beschäftigt sein." Erschöpft sah sie Sophia an. „Würde es dir etwas ausmachen, wenn du dir selbst etwas zu essen machst? Ich will mit dem ganzen Kram heute noch fertig werden. Morgen kommt doch Magda, dann habe ich keine Zeit zum Silber putzen." Sie nahm die Gabeln aus dem Bad heraus und spülte sie kurz mit klarem Wasser nach. Anschließend zog sie das Poliertuch, das sie sich zuvor über die Schulter gehängt hatte, zu sich und reinigte sorgfältig Gabel für Gabel nach.

„Mach dir deswegen mal keine Sorgen, Geschen", sagte Sophia. „Du hast doch sicher auch Hunger. Ich mache uns ein paar Spiegeleier mit gebratenem Speck, danach habe ich Zeit, dir zu helfen."

Es wurde nach zehn Uhr abends, bis die beiden endlich die Poliertücher aus der Hand legen konnten. Unerbittlich hatte Geschen weitergemacht, bis schließlich alles geschafft war. Müde rieb sie sich die schmerzenden Hände. „Jetzt haben wir uns aber noch ein Bier verdient, Mädchen", sagte sie erschöpft. „Dann muss ich das Silber noch wegräumen. Nicht auszudenken, wenn hier heute Nacht jemand einsteigen würde und alles läge noch herum. Ich danke dir für deine Hilfe, Sophia. Was würde ich bloß ohne dich tun? Ich bin heilfroh, dass es dir wieder besser geht. Ich habe mir wirklich Sorgen um dich gemacht."

36

Teufelsmoor,
Donnerstag, 17. April 1800

Mit klappernden Zähnen wickelten Anton und Georg sich aus ihren Decken. Durch eine kleine Fensterscheibe, die mit Spinnenweben verhangen war, sah Anton die Morgensonne, die sich mühsam durch den Nebel fraß. Ein Blick auf seine Taschenuhr zeigte ihm an, dass es bereits nach sieben Uhr war.

Mit klammen Gliedern betraten die beiden die kleine Kate, die durch das Feuer gewärmt wurde. Obwohl die Sonne bereits vor einer Stunde über dem Horizont aufgegangen war, fiel kaum ein Lichtschein in den dunklen, verräucherten Raum. Cords Frau beugte sich über einen Kessel, der über dem Feuer hing. Sie bot ihnen ein wenig warme Milch, Schwarzbrot und eine Ecke Schafskäse an, was die Männer dankend annahmen. Anton und Georg wussten, wie wenig die arme Familie selbst zu essen hatte und so drückten sie der Frau als Dank ein paar Groten in die Hand. Mit einem dankbaren Lächeln nahm sie das Geld entgegen und steckte es in einen Beutel, den sie am Gürtel ihrer Schürze trug.

Nach dem kargen Frühstück traten Georg und Anton vor die Hütte. Die milchige Morgensonne hatte den Nebel vertrieben und den Blick auf den Ort freigegeben. Schaudernd betrachteten sie die armseligen Katen, die sich, aufgereiht an einem schnurgeraden Wasser, auf kargen Böden duckten. Ein kleiner Platz trennte die eine Häuserreihe von der nächsten, einige Männer und Kinder hatten sich dort versammelt. Die Schafschur war bereits wieder in vollem Gange. Einer der Männer klemmte sich ein Schaf zwischen die Beine, dann schnitt er mit einer eigens dafür konstruierten Schafschere zunächst die Bauchwolle, dann die Bein- und die Schwanzwolle und zuletzt die Kopfwolle ab. Erst dann trennte er das Vlies am Hals in einem Stück ab. Das Schaf, dem diese Handlung gerade widerfuhr, wehrte sich zunächst heftig, merkte jedoch schon nach kurzer Zeit, dass jeder Widerstand zwecklos war und der Scherer es nur umso fester in die Zange nahm, je bockiger es herumzappelte. War die Schur eines Schafes beendet, führten die Kinder das nackte Schaf zurück zur Herde und holten flugs das nächste, dem dann das gleiche Schicksal widerfuhr. Einige der Männer sortierten fachkundig die geschorene Wolle. Sie entfernten grobe Verschmutzungen und bündelten die Ware sorgfältig.

Cord trat zu ihnen. „Die Wollpartien der einzelnen Körperteile unterscheiden sich sowohl in Haardicke, Kräuselung und Farbe deutlich", erklärte er. „Je nach Qualität der Wolle können wir einen unterschiedlichen Preis dafür erzielen." Fasziniert beobachteten Anton und Georg das Prozedere. Niemals zuvor hatte Anton sich Gedanken darüber gemacht, wie viel Arbeit darin steckte, die Wolle herzustellen, bis ein Pullover oder ein Schal daraus angefertigt werden konnte. Behutsam strich er über den Schal, den er sich gegen die Morgenkühle um den Hals gewickelt hatte.

Gegen Mittag war die Arbeit beendet, alle Schafe waren geschoren. Der Schäfer würde jedoch nicht mehr mit ihnen ins Moor hinausziehen, dafür war der Tag bereits zu weit fortgeschritten. Bernard, ein junger Mann etwa in Antons und Georg Alter, forderte sie nach einer kurzen Mittagspause auf, ihm zu folgen. „Ich bringe euch jetzt durchs Moor nach Tarmstedt, das sind ungefähr zwei Stunden Fußweg von hier." Als er Antons zweifelnden Blick sah, beruhigte er ihn. „Keine Bange, ich kenne den Weg wie meine Westentasche. Ich gehe ihn mehrmals in der Woche, ich arbeite dort auf einem Hof als Tagelöhner." Diese Auskunft beruhigte Anton und Georg außerordentlich. Nachdem sie sich von Cord und den auf dem Platz versammelten Männern und Kindern verabschiedet hatten, machten sie sich auf den Weg. Mit traumwandlerischer Sicherheit führte Bernard sie durch die schmalen Pfade, die, wie am Tag zuvor, immer schmaler und feuchter wurden. Bernard war ein schweigsamer Geselle. Schnellen Schrittes suchte er sich den Weg durch die Sümpfe, verlor dabei aber kein Wort an seine Begleiter. Am Nachmittag erreichten sie Tarmstedt. Mit sparsamen Gesten wies Bernard ihnen den Weg Richtung Zeven und strebte dann, ohne sich weiter um die beiden zu kümmern, seinem Ziel entgegen.

Der Magen knurrte Anton und Georg gewaltig. Zu Mittag hatten sie noch nichts gegessen und Proviant hatten sie keinen mehr.

Tarmstedt war ein kleiner Ort, einen Kramladen oder eine Bäckerei suchten sie hier vergebens.

An der geöffneten Tennentür eines großen Hofes fütterte eine alte Frau in der Nachmittagssonne die Hühner mit Küchenabfällen. Beherzt ging Anton zu ihr und bat sie um eine Mahlzeit und einen Becher Wasser. Wortkarg nahm die Frau sich der beiden an. Auf einem Feuer in der Tenne erwärmte sie einen Kessel mit einer Suppe. Schon bald erfüllte ein wohliger Duft den Raum.

„Hier, nehmt das", sagte sie schließlich und reichte ihnen je einen Teller voll Bohnensuppe mit Speck und ein Stück Brot. Dann schlurfte sie zum Brunnen auf dem Hof und schöpfte für jeden einen großen Krug Wasser. Die Alte füllte sich ebenfalls einen Teller mit Suppe und setzte sich dann zu ihnen. „Mein Mann ist vor einigen Jahren im Moor umgekommen", unterbrach sie die Stille, nachdem sie ihren leeren Teller zur Seite gestellt hatte. „Er war mit dem Pferd unterwegs in Richtung Bremen. Ein schlimmes Gewitter hat ihn mitten im Moor überrascht. Das Pferd hat gescheut und ist vom schmalen Weg abgekommen. Mein Joseph ist zusammen mit seinem braven Gaul im Moor versunken. Nicht drei Mann waren in der Lage, ihn zu retten." Sie strich sich mit der Hand über die Stirn, als wolle sie die Gedanken an dieses Unglück verscheuchen. „Jetzt führen meine beiden Söhne den Hof. Die sind gerade mit dem Ochsen zum Pflügen auf dem Feld und kommen erst am Abend zurück." Bei diesen Worten klatschte sie in die Hände. „So, ich habe genug Zeit mit euch vertrödelt. Die Wäsche wartet auf mich. Wenn ihr heute noch nach Zeven wollt, dann müsst ihr euch jetzt aufmachen. Der Weg dorthin ist gut zu gehen. Ihr werdet unterwegs wohl so manchen Karren antreffen. Verlasst den Weg aber bloß nicht, zu beiden Seiten liegt das Moor."

37

Als Sophia am Abend von der Arbeit zurückkehrte, stand Geschen mit einem jungen Mädchen am Tisch und redete eindringlich auf es ein.

„Das ist Magda, meine neue Küchenhilfe", sagte sie nur kurz zu Sophia. „Auf dein Abendessen musst du noch einen Moment warten, ich habe hier noch zu tun." Emsig erklärte sie Magda, welches Besteckteil für welche Speise verwendet wurde. „Das hier sind die Fischmesser, die Schneide ist nicht, wie bei normalen Messern, gerade am Griff angebracht, sondern leicht angewinkelt, ähnlich einem Löffel oder einer Gabel, daran erkennst du sie ganz schnell." Geschen legte das Messer zur Seite und hob eine Gabel in die Höhe. „Und dies ist die Gabel dazu. Sie ist breiter und flacher als die Menügabel. Damit kann man eine größere Menge des Fisches aufnehmen. Da er schneller zerfällt, ist das von Vorteil. Siehst du hier das kleine Loch in der Mitte? Das ist das Grätenloch, es erleichtert das Entfernen der Mittelgräte."

Aufmerksam hörte Magda ihr zu. Es war ein hoch aufgeschossenes, dürres Mädchen mit einem flachen, runden Gesicht. Die Haare hatte es unter einer weißen Haube verborgen. Die obere Zahnreihe stand ein wenig vor, was ihr einen leicht einfältigen Ausdruck verlieh. Das junge Mädchen wirkte ernst und ein wenig verschlossen. Angestrengt presste es die Lippen zusammen, ab und zu wiederholte es leise die Worte, die Geschen zu ihm sagte.

Sophia ließ die beiden allein und stieg hinauf in ihre Kammer. Sie war erschöpft und wollte sich ein wenig ausruhen. Frau Grovermann war ungehalten über ihr Fehlen gewesen und hatte ihr viel mehr Arbeit aufgetragen, als es sonst üblich war. Oft musste

sie die Leiter hinauf und hinab steigen, was ihrer Hüfte nicht gut-
tat. Erleichtert legte Sophia sich kurz auf ihr Bett. Magda würde
ihr sicher Bescheid sagen, wenn das Essen fertig war.

Als sie erwachte, war es bereits dunkel. „Eigenartig", dachte sie,
„sonst gibt es doch längst Essen um diese Zeit." Mit steifen Beinen
stieg sie hinab in die Küche, in Sorge, dass etwas passiert sei. Dort
stand Geschen am Herd, fleißig damit beschäftigt, ein Huhn in
Weinsauce zu kochen. Magda sah ihr dabei zu, reichte ihr dann
und wann einige Zutaten an und wiederholte murmelnd, was Geschen ihr erklärte.

Es duftete köstlich, aber Sophia sah sofort, dass sie wohl noch
ein wenig warten müsste, bis das Essen fertig sein würde. Es schien
doch seine Zeit zu brauchen, so ein junges Mädchen vernünftig an-
zulernen.

Um sich die Zeit zu vertreiben, setzte sie sich mit ihrer Jatte an
den Tisch und arbeitete konzentriert an dem Armband, welches sie
für die Gattin eines hohen Justizbeamten als Auftragsarbeit angenommen hatte. Die Geschäfte liefen gut für sie. In jedem Monat
konnte sie im Durchschnitt zwei Taler von ihrem Dazuverdienst
zurücklegen. Gedankenverloren arbeitete sie, bis Magda sie
schließlich an die Schulter tippte. „Es gibt gleich Essen, räumst du
deine Sachen weg? Sonst wird das schöne Armband noch dreckig."

Magda bediente sie an diesem Abend. Geschen hatte es sich so
ausgedacht. „Bevor ich Magda zu den Herrschaften lasse, kann sie
hier erst einmal ein wenig üben", erklärte sie Sophia, der das Ganze
ein wenig unangenehm war. Magda musste den Tisch für sie und
Geschen mit einem weißen Tischtuch bedecken. Zwei Leuchter
wurden darauf drapiert, dann deckte Magda das benötigte Porzel-
lan, Weingläser und Besteck auf. So fürstlich war Sophia noch
niemals zuvor bedient worden. Sie staunte nicht schlecht bei dem
Gedanken, dass die betuchten Herrschaften dort oben in der Beletage tagtäglich so vornehm tafelten. Geschen beobachtete jeden
Handgriff von Magda mit Argusaugen. Sie nickte zufrieden, nur

einmal klatschte sie energisch in die Hände. „Magda, du musst von rechts die Speisen aufgeben und die Getränke nachfüllen, ich habe dir das doch schon gesagt. Niemals darfst du vor dem Körper der Herrschaften hinweggreifen. Und denke dran, du musst auch jedes Mal hinterher einen Knicks machen, das gehört sich so." Magda nickte und sah Sophia um Verzeihung bittend an. Die aber konnte sich ein Lachen nicht verkneifen.

„Geschen, nun mach mal halblang!", sagte sie grinsend. „Ich bin doch nicht der Großherzog." Zu Magda gewandt sagte sie halblaut „Du machst das gut, Magda, lass dich von Geschen nur nicht zu sehr schurigeln."

Genüsslich trank sie schließlich eine Tasse Kaffee, die Magda ihr zum Abschluss des fürstlichen Mahles servierte. Sie sagte auch nicht Nein, als das junge Mädchen ihr ein wenig Gebäck dazustellte. Zufrieden rieb sie sich den Bauch, als Magda schließlich alles wieder abtrug, nicht ohne dabei ständig zu knicksen. „Geschen, Magda, ich habe noch niemals in meinem Leben so gut gespeist", sagte sie grinsend, „aber bitte lasst mich morgen wieder ganz einfach hier am Tisch sitzen, ohne das ganze Brimborium drumherum. Glaubt mir, dann schmeckt es mir besser."

38

Hamburg,
April und Mai 1800

In den kommenden Tagen gab es keine bösen Überraschungen mehr für Anton und Georg. Es bestand nicht die Gefahr, dass sie den Weg ohne Absicht verlassen würden. Viele Händler und

Kaufleute waren unterwegs, zu Fuß oder mit kleinen Pferdekarren. Auch einige Fuhrleute rumpelten mit ihren hochbeladenen, mit Planen bespannten Frachtwagen über den Weg. In Abständen von ungefähr einer halben Stunde Fußweg passierten Anton und Georg Weghäuser, die jeweils mit einem Wegegeldeinnehmer besetzt waren. Neben dessen Aufgabe, von den Fuhrleuten Wegegeld zu kassieren, war er zudem für die Reinigung und Ausbesserung der Wege zuständig, dennoch waren diese in keinem guten Zustand.

„Mit meinem Wagen, der von vier Pferden gezogen wird, transportiere ich durchschnittlich fünfzig bis sechzig Zentner Ladung. Für eine solche Last aber sind die Wege nicht ausgebaut. In der Regel sind sie lediglich mit querlaufenden Bohlen befestigt", erzählte ein Fuhrmann Anton an einem Abend im Wirtshaus. „Dann und wann sind es sogar nur unbefestigte Sandwege, die an einigen Stellen mit Geröll aufgeschüttet sind. Mehr als einmal bin ich schon nach heftigen Regengüssen im Matsch steckengeblieben."

Anton und Georg jedoch kamen auf diesem Weg gut voran. Abends hatten sie keine Schwierigkeiten, ein Wirtshaus zu finden, in dem sie die Nacht zubringen konnten. Viele dieser Herbergen waren direkt an der Straße zu finden, sie lebten von dem regen Handelsverkehr. Die Fuhrleute hatten ihre festen Wirtshäuser, in denen sie einkehrten, übernachteten und wo sie ihre Pferde versorgen konnten. Am Abend, wenn sie in ihren typischen blauen Leinenkitteln und schwarzen Lederhosen, den hohen Gamaschen und dem schwarzen Hut die verqualmten Gaststuben betraten, herrschte dort stets ein geschäftiges Treiben.

Anton und Georg verbrachten die Abendstunden zumeist mit Kartenspielen, zu denen sich immer einige Männer in geselliger Runde zusammenfanden. Aber auch in anderer Hinsicht schien man in diesen Gasthäusern gut für das Wohl der männlichen Gäste zu sorgen. Anton beobachtete nicht wenige Mägde, die, nachdem sie einen männlichen Besucher sehr zuvorkommend bedient hatten, nach einiger Zeit mit ihm hinter einer der Türen des Gasthauses verschwanden. Erst nach geraumer Zeit kehrten sie zurück, sich dabei noch schnell die Röcke oder die Haare richtend. Nach derlei Vergnügen stand Anton nicht der Sinn. Er war abends müde und zerschlagen von der langen Wanderroute und war froh, wenn er eine warme Mahlzeit und einen halbwegs gemütlichen Schlafplatz ergattern konnte.

Nach wenigen Wandertagen, die sie über Zeven, durch die Landschaft der Osteniederung nach Sittensen, vorbei am Jagdschloss Burgsittensen, über Heidenau, Hollenstedt und Appel führte, erreichten sie schließlich Harburg. Dort fanden sie einen Fährmann, der sie über die Elbarme setzte und in die stolze Hansestadt Hamburg brachte.

In dieser riesigen Stadt fand Anton eine Stellung bei dem zumeist unleidlichen Meister Anton Schleich. Mürrisch wies dieser ihn in die Arbeit ein. Einsilbig erklärte er ihm die Abläufe in der Werkstatt. Insgesamt erweckte er den Eindruck, als wolle er möglichst in Ruhe gelassen werden. Er betrieb seine Werkstatt am Großneumarkt, einem von mehrstöckigen Gebäuden umrahmten großen Platz. Die Frau des Meisters mochte wohl bald zwanzig Jahre älter sein als er. Sie und ihre beiden Töchter arbeiteten ebenfalls in der Werkstatt. Die Frau war ein verkniffenes Weib. Ihr erster Mann war einige Jahre zuvor gestorben. Nach seinem Tode konnte sie den alteingesessenen Betrieb für einige Zeit allein weiterführen, dann jedoch blieb ihr nur eine Wahl: Entweder musste sie einen Handwerker ihres Gewerkes heiraten oder, da sie keinen Sohn hatte, den Betrieb an einen anderen Meister übergeben. Sie hatte sich zu einer Heirat entschieden. Ihren weitaus jüngeren Mann hielt sie an der kurzen Leine. Stets nörgelte sie an ihm herum, erteilte ihm Aufträge oder begutachtete seine Arbeiten mit giftigen Worten. Schurigelte sie ihren Mann schon tagein, tagaus, so ließ sie auch kein gutes Haar an den Arbeiten der Gesellen und Lehrburschen.

Ihre beiden Töchter waren so unterschiedlich, wie man es sich nur vorstellen konnte. Die ältere, Elisabeth, ein langes und dürres Geschöpf, stolzierte zumeist hochnäsig durch die Werkstatt und kam mit ihrer schnippischen Art der Mutter schon sehr nahe. Die jüngere, Katharina, war dagegen ein kleines, molliges Mädchen, welches, stets wissbegierig, ihrem Stiefvater und den Gesellen über die Schulter lugte. Nie war sie sich zu schade, ein gutes Wort an die Arbeitenden zu richten. Manchmal, wenn ihre Mutter wieder allzu sehr herumzeterte, warf sie Anton einen verschwörerischen Blick zu, mit dem sie ihm versicherte, dass sie froh wäre, diese Schimpftiraden endlich nicht mehr ertragen zu müssen.

Georg hatte es besser getroffen. Er war in einer Konditorei am Gänsemarkt in Stellung gegangen. Hier wurden Köstlichkeiten gerade nach seinen Vorstellungen gefertigt. Sein Meister, ein gutmütiger Mann, ließ ihm viele Freiheiten bei der Arbeit. Stets war er zufrieden mit seinem Wanderburschen und er hatte nicht selten ein gutes Wort für ihn. Häufig brachte Georg am Abend leckeres Gebäck mit in die armselige Gesellenherberge in der Peterstraße, in der sie untergekommen waren.

Was war das für eine armselige Absteige im Gegensatz zu den Herbergen in Osnabrück und Bremen! Ihre Kammer war nicht mehr als ein dreckiges, dunkles Loch, in dem ein Dutzend Mann nächtigten. Der Boden war mehr schlecht als recht, mit Stroh ausgestreut und mit Heusäcken belegt. Fast wie die Viecher im Stall fühlten Anton und Georg sich. Es war nur ein Glück, dass es Frühling war, so konnten sie viel Zeit im Freien verbringen. Nicht auszudenken, wie es sich dort im Herbst und Winter leben mochte.

Waren Arbeit und Unterkunft auch so gar nicht in Antons Sinne, so faszinierte ihn doch die Stadt Hamburg. Gemeinsam mit Georg erkundete er an den Abenden oder am Sonntag die Viertel. Oft schlenderten sie zum Alsterhafen am Ende des Nikolaifleets. Dort, an der Trostbrücke, war das Herz der Stadt mit der Börse, der Waage und dem Rathaus. Sie besichtigten die zahlreichen Kirchen der Stadt, aber zu Antons und Georgs Leidwesen gab es auch in

Hamburg keine einzige katholische Gemeinde, an deren Gottesdienst sie hätten teilnehmen können.

Am letzten Sonntag im Mai spazierten die beiden durch das Brooktor und die dazugehörige Brücke auf den Grasbrook, eine sumpfige Insellandschaft in der Elbe, die hauptsächlich als Viehweide diente. Georg hatte in der Backstube von einem anderen Gesellen, dem August, gehört, dass die Bürgermeister der Hansestadt über Jahrhunderte hinweg Piraten am westlichen Ende des Grasbrooks hinrichten ließen. Aufgeregt hatte Georg abends im „Schwarzen Ochsen" davon berichtet. „Dieser Tod war die übliche Strafe für Überfälle auf die Koggen der wohlhabenden Hamburger Kaufleute. Zur Abschreckung für vorbeifahrende Seeleute spießten die Henker die abgeschlagenen Schädel der Piraten mit langen Nägeln auf ein Holzgestell. Über vierhundert Piraten sollten auf dem Grasbrook enthauptet worden sein. Lass uns doch am kommenden Sonntag dorthin wandern, ich möchte mir den Platz einmal anschauen."

So kam es, dass die beiden dort auf der sumpfigen Kuhweide standen und sich neugierig umschauten. Von einem Hinrichtungsplatz aber war nichts mehr zu sehen. Die Elbe floss friedlich vorüber und die Sonne schien ihnen freundlich auf den Kopf. Enttäuscht setzte Georg sich auf einen großen Findling.

„Gestern habe ich von August noch mehr Interessantes über die Piraterie erfahren", erzählte er. „Soll ich es dir berichten?" Als Anton interessiert nickte, fuhr Georg fort. „Um die Piraten zu bekämpfen, hatten sich viele norddeutsche Städte zusammengeschlossen. Zur Sicherung des Seehandels finanzierte auch die Stadt Hamburg den Kaufleuten zwei Schniggen, das sind einmastige Segelschiffe mit geringem Tiefgang. Da sie den großen Handelskoggen durch ihre Schnelligkeit und Wendigkeit überlegen waren, eigneten sie sich ideal zur Jagd auf Seeräuber. An Bord war samt Waffen jeweils eine Besatzung von ungefähr neunzig Mann, die ein Schiff zusätzlich zur Windkraft mit vierzig Riemen rudern konnten. Das eine der Schiffe, die ‚Bunte Kuh‘, wurde zudem begleitet von einer Flotte bewaffneter Kauffahrtschiffe." Georgs Augen blitzten bei der Erzählung dieses Abenteuers. „Sie waren auf der Jagd nach Klaus Störtebeker, einem berüchtigten Piraten, der ihnen schon mehrmals entwischt war. Schließlich haben sie ihn im April 1401 samt seiner Mannschaft und seinem Schiff, es hieß „Toller Hund", dingfest gemacht. Die Seeräuber wurden auf der ‚Bunten Kuh‘ nach Hamburg transportiert, wo Störtebeker und seine Männer ein halbes Jahr später hier auf dem Grasbrook enthauptet wurden."

Entsetzt starrte Anton seinen Freund an. „Es kommt noch besser", setzte Georg sogleich hinzu. „Vor seiner Hinrichtung soll Störtebeker mit dem damaligen Hamburger Bürgermeister einen Handel geschlossen haben. Der Henker sollte diejenigen Piraten verschonen, an denen Störtebeker nach seiner Enthauptung noch vorbeirennen konnte." Lachend schüttelte Georg den Kopf. „Störtebeker soll dann kopflos noch an elf Männern vorbeigelaufen sein, bis er tot zusammenbrach. Das Leben seiner Männer aber konnte er trotzdem nicht retten, der Bürgermeister hielt sein Wort nicht und ließ sie trotzdem köpfen." Georg schaute Anton an. „Ich weiß nicht, ob sich die Geschichte so zugetragen hat, aber spannend ist sie schon, oder?"

Anton nickte. „Ja, aber ich bin froh, dass die Zeiten sich geändert haben und es Piraten nur noch in Märchen gibt. Mir ist viel wohler, wenn ich friedlich über den Jungfernstieg und entlang der Alster spazieren kann, wo die feinen Herrschaften mit ihren herausgeputzten Töchtern promenieren."

39

Vechta,
Samstag, 24. Mai 1800

Erschöpft ließ Sophia sich auf die harten Polster der Kutsche fallen, die sie nach Ahlhorn bringen würde. In der ganzen letzten Woche vor Pfingsten war im Geschäft eine Menge zu tun gewesen. Die aktuellen Frühjahrsstoffe wurden von den betuchten Damen der Oldenburger Gesellschaft gern gekauft. Nicht bis um sieben Uhr am Abend, wie sonst, sondern bis um acht Uhr hatte sie während der letzten Tage in der Ellenwarenhandlung arbeiten müssen. Nur deshalb hatte sie die Witwe Grovermann überreden können, am heutigen Samstag, eine Woche vor Pfingsten, schon um ein Uhr mittags die Kutsche nach Ahlhorn nehmen zu dürfen. „Was für ein Glück, dass Frau Grovermann mir auch am Montag frei gegeben hat, sonst hätte sich die Reise nach Vechta kaum gelohnt", dachte Sophia, als die Kutsche bereits über den äußeren Damm in Richtung Osten rumpelte.

Sophia rechnete kurz nach. Die Meilen bis nach Ahlhorn würde die Kutsche in gut vier Stunden zurücklegen. Laut Plan wäre sie um halb sechs dort an der Poststation. Frau Hesselmann, ihre frühere Arbeitgeberin aus Vechta, hatte ihr geschrieben, dass ein Knecht an dem Abend Holzfässer für sie von Ahlhorn nach Vechta liefern würde. Er würde sie um sechs Uhr die drei Meilen nach Vechta mitnehmen können. Das war ein ausgesprochenes Glück für Sophia, ansonsten hätte sie eine Nacht in Ahlhorn zubringen müssen.

Als Sophia schließlich am Abend neben dem alten Kutscher, der tatsächlich in Ahlhorn an der Poststation auf sie gewartet hatte, durch die Große Straße in Vechta fuhr, herrschte zu ihrem Erstaunen in allen Gassen ein fröhliches Treiben. Der Kutscher setzte sie vor dem Haus der Hesselmanns ab. „Ich muss mich mit dem Abladen der Fässer beeilen, mien Deern. Ich will heute Abend doch noch feiern", sagte er gut gelaunt.

Frau Hesselmann empfing sie mit offenen Armen. „Sophia, wie schön, dich einmal wiederzusehen! Wie lange ist es schon her, dass du zuletzt in Vechta warst? Acht Monate sind doch sicher seitdem vergangen. Gut siehst du aus, Kind. Setz dich zu mir, ich habe mit dem Abendbrot auf dich gewartet. Nach dem Essen bummeln wir gemeinsam durch die Stadt, was meinst du dazu? Hier in Vechta ist heute die Pfingstlage. Eine Woche vor Pfingsten treffen sich alle Nachbarschaften zur Rechnungsablage. In Vechta gibt es fünf Pfingsten, also fünf Nachbarschaften. Die Bürger von Vechta sitzen derzeit zusammen und rechnen alles schön ab, zum Beispiel welche Ausgaben sie für Beerdigungen oder Hochzeiten hatten. Sobald sie damit fertig sind, gibt es Musik und Tanz in allen Gassen."

Es war bereits nach neun Uhr, als Sophia ihren Korb in die kleine Dachkammer brachte, die Frau Hesselmann für sie bereitgestellt hatte. Eilig zog sie sich um und kämmte ihr Haar, bis es ihr in sanften Wellen über die Schulter fiel. Tanzen, das wollte sie heute Abend. Morgen würde sie noch reichlich Zeit haben, Hermann zu besuchen.

Weit war der Weg nicht bis zum Marktplatz. Die Sonne war längst untergegangen, aber ein rosaroter Abendhimmel färbte den Horizont im Westen noch leuchtend. „Die Engel backen Kuchen", hatte ihre Mutter immer gesagt, wenn Sophia sich über einen so herrlich rosaroten Himmel gefreut hatte.

Schon von weitem konnten die beiden Frauen das rege Treiben auf dem Marktplatz sehen. Zu ihrer großen Freude stieß Sophia sofort auf Anna Linnemann, die Krug um Krug aus Melchers Gaststätte hinausschleppte. „Sophia, wie lange habe ich dich nicht gesehen?", begrüßte sie ihre ehemalige Nachbarin freudestrahlend. „Bist du zu Besuch hier oder kommst du zurück nach Vechta?" Sophia schilderte ihr kurz den Anlass ihres Besuches. Anna nickte betrübt. „Es ist gut, dass du mal nach Hermann schauen willst. Es ist traurig, mit ihm geht's bergab. Ich fürchte, du kannst da auch nichts mehr ausrichten." Aufmunternd nickte sie Sophia zu. „Ich muss jetzt weitermachen, Sophia. Du siehst ja, es ist ordentlich was los." Schnell lief sie zurück in die Gaststube, um weitere Krüge zu holen.

Im Gedränge hatte Sophia Frau Hesselmann aus den Augen verloren. Allein ging sie zu Hermanns Werkstatt hinüber. Dunkel lag das Haus dort im Schatten der Linde. Hinter den Scheiben war kein Lichtschein zu sehen. Sie drückte die Klinke zur Werkstatt hinunter, aber es war abgeschlossen. „Vielleicht ist Hermann müde und hat sich schon schlafen gelegt", mutmaßte Sophia. „Vermutlich liegt ihm nichts an diesem Fest, er ist sicher noch wegen Anna in Trauer."

Allein schlenderte Sophia durch die Gassen der Stadt. Erstaunt beobachtete sie die lustige Geselligkeit, die sich an diesem milden Frühlingsabend überall abspielte. Auf den Straßen wurde gegessen und getrunken, jeder hatte etwas mitgebracht. Die Alten saßen auf den Bänken, die vielerorts vor den Häusern standen und plauderten gemütlich miteinander. Sophia bog in die Kronenstraße ein. Dort war auf einem kleinen Platz hoch in der Luft ein mit Blumen geschmückter Pfingstkranz aufgehängt worden. Jung und Alt hatte sich unter diesem Kranz zusammengefunden, um dort zu singen und zu tanzen. Die Menschen bildeten einen Kreis, fassten sich an den Händen und stimmten dazu verschiedene Reigen an. „Ein Bauer fuhr ins Holz" oder „Peter zieht den Blaurock an", Lieder, die Sophia nicht kannte, klangen ausgelassen durch die Gassen. Alle amüsierten sich prächtig. Plötzlich tippte ihr jemand von hinten auf die Schulter. Erschrocken drehte sie sich um. Margaretha und Heinrich Fortmann standen, einen Krug Bier in der Hand, grinsend vor ihr. „Sophia, wir hatten ja keine Ahnung, dass du in Vechta bist", rief Margaretha laut, damit Sophia sie verstehen konnte. „Ist Anton auch hier?" Sophia schüttelte traurig den Kopf. „Soviel ich weiß, ist er inzwischen in Hamburg." Es war unmöglich, sich in dem Lärm noch weiter zu unterhalten, so sahen sie dem Treiben eine Weile zu. Mit einem Mal fasste Heinrich Margaretha und Sophia an die Hand und zog sie übermütig in den Kreis. Zunächst sträubte Sophia sich, bei diesem ausgelassenen Spektakel mitzumachen, bald aber vergaß sie all die Sorgen um Hermann und die Gedanken an Anton, den sie so vermisste. Fröhlich hakte sie sich bei den Tanzenden unter und drehte sich mit ihnen, bis ihr schwindelig wurde.

Das ausgelassene Treiben wäre vermutlich noch bis zum Morgengrauen fortgeführt worden, wenn nicht um Mitternacht der Nachtwächter seine Runde durch die Stadt gedreht hätte. Der arme Mann hatte alle Hände voll damit zu tun, für Ruhe und Ordnung zu sorgen. Unerbittlich forderte er die Bewohner auf, ihre Siebensachen zu packen und in den Häusern zu verschwinden. Heinrich und Margaretha begleiteten Sophia zum Haus der Hesselmanns an der Kirchstraße. „Versprich uns, morgen Nachmittag zum Kaffee zu kommen", sagte Margaretha zum Abschied zu ihr. „Wir haben uns sicher viel zu erzählen."

Am folgenden Vormittag jedoch saß Sophia zunächst mit den Hesselmanns am Frühstückstisch. Eifrig berichteten die beiden ihr von der Schnapsbrennerei, die sie seit einem Dreivierteljahr an der Kirchstraße betrieben. „Es ist viel Arbeit, Sophia, noch mehr als zuvor in der Rathausgaststätte, aber es lohnt sich. Wir machen einen guten Umsatz." Stirnrunzelnd sah Frau Hesselmann zu Sophia hinüber. „Du bist wegen Hermann Wagener hier, oder?", fragte sie besorgt. „Ich hoffe, er lässt dich überhaupt rein. Seine Werkstatt öffnet er nur noch gelegentlich, viele Kunden kann er nicht mehr haben. Er hat sich völlig zurückgezogen. Ich vermute, er trinkt mehr, als gut für ihn ist. Vor zwei Wochen habe ich ihn einmal auf dem Friedhof an Annas Grab getroffen, da hat er kein Wort zu mir gesagt."

Schweren Herzens machte Sophia sich schließlich auf den

kurzen Weg zu Hermann. Laut klopfte sie an die Werkstatttür, aber niemand öffnete ihr. So schnell aber wollte sie nicht aufgeben. Sie klopfte sich fast die Finger wund und rief seinen Namen, so laut sie konnte. Schließlich hörte sie von drinnen schlurfende Schritte. Kurz darauf drehte sich der Schlüssel im Türschloss. Trotz aller Vorwarnungen erschrak Sophia heftig beim Anblick von Hermann. Tiefe Schatten lagen unter seinen verquollenen Augen. Offensichtlich hatte er sich seit Wochen nicht rasiert, ein struppiger Bart spross auf seinen Wangen. Die Haare hingen ihm zottelig von seinem Kopf, wirr und verknotet, sicher hatte er sich lange nicht mehr gekämmt. Ein zaghaftes Lächeln huschte über Hermanns Wangen, als er Sophia erkannte. Mit einer müden Handbewegung ließ er sie ein und deutete ihr mit dem Kopf an, in die Küche zu gehen. Dort herrschte ein heilloses Durcheinander. Dreckiges Geschirr, schimmelige Speisereste und nicht wenige leere Schnapsflaschen standen dort herum.

„Laot us leiwer inne Staomd gaohn", sagte Hermann heiser und öffnete die Tür zur Stube. Sophia fuhr ein Stich ins Herz, als sie dort die Wiege erblickte, die für den Nachwuchs bestimmt gewesen war. Ein Kissen, bestickt mit kleinen Blüten, lag in der Wiege. Sophia erkannte, dass es aus dem Stoff genäht war, den sie Anna zu Weihnachten geschickt hatte. Wie ein Häufchen Elend setzte Hermann sich auf den Stuhl neben der Wiege, Sophia nahm ihm gegenüber Platz.

„Hermann, es tut mir so leid, was passiert ist", begann Sophia leise das Gespräch. „Es ist sicher nicht einfach für dich, hier weiterzumachen. Bekommst du denn genug zu essen?" Hermann nickte kaum merklich, Sophia jedoch glaubte ihm nicht. „Mir scheint es nicht so, du bist ja ganz mager geworden. Gibt es denn niemanden, der sich um dich kümmern kann? Vielleicht kannst du ja mittags zu den Melchers rübergehen, die kochen doch sowieso immer. Soll ich dort einmal deswegen nachfragen?" Hermann hob die Schultern und ließ sie sogleich kraftlos wieder fallen.

Ratlos sah Sophia sich um. Hier in der Wohnstube sah es noch ganz ordentlich aus, sie erschien vollkommen unbewohnt. Aber überall lag eine dicke Staubschicht. „Hermann, du darfst deine Arbeit nicht vernachlässigen, sonst hast du bald keine Kunden mehr. Wovon willst du dann leben?", fragte sie besorgt. Wiederum hob Hermann die Schultern und ließ sie wieder sinken.

„Weißt du was, Hermann, ich räume hier jetzt einmal gründlich auf und dann gehe ich zu den Melchers und hole ein Mittagessen für uns. Ich frage Anna Linnemann dann mal, ob sie dir nicht mittags einen Teller voll Essen rüberbringen kann. Was sagst du dazu?"

Da Hermann nicht antwortete, machte sie sich an die Arbeit. Als die Mittagsglocken von der Georgskirche herüberdröhnten, hatte Sophia die Küche und die Werkstatt einigermaßen gesäubert. Acht Schnapsflaschen hatte sie zusammengesammelt. Stirnrunzelnd zeigte sie Hermann die leeren Flaschen. „Hermann, du trinkst zu viel harten Alkohol. So viel Branntwein ist nicht gut. Versprich mir, dass du das sein lässt." Hermann reagierte nicht auf ihre Worte. „Tu es für Anna, bitte, sie hätte es nicht gewollt", versuchte Sophia es erneut. „Anna läwt nich mehr", sagte Hermann mit leiser, rauer Stimme, „dei kann nicks mehr wullen."

Bekümmert ging Sophia nach nebenan zu den Melchers. In der Küche neben der verräucherten Gaststube traf sie Henrich und Maria Melchers an, dazu deren Sohn Franz sowie Friedrich und Anna Linnemann. Sie saßen am Tisch und löffelten einen Erbsen-Eintopf. Die alte Maria Melchers winkte Sophia zu sich heran und bot ihr einen Platz an. Sophia aber schüttelte den Kopf. Sie berichtete von ihrem Besuch bei Hermann, dann bat sie die Alte darum, ihr ein wenig von dem Eintopf für Hermann und sie selbst zu geben. „Kannst du vielleicht auch dafür sorgen, dass Hermann mittags was zu essen bekommt?", fragte Sophia die Alte.

„Wenn er zahlen kann, dann will ich das wohl machen",

brummte Maria Melchers, „aber umsonst bekommt er nix, soviel haben wir auch nicht." Mühsam stand sie auf, holte einen kleinen Blechtopf aus einem Regal und füllte Sophia zwei Portionen ab. „Danke, Maria, ich werde mit ihm reden. Vielleicht hat er ja Geld im Haus, damit ich dir einen Vorschuss geben kann. Verkauft ihm aber bitte keinen Schnaps, davon trinkt er im Moment viel zu viel." Maria Melchers nickte, brummelte noch etwas vor sich hin und drückte Sophia dann den Topf in die Hand.

Zurück in Hermanns Küche füllte Sophia Hermann einen Teller und schob ihn über den Tisch zu ihm hin. Als ihm der Duft in die Nase stieg, lächelte er kurz und begann tatsächlich zu essen. Selbst einen zweiten Teller löffelte er leer, dann lehnte er sich zurück, die Augen geschlossen. „Hermann, Maria Melchers will wohl mittags für dich kochen. Natürlich will sie aber Geld dafür haben. Hast du was im Haus, damit ich ihr einen Vorschuss geben kann?" Kaum merklich schüttelte Hermann den Kopf, dann murmelte er etwas vor sich hin. „Ick har inne vergaohne Tied meistied kiene Kunnen", verstand Sophia. „Du hattest aber doch früher immer einige Silbervorräte im Haus, ist davon noch was da? Das würde Maria sicher auch nehmen." Hermann schien kurz zu überlegen, dann nickte er, erhob sich und schlurfte aus der Küche. Sophia hörte, wie er die Treppe hinaufstieg, dann rumorte es oben aus seiner Schlafkammer. „Wie mag es dort oben wohl aussehen?", dachte Sophia verzagt. „Bestimmt herrscht dort auch ein ordentliches Durcheinander. Aber ich kann ihn doch nicht bitten, mich in seine Schlafkammer zu lassen, das gehört sich nicht."

Schließlich kam Hermann zurück. Er drückte ihr einige Silberbröckchen in die Hand. „Dat gellen üm annerthalw Taler", sagte er, „dorvan kann Mia woll ´n poor Wäken för mi kaoken."

Erleichtert steckte Sophia das Geld in ihre Rocktasche. „Hermann, leg du dich am besten für einen Mittagsschlaf ins Bett. Du siehst müde aus. Ich spüle hier noch ab, dann gehe ich zu Maria und gebe ihr das Geld. Heute Nachmittag bin ich bei den

Fortmanns eingeladen, wir sehen uns also nicht mehr vor meiner Abfahrt." Besorgt sah sie Hermann an. „Versprichst du mir, nicht mehr so viel zu trinken und regelmäßig zu arbeiten? Bitte, Hermann, wenn schon nicht für Anna, dann tu es für dich selbst." Hermann aber sagte nichts darauf. Er wich ihrem Blick aus und sah stumm zu Boden.

Traurig ging Sophia zu den Melchers hinüber, den kleinen Blechtopf hielt sie in den Händen. Kurz berichtete sie Maria, Henrich und Franz von ihrem Besuch und legte die Silberbröckchen auf den Tisch. „Eineinhalb Taler sind sie wert, Maria. Dafür kannst du doch eine Weile für Hermann kochen, oder? Sicher fängt er sich bald wieder, wenn er nur regelmäßig zu essen bekommt." Maria seufzte tief und sah Sophia zweifelnd an. „Das will ich machen", sagte sie. „Ehrlich gesagt habe ich aber wenig Hoffnung, dass es so kommen wird."

Auf dem Weg zu den Fortmanns, die ihre Leineweberwerkstatt am Klingenhagen führten, traf Sophia auf Dr. Jacobi, der ein prächtiges Anwesen an der Ecke zur Mühlenstraße bewohnte. Er schnitt gerade einige Pfingstrosen, die in voller Blüte in seinem Vorgarten wuchsen. Sophia grüßte den alten Herrn freundlich, kaum rechnete sie damit, dass er sie wiedererkennen würde.

„Ach, Fräulein Mohr", rief er ihr jedoch freundlich zu, „schön, Sie zu treffen. Es ist so lange her, dass ich Sie zuletzt gesehen habe. Was führt Sie denn nun wieder in unsere Stadt?" Mit wenigen Worten erklärte sie dem Doktor den Grund für ihren Aufenthalt. „Es ist tatsächlich ein Trauerspiel. Die Frau Wagener war so eine freundliche und tüchtige Frau. Sie musste am Ende so leiden". Er nickte mitleidig. „Es ist sehr fürsorglich von Ihnen, dass Sie sich um Hermann Wagener kümmern, ich fürchte nur, aus der Ferne werden Sie wenig ausrichten könne. Wo, sagten Sie nochmal, leben Sie jetzt? Ach, in Oldenburg, so, so." Nachdenklich legte er die Stirn in Falten.

„Ich könnte Ihnen den Vorschlag machen, für mich zu arbeiten, vielmehr für meine Frau. Sie ist dann und wann leidend, mal mehr, mal weniger. Ich suche nach einer Gesellschafterin für sie. Verstehen Sie mich nicht falsch, keine Pflegerin, dafür ist sie noch rüstig genug. Ab und zu braucht sie Hilfe beim An- und Auskleiden und beim Frisieren. Vor allem aber benötigt sie Unterhaltung, jemanden, der ihr vorliest oder mit ihr handarbeitet, wenn sie sich nicht so recht wohlfühlt. Eine Begleitung auf Spaziergängen wäre ebenfalls eine Hilfe für sie. Was meinen Sie, Fräulein Mohr, wäre das keine Aufgabe für Sie? Ich würde Ihnen zwar keinen Lohn zahlen, natürlich, aber Kost und Logis. Vormittags hätten sie frei, wir würden Ihre Hilfe nur nachmittags und dann und wann an den Abenden benötigen."

Sophia schüttelte bedauernd den Kopf. „Vielen Dank, Dr. Jacobi, das ist sicher ein freundliches Angebot, aber ich habe eine Stellung in Oldenburg. Dorthin werde ich morgen zurückkehren." Der Arzt nickte ein wenig betrübt. „Schade, Fräulein Mohr, sie wären sicher gut mit meiner Gattin zurechtgekommen. Sollte es Sie doch wieder nach Vechta zurückziehen, dann kommen Sie ruhig auf mich zurück." Er lüftete seinen Hut, lächelte sie noch einmal an und wendete sich wieder den Pfingstrosen zu.

Nachdenklich legte Sophia den restlichen Weg zu Margaretha und Heinrich Fortmann zurück. Schlecht war das Angebot von Dr. Jacobi sicherlich nicht. Als Gesellschafterin musste man vermutlich nicht sehr hart arbeiten, eher plaudern, spazieren gehen und handarbeiten. Aber was sollte sie wieder in Vechta? Sie hatte eine gute Arbeit in Oldenburg.

Kaum saßen sie in der kleinen Stube am Kaffeetisch, erkundigten sich die Fortmanns interessiert nach Sophias Alltag in Oldenburg. „Mit schönen Stoffen hast du zu tun", sagte Margaretha und seufzte verhalten. „Hast du gehört, Heinrich, Samt und Brokatstoffe verkauft Sophia, da kann unsere einfache Webware nicht mithalten." „Natürlich", entgegnete Sophia, „verschiedene Stoffe sind für verschiedene Gelegenheiten gut. Mit Sicherheit würde sich keine Dame der feinen Gesellschaft ein Ballkleid aus eurem Leinenstoff anfertigen lassen, aber für Alltagskleider, Bett- oder Tischwäsche und Hemden eignet der sich wiederum viel besser. Ich hoffe doch, eure Weberei läuft gut?" „Wir haben im März einen sechsten Webstuhl angeschafft", berichtete Heinrich stolz. „Ich beschäftige inzwischen drei Weber und Margaretha hilft auch in der Werkstatt mit. Am sechsten Webstuhl arbeitet der Fritz von nebenan. Der ist schon zwölf Jahre alt und beherrscht die Arbeit inzwischen fast so schnell wie Margaretha. „Dann ist Fritz aber noch ziemlich jung für so harte Arbeit", bemerkte Sophia bestürzt. „Da hast du recht", bestätigte Margaretha, „aber Fritz arbeitet nur an den Nachmittagen bei uns. Morgens geht er zur Schule. In zwei Jahren wird er als Lehrbursche bei uns anfangen. Seine Eltern sind krank, die brauchen das Geld von Fritz, sonst kriegen sie die fünf anderen Kinder nicht satt." Sophia verstand, solche Geschichten gab es zuhauf.

Nachdem sie Heinrich und Margaretha mehrfach versichert hatte, Anton in ihrem nächsten Brief herzlich zu grüßen, nahm sie den beiden noch das Versprechen ab, dann und wann nach Hermann zu sehen. „Mach dir aber nicht zu viel Hoffnung, Sophia", sagte Margaretha zum Abschied. „Hermann bräuchte jemanden, der täglich bei ihm im Haus ist und sich kümmert. Eine neue Frau wäre gut für ihn, aber wo soll er die hernehmen, wenn er gar nicht mehr unter die Leute geht?"

40

Hamburg,
Sonntag, 22. Juni 1800

Auf einem ihrer Sonntagsspaziergänge entdeckten Anton und Georg an der Binnenalster eine Badeanstalt. An dem herrlich sonnigen Tag war dort bereits viel Volk versammelt, schon von weitem hörte man das Planschen und Johlen. Sehnsüchtig blickte Georg zu den Badenden hinüber. „Ich möchte so gern einmal wieder schwimmen gehen, das habe ich seit zwei Jahren nicht mehr gemacht. Anton, lass uns am nächsten Sonntag hierhergehen. Sicher wird es dir auch gefallen." Anton schaute zweifelnd. „Ich kann nicht schwimmen", sagte er kleinlaut, Georg aber winkte entschieden ab. „Das bringe ich dir schnell bei, keine Angst", entgegnete er, und so war es abgemacht. Tatsächlich brachte Georg Anton mit viel Geduld das Schwimmen bei. Er selbst hatte diese Fertigkeit schon als Kind in der Donau, die durch seine Heimatstadt Ulm floss, erlernt. Zunächst scheute Anton das kühle Nass. Er hasste es, wenn er wieder einmal schnaufend und prustend aus dem trüben Wasser auftauchte, weil er bei einem missglückten Schwimmversuch zu viel Wasser geschluckt hatte. Georg aber spornte ihn an, immer und immer wieder die Schwimmzüge zu probieren, die er ihm vorgemacht hatte. So wurde Anton immer sicherer, und schon bald war er ein recht passabler Schwimmer geworden.

Bald hatten die beiden es sich zur Gewohnheit gemacht, im Anschluss an ihre Badeausflüge das „Sans Soucis", eine Schenke mit angeschlossenem Biergarten, zu besuchen. Hier traf sich bei schönem Wetter die Hamburger Bevölkerung, um sich bei diversen Vorführungen die Zeit zu vertreiben. Die Gäste saßen im lichten Schatten der Linden an Tischen um eine Bühne herum und verfolgten die stets wechselnden Darbietungen. Anton liebte es, wenn er nach dem Bad, hungrig wie ein Wolf, ein großes Stück Kuchen verspeisen und danach bei einem kühlen Bier den Balletttänzerinnen in ihren spitzenbesetzten Kleidern oder den gelenkigen Akrobaten zusehen konnte.

Besonders hatte es ihm ein Feuerspucker, Herr Alphonso, angetan, der häufig im „Sans Soucis" auftrat. Anton verfolgte dessen Darbietungen jedes Mal mit angehaltenem Atem. Herr Alphonso trug weite, bunte Pluderhosen, einen breiten, goldbestickten Gürtel und ein enges, buntes Hemd ohne Ärmel. Seine Augen hatte er schwarz bemalt, in die langen Haare hatte er Bänder geflochten, und in den Ohren trug er große, goldfarbene Ringe. Es schauderte Anton, wenn Herr Alphonso die Fackeln an den nackten Armen entlangführte, sah er doch den armen Kerl schon lichterloh brennen. Es schmerzte ihn in der Kehle, wenn der Mann eine geheimnisvolle Flüssigkeit aus einer Flasche in den Mund nahm, den Kopf in den Nacken legte, um sodann mit einem Schwall einen gewaltigen Feuerstoß über das Publikum hinweg zu spucken. Oft malte Anton sich aus, was für ein abenteuerliches Leben es sein musste, mit einem kleinen bunten Wägelchen von Stadt zu Stadt zu reisen, um an immer wieder neuen Orten seine Künste darzubieten.

Anton und Georg waren längst Stammgäste im „Sans Soucis" geworden, als an einem Nachmittag zwei junge Männer ein wenig hölzern und ungelenk mit ihren Instrumenten die Bühne erklommen. Georg und Anton hatten sie zuvor noch niemals gesehen, dennoch schienen sie vielen Menschen im Publikum bekannt zu sein. Hier und da klatschten einige und begrüßten die Musiker mit anfeuernden Rufen. Nachdem die ihre Instrumente, der eine die Geige, der andere ein Cello, gestimmt hatten, begannen sie mit ihrem Spiel. Zunächst waren noch Stimmen und Gejohle im Publikum zu vernehmen, aber schon bald folgten die Menschen gebannt dem Vortrag. Das virtuose Spiel der beiden ließ keinen unberührt.

Irgendetwas kam Anton an den Männern bekannt vor, er konnte diese vage Erkenntnis jedoch nicht fassen. Wo hatte er sie nur schon einmal gesehen? Noch während er darüber nachgrübelte, sah er plötzlich bei einem der beiden einen Siegelring am rechten Ringfinger in der Abendsonne aufleuchten. Blitzartig kam ihm die Erinnerung. Die beiden Männer, die dort auf der Bühne das Publikum so meisterhaft unterhielten, mussten die Vettern Romberg sein. Stürmischer Beifall brandete auf, nachdem die beiden geendet hatten. Aufgeregt erzählte Anton Georg von seinem Besuch bei den Rombergs, damals, als er noch Lehrbursche in Münster war. „Mein Lehrmeister, von Mönster, hat die Siegelringe angefertigt, die die beiden tragen. Ich habe sie ihnen damals nach Hause gebracht." Nach kurzem Zaudern, die Musiker standen bereits an der Theke und genossen ein kühles Bier, fasste Anton den Entschluss, mit Georg im Schlepptau zu den beiden zu gehen und sich ihnen vorzustellen.

„Wir haben bisher viel Freude an unseren Ringen gehabt, sie haben uns bereits auf unsere Konzertreisen nach Rom und Wien begleitet", berichtete Andreas Romberg, der ältere der beiden Vettern, nachdem Anton sich vorgestellt hatte. „Niemals ist etwas kaputtgegangen, sie sind wahrlich gut gearbeitet. Bist du noch immer in Münster als Goldschmied tätig?" „Nein, ich bin längst unterwegs auf meiner Gesellenwanderung. Über Osnabrück, Vechta und Bremen bin ich nun hier in Hamburg gelandet", erklärte Anton. Dankend nahm er das Bier entgegen, das Bernhard Romberg ihm reichte. „Ach sieh einer an, nach Vechta hat es dich zwischenzeitlich verschlagen", gab Andreas Romberg amüsiert zurück. „Ob du es glaubst oder nicht, dort bin ich geboren worden. Mein Vater hat seinerzeit als Militärmusiker dort auf der Zitadelle gedient." Launig prostete er Anton zu. „Kurz nach meiner Geburt sind meine Eltern dann aber nach Münster gezogen, ich denke, das war ein Glück für mich." Ein weiteres Bier wurde den Brüdern serviert. Anton beobachtete amüsiert, wie die Töchter des Kaffeehausbesitzers, Catharina und Magdalena Ramcke, es sich nicht nehmen ließen, den Musikern das Getränk persönlich zu reichen. Einen koketten Augenaufschlag gaben sie gerne dazu. So verabschiedete Anton sich nach einer kurzen Plauderei, wollte er doch dem Techtelmechtel nicht im Wege stehen.

An jenem Abend gingen Anton und Georg noch lange nicht zurück in ihre schäbige Herberge. Nach Sonnenuntergang wurde im „Sans Soucis" zur Belustigung des Volkes ein prächtiges Feuerwerk abgebrannt. Als die farbensprühenden, funkelnden Glitzerfäden auf ihn niederregneten, sog Anton tief die Abendluft ein. Schon lange hatte er nicht mehr an Sophia gedacht, plötzlich aber war sie ihm so nah. Er sah ihre funkelnden, grünen Augen, ihre lockigen Haare und ihr liebevolles Lächeln vor sich und ihn überkam bei dem Gedanken an sie ein glückseliges Gefühl. „Es ist schon so viel Zeit seit meinem Abschied von Sophia vergangen, dennoch muss ich immer wieder an sie denken. Habe ich sie vielleicht doch zu leichtsinnig verlassen? Hätte ich mein Glück beim Schopf packen und sie fragen sollen, ob sie auf mich warten will? Seit ich in Hamburg bin, habe ich ihr noch nicht geschrieben, sie hat ja nicht einmal meine Adresse", grübelte er. Fest nahm er sich vor, ihr gleich am nächsten Tag einen Brief zu schreiben. Mehr aber als Geburtstagswünsche und liebe Worte würde er ihr darin nicht schreiben können. Er hatte noch nicht einmal die halbe Zeit seiner Wanderschaft hinter sich gebracht, da war es noch immer viel zu früh, über eine feste Bindung nachzudenken.

41

Oldenburg,
Montag, 23. Juni 1800

Pünktlich um acht Uhr am Morgen des 23. Juni betrat Sophia die Ellenwarenhandlung der Frau Grovermann. Anstatt der gewohnten peniblen Ordnung und Sauberkeit erwartete sie jedoch ein heilloses Durcheinander. Schubläden waren aus dem Schrank gerissen worden, Knöpfe, Nähgarne, Nadeln und Klammern lagen wild verstreut auf dem Boden herum. Jemand hatte die sonst so sorgfältig gestapelten Stoffe achtlos aus den Regalen gezogen und in unordentlichen Haufen im Raum verteilt. Ein Schrank war umgestürzt und lag quer im Raum. Die Tür zum Hinterzimmer stand speerangelweit auf. Mathilda Grovermann stand dort mit einem älteren Mann vor dem Fenster zum Hof. Die beiden waren so sehr in ein Gespräch vertieft, dass sie Sophia noch gar nicht bemerkt hatten.

„Den Rahmenkann ich nicht mehr reparieren", verstand Sophia, „der ist mit roher Gewalt eingeschlagen worden. Bis das neue Fenster fertig ist, kann ich dieses hier notdürftig richten." Mathilda Grovermann nickte betrübt. „Da kann man nichts machen. Sieh bloß zu, dass du schnell damit fertig wirst, damit ich hier alles wieder gut zuschließen kann."

„Guten Morgen, Frau Grovermann", sagte Sophia aufgeregt. „Was ist denn hier passiert?" Die Frau wendete sich ihr zu. „Ach, Fräulein Mohr, es ist furchtbar, hier wurde heute Nacht eingebrochen. Der Dieb ist über den Hof gekommen, hat dann mit Gewalt das Fenster eingeschlagen und ist so in das Hinterzimmer gelangt. Meine Mutter und ich haben ein Stockwerk darüber geschlafen, aber wir haben nichts von alldem bemerkt. Erst als ich heute Morgen herunterkam, habe ich die Bescherung entdeckt. Die Polizei war schon da. Jetzt ist der Tischler hier, um den Schaden am Fenster zu beheben. Viel Beute hat der Dieb, Gott sei Dank, nicht gemacht. Er hat die Schublade aufgebrochen, in der ich einige Taler und etwas Silber verwahrt habe, zudem hat er einige Werkzeuge mitgehen lassen, aber nichts, was Unsummen gekostet hätte." Frau Grovermann lächelte ein wenig schief. „Gott sei Dank bewahren wir unsere Wertgegenstände nicht hier unten auf. Der Eindringling hat zwar nach weiteren Wertsachen gesucht, aber vergeblich. Das Schlimmste ist im Grunde, dass er alles zerwühlt und durcheinandergeworfen hat. Meine Mutter hat sich so aufgeregt, dass sie sich hinlegen musste. Wir beiden werden eine Menge Arbeit haben, hier wieder Ordnung zu schaffen."

„Hat man den Dieb schon gefasst?", fragte Sophia verdattert. „Nein, noch nicht. Viel Hoffnung, dass man ihn finden wird, gibt es auch nicht. Die Polizei hat zwar vor dem Fenster Fußspuren gefunden, aber leider noch nicht die passenden Schuhe dazu." Die Ellenwarenhandlung blieb an diesem Tag geschlossen. Sophia und Mathilda Grovermann hatten alle Hände voll zu tun, wieder Ordnung im Geschäft herzustellen.

Als Sophia Geschen am Abend von dem Einbruch erzählte, schlug die alte Frau entsetzt die Hände vor den Mund.

„Gott bewahre, Sophia!", rief sie, „ein Einbruch, wie furchtbar!" Sie konnte sich auch kaum wieder beruhigen, als Sophia ihr berichtete, dass der Schaden recht gering geblieben war.

„Dennoch Sophia, ein Einbruch ist etwas Furchtbares. Ich habe seit meinen jungen Jahren Angst davor. Du musst wissen, vor ungefähr fünfzig Jahren, ich war damals noch eine junge Frau, so etwa Mitte zwanzig, da hielt eine Diebesbande unsere Stadt in Atem. Es verging kaum eine Woche, ach, was sage ich, kaum ein Tag, an dem nicht ein Haus hier in der Stadt von einem Diebstahl heimgesucht wurde. Du kannst es dir nicht vorstellen, es wurde alles gestohlen, was nicht niet- und nagelfest war. Lebensmittel wurden entwendet, Weinkeller geplündert, sogar der Rathauskeller wurde ausgeraubt. Silber, Leinenzeug, Schmuck, Vieh oder Haushaltsgeräte wurden gestohlen." Nervös zupfte Geschen an einer Haarsträhne. „Der Haushalt der Herbarts wurde auch nicht verschont. Als ich eines Morgens im Winter zu den Herrschaften hochging, um dort einzudecken, war das gesamte Silberbesteck und das silberne Teeservice verschwunden. Nichts davon ist wieder aufgetaucht." Bei der Erinnerung daran rieb Geschen sich aufgeregt die Hände.

Magda hatte sich derweil zu ihnen an den Tisch gesetzt, sie wollte nichts von dieser spannenden Geschichte verpassen. Mit offenem Mund lauschte sie Geschen, die eifrig mit ihrer Geschichte fortfuhr. „Alle Einwohner der Stadt waren in Angst und Sorge. Frech waren die Diebe zudem. Einmal haben sie einen reichen Kaufmann bestohlen, dessen Haus direkt am Wall lag. Dieser Kaufmann war ein guter Mann, er gab seinen Bediensteten immer am Sonntagnachmittag frei, was der Dieb vermutlich vorher ausspioniert hat. An einem Sonntag erklang plötzlich direkt vor seinen Fenstern, die zum Wall lagen, Musik von Flöten und Gitarren. Einige Musikanten spielten dort auf, wohl nicht besonders kunstfertig, aber ausdauernd. Der Kaufmann und seine Frau lauschten den Klängen ausgiebig, es gab ja sonst hier in Oldenburg nicht so oft die Gelegenheit, sich ein kostenloses Konzert anhören zu können. Währenddessen aber drangen vorne die Diebe durch sein Küchenfenster ins Haus ein und stahlen in Seelenruhe alles, was sie mitschleppen konnten." Geschen unterbrach sich kurz. „Magda, bringst du mir mal ein Bier, so schnell bin ich nämlich nicht fertig mit dieser unseligen Geschichte." Magda nickte, sprang auf und beeilte sich, der Bitte nachzukommen. Sie wollte auf keinen Fall etwas verpassen. „Einmal, als ich gerade die morgendlichen Einkäufe erledigte, habe ich am Lappan einen Mann gesehen, der mit einer Angelrute in der Hand vor dem Heiligengeisttor stand. Er hatte den Angelhaken in die Straßenrinne ausgeworfen und tat in aller

Seelenruhe so, als ob er angeln würde. Kopfschüttelnd standen bald einige Leute um ihn herum, auch ich habe ihm ungläubig zugesehen. Kurze Zeit später waren so viele Menschen zusammengelaufen, dass die Bauern, die von Nadorst mit ihren Wagen in die Stadt wollten, nicht durchkamen und anhalten mussten. Die ersten Bauern stiegen von ihren Wagen, um nachzusehen, was los sei. Dabei ließen sie ihre Pferdewagen unbeaufsichtigt stehen. ‚Schaut euch den an, was treibt der hier für einen Unsinn und hält den ganzen Verkehr auf?‘, fragte schließlich einer der Bauern. ‚Was willst du denn wohl hier fangen?‘, habe ich den Mann ungläubig gefragt.“ Kopfschüttelnd blickte Geschen Sophia und Magda an. „Ihr müsst wissen, ich hielt ihn schlichtweg für verrückt. Der Unbekannte aber zuckte nur mit der Schulter. ‚Wat ik nich fang, fangt mien Kamerad‘, sagte er nur und machte stumpfsinnig weiter.“

Geschen schlug mit einer Hand auf den Tisch. „Und so war es auch. Während der Mann alle ablenkte, haben seine Kumpane die Wagen der Bauern ausgeraubt. Schinken, Getreide, Hühner, alles war futsch, als die Bauern schließlich zu ihren Karren zurückkehrten.“

„Die Geschichte hast du dir jetzt aber ausgedacht, Geschen!“, rief Sophia amüsiert. „So etwas gibt es doch gar nicht.“ „Doch, doch, glaub mir nur, so war das“, beharrte Geschen entrüstet. „Nachts sind die Diebe oft über die Dächer in die Gebäude eingestiegen. Die Häuser stehen hier so eng zusammen, dass es ein Leichtes ist, von Dach zu Dach zu springen. So konnten die Halunken ganz einfach zu den Häusern gelangen, in welche sie einsteigen wollten. Sie brauchten nur ein paar Dachziegel abzudecken und Schwupps, waren sie drin. Ich weiß noch, dass ich große Angst ausgestanden habe, die Bande würde eines Nachts auch hier bei uns durch das Dach einsteigen und dann in meiner Schlafkammer stehen.“

Sophia schüttelte den Kopf. „Hat man die Schurken denn nicht fassen können?", fragte sie, noch immer ungläubig. „Lange Zeit nicht", entgegnete Geschen. „Das hat Jahre gedauert, schließlich gab es hier nur einen Nachtwächter, und der wurde wohl auch jahrelang an der Nase herumgeführt. Die Stadtväter waren völlig hilflos. Man verdächtigte die Soldaten in der Stadt."

„Welche Soldaten?", fragte Magda dazwischen, „etwa die Soldaten unseres Herzogs?". Geschen schüttelte den Kopf.

„Unsinn", sagte sie harsch. „Ihr müsst wissen, zu der Zeit gehörte Oldenburg noch zu Dänemark. Der dänische König hatte hier zum Schutz der Stadt ein Bataillon Infanterie von wohl sechshundert Mann und dazu eine Kompanie Artillerie stationiert. Am Waffenplatz, gleich hier um die Ecke, da stehen immer noch die Baracken, in denen die Soldaten zu der Zeit untergebracht waren. Ich sage euch, das war ein Gesindel! Aus aller Herren Länder kamen sie. Schmucke Soldaten waren das nicht. Abgerissen sahen sie aus. Sie erhielten wohl nicht viel Sold von ihrem König. In Oldenburg dachte man sich, die Diebe seien sicher unter den Soldaten zu suchen. Man erließ daraufhin den Befehl, dass keiner von ihnen mehr die Stadt verlassen durfte. Dadurch wollte man verhindern, dass das Diebesgut durch die Stadttore hinausgeschmuggelt werden konnte.

Durch einen Zufall wurde die Bande schließlich gefasst. Nur wenige Häuser von hier entfernt waren einem Händler in der Langen Straße ein paar große Stücke Leinwand gestohlen worden. Wieder hatte niemand den Einbruch beobachtet. Einige Tage später aber, der Bestohlene stand gerade in der Tür seiner Kramhandlung, da ritt der Nachbarsohn auf seinem Pferd vorbei, bepackt mit prall gefüllten Felleisen. Der Händler wurde misstrauisch und fragte sich, was der Bursche in seinen Taschen transportierte. Er lief dem Jungen nach, und konnte ihn noch vor dem Dammtor stellen. Als er die Felleisen durchsuchte, fand er dort tatsächlich sein Leinenzeug. Natürlich wurde sofort die Obrigkeit informiert und alle Stadttore wurden verschlossen, damit niemand entwischen konnte. Nach vielen Verhören gestand der Dieb seine Taten. Viel besser noch, er verriet den Anführer der Bande. Jan Krahner hieß der Mann. Er war der Räuberhauptmann und mit ihm wurden weitere zwanzig Diebe gefangengenommen. Darunter waren tatsächlich einige Soldaten, aber auch Bürger der Stadt. Endlich war der Bande das Handwerk gelegt worden, ihr glaubt nicht, wie erleichtert die Menschen waren."

„Was passierte dann mit ihm und seinen Leuten?", fragte Magda aufgeregt, „sind sie am Galgen gelandet?" „Das, mein liebes Kind, ist eine weitere lange Geschichte. Jetzt müssen wir erstmal die Küche in Ordnung bringen. Demnächst einmal erzähle ich euch alles Weitere." Mit diesen Worten stand Geschen entschlossen auf, nahm den Besen zur Hand und scheuchte Magda, das Geschirr abzuwaschen.

42

Hamburg,
Samstag, 28. Juni 1800

Anton und Georg hatten in Hamburg bereits vielerlei leichte Vergnügungen genossen, als sie unvermittelt die Kehrseite der Medaille, unglaubliches Elend, kennenlernten.

An einem lauen Juniabend hatten sie, vom Großneumarkt kommend, in einer Kneipe gezecht. Danach passierten sie den Durchgang eines großen Fachwerkhauses, den man in Hamburg Twiete nannte, in der Hoffnung, dort eine Abkürzung in Richtung Gänsemarkt zu finden. Sie gelangten stattdessen aber in einen düsteren, feuchtklammen Hinterhof.

Die Menschen hatten sich in den Höfen einfache Buden errichtet, ein bis zwei kleine Räume im Erdgeschoss und dazu einen Dachboden. Eine Weile irrten Anton und Georg entsetzt durch dieses Labyrinth. Die Wohnungen, die sie sahen, waren feucht, von Ungeziefer befallen und viel zu klein. Für den gesamten Häuserblock gab es nur einen Abtritt. Das Viertel war so eng bebaut, dass durch viele Gänge nicht einmal ein Handwagen hindurchpasste. Fassungslos beobachteten Anton und Georg die hoffnungslose Situation der Menschen, die dort lebten. Sie sahen blutjunge Freudenmädchen, fast noch Kinder, die sich ihnen schamlos anboten. Sie sahen Betrunkene, die mit einer Flasche Schnaps auf den Stufen saßen und sie um weiteren Alkohol anbettelten. Sie sahen Kinder, die, in ärmliche Lumpen gekleidet, im dreckigen Schlamm spielten, während Ratten ihren Weg kreuzten. Einige Kinder hatten offene Wunden, die statt mit Verbandszeug mit Dreck bedeckt waren.

„Wieso leben die Menschen hier mitten in der Stadt in so einer Enge und so einer Armut?", fragte Anton Georg schließlich verstört. „Seit Jahrzehnten wächst die Zahl der Einwohner Hamburgs unaufhörlich, um die hunderttausend Leute sollen bereits in der Stadt wohnen. Innerhalb der Wallanlagen ist es seit Jahren viel zu eng geworden für all die Menschen. Dennoch strömt unaufhörlich weiteres Volk auf der Suche nach Arbeit hinzu", erklärte Georg ihm. „August hat mir neulich von diesem Viertel erzählt. Es heißt Gängeviertel. Ein Großteil der Männer, die hier leben, arbeitet als Hafenarbeiter. Für einen Hungerlohn müssen sie zwölf Stunden am Tag schuften. Nachtarbeit ist keine Seltenheit. In den Wintermonaten werden viele von ihnen arbeitslos. Es ist unmöglich, damit eine Familie halbwegs durchzubringen. So bleibt ihnen wohl auch kein Geld, um vernünftigen Wohnraum bezahlen zu können."

Ein alter Mann, nur mit einem dreckigen Unterhemd und einer zerrissenen Hose bekleidet, hatte die Worte von Georg aufgefangen. Er hockte auf einem Treppenabsatz und kaute Priem. Sein wie

Leder gegerbtes Gesicht war von tiefen Furchen und Falten durchzogen und seinem Pferdegebiss fehlten bereits etliche Zähne.

„Ihr seid entsetzt darüber, wie wir hier hausen, das sehe ich euch an." Geräuschvoll spuckte er eine Ladung Priem direkt vor Antons Füße. „Selbst diese heruntergekommenen Unterkünfte hier sind viel zu teuer. Die Eigentümer nehmen hohe Mieten, kümmern sich aber einen Dreck um die Instandhaltung. So ziehen viele von uns armen Schluckern in die Vororte der Stadt. Die Ansiedlung dort ist zwar wegen des freien Schussfeldes verboten, aber die Not nimmt darauf keine Rücksicht." Hart lachte er auf, bevor er weiterredete.

„Auch viele Gastwirte, Freudenmädchen oder Amüsierbetriebe sind daher inzwischen aus der Stadt verschwunden. Viele sind auf den Hamburger Berg gezogen. Das ist im Westen, vor den Toren der Stadt. Da versuchen sie mehr schlecht als recht ihr Glück", sagte er müde. „Ich jedoch bin zu alt dazu. Ich werde wohl hier in diesem Dreckloch verrecken." Ein rasselnder Husten erstickte die weiteren Worte des Mannes. Hilflos streckte er die Hand vor, um ein Almosen von Anton und Georg zu erbetteln. Tief berührt von dem Bericht klaubte Anton ein paar Groten aus seiner Tasche und drückte sie dem Alten in die Hand.

Wenige Tage später lernte Anton den Hamburger Berg selbst kennen. Gemeinsam mit Georg war er auf dem Weg nach Altona. Dort, so hatte er gehört, solle es eine katholische Gemeinde geben. Ein Kunde, für den er Trauringe angefertigt hatte, erzählte ihm davon. „Die Stadt Altona liegt gleich hinter den Stadtmauern von Hamburg, dennoch gehört sie zum Herzogtum Holstein, und das wiederum gehört zum Staat Dänemark. Der König von Dänemark hat in seiner Eigenschaft als Herzog von Holstein der katholischen Gemeinde von Altona die Glaubensfreiheit zuerkannt. So wurde dort das Gotteshaus St. Joseph gebaut, die erste katholische Kirche, die nach der Reformation im Norden errichtet wurde. Man kann von Hamburg aus zu Fuß dorthin gehen. Die Kirche liegt an der Großen Freiheit. Ich werde dort in zwei Wochen getraut."

Auf so eine Nachricht hatte Anton nur gewartet. Er überredete Georg, mit ihm gemeinsam nach Altona zu wandern. Gleich am folgenden Sonntag zogen sie los, um endlich einmal wieder an einem katholischen Gottesdienst teilnehmen zu können.

Bevor sie jedoch Altona erreichten, passierten sie jenen Vorort Hamburger Berg. Der Name war entstanden, weil sich hier ein Geesthang wie ein Berg vor den Toren Hamburgs erhob. An diesem Sonntagmorgen war auf der Altonaer Allee nur wenig Volk unterwegs. Es war vermutlich noch zu früh für die Ausflügler aus Hamburg, die sich am Sonntag regelmäßig hierher aufmachten. Manch eine übernächtigte Gestalt jedoch begegnete ihnen, einige davon offensichtlich noch alkoholisiert. Schwankend stolperten sie an Georg und Anton vorbei, fluchten vor sich hin oder grölten ein unflätiges Lied.

Entlang der Allee konnten Anton und Georg einige Lokale und Amüsierbetriebe ausmachen, ihre Aufmerksamkeit jedoch wurde von eigenartigen Holzkonstruktionen geweckt, die sich rechter Hand des Weges erstreckten. Holzschuppen waren dort errichtet worden, hinter denen langgestreckte Bahnen verliefen. Wohl dreihundert Schritte zogen sie sich schmal und schnurgerade dahin. Einige dieser Gebäude waren mit Dächern überbaut, die auf Holzpfählen ruhten, an den Seiten jedoch offen waren. Neugierig geworden lugten Anton und Georg in einen der Schuppen. An der Stirnseite entdeckten sie ein Rad mit einer Handkurbel, welches in ein Gestell eingebaut war. Am Boden lagen ein paar Reste von Hanfseilen und an einer Wand hing ein dickes, an den Enden ausgefranstes Tau. Achselzuckend beäugten Anton und Georg diese Konstruktion, so etwas hatten sie zuvor noch nicht gesehen. Die Zeit, Erkundigungen einzuziehen, war jedoch zu knapp. Sie hatten es eilig, nach Altona zu kommen. Das Hochamt in der St. Josephskirche würde sicher pünktlich um zehn Uhr beginnen.

Am Ende der Allee erreichten sie das Nobistor von Altona. Gleich rechts davon lag die Einmündung der „Großen Freiheit".

Die Umgebung kam ihnen eigentümlich vor. Eine Schenke folgte der nächsten, und nicht wenigen der Häuser sah man an, dass dort zu einer anderen Tageszeit wohl kaum christliche Tugenden gepflegt wurden. Plüschige Vorhänge hinter den Fenstern und rote Laternen über den Türen erinnerten Anton an die Absteige, die er in Bremen dann und wann besucht hatte.

Als sie kurz darauf die Kirche erreichten, war es noch viel zu früh für den Gottesdienst. So nahmen sie sich noch Zeit, einen Blick auf das turmlose Kirchengebäude zu werfen. Das Mauerwerk war aus dunkelrotem Backstein gefertigt, das Portal besaß eine verzierte Fassade mit Sandsteinschmuck. Eine mächtige Skulptur, Anton erkannte den Heiligen Joseph, thronte zwischen den zwei hohen Fenstern über dem Portal.

Schnellen Schrittes kam plötzlich der Pfarrer um die Ecke. Verwundert blieb er vor ihnen stehen. „Was führt euch hierher?", fragte er misstrauisch, „euch kenne ich gar nicht. Wenn ihr nicht beten wollt, dann macht, dass ihr fortkommt!" Bestürzt sahen Georg und Anton ihn an, einen solch unfreundlichen Empfang hatten sie nicht erwartet.

„Wir kommen aus Hamburg und möchten am Gottesdienst teilnehmen", klärte Anton ihn auf, „in Hamburg ist das nicht möglich." „Ihr müsst wissen", sagte der Priester daraufhin deutlich freundlicher, „die Gemeinde St. Joseph erwägt seit einiger Zeit, das Kirchengebäude an anderer Stelle neu errichten zu lassen. Unsere Kirche steht in dem am übelsten beleumdeten Viertel der Stadt Altona. Schaut euch einmal um, überall seht ihr Vergnügungslokale. Auch die Sittenstraßen, in denen Freudenmädchen nach Kundschaft Ausschau halten, um ihr unwürdiges Geschäft zu verrichten, sind nicht weit entfernt. In dieser kurzen Straße hier gibt es ein vergnügungssüchtiges Publikum, besonders natürlich im Dunkeln. Nachts treiben sich hier äußerst zwielichtige Personen herum. Schutzleute mit geladenen Pistolen müssen für Ordnung sorgen. Nicht selten werden sogar tagsüber Kirchenbesucher angepöbelt und belästigt. Das ist eine für ein Gotteshaus höchst unwürdige Lage. Ich habe begonnen, Bittbriefe zu schreiben, um Geld für einen Kirchenneubau zusammenzubekommen."

Bei diesen Worten des Pfarrers zog Anton unwillkürlich den Kopf ein, hatte er sich doch selbst den genannten Vergnügungen hingegeben. In Gedanken gelobte er sich eindringlich Besserung. Der Pfarrer entschuldigte sich indessen. „Ich habe keine Zeit mehr. Nach dem Hochamt können wir weiter miteinander sprechen, jetzt muss ich mich auf den Gottesdienst vorbereiten." Mit diesen Worten verschwand er in der Kirche.

Das Orgelspiel dröhnte ihnen aus dem Kircheninneren entgegen, als Anton und Georg schließlich das Gotteshaus betraten. Andächtig lauschte Anton den bekannten Worten und Liedern, dankbar dafür, endlich wieder an einem Gottesdienst teilnehmen zu können. Demütige Gedanken gingen ihm durch den Kopf, Gedanken an seinen Vater und seine Brüder, an Sophia und an Hermann und Anna. Wie weit waren sie von ihm entfernt und wie nahe doch fühlte er sich ihnen. Er betete für Annas Seele und der ihres Kindes, er betete für Hermann, dass dieser wieder auf die Beine kommen möge, und auch Sophia schloss er in sein Gebet ein.

Nach dem Gottesdienst fühlte Anton sich seltsam ruhig. Er war zur Einkehr gekommen, die Lieder hatten sich wie Balsam auf seine zweifelnde Seele gelegt. Nun war es ihm ein Bedürfnis, den Priester anzusprechen, um ihn nach der Beichte zu fragen. Schon viel zu lange lastete die Sünde der Wollust, des Begehrens und der Unkeuschheit auf seiner Seele. Endlich wollte er diese Schuld im Sakrament der Beichte von sich waschen.

Der Geistliche jedoch hatte kein Ohr für Antons Anliegen, zu sehr war er damit beschäftigt, einige armselige Gestalten, die sich betrunken und grölend im Haupteingang niedergelassen hatten, zu verscheuchen. „An jedem Samstagnachmittag könnt ihr hier zur Beichte kommen, jetzt habe ich keine Zeit dafür", war seine kurz angebundene Antwort auf Georgs Frage.

43

Sophia frühstückte bei Geschen und Magda in der Küche. Prüfend sah die alte Köchin zu Sophia hinüber. „Mädchen, du siehst erschöpft aus. Du musst mal hinaus. Es ist Sommer und auf der Esplanade beim Schloss gibt es heute Mittag Parademusik vom herzoglichen Militär." Mit einem verträumten Blick schaute Geschen zum Fenster hinaus. „Sophia, glaub mir, wenn ich noch jung wäre, da wäre ich jetzt aber auf den Beinen, um mir das anzusehen. Auf dem Paradewall ist bei diesem Wetter sicherlich viel Volk unterwegs. Ich war nur einmal dort, meine Beine tragen mich nicht mehr so weit." Sie seufzte laut. „Vor ein paar Jahren wurde die Esplanade angelegt, und die vierzeilige Ulmenreihe wurde dort gepflanzt. Sicher sind inzwischen schon recht stattliche Bäume daraus gewachsen. Du kannst vom Schloss bis zum Hafen dort entlangspazieren. Dabei kommst du dann auch an der Wassermühle entlang. Du musst doch mal raus, immer nur arbeiten, das ist doch auch kein Leben."

Sophia nahm sich Geschens Empfehlung zu Herzen. Ein wenig frische Luft würde ihr guttun. Als sie unter dem Laub der Ulmen dahinschlenderte und das durch die Blätter brechende Sonnenlicht auf ihrer Haut spürte, wusste sie, wie recht Geschen gehabt hatte. Gemächlich ließ sie sich zwischen gut gekleideten Damen und Herren dahintreiben, die an diesem Tag ihren Sonntagsstaat ausführten. Die Kinder waren, soweit das Geld ihrer Väter dazu ausreichte, ebenfalls in schönen Zwirn gekleidet. Manch ein Mädchen trug stolz eine neue Schleife im Haar oder ein schön geflochtenes Band am Kleid. Auf die Jungen hatten die Mütter einen besonderen Blick, es käme einer

Katastrophe gleich, sollten sie heute eine Rauferei beginnen oder ein wildes Spiel anzetteln. Leichten Sinnes summte Sophia ein Lied vor sich hin. Die Militärkapelle hatte ein schmissiges Konzert präsentiert und eine besonders eingängige Melodie wollte ihr nicht aus dem Kopf weichen.

Sie hatte die Wassermühle erreicht und blieb stehen, um dem strömenden Wasser zuzusehen. Ihre Gedanken gingen zu Anton, sie dachte an die Spaziergänge, die sie mit ihm zu der Vechtaer Mühle unternommen hatte, sah ihn vor sich, wie er am Rand des Mühlenteiches stand und Steine über das Wasser flitschen ließ. Fast meinte sie seinen Kuss zu spüren, den er ihr, lachend vor Glück, auf die Lippen gedrückt hatte.

Verärgert schüttelte sie die Gedanken ab. Viel zu lange hatte sie nichts mehr von ihm gehört. Vor zwei Monaten, als er in Hamburg angekommen war, hatte er ihr zuletzt geschrieben. Nicht einmal zu ihrem Geburtstag vor zwei Tagen hatte sie eine Nachricht von ihm bekommen. Bald würde sie ihm schreiben. Sie würde ihn fragen, wie sie mit ihm dran wäre, wie er zu ihr steht, und ob sie auf ihn warten solle. Wenn er darauf nicht antworten würde, dann würde sie sich endgültig von den Gedanken an ihn verabschieden. Vielleicht könnte sie sich ja Johannas Bruder zuwenden, der seit dem Silvesterabend offensichtlich ein Auge auf sie geworfen hatte. Bisher hatte sie ihn immer mit fadenscheinigen Argumenten abgewiesen.

Sophia musste lächeln. Was dachte sie eigentlich für einen Unsinn? Sie liebte Theodor doch kein bisschen. Nein, wenn es Anton nicht sein sollte, dann käme sie auch allein zurecht. Sie brauchte keinen Mann, um im Leben zurechtzukommen. Bei der Witwe Grovermann verdiente sie gut und durch ihren Haarschmuck erwarb sie sich noch ordentlich etwas hinzu.

Ein wenig getröstet von dem Spaziergang kehrte sie zurück zur Langen Straße. In der Küche traf sie Geschen mit einer Stopfarbeit an, während Magda mit Töpfen und Pfannen klapperte. „Das Kind hat schon gut kochen gelernt", begrüßte Geschen sie. „Da habe ich Zeit, mich mal mit den liegengebliebenen Stopfarbeiten zu beschäftigen."

„Weißt du was, Geschen, heute wird nicht gestopft, heute feiern wir ein wenig", sagte Sophia eifrig. „Ich hatte vorgestern Geburtstag, das ist doch ein Grund, das Leben auch einmal ein wenig zu genießen. Außerdem habe ich noch guten Madeirawein in meiner Kammer stehen. Erinnerst du dich? Den hat mir Frau Schröder dafür geschenkt, dass ich bei dem Sturm ihr Schild gerettet habe. Davon wollen wir uns heute mal was genehmigen."

Geschen legte sofort ihre Arbeit zur Seite und lächelte Sophia an. „Ich hole uns gleich einmal Gläser. Magda hat noch zu tun, die darf jetzt noch nichts trinken. Vielleicht mag sie ja auch ein Schlückchen, wenn sie fertig ist."

„Lass uns noch warten, bis Elise heute Nachmittag kommt", bat Sophia. „Bei diesem schönen Wetter können wir uns vielleicht nach draußen setzen. Bleib du mal sitzen, ich decke uns im Hof den Tisch." Geschäftig lief sie hin und her, stellte ein paar feine Gläser auf den Tisch und stibitzte ein paar Blumen aus dem Garten. Als Elise schließlich kam, eine Schachtel mit Pralinen als Geburtstagsgeschenk im Arm, stellte Sophia diese gleich dazu.

Inzwischen war auch Magda mit ihren Aufgaben fertig, so setzten sie sich zu viert um den Gartentisch. Sophia schenkte von dem Wein ein und reichte die Pralinen herum. Es war noch nicht viel Zeit vergangen, da hatten alle vier schon einen ordentlichen Schwips.

Magda war geradezu aufgekratzt. „Jetzt, wo wir alle einmal wieder so schön zusammensitzen, kannst du uns doch die Geschichte von dem Räuberhauptmann aus Oldenburg zu Ende erzählen, wie hieß er nochmal? Kranich oder so ähnlich", sagte sie unvermittelt. „Krahner hieß der Mann", sagte Geschen streng. „Ja, Magda, du hast recht, die Geschichte muss zu Ende erzählt werden. Ich hoffe nur, du hältst das auch aus." Magda winkte lässig ab, als sei sie es gewohnt, die gruseligsten Geschichten anzuhören.

„Also gut", begann Geschen, „Jan Krahner wurde der Prozess gemacht. Es sollten ihm Daumenschrauben angelegt werden, um ihn zum Reden zu bringen. Das muss eine furchtbare Quälerei sein." Geschen knetete ihre Hände, so als wolle sie selbst sich davon überzeugen, dass ihre Daumen nicht dieser Tortur ausgesetzt waren. „Jan Krahner aber schmiedete Fluchtpläne. Niemand konnte sich vorstellen, dass ihm jemals eine Flucht gelingen könnte. Schließlich saß er, in Eisen gekettet, in der Hauptwache im Rathaus ein. Einige Unteroffiziere bewachten ihn, dazu zwei Dutzend Soldaten. Man war sich sicher, dass der Dieb von dort nicht entkommen konnte."

Magda war entgegen ihren Beteuerungen blass geworden. „Aber es ist ihm gelungen, nicht wahr?", fragte sie ängstlich. Geschen nickte. „Ja, so war es. Jan Krahner hatte einen schlauen Plan geschmiedet. Er hat sich von einem Freund ein Stück Butter besorgen lassen. Keiner schöpfte Verdacht. Was war denn schon dabei, wenn er darum bat? Er aber rieb sich seine Handgelenke und die Füße damit ein. So wurden sie schön glatt und geschmeidig. Eines Nachts hielt ein älterer Offizier Wache. Das nutzte Jan Krahner zu seiner Flucht. Er streifte die Eisen über seine eingefetteten und abgemagerten Hände und Füße, dann drängte er die völlig überrumpelte Wache zur Seite. Über den Kirchhof, der damals ja noch bei der Lambertikirche lag, hetzte er davon. Vom Wall aus durchschwamm er dann die beiden Festungsgräben. Bis die Wachen ihm folgten, hatte er einen großen Vorsprung, so konnte er tatsächlich entkommen."

Elise lachte. „Das kann doch nicht wahr sein, Geschen. Er kann doch nicht so vielen Bewachern entwischt sein." Geschen jedoch beharrte auf ihrer Geschichte. „Doch, doch, glaubt mir, alles ist wahr. Jan Krahner ist nach Holland, nach Groningen, geflüchtet. Dort fühlte er sich sicher vor seinen Verfolgern, aber da hatte er sich verrechnet. In einem Wirtshaus erkannte ihn der Wirt, ein

Oldenburger. Dieser schrieb daraufhin einen Brief in seine Heimatstadt. Es dauerte nicht lange, und Jan Krahner saß wieder auf der
Wache in Oldenburg."

Magda lächelte zaghaft. „Gott sei Dank", flüsterte sie, „ist er
denn dann am Galgen gelandet?" „Warts ab, Mädchen, ich komme
ja gleich dazu", entgegnete Geschen. „Ein zweites Mal sollte Jan
Krahner eine Flucht nicht gelingen. Man schloss ihn in einen hölzernen Käfig, der so hoch an der Innenwand der Zelle angebracht
war, dass man ihn nur mit einer Leiter erreichen konnte. Natürlich
kettete man ihn auch wieder an Händen und Füßen an. So musste
er auf seinen Prozess warten. Unter der Folter gestand er seine
Straftaten. Ein ungeheuer langes Sündenregister kam zusammen.
Jan Krahner war klar, dass ihn daraufhin wohl nur der Tod durch
den Strang erwarten würde, aber es kam anders."

Geschen hob die Stimme, damit ihre drei Zuhörerinnen jedes
Wort verstehen konnten. „Die Richter hatten tatsächlich die To-
desstrafe gefordert, aber König Friedrich V. von Dänemark, der
damalige Regent von Oldenburg, hat Gnade vor Recht ergehen lassen. Er veränderte das Todesurteil in Staupenschlag, dazu eine
Brandmarkung. Dazu wurde eine lebenslängliche Sklaverei über
Jan Krahner verhängt."

„Was ist das, Staupenschlag und Brandmarkung?", fragte Elise
neugierig. „‚Staupenschlag', das bedeutet ein öffentliches Auspeit-
schen mit einer Rute durch den Scharfrichter. Bei der
‚Brandmarkung' wird dem Verbrecher mit einem glühenden eisernen Stempel ein Zeichen auf die Stirn gedrückt und dabei tief
eingeprägt. Dadurch entstehen Narben, an denen jeder sofort erkennen kann, wenn er einen Gebrandmarkten vor sich hat." Magda
wurde noch ein wenig blasser. Sie nahm einen tiefen Schluck des
Madeiraweins, riss sich aber zusammen. Sie wollte unbedingt der
Geschichte weiter lauschen.

Geschen ließ sich ein weiteres Glas von dem Wein einschenken,
bevor sie fortfuhr. „Jan Krahner ersann sich die nächste List. Er

verkündete der Obrigkeit, dass er lange Zeit zuvor mit dem Gehilfen des Richters Streit gehabt hätte. Nun habe er Angst vor dem Zorn dieses Gehilfen, Angst, dass dieser ihm das Brandzeichen aus Rache zu tief einbrennen werde." Geschen schnaufte vernehmlich. „Der Richter sah also seinem Gehilfen genau auf die Finger und dieser traute sich daraufhin nicht, das Brandzeichen tief einzubrennen. Er hielt nur so kurz drauf, dass das verhasste Zeichen, ein Galgen und ein Rad, weit weniger, als es üblich war, eingeprägt wurde. Darauf hatte Jan Krahner spekuliert. Er hatte sich zuvor einen Sandstein besorgt, und als er wieder zurück in seiner Zelle war, bearbeitete er sich die Stirn so lange damit, bis die Haut vollständig abgerieben war. So wollte er erreichen, dass alles vernarbte, ohne das Brandzeichen sichtbar zu machen."

Kaum hatte Geschen diesen Teil der Geschichte erzählt, sprang Magda auf und lief ins Haus.

„Das ist wohl zu viel für das arme Ding, lassen wir es für heute gut sein", sagte Sophia zu Geschen. Sie schenkte noch den letzten Wein aus der Flasche ein. „Zum Wohle ihr Lieben, lasst uns einfach noch ein wenig zusammensitzen."

44

Altona,
Samstag, 19. Juli 1800

Ungeduldig sah Anton dem Tag entgegen, an dem er endlich erneut nach Altona gehen konnte, um dort die Beichte abzulegen. In den vergangenen Wochen war es ihm nicht gelungen. Stets war der Frau des Meisters in letzter Minute noch eine Aufgabe eingefallen, die sie Anton kurz vor dem Feierabend übertrug. An diesem Samstag jedoch gelang es ihm, pünktlich um fünf Uhr die Werkstatt zu verlassen.

Er musste sich allein auf den Weg machen. Georg hatte zu seinem Ärger einen großen Auftrag auszuführen. Er musste Kuchen, Gebäck und Konfekt für einen festlichen Empfang vorbereiten, der an dem Abend im Rathaus stattfinden sollte. Der Bürgermeister Franz Anton Wagener hatte viele honorige Bürger der Stadt geladen. Als Anton diesen Namen zum ersten Mal gehört hatte, musste er schmunzeln. Der Name des Bürgermeisters war eine Verschmelzung von Hermann und ihm, war doch sein eigener Vorname eigentlich Franz Anton. Was für ein anderes Leben jedoch führte dieser gut situierte Bürgermeister im Gegensatz zu ihnen, den beiden Goldarbeitern.

Der laue Wind des Sommernachmittags umschmeichelte Anton, das Herz war ihm leicht. Er passierte das Millerntor und hatte kurz darauf die Altonaer Allee erreicht, an der er wieder die langen, überdachten Bahnen erblickte, die sich rechts des Weges hinzogen. Heute aber war viel Betrieb an der Anlage. Obwohl Anton es eilig hatte, blieb er einen Moment stehen, um sich das Treiben dort anzusehen. Schnell wurde es ihm klar: Diese Konstruktion war dazu da, dicke Taue zu drehen. Einige kräftige Männer hängten dazu vier dicke Schnüre, die bereits aus vielen Hanffäden gefertigt worden waren, mittels Ösen an die Haken des Rades, welches am Anfang der Bahn eingebaut war. Diese Seile wurden dann über die gesamte Länge der Bahn auf Holzgestelle gelegt. Dann begann das Verdrillen. Zwei Männern drehten langsam und gleichmäßig an der Kurbel des Rades, während acht Arbeiter, jeweils zwei hielten immer ein Seil in ihrer Hand, langsam und sorgfältig rückwärts schreitend die Seile, die sich nun ineinander verdrehten, durch ihre Hände gleiten ließen. Zwei weitere Männer gingen im selben Tempo neben ihnen her, einen feuchten Lappen in der Hand, um das gezwirnte Tau damit zu glätten.

Einer der Arbeiter, der am Rande der Anlage stand, gab Anton auf seine erstaunte Nachfrage gerne Auskunft. „Wir sind Reepschläger, wie man hier im Norden sagt. Reep bedeutet Tau oder Seil, und wir fertigen hier auf der Reeperbahn durch das Zusammendrehen dünner Seile aus Hanf oder Flachs dicke Taue, die für die Schifffahrt benötigt werden. Zuerst spannen wir einzelne Seile über die Länge der Reeperbahn, dann verdrillen wir diese zu dickeren Trossen oder Tauen. Manches Reep ist mehr als dreihundert Schritte lang. In anderen Regionen nennt man unser Handwerk Seiler." Er schnaufte abfällig. „Die Seile, die dort zumeist gefertigt werden, taugen aber nicht für die Schifffahrt. Sie sind längst nicht so dick wie unsere Taue. Man benutzt sie, um schwere Säcke oder Holzklafter zu heben. In der Schifffahrt aber benötigt man dicke Trosse, um die Schiffe sicher im Hafen festmachen zu können. Schließlich müssen sie auch starken Stürmen standhalten."

Grinsend sah der Mann Anton an. „Wir brauchen viel Kraft für unsere Arbeit." Stolz zeigte er Anton seinen Oberarm und forderte ihn auf, einmal die schwellenden Muskeln zu befühlen. „Da kann so ein Knirps wie du nichts werden." Bei diesen Worten lachte er freundlich, um dann sogleich fortzufahren. „Wir fertigen auch Taue an, die noch viel dicker sind als das, welches du hier siehst. Die können schon mal zwei Handspannen Umfang haben. Dafür sind dann an die hundert Mann nötig."

Ungern verließ Anton diesen interessanten Ort, aber es trieb ihn nach Altona zur Kirche St. Joseph. Ehrfurchtsvoll betrat er den kühlen Kirchenbau. Durch die bleigefassten Fenster drangen die Strahlen der Nachmittagssonne hinein und füllten den Raum mit einem diffusen Dämmerlicht. In den Bänken knieten Menschen, vertieft in ihr Gebet. Vor dem Beichtstuhl warteten mehrere Gläubige darauf, das Sakrament der Beichte empfangen zu können. Geduldig setzte Anton sich in eine Bank. Er wollte sich ein wenig Muße nehmen, um sich auf die Beichte zu besinnen. Schwer lasteten die begangenen Sünden auf ihm und er war froh, sie endlich vor Gott eingestehen zu können. Niemals mehr, so schwor er sich, wollte er ein Freudenhaus besuchen. Er würde warten, bis er eine Frau gefunden hätte, mit der er das Sakrament der Ehe eingehen würde, so wie es gottgefällig war. An dieser Stelle schlich sich Sophia in seine Gedanken. War sie die richtige Frau für ihn? Er war ihr aufrichtig zugetan, er bewunderte ihre Art, die Dinge anzupacken, ihre Fröhlichkeit und Zuversicht und ja, er begehrte sie. War sie die Frau, die er eines Tages zum Altar führen würde?

Jemand tippte ihm sanft auf die Schulter. Er war in seinen Gedanken versunken gewesen und hatte so nicht bemerkt, dass er an der Reihe war. Er bedankte sich bei der jungen Frau, die ihn aufmerksam gemacht hatte, und eilte zum Beichtstuhl. Vorsichtig kniete er sich auf die Stufe, schloss den roten Samtvorhang hinter sich und beugte sich zu dem kleinen Fenster, welches ihn von der Kammer des Priesters trennte. Ein dichtes Holzgeflecht war in diese Öffnung eingelassen, es gab einen diffusen Blick auf den Pastor frei. Nur seine Umrisse waren zu erkennen. Anton atmete einmal tief durch und gab dann, zunächst zögernd, dann immer rascher, seine Sünden preis. Nachdem er zunächst lässliche Sünden wie Unfreundlichkeiten oder Nachlässigkeiten aufgezählt hatte, kam er bald zu dem Punkt, der ihm auf der Seele brannte. Er hörte den Priester auf der anderen Seite des Fensters vernehmlich seufzen, als er von Martje und den Geschehnissen in Bremen sprach. Ihm jedoch wurde das Herz schon leicht, als er all dies nur ausgesprochen hatte.

Nachdem er geendet hatte, ergriff der Priester das Wort. „Mein Sohn, du hast gesündigt in Gedanken, Worten und Werken. Es ist gut, dass du zu mir gekommen bist, um deine Sünden zu bereuen. Denn die Reue ist der wichtigste Teil der Beichte. Ohne Reue ist eine Vergebung der Sünden nicht möglich. Was man nicht bereut, kann man nicht gültig beichten. Auch musst du den guten Vorsatz haben, in Zukunft alle Sünden zu meiden. Ohne diesen Vorsatz ist eine Vergebung ebenfalls nicht möglich."

Anton versprach dieses mit festen Worten und so hörte er schließlich die erlösenden Worte: „Ich spreche dich los von deinen Sünden im Namen des Vaters und des Sohnes und des Heiligen Geistes. Gelobt sei Jesus Christus!" „In Ewigkeit. Amen", murmelte Anton erleichtert. Schnell schlug er das Kreuzzeichen.

„Bete jetzt zur Buße drei ,Vater unser' und fünf ,Gegrüßet seiest du, Maria', mein Sohn, dann sollen dir deine Sünden erlassen sein."

Blinzelnd, da vom Licht in der Kirche geblendet, verließ Anton den Beichtstuhl. Eine tiefe Wärme und Leichtigkeit umfingen ihn, er hätte die Welt umarmen mögen. Eilig kniete er sich in eine Bank, faltete die Hände und murmelte die auferlegten Gebete, dann zog es ihn mit federnden Schritten hinaus in den warmen Sommerabend.

Es war noch viel zu früh, um zu dieser lauen Stunde in die Stadt Hamburg zurückzukehren. Anton hatte keine Lust, im „Schwarzen Ochsen" zu sitzen oder gar seine Zeit in der verlausten Herberge zu verbringen. So entschloss er sich, einen kleinen Rundgang durch Altona zu machen. Er verließ die Große Freiheit in Richtung Süden und überquerte kurz darauf einen Platz, der mit vielen kleinen hölzernen Buden bebaut war. Fahnen flatterten im Wind und von weitem drang eine Fidel an sein Ohr. Viel Volk war hier unterwegs, Jung und Alt. Alle drängten sich von Bude zu Bude. Kinder stopften sich mit klebrigen Fingern Kuchen in den Mund oder lutschten mit Hingabe an Zuckerstangen, hier und da schlug Anton der Geruch von geräuchertem Fisch oder von einem über dem Holzkohlefeuer gegarten Spießbraten entgegen. Ihm lief das Wasser im Mund zusammen und sein Magen begann zu knurren.

An einer kleinen Bude wurde ein Gericht verkauft, welches als Labskaus bezeichnet wurde. Es sah nicht besonders appetitlich aus, ein rotbrauner Brei, aber es roch köstlich. „Da ist Pökelfleisch drin, dazu Kartoffeln, Hering und Rote Bete", erklärte ihm der Verkäufer. „Eigentlich ist es ein Matrosengericht, es wird oft an Bord gekocht. Aber auch hier an Land wird es gern gegessen." Zögernd erstand Anton eine Portion. Vorsichtig probierte er einen Happen und tatsächlich schmeckte ihm der Brei vorzüglich.

Nachdem er gesättigt war, schlenderte er langsam über den Spielbudenplatz, so, das hatte er inzwischen erfahren, hieß dieser Ort. Viele Künstler und Gaukler betrieben hier in den kleinen Holzhäuschen ihre Geschäfte.

Er sah ein Puppentheater, in dem ein Mann virtuos zwei Marionetten an langen Fäden bewegte, einen muskulösen Jongleur, der kunstvoll Bälle und Reifen durch die Luft wirbelte. Ein kleiner Mann balancierte auf einem riesigen Ball, ohne auch nur einmal sein Gleichgewicht zu verlieren, eine Wahrsagerin, in bunte Röcke und Tücher gehüllt, saß neben einem Karren und las einem jungen Mann aus der Hand. Eine junge Sängerin, begleitet von einem Geiger, gab einige Lieder zum Besten.

Gerade war Anton an einer Bude stehen geblieben, an der ein Feuerkünstler mit brennenden Fackeln jonglierte, als plötzlich ein Raunen durch die Menge ging und viele Blicke sich wie gebannt zum Himmel erhoben.

Neugierig blickte auch Anton, die Augen zum Schutz gegen die tief stehende Sonne mit einer Hand abgeschirmt, nach oben. Er entdeckte ein Seil, welches quer über den Platz gespannt war und darauf einen Mann, der, eine lange Stange mit zwei Kugeln an den Enden waagerecht in den Händen haltend, behände über das Seil lief. In der Mitte angekommen, setzte er sich hin, wippte ein wenig darauf und kam dann mit einem leichten Sprung wieder hoch. Mehrere Sprünge, immer höher und immer gewagter, absolvierte er, bis sich plötzlich eine Frau, nein, es war eher noch ein Mädchen, zu ihm gesellte. Leichtfüßig tanzte und sprang sie, anscheinend schwerelos, zu ihm herüber. Sie hielt einen geöffneten Regenschirm in der einen Hand, den sie kokett in der Luft herumwirbelte. Bei ihm angekommen vollführten die beiden gemeinsam einige akrobatische Übungen, sie beugten sich hintenüber, knieten sich hin und drehten sich, bis das Mädchen schließlich den Schirm schloss und ihn in einer Höhe von etwa drei Fuß quer über das Seil hielt. Behände sprang der Mann hoch, während das Mädchen den Schirm unter seinen Füßen schwang. Er landete an genau der gleichen Stelle auf dem Seil, ohne das Gleichgewicht zu verlieren. Einige Zuschauer kreischten laut auf. Anton erblickte neben sich ein Mädchen, welches vor Schreck zu weinen begann und den Kopf im Kleid der Mutter verbarg, zu gruselig war ihm offensichtlich das Spektakel in der Luft. Die Seilkünstler aber waren zum Ende ihrer Vorführung gekommen, sie verbeugten sich einige Male unter dem aufbrandenden Applaus und sprangen dann zum Ende des Seils, wo sie sich an einer Abspannung graziös herabließen.

Anton beschloss, sich ein Bier zu genehmigen, um die Anspannung hinunterzuspülen. Kaum hielt er den überschäumenden Krug in der Hand, gesellte sich eine Frau mit einem tief ausgeschnittenen Kleid und einer Federboa, die sie kokett um den Hals gelegt hatte, an seine Seite. „Na, mein Lieber, hast du für mich vielleicht auch ein Bier?", sprach sie ihn unvermittelt an. Dabei sah sie ihm tief in die Augen und legte eine Hand ungeniert auf seine Schulter. Energisch schüttelte Anton sie ab und ließ sie mit kurzen Worten wissen, dass er kein Interesse habe. Das wäre ja noch schöner, wenn er sich jetzt, kurz nach seiner Beichte, wieder mit einem Freudenmädchen einließe. Nein, er hatte sich Enthaltsamkeit geschworen, jetzt war er auf der Hut! Mit einem schnippischen Seufzer trollte sich die Frau von dannen, woraufhin Anton, der das erste Bier fast in einem Zug hinuntergekippt hatte, sich gleich ein weiteres genehmigte.

Er beschloss, noch einen Spaziergang hinunter zur Elbe zu machen, um dort die untergehende Sonne zu betrachten. Gemächlich spazierte er die Davidstraße hinunter, passierte Straßen, die nach Männernamen benannt waren, Friedrichstraße, Heinrichstraße, Erichstraße, bis er schließlich ans Ufer der Elbe gelangte.

Wunderschön glitzerte die Abendsonne im Elbstrom. Das

Wasser gurgelte und plätscherte träge an ihm vorbei, und der leichte Abendwind ließ die Wedel der Weiden leise rauschen. Zufrieden setzte Anton sich auf einen Stein und genoss die friedliche Abendstimmung. Die tief stehende Sonne tauchte die Elbe in ein Farbenmeer, wie er es selten zuvor gesehen hatte. Orange, violett und blutrot versank sie schließlich am Horizont. Wie fein gesponnene Silberfäden glitzerte das Dämmerlicht auf dem Wasser. Beseelt von dem herrlichen Anblick machte er sich auf den Rückweg.

Die Davidstraße führte nun wieder bergauf. Häuser standen hier nur an der Ostseite, aber diese Katen, die sicher noch nicht allzu alt waren, machten einen heruntergekommenen Eindruck. Gerümpel lag herum, Wäschestücke hingen unordentlich aus den Fenstern, deren Scheiben zum Teil zerbrochen waren. An der Ecke zur Heinrichstraße stand die Tür einer Schenke weit auf. Von drinnen hörte er das Gemurmel und Gelärme einiger Männer und dann das Geräusch von Würfeln, die auf einen Tisch klackerten. „Ach, wie lange schon habe ich nicht mehr gewürfelt. Warum soll ich es nicht einmal wieder probieren? Der Abend ist noch lang und in Hamburg wartet keiner auf mich", dachte Anton bei sich.

Kaum waren ihm diese Gedanken durch den Kopf gegangen, da stand er auch schon in dem Schankraum, in dem an mehreren Tischen Männer zusammensaßen, tranken, spielten und redeten. Ohne zu zögern, fragte Anton in einer Runde, in der nur drei Männer zusammenhockten, ob er mitspielen dürfe. Verwegen sahen die Burschen aus, unrasiert, mit langen Bärten, schmierigen Hemden und Tüchern, die sie locker um den Hals gebunden hatten. Zwei von ihnen trugen auf ihrem zotteligen Haarschopf eine schwarze Mütze mit einem Schirm an der Vorderseite. Trotz ihrer heruntergekommenen Erscheinung wirkten sie freundlich und gutmütig. Sie ließen ihn Platz nehmen, zur Begrüßung orderte einer von ihnen eine Runde Schnaps, ein anderer erklärte die Regeln, und schnell wurde Anton klar, dass hier um Geld gespielt wurde. Aber

das war ihm nur recht, er merkte augenblicklich, wie sein Puls-
schlag in die Höhe schoss.

Stunde um Stunde spielten die vier Männer. Mal gewann Anton,
mal verlor er. Die Zeit spielte für ihn keine Rolle mehr, er hatte sie
völlig vergessen. Schließlich aber, die Schenke war bis auf den
Tisch, an dem sie saßen, schon lange Zeit leer, begann der Wirt,
die Stühle hochzustellen. Mühsam fummelte Anton seine Taschenuhr aus der Brusttasche und sah voller Schrecken, dass Mitternacht
bereits seit einer halben Stunde vorüber war.

Schwankend stand er auf. Er wusste, er hatte viel zu viel getrunken. Reihum hatten die Männer und schließlich auch er Schnaps
und Bier geordert. Aber er hatte den Abend genossen. Am Ende
war sogar ein kleiner Gewinn für ihn übriggeblieben. Mit schwerer
Stimme verabschiedete er sich von den drei Männern. Fischer waren sie, täglich auf der Elbe unterwegs, so hatten sie ihm erzählt.
Er würde wiederkommen, versprach Anton, bevor er sich mit
schwankendem Gang auf den Rückweg machte.

Mühsam stolperte er die zwei Stufen der Schenke zur Straße hinauf. Er war noch keine zwanzig Schritte gegangen, als er auf eine
Frau stieß, die, anstößig bekleidet mit einem Umhang aus nahezu
durchsichtigem Stoff, auf ihn zuging und ihn mit rauchiger Stimme
ansprach.

„Wie schön, dass du mir über den Weg läufst, mein Kleiner.
Komm mal her zu mir, ich hab was Schönes für dich." Zielstrebig
nahm sie seine Hand und schob sie unter ihr Kleid auf ihre warme
Brust. Gleichzeitig umarmte sie ihn an der Taille und zog ihn ungeniert mit sich fort. Willenlos ließ Anton dies mit sich geschehen.
Die zarte Haut mit der harten Brustwarze unter seiner Hand ließ
eine heiße Energie durch seine Adern schießen. Sehnsüchtig vergrub er seinen Kopf im üppigen Dekolleté der Fremden.

Ohne Widerstand ließ er sich mitziehen. Durch finstere Gänge
und Stiegen gelangten sie in eine dunkle Kammer, von der Anton
nicht mehr als die Umrisse eines Bettes, einer Kommode und eines

Schrankes wahrnahm. Geschickt zog die Frau seinen Lederbeutel aus der Jackentasche und zählte sich, ohne Anton überhaupt nur zu fragen, einen Geldbetrag ab. Anschließend gab sie ihm einen Schubs, sodass er rücklings auf das Bett fiel. Sie entledigte ihn seiner Hose und legte sich auf ihn. Er kam fast augenblicklich. Es bedurfte nur einiger gezielter Handgriffe und einiger gekonnter Körperbewegungen der Fremden und schon war es vorbei.

Mit einem erleichterten Seufzer rollte er sich zur Seite. Schlafen, er wollte nur noch schlafen. Kaum aber hatte er die Augen geschlossen, drehte sich alles um ihn und augenblicklich wurde ihm übel. Würgend setzte er sich auf und presste sich die Hand vor den Mund. Die Frau hielt ihm fluchend einen Nachttopf unter das Kinn, worin er sich heftig erbrach. Fluchend versuchte sie, ihn aus dem Bett zu stoßen.

„Das hat mir gerade noch gefehlt", keifte sie. „Mach du bloß, dass du fortkommst und lass dich ja nicht wieder hier blicken." Anton bemerkte noch, dass sie etwas aus dem Fenster rief und sich dann erneut an seinem Geldbeutel zu schaffen machte. Kurz darauf kamen zwei breitschultrige Kerle in den Raum, klemmten ihn unter den Arm und schleppten ihn durch die dunkle Nacht hinaus auf die Straße. Seine Jacke und seine Hose warfen sie ihm hinterher, dann ließen sie ihn liegen.

Es war stockdunkel, nur ein funkelnder Sternenhimmel leuchtete über ihm. Mühsam zog Anton sich seine Hose über, klaubte seine Jacke aus der Gosse und wankte orientierungslos die Straße hinauf. Ein paar nächtliche Gestalten begegneten ihm, wie er auf dem Heimweg, alle mehr oder weniger betrunken. Nach einiger Zeit konnte Anton sich wieder orientieren. Er überquerte den Spielbudenplatz und schlug dann die Altonaer Allee Richtung Hamburg ein. Mehrfach musste er sich auf seinem Weg übergeben. Schließlich legte er sich erschöpft in ein Kornfeld an der Allee, er war nicht mehr in der Lage, noch einen weiteren Schritt zu tun. Der Himmel über ihm wankte und drehte sich und sobald er die

Augen schloss, ergriff ihn ein heftiger Schwindel.

Er erwachte von einem fröhlichen Vogelgezwitscher. Er fröstelte und ein heftiger Kopfschmerz pochte in seinen Schläfen. Die Sonne war schon aufgegangen, aber es war noch sehr kühl. Jäh kamen ihm die Ereignisse der letzten Nacht in den Sinn. Erinnerungsfetzen, die er gar nicht in seinen Kopf lassen wollte, bemächtigten sich seiner. Stöhnend stand er auf, zog seine völlig verdreckte Jacke über und stolperte hinaus auf die Allee. Abgeschlagen trotte er den Weg nach Hamburg, durchs Millerntor in die Peterstraße, wo er sich stöhnend auf seinen Strohsack warf. Fast augenblicklich fiel er in einen traumlosen Schlaf.

Er erwachte davon, dass er unsanft an der Schulter gerüttelt wurde. Vorwurfsvoll sah Georg ihn an und schüttelte den Kopf. „Anton, um Gottes willen, wo warst du nur? Ich habe mir solche Sorgen um dich gemacht! Du bist am Nachmittag nach Altona zur Beichte gegangen, und um Mitternacht warst du noch immer nicht zurück. Was ist passiert?". Anton aber schloss sofort wieder die Augen, das Licht schmerzte ihn. Er bat Georg um einen Becher Wasser. „Ich erzähle dir alles später, erstmal aber muss ich mich waschen und etwas essen." „Gut", entgegnete Georg, „dann lass uns einen Spaziergang zum Sans Soucis machen. Ich bin schon gespannt darauf, was du mir zu erzählen hast."

Als Anton sich schließlich anzog, stellte er mit Entsetzen fest, dass sämtliches Geld aus seinem Lederbeutel verschwunden war. „Das wird sich die Dirne unter die Finger gerissen haben", mutmaßte er. Entmutigt zog er die Schultern hoch. Er würde keine Möglichkeit haben, das Geld zurückzubekommen, wusste er doch nicht einmal, wo er genau gewesen war, geschweige denn, wie die Fremde hieß oder wie sie ausgesehen hatte.

Auf dem Weg zum „Sans Soucis" erzählte Anton Georg alles. Es tat ihm gut, seinen Freund einzuweihen in all die Dinge, die ihm auf der Seele lagen. Er erzählte von den geheimen Glücksspielen, von Sophia und seinen Gefühlen für sie, von Martje und davon, dass er nicht davon lassen konnte, zu ihr zu gehen. Schließlich berichtete er auch von dem letzten Abend, als er, kurz nachdem er die Absolution erhalten hatte, geknobelt hatte und dann erneut bei einer Dirne gewesen war. Vor Scham schlug er die Augen nieder und eine heiße Röte stieg ihm in die Wangen.

Zu seiner Überraschung jedoch nahm Georg seinen Bericht gelassen auf. Verständnisvoll hörte er sich alles an, nickte zwischendurch mit dem Kopf oder lachte leise vor sich hin. „Anton, nun sei doch nicht so streng zu dir selbst", sagte er schließlich. „Was hast du denn Schlimmes getan? Du bist ein Mann, da brauchst du auch dann und wann eine Frau, das ist doch normal, egal, was die Pfaffen sagen. Und gestern Abend, da warst du stockbetrunken. Du wusstest wahrscheinlich gar nicht mehr, was du tust. Schlimm genug, dass dein ganzes Geld futsch ist. Geh einfach irgendwann wieder zur Beichte und lass dir die Absolution geben. Dann komme ich aber mit nach Altona, damit du nicht erneut Dummheiten machst!", fügte er grinsend hinzu und knuffte Anton in die Seite. „Ansonsten rate ich dir, wenn du Sophia wirklich liebst und sie vielleicht sogar heiraten möchtest, dann schreibe es ihr endlich. Bitte sie, auf dich zu warten, bis du in ein oder zwei Jahren zurückkehrst. Wenn ich dich richtig verstanden habe, ist sie eine hübsche Frau. Ihr Leben lang wird sie vermutlich nicht auf dich warten."

45

Oldenburg,
Sonntag, 27. Juli 1800

Entschlossen setzte Sophia sich den Strohhut auf ihr hochgestecktes Haar. An diesem Vormittag war sie mit Johanne und Wilhelm Weber verabredet, gemeinsam wollten sie einen Spaziergang ins Eversten Holz unternehmen. „Theodor wird auch dabei sein", hatte Johanne ihr augenzwinkernd verraten. „Er hat ein Auge auf dich geworfen Sophia, hast du das schon bemerkt? Seit wir Silvester zusammen gefeiert haben, fragt er immer wieder nach dir. Wenn du nicht mitkommst, ist er sicher auch nicht mit von der Partie."

Nachdenklich setzte Sophia sich auf ihr Bett. Theobald warb um sie, natürlich hatte sie das schon bemerkt. Sicher, er war ein stattlicher Mann, gut aussehend, mit seinen roten Haaren und dem Backenbart. Zudem war er freundlich und höflich. Sophia mochte ihn durchaus, aber ihr Herz regte sich nicht, wenn sie an ihn dachte.

Ihre Gedanken gingen zu Anton. Kurz nach ihrem Geburtstag war ein Brief von ihm aus Hamburg eingetroffen. Es war ein liebevoller Brief gewesen. Er hatte an ihr Kennenlernen einen Tag vor ihrem fünfundzwanzigsten Geburtstag im vergangenen Jahr erinnert, an die wunderbaren Sommertage in Vechta und ihre gemeinsamen Erlebnisse dort. Er hatte sogar geschrieben, dass er oft an sie denke und sein Herz sich noch immer nach ihr sehne. Aber er hatte kein Wort darüber verlauten lassen, dass er sie eines Tages heiraten wolle, keine Bitte, dass sie so lange auf ihn warten möge.

„Anton ist noch so jung", dachte sie mit einem Mal. „Er ist gerade einmal zweiundzwanzig Jahre alt. Wie kann ich von ihm erwarten, dass er sich an mich bindet? So geht es aber auch nicht weiter. Ich muss Klarheit haben, diese Unsicherheit zermürbt mich. Noch heute Abend werde ich ihm schreiben und ihn fragen, wie ich mit ihm dran bin."

Entschlossen stand sie auf, rückte den Rock ihres Kleides zurecht und machte sich auf zu den Webers. Pünktlich um elf Uhr traf sie an dem Brunnen ein, der vor dem prächtigen Nachbarhaus der Webers stand. Johanne und Wilhelm warteten dort bereits auf sie. Johanne hatte sich den kleinen Ernst Friedrich mit einem Tuch auf den Rücken gebunden. Aufmerksam betrachtete der kleine Kerl mit großen Augen die Umgebung. Fröhlich juchzte er, als Sophia ihm eine Zuckerstange reichte, die sie am Tag zuvor für ihn gekauft hatte. Liebevoll strubbelte sie ihm die roten Locken, die sich auf dem Köpfchen kräuselten.

Sie warteten wohl zehn Minuten, als endlich auch Theodor mit eiligen Schritten quer über den Marktplatz in ihre Richtung lief. „Entschuldigt mich", sagte er außer Atem. „Auf der Wache gab es noch einen Zwischenfall, der mich aufgehalten hat. Zum Glück konnte ich mich dann doch loseisen."

Die kleine Gruppe wanderte am Rathaus und am Glockenturm vorbei in Richtung Süden. Vor der Penzenpforte bogen sie rechts ab zum Everstentor. An der linken Seite erblickte Sophia ein rundes Backsteingemäuer mit einem Kugeldach. „Wilhelm, obwohl ich schon fast ein Jahr in Oldenburg lebe, bin ich noch niemals zuvor hier entlang in Richtung Eversten gewandert. Was ist das für ein eigenartiges Gebäude?" „Das ist der Pulverturm", erklärte er. „Früher gehörte er zur Befestigungsanlage. Aber keine Angst, heute wird kein Pulver mehr darin verwahrt. Seit einigen Jahren wird er vom Schloss als Eiskeller benutzt." Er wies auf das Stadttor. „Dieses Tor hat seinen Namen von dem Dorf Eversten, es liegt eine knappe halbe Meile von hier. Und dieses Flüsschen hier", er zeigte auf einen ein trübes, übel stinkendes Bächlein, welches sie überquerten, „ist die Haaren, die in die einstige Befestigungsanlage mit einbezogen war. Meistens ist sie verschlickt."

„Wenn sie nicht regelmäßig gesäubert wird, so wie jetzt, dann stinkt sie entsetzlich", erklärte nun Theodor. „Darf ich dir meinen Arm anbieten?", sagte er, als sie das Tor durchquert hatten. „Ab jetzt wird der Weg recht holperig. Ich möchte nicht, dass du stürzt."

Wilhelm und Johanne gingen voran, Theodor und Sophia folgten ihnen auf dem Weg in Richtung Westen. Auf beiden Seiten erstreckten sich die Gärten wohlhabender Bürger. „Im Winter steht dieser Weg oft unter Wasser und ist kaum zu befahren. Wir haben Glück, dass es seit Tagen so trocken ist." Theodor senkte die Stimme ein wenig. „Ich habe gehört, dass der Herzog Pläne hat, hier zu unserer linken Seite einen Schlossgarten anzulegen. Dazu will er diese Gärten ankaufen. In dem Zusammenhang soll dann auch dieser Weg neu angelegt werden." Er räusperte sich kurz. „Ich habe neulich unabsichtlich ein Gespräch zwischen zwei Ratsherren belauscht. Die beiden sprachen darüber, dass es deswegen bereits Gespräche mit den Besitzern der Grundstücke hier gibt. Die werden aber von Strohmännern geführt. Wenn es öffentlich bekannt würde, dass der Herzog Gelände für einen Schlossgarten kaufen will, dann würden die Preise für das Land sofort in die Höhe schießen." Besorgt sah er Sophia an. „Du darfst das aber nicht weitererzählen, dann komme ich in Teufels Küche." Sophia versprach es hoch und heilig. Sie konnte sich gut vorstellen, dass es große Schwierigkeiten geben würde, wenn der Plan sich zu früh herumspräche.

Die vier überquerten eine Holzbrücke, die über einen kleinen, ebenfalls übelriechenden Graben führte. „Das ist der Eversten-Graben. Er führt rechterhand zu den Dobben", erklärte nun Johanne. Sie zeigte über ein grünes Sumpfgebiet. „Der Dobben wird von zahlreichen Armen der Haaren durchflossen. Im Winter wird das gesamte Gebiet von Wasser überschwemmt. Als Kind bin ich dort oft Schlittschuh gelaufen. Im Sommer ist es ein grünes Sumpfland. Wilhelm nickte. „Soweit ich es gehört habe, soll dieses Gebiet demnächst trocken gelegt werden. Es sollen dort Baugrundstücke entstehen. Jetzt, wo die Festungsanlage abgetragen ist, wird Oldenburg sich endlich ausweiten können."

Theodor wendete sich nach links und zeigte auf ein mit Gräben, Wällen und einem großen Zaun umgebenes Gelände. „Das ist das Haberland. Dahinter liegt der Deich zur Hunte." Er zog Sophia ein wenig zur Seite. „Auch auf diesem Gebiet will der Herzog den Schlossgarten anlegen", raunte er ihr zu. „Schau, was für ein riesiges Gelände das ist. Allein die Arbeiten zur Entwässerung werden Unsummen verschlingen."

Nach einer weiteren kurzen Wegstrecke erreichten sie die Everstener Wache. Vier quadratisch gemauerte Pfeiler bildeten die Stützen des großen Tores und der beiden kleinen Nebentore. Auf der linken Seite befand sich das Wachhaus. Zwei große, eiserne Torflügel standen an diesem Nachmittag jedoch weit offen, sodass sie ungehindert passieren konnten.

Noch einen weiteren verschlammten Graben mussten sie auf einer Holzbrücke überqueren, dann endlich zeigte Johanne auf ein großes Gehölz an der rechten Seite. „Wir sind da, Sophia, das ist das Eversten Holz. Schau, der kleine Teich dort, das ist die Pferdetränke. Sie diente zunächst als Tränke für das auf der Eversten Marsch weidende Vieh. Inzwischen führen auch die hier vorbeikommenden Fuhrleute ihre Pferde hierher. Sogar der Herzog lässt seine Pferde dort trinken, wenn er hinausreitet. Sein Onkel, Herzog Friedrich August, hat das Holz als Lustholz für die Bürger Oldenburgs umgestalten lassen. Für Spaziergänge innerhalb der Stadt gibt es ansonsten ja nur die geschleiften Stadtwälle, wo sich immer noch Schweine und Ziegen herumtreiben. Der Herzog hat das Gehölz mit Eichen, Buchen, Tannen und Fichten aufforsten lassen und ordentliche Wege zum Flanieren angelegt. Mitten im Wald hat er einen zehnstrahligen Jagdstern angelegt, den zeigen wir dir jetzt."

Die vier betraten den Wald. Unglaublich viele Menschen waren um diese Zeit auf den breit angelegten Pfaden unterwegs. Eine Weile schlenderten sie über die beschatteten Wege. Sobald ihnen Spaziergänger begegneten, lüfteten Wilhelm und Theodor ihre Hüte und grüßten die Entgegenkommenden höflich. Durch die Baumwipfel drang das Sonnenlicht in das Gehölz. Die tiefen Schatten der Bäume fielen auf die offenen Wiesen. Dieser Wechsel von Schatten und Licht zauberte ein stimmungsvolles Bild.

Die kleine Gruppe ließ sich auf einer Bank nahe des Jagdsterns nieder. Johanne, die zuvor noch so munter gewirkt hatte, rang erschöpft nach Luft. Erschrocken sah Sophia, dass sie ganz blass geworden war. Auch Wilhelm schien dies bemerkt zu haben. „Ernst Friedrich ist dir sicher zu schwer geworden. Warte, ich nehme ihn dir ab, dann kannst du dich ein wenig ausruhen," sagte er besorgt. Johanne nickte und wischte sich einige Schweißtropfen von der Stirn.

„Gleich wird es mir sicher wieder bessergehen. Wilhelm, besorgst du mir einen Becher von dem Pyrmonter Brunnenwasser? Das wird mir sicher guttun." Fragend sah Sophia sie an. „Pyrmonter Brunnenwasser?", fragte sie, „was ist denn das?" „Seit einigen Jahren wird hier im Eversten Holz im Juli das Pyrmonter-, Driburger-, Eger- und Saidschitzer Brunnenwasser ausgeschenkt. Zuvor gab es diese Einrichtung am Baumhof beim Schloss. Seitdem sich aber so viele Menschen im Sommer im Eversten Holz aufhalten, ist der Ausschank hierher verlegt worden. Schau, dort ist eine Bühne aufgebaut, und da vorne sind Bänke und Tische aufgestellt, wo man das heilende Wasser zu sich nehmen kann. Man darf es aber nicht einfach trinken." Johanne lächelte eifrig. „Man muss sein Glas von Zeit zu Zeit nach Vorschrift leeren. Danach spaziert man ein wenig umher, bevor man dann das nächste Wasser zu sich nimmt. Das Interesse an diesen Trinkkuren ist riesengroß. Es kommen Besucher aus allen Teilen des Herzogtums, sogar aus Bremen, Ostfriesland und Holland. Schon um sechs Uhr morgens wandeln die ersten Gäste hier durchs Holz, um die Trinkkur durchzuführen." Dankend nahm sie den Becher entgegen, den Wilhelm ihr reichte. „Heute Nachmittag wird hier an diesem Platz auch ein Konzert abgehalten. Das Hoboistenkorps bläst dann die schönsten und neuesten Harmoniestücke. Wilhelm und ich waren vor zwei Wochen hier und haben es uns angehört."

Eine Weile saßen sie auf der Bank und beobachteten die Spaziergänger, die die frische Luft genossen. „Seht euch an, wie oft die Herren die Hüte ziehen müssen. Das ist auf Dauer ganz schön anstrengend", sagte Theodor schmunzelnd. „Ich überlege, ob ich nicht dem ‚Verein gegen das Hutabnehmen' beitrete. Ihr werdet mir vermutlich gar nicht glauben, was sich einige Oldenburger Bürger ausgedacht haben. Sie wollen tatsächlich einen solchen Verein gründen. Wartet mal, ich glaube, ich habe sogar ein Exemplar des Aufrufes dabei." Umständlich zog er einen zerknitterten Zettel aus der Tasche, von dem er laut vorlas. „Der Gebrauch des Hutabnehmens ist sehr lästig. Es ist der Gesundheit schädlich, wenn die erwärmte Stirn plötzlich von einer kalten Luft angeweht wird. Der Hut wird vorzeitig abgenutzt. Der Kurzsichtige oder Zerstreute, welcher den Gruß unterlässt, gilt für unhöflich oder für stolz. Der Wind bringt das Haar in Unordnung. Nirgends aber wird das Hutabnehmen unerträglicher als auf stark besuchten Spaziergängen. Der so angenehme und jedem so gelegene Spaziergang auf dem hiesigen Walle wird dadurch manchem verleidet, dass er sich genötigt sieht, einen minder angenehmen und minder gelegenen Ort aufzusuchen. An einem größeren Orte ist der Gebrauch lange nicht so lästig als bei uns. Denn dort begrüßen sich nur Bekannte. Aber hier nimmt man vor jedem anständig gekleideten Menschen den Hut ab, und da unsere Mägde jetzt, vorzüglich an Sonntagen, ebenso gekleidet gehen wie ihre Frauen, so muss der Kurzsichtige aus Furcht eine Unhöflichkeit zu begehen, auch vor jeder Magd den Hut abnehmen."

Johanne und Sophia sahen sich sprachlos an, wussten sie doch nicht, ob es sich vielleicht um einen Witz handelte. Als aber

Theodor ihnen versicherte, dieses Anliegen entspringe durchaus ernsten Absichten und Wilhelm bestätigte, auch er habe bereits davon gehört, da mussten sie herzlich lachen. Sie waren sich schnell einig, dass es eines solchen Vereins nicht bedurfte. „Hier in Oldenburg kennt man sich, hier grüßt man sich, hier hebt man den Hut", sagte Wilhelm entschlossen.

„Lasst uns noch irgendwo einkehren, bevor wir zurückgehen", schlug Johanne vor. „Das Brunnenwasser allein ist mir heute zu langweilig. Was haltet ihr vom ‚Weissen Lamm‘ oder von der ‚Tapkenburg‘? Ansonsten können wir auch noch zum Etablissement der Frau Papen an der Wienstraße oder zur Frau von Harten an der Hauptstraße gehen. Einen Kaffee könnte ich jetzt gut gebrauchen." Sie einigten sich darauf, in der „Tapkenburg" einzukehren.

Sie waren nicht lange unterwegs, da gelangten sie an ein Haus, dessen eigentliche Nutzung offensichtlich landwirtschaftlichen Zwecken diente. Durch ein Stallgebäude ging man in die Stube, wo eine Trinkkneipe hergerichtet worden war. Um diese Zeit hielten sich hier schon viele Menschen auf. Es wurde gescherzt und gelacht, die Stimmung war außerordentlich gut. An dem länglichen Tisch saßen verschiedene Herrschaften, Limonaden, Teegläsern oder Kaffeetassen vor sich. Mit Müh und Not fanden die vier noch einen Platz an der hinteren Ecke des Tisches.

Ein Jedermann amüsierte sich prächtig. Schließlich kam von einer jungen Frau die Frage nach einer Tanzmusik. „Kann hier jemand die Fidel spielen? Ich möchte tanzen. Wirt, kannst du nicht eine Musik bestellen?" Der Wirt aber schüttelte den Kopf und sah ratlos drein, denn die Stimmung hob sich immer mehr. Immer lauter wurden die Rufe nach Musik. Da sich aber niemand als Spielmann betätigen wollte, holte sich schließlich einer der Männer zwei Topfdeckel aus der Küche. Begeistert begleitete er seinen brummigen Gesang mit dem scheppernden Takt der Topfdeckel, und sogleich fielen die ersten Gäste in den Gesang ein. Es dauerte nicht lange, da sprang ein Gast auf und riss die Tür zum Kuhstall auf. Ein Teil der Gesellschaft begab sich daraufhin hinaus in die Diele, um dort einen Tanz zu wagen.

Lächelnd sahen Sophia, Theodor und Wilhelm dem Treiben zu, während Johanne, mit Ernst Friedrich auf dem Schoß, sich mit geschlossenen Augen an die Wand lehnte. Theodor juckte es offensichtlich in den Beinen, sich ebenfalls in die Diele zu begeben, dann besann er sich aber, bei den anderen zu bleiben. „Ich war zuletzt an Pfingsten hier, berichtete er. „Da war vielleicht etwas los. Gegen Abend wurde hier auch Alkohol ausgeschenkt, Bier, Wein und Branntwein. In der Scheune gab es Tanzmusik, und die Menge war außer Rand und Band. Es wurde bis zum Morgengrauen getanzt. Als ich mit meinen Freunden zurück in die Stadt wollte, da waren die Torflügel der Everstener Wache längst geschlossen. Der Wachhabende verlangte von jedem von uns drei Groten für den Durchlass. Es half uns kein Protest und kein Geschrei, nur gegen diese Gebühr war er bereit, uns das Tor zu öffnen. Wir haben uns schließlich in unser Schicksal gefügt und das Geld bezahlt." Besorgt sah er Johanne an. „Du siehst nicht gesund aus, Johanne. Du bist ganz blass um die Nase und du scheinst zu frieren, obwohl es so heiß ist." Er fühlte die Stirn seiner Schwester. „Ich glaube, du hast Fieber. Wir sollten jetzt zurückgehen, damit du dich hinlegen kannst."

Das Everstentor stand weit offen, als die vier in die Stadt zurückkehrten. Theodor trug Ernst Friedrich, der nach dem ganzen Trubel friedlich schlummerte, auf dem Arm. Wilhelm hatte Johanne untergehakt, die sich schwer auf ihn stützte. Der Rückweg schien fast zu viel für sie zu sein, immer wieder hielt sie kurz an, um Luft zu schöpfen. Beim Rathaus verabschiedete Sophia sich von ihren Begleitern. Nur mit Mühe konnte sie Theodor davon abbringen, sie nach Hause zu begleiten. „Ich muss ihm demnächst sagen, dass er sich keine Hoffnungen machen soll", dachte sie, während sie eilig zu ihrer Unterkunft lief. „Ich liebe Anton und sonst keinen. Wenn er es nicht sein kann, dann bleibe ich lieber allein."

Eilig aß sie bei Geschen in der Küche ein paar Bratkartoffeln, dann setzte sie sich an den Tisch in ihrer Kammer, um den Brief an Anton zu schreiben.

Schnell flog die Feder zunächst über das Blatt, zu oft schon hatte sie die Sätze, die sie jetzt schrieb, in Gedanken formuliert. Sie berichtete von Hermann und davon, wie schlecht es an Pfingsten um ihn gestanden hatte. Sie schrieb von Heinrich und Margarethe, berichtete von Dr. Jacobi und seinem Angebot, sie einzustellen. Dann aber versuchte sie, den Absatz des Briefes zu formulieren, der ihr am meisten am Herzen lag.

„Lieber Anton,

es fällt mir nicht leicht, die folgenden Zeilen zu schreiben. Lange schon denke ich darüber nach, wie ich dich fragen kann, was mir schon seit Wochen auf dem Herzen liegt. Ich habe mich während des letzten Sommers in Vechta Hals über Kopf in dich verliebt. Du hast mir beteuert, dass es dir genauso ergangen ist. Ich habe damals verstanden, dass du mir keinen Antrag machen konntest. Inzwischen aber möchte ich Gewissheit über unsere Zukunft haben.

Seit fast einem Jahr haben wir uns nicht mehr gesehen und dennoch gehst du mir nicht aus dem Kopf. Ich wünsche mir nichts mehr, als dass wir eines Tages, wenn du Meister bist, heiraten mögen. Ich bin bereit, solange zu warten. Ich bitte dich, schreibe mir, wie du über unsere Zukunft denkst. Ich verspreche dir, ich werde nicht daran zugrunde gehen, wenn du mir die Wahrheit schreibst, da du vielleicht bereits eine andere Frau kennengelernt hast. Natürlich wäre ich sehr traurig, aber ich würde es akzeptieren.

Du musst aber verstehen, dass ich darüber nicht länger im Unklaren bleiben möchte. Die ständige Ungewissheit macht mir zu schaffen und lässt mich nicht zur Ruhe kommen. Schreibe mir also bitte bald, ob du mich nach deiner Wanderung heiraten möchtest oder nicht.

Wenn ich keine Antwort von dir erhalte, dann werde ich mich in all meinen zukünftigen Entscheidungen frei fühlen.

Deine Sophia"

Mit Tränen in den Augen legte Sophia die Feder zur Seite. Sie faltete das Blatt und steckte es in ein Kuvert. Antons Adresse in Hamburg kannte sie auswendig. Schnell schrieb sie sie auf den Umschlag.

Noch vor Arbeitsbeginn, so schwor sie sich, noch bevor der Mut zu so einem entscheidenden Schritt sie vielleicht wieder verlassen würde, würde sie den Brief am nächsten Morgen zur Poststation bringen.

46

Hamburg,
Freitag, 8. August 1800

Anton wälzte sich auf seinem Strohsack hin und her. Er konnte nicht einschlafen. Drei Wochen schon lag das Gespräch mit Georg zurück, und immer wieder gingen ihm dessen Worte durch den Kopf. Was sollte er nur Sophia schreiben? Sollte er sie um ihre Hand bitten? Er wusste doch gar nicht, was auf seiner Wanderung noch passieren würde, was noch vor ihm lag. Vielleicht würde er eine hübsche Frau kennenlernen? Vielleicht könnte er die Tochter eines Goldarbeiters heiraten, in dessen Betrieb ein männlicher Erbe fehlte? Wenn er erst Sophia versprochen hätte, sie zu heiraten, dann wäre es vorbei mit diesen Träumen. Aber er liebte sie doch. Und sie liebte ihn. Nur, wovon sollte er eine Familie ernähren? Er musste zunächst seine Wanderschaft beenden, um dann seinen Meister zu machen. Vorher war an eine Heirat nicht zu denken. Vielleicht könnten sie dann gemeinsam in eine fremde Stadt gehen, um dort eine Werkstatt zu übernehmen. Es war teuer, sich ein Amt zu kaufen. Würde er genügend Geld dafür aufbringen können? Endlos kreisten diese Gedanken in seinem Kopf herum. Erst im Morgengrauen fiel er erschöpft in einen unruhigen Schlaf.

Am Morgen erwachte er wie gerädert. Sein Kopf schmerzte entsetzlich. Hundemüde schlich er in die Werkstatt und versah seine Arbeit missmutig. Seine Gedanken schweiften immer wieder ab, es war ihm kaum möglich, sich auf seine Arbeit zu konzentrieren. Irgendwie bekam er diesen Arbeitstag herum.

Am Abend machte er einen langen Spaziergang durch die Stadt. Ohne Ziel irrte er durch die Straßen, bis er schließlich an die Binnenalster gelangte. Dort suchte er sich am Ufer ein ruhiges Plätzchen. Lange saß er dort und grübelte, aber zu einer Entscheidung konnte er sich nicht durchringen. Er brauchte noch Zeit.

In der Herberge empfing Georg ihn ungeduldig. „Anton, komm mal mit mir in den ‚Schwarzen Ochsen‘, ich muss etwas mit dir besprechen.“ Anton schüttelte energisch den Kopf. „Heute Abend nicht, Georg, ich bin todmüde, letzte Nacht habe ich kein Auge zugetan. Ich habe heute keine Lust mehr auf Kartenspielen und Reden. Ich muss dringend schlafen.“

Georg aber gab nicht nach, bis er Anton überredet hatte. „Anton, ich möchte meine Arbeit hier in Hamburg Ende August beenden“, begann Georg das Gespräch, als sie vor einem schäumenden Bier im „Ochsen“ saßen. „Ich möchte nach Lübeck wandern, bevor der Herbst kommt. Die Arbeit in der Konditorei gefällt mir zwar gut, aber ich hoffe, dass ich in Lübeck noch bessere Bedingungen vorfinden werde. Dort sollen Gewürze aus aller Herren Länder im Hafen umgeschlagen werden. Das wird mir hoffentlich die Gelegenheit geben, meine Marzipan-Rezepte weiter zu verfeinern. Damit komme ich hier nicht so recht voran. Du wirst sehen, wenn erst Weihnachten vor der Tür steht, werden die feinen Kaufleute dort gar nicht genug davon bekommen können."

Anton hatte insgeheim schon damit gerechnet, dass es Georg weiterzog. Ihm war es recht, in Hamburg hielt ihn nichts mehr. Im Grunde war er froh, diesem Moloch entfliehen zu können.

Gleich am nächsten Tag bat er seinen Meister nach Feierabend um ein Gespräch. Nachdem die Werkstatt geschlossen war, saßen die beiden allein in dem Raum, selbst die zänkische Frau und ihre beiden Töchter waren bereits nach oben in die Wohnung verschwunden. Die ungewohnte Ruhe legte sich eigentümlich über die beiden. Anton berichtete dem Meister Schleich von seinen Plänen, am Ende des Monats die Werkstatt verlassen zu wollen. Dieser nickte zunächst seltsam teilnahmslos.

„Anton, du bist frei und ich gebe dir den Rat, genieße diese Freiheit, solange es dir möglich ist", platzte es plötzlich aus ihm heraus. „Du siehst, wie es mir tagein, tagaus ergeht. Mach du bloß nicht den gleichen Fehler wie ich und heirate in eine Werkstatt nur deshalb ein, um als Meister arbeiten zu können. Da liegt kein Glück drauf, lass dir das gesagt sein. Du hast Verstand und auch Geschick. Das wird dir nützen. Geh du nur fort, ich wünsche dir viel Glück."

So plötzlich wie er zu sprechen begonnen hatte, so schnell verstummte er auch wieder und sackte ein wenig in sich zusammen. Fast tat der Meister Anton ein wenig leid. Nein, zufrieden oder gar glücklich war dieser Mann sicher nicht, das konnte jeder sehen.

47

Oldenburg,
Sonntag, 24. August 1800

Sophia und Elise hatten sich verabredet, um einen Spaziergang auf dem Wall und über die Esplanade zu machen, das Wetter jedoch machte ihnen einen gründlichen Strich durch die Rechnung. Es regnete wie aus Kübeln, keinen Hund würde man bei diesem Wetter hinausschicken. Elise war bereits auf dem kurzen Weg von den Scholtzes zu Sophia pitschnass geworden. Bibbernd saß sie am Herd, um sich zu trocknen. Ihre Schnürschuhe waren dreckverkrustet. „Dabei habe ich sie gerade gestern Nachmittag geputzt", jammerte sie. Geschen reichte ihr ein Handtuch. „Damit kannst du dir deine Haare trocken rubbeln, Mädchen, und dann koche ich uns einen kräftigen Tee, damit du wieder warm wirst." Geschäftig lief sie in der Küche hin und her, bis schließlich eine Kanne mit dampfendem Tee und ein wenig Gebäck auf dem Tisch stand.

„Was meint ihr, mögt ihr heute den Rest der Geschichte von Jan Krahner hören?", fragte sie, als alle schließlich am Küchentisch saßen. „Wir waren damit noch nicht zu Ende." Magda nickte zögernd. „Wenn es nicht zu schrecklich ist", wisperte sie.

„Na, ja, schließlich erzähle ich euch von einem Räuberhauptmann und nicht von einer Prinzessin, die auf Rosen gebettet ist." Geschen grinste. „Ich hatte euch ja erzählt, wie Jan Krahner mit Schlägen und mit der Brandmarkung bestraft worden ist. Das aber war ja nicht alles, schließlich war er auch noch zur lebenslangen Sklaverei verurteilt worden. Ihr braucht nicht zu glauben, dass der König von Dänemark ihn vorm Galgen bewahrt hat, weil er so ein gutes Herz hatte, beileibe nicht. Der König benötigte Arbeitskräfte zum Bau seiner Festung. So waren Jan Krahner und die meisten seiner Diebesbande dazu verurteilt, wie Sklaven an dem Wall zu arbeiten."

Elise nickte. „Davon habe ich schon einmal gehört. In dem Sklavenloch, so nannte man das furchtbare Gefängnis beim Lappan, waren die Gefangenen untergebracht und mussten tagsüber schuften wie die Tiere." Geschen nickte bestätigend. „Genau. Die Sklaven wurden mit Eisen an die Karren gebunden und mussten in der Eversten Marsch Grassoden stechen. Nicht wenige Male habe ich die Männer abends in die Stadt zurückkehren sehen und auch wenn ich wusste, welche Schandtaten sie begangen hatten, hatte ich doch fast ein wenig Mitleid mit ihnen, so elend sahen sie aus." Aufmerksamkeit heischend blickte Geschen die drei Frauen an.

„Jetzt aber hört zu, wie es mit Jan Krahner weiterging. Ihr werdet es mir wohl kaum abnehmen, aber es gelang ihm nach einiger Zeit wiederum, auszubrechen. Er hatte sich, keiner weiß woher, eine Feile besorgt und damit in wochenlanger Arbeit unbemerkt die Gitterstäbe vor dem Fenster des Sklavenlochs durchtrennt. In einer dunklen Winternacht flüchtete er dann gemeinsam mit drei weiteren Gefangenen. Ihr könnt euch nicht vorstellen, was hier in der Stadt los war, als die Flucht am frühen Morgen bemerkt wurde. Durch die ganze Stadt hallten Kommandos. Vom Wall wurden Kanonenschüsse abgefeuert, so laut, dass ich davon aufwachte. Von der Garnison am Waffenplatz aus setzten sich Suchtrupps in Marsch und durchkämmten alle Straßen, die aus der Stadt herausführten. Aber es war vergeblich, Jan Krahner und seine drei Begleiter blieben verschwunden. Ich weiß noch, dass ich damals eine furchtbare Angst hatte. Jeden Augenblick rechnete ich damit, dass die Banditen hier in das Haus eindringen würden, um sich zu verstecken oder etwas zu stehlen."

„Wartet kurz, ich habe oben noch eine Flasche Madeirawein, die hole ich schnell", warf Sophia ein, „damit können wir das Ende der Geschichte sicher besser verkraften." Kurz darauf stand vor jeder der Frauen ein Glas, gefüllt mit dem süßen Wein. Schließlich war es ja Sonntag, da konnte man sich wohl einmal etwas genehmigen.

„Wie man später herausfand", setzte Geschen ihre Erzählung fort, „hatte Jan Krahner sich mit seinen Kumpanen in einem Haus in der Nähe der Lehmkuhle in Nadorst verkrochen. Der Besitzer nutzte es nur als Lagerhaus, daher waren sie dort zunächst sicher. Natürlich bekam die Bande aber schnell Hunger und Durst, und so machte sie sich bereits in der kommenden Nacht wieder auf, um etwas Essbares zu stehlen. Mit einem Beil brachen sie in den Keller eines alleinstehenden Hauses ein. Dort stahlen sie Brot und Käse und ein Fässchen guten Weins. Damit kehrten sie zurück in ihren Unterschlupf." Geschen hob ihr Glas und deutete Sophia an, dass sie nichts gegen einen kräftigen Nachschub einzuwenden hätte.

„Das Fässchen Wein wurde den Männern jedoch zum Verhängnis", fuhr Geschen fort. „Sie tranken so reichlich davon, dass sie schließlich völlig betrunken waren. An eine Fortsetzung ihrer Flucht war so nicht zu denken. Es blieb ihnen nichts anderes übrig, als eine weitere Nacht in ihrem Versteck zu bleiben. Stellt euch die Dummheit der Männer vor. Anstatt danach vernünftig zu sein, haben sie sich, kaum waren sie wieder einigermaßen nüchtern, mit dem restlichen Wein erneut betrunken. Sie hatten nicht damit gerechnet, dass der Besitzer des Hauses, in dem sie Unterschlupf gefunden hatten, sie aufstöbern würde. Aber genau das geschah. Am frühen Morgen des nächsten Tages fuhr der Hausbesitzer auf den Hof und entdeckte die Räuberbande. Den vier Banditen blieb nichts anderes übrig, als zu flüchten. Sie liefen in alle Himmelsrichtungen auseinander. Na ja, ihr könnt euch denken, dass daraufhin überall nach ihnen gesucht wurde. Schon am Abend hatte man zwei von ihnen erwischt und in der Nacht darauf wurde der Dritte festgesetzt. Jan Krahner aber, den hatte man noch immer nicht gefunden."

Sophia füllte erneut die Gläser. Als auch Magda ihr das Glas hinhielt, legte Geschen entschieden die Hand darüber und schüttelte den Kopf. „Du bekommst nichts mehr, Magda. Du bist gerade einmal vierzehn Jahre alt, da reicht es für heute. Den Rest der

Geschichte wirst du wohl auch so verkraften."

Sie stellte das Glas von Magda zur Seite und fuhr mit der Geschichte fort. „Am vierten Tag wurde auch er, völlig entkräftet, in Borbeck in einem Stall erwischt. Natürlich wurde er sofort wieder gefangengenommen und zurück in die Stadt gebracht." Geschen machte eine Pause und schaute Sophia, Elise und Magda triumphierend an.

„Ihr ahnt sicher, wie es weiterging, oder? Jan Krahner konnte sich nun keine Hoffnung auf Gnade mehr machen. Er wurde zum Tode durch den Strang verurteilt. Der König von Dänemark hat dann auch nicht mehr lange gefackelt, die Strafe sollte sofort vollstreckt werden. Am Schellenberg in Osternburg sollte er baumeln. Eine große Menschenmenge strömte damals dorthin vor die Tore der Stadt. Jeder wollte sehen, wie der berüchtigte Räuberhauptmann den Tod fand. Auch meine Mutter und meine Tante machten sich dahin auf. Viele Menschen wollten gar nicht glauben, dass es nun wirklich zu Ende sein sollte mit Jan Krahner. Man munkelte, er würde sich bestimmt eine weitere List ersinnen, um dem Tod zu entgehen, aber das Spiel für ihn war vorbei. Er wurde gehenkt und es gab mehrere hundert Zeugen, dass er selbst es war, der am Galgen baumelte." Bei den letzten Worten presste Magda entsetzt die Lippen zusammen. „Ach Magda, gräm dich doch nicht", sagte Geschen beruhigend. „Ab da war es in Oldenburg endlich wieder ruhig. Auch ich konnte wieder gut schlafen."

Kurz schaute Geschen auf die Uhr. „Es ist gleich sieben Uhr. Elise, du musst vermutlich zurück zu den Scholtzes. Der Regen hat ein wenig nachgelassen, da wirst du wohl nicht erneut so nass werden."

Nachdem Elise aufgebrochen war, saßen Sophia und Geschen noch eine Weile einträchtig nebeneinander am Küchentisch, während Magda in der Beletage die Speisen bei den Herrschaften abtrug. Mit hochrotem Kopf kam sie die Treppe hinab.

„Der Kanzleirat und seine Frau wünschen heute Abend eine

heiße Schokolade". Fragend sah sie zu Geschen hinüber. „Kannst du mir zeigen, wie ich die zubereiten muss? Ich habe das noch nie gemacht." Ächzend erhob Geschen sich, schlurfte in die Speisekammer, suchte dort allerlei Zutaten zusammen und führte Magda dann zum Herd. „Hör zu, Kind, Kakao wird zu Tafeln gepresst gehandelt, rohe Platten. Du musst von dieser Platte Stücke abbrechen und wiegen. Um Schokolade zu zubereiten, nimmt man ungefähr anderthalb Unzen auf die Tasse, du nimmst also drei Unzen. Dann lässt du sie sachte in einem allmählich erwärmten Wasserbad zergehen, indem du sie mit einem Holzspatel umrührst. Anschließend lässt du sie eine Viertelstunde kochen, damit sie sich vollständig auflöst. Die Herrschaften bevorzugen zudem noch einen Löffel Rohrzucker und eine Prise Zimt in ihrer Schokolade. Du musst sie dann möglichst heiß servieren." Magda hatte aufmerksam zugehört. Eifrig machte sich daran, das Getränk zuzubereiten, während Geschen sich wieder zu Sophia setzte, die lustlos in ein paar Bratkartoffeln herumstocherte.

„Was schaust du denn so griesgrämig aus der Wäsche?", fragte sie Sophia bestürzt, „schmecken dir Magdas Bratkartoffeln nicht, oder ist dir eine Laus über die Leber gelaufen?"

„Ich glaube, die Geschichte mit Anton ist vorbei", entgegnete Sophia bitter. „Schon vor vier Wochen habe ich ihm einen Brief geschrieben. Ich habe ihn gebeten, mir möglichst schnell zu schreiben, ob er mich, wenn er Meister ist, heiraten will oder nicht. Niemals hätte ich gedacht, dass ich ihm so egal bin. Bis heute hat er mir nicht einmal geantwortet. Vier Wochen, Geschen, das ist wahrlich genug Zeit, um zu antworten. Da ist ja wohl klar, wie er zu mir steht! Längst vergessen hat er mich."

Heftig zuckten Sophia und Geschen zusammen, als eine Schüssel scheppernd zu Boden fiel. „Herrgott nochmal, Magda, musst du uns so erschrecken. Ich wäre beinahe tot umgefallen bei dem Lärm. Was ist denn bloß los?", rief Geschen ihr ungehalten zu. Die beiden Frauen drehten sich zu der Küchenmagd um. Die stand, verlegen die Hände in der Schürze knetend, am Herd inmitten eines Scherbenhaufens und flüssiger Schokolade. Flehend sah sie Sophia an.

„Ich hab's vergessen", flüsterte sie, so dass Sophia sie kaum verstehen konnte.

„Was hast du vergessen?", fragte sie arglos. „Du meinst doch sicher nicht das Salz an den Bratkartoffeln, die sind in der Tat etwas flau." Magda schüttelte den Kopf, erste Tränen stürzten ihr aus den Augen.

„Komm, Mädchen, setz dich mal zu uns, und dann erzählst du uns in Ruhe, was du vergessen hast. So schlimm wird es schon nicht sein", sagte Geschen begütigend. Magda jedoch begann, herzerweichend zu weinen. Mit bebenden Schultern setzte sie sich an den Tisch und sah Sophia an wie ein geprügelter Hund.

„Ich habe vergessen, den Brief zur Post zu bringen, den du mir damals gegeben hast, erinnerst du dich?", sagte sie schließlich schluchzend. „Eigentlich wolltest du ihn unbedingt selbst zur Poststation bringen, aber du hattest es an dem Morgen so eilig. Da habe ich dir angeboten, das für dich zu erledigen. Ich schwöre dir, Sophia, ich habe all' die Wochen nicht mehr daran gedacht. Erst als du gerade von dem Brief gesprochen hast, fiel er mir wieder ein. Er muss noch in der Tasche stecken, die ich damals zum Einkaufen mitgenommen hatte." Magda wandte sich Geschen zu.

„Erinnerst du dich? An dem Tag ist doch der Tragegurt der Einkaufstasche gerissen, in die ich die Kartoffeln gesteckt hatte. Seitdem liegt sie im Regal in der Speisekammer. Schon längst wollte ich sie zur Reparatur bringen, bin aber immer darüber hinweggekommen." Magda sprang auf, lief in die Speisekammer und kehrte mit einer schäbigen Tasche zurück. Einen Moment wühlte sie darin, dann zog sie den zerknitterten Brief hervor. Mit zitternden Fingern reichte sie ihn Sophia. „Hier ist er. Es tut mir so leid Sophia, wenn ich jetzt an deinem Unglück schuld bin."

Sophia erkannte sofort, dass es sich um ihren Brief an Anton handelte. Wütend ballte sie die Fäuste. „Wie konntest du das vergessen, Magda?", zischte sie hervor. „Der Brief war so wichtig. Du hast recht, nun ist vermutlich alles zu spät. Anton wird denken, dass er mir egal ist, weil ich ihm nicht geschrieben habe."

Sie sprang so heftig auf, dass dabei auch ihr Teller mit den restlichen Bratkartoffeln vom Tisch rutschte und auf dem Boden zersprang. Ohne sich darum zu kümmern, schnappte sie sich den Brief und rannte die Treppe zu ihrer Kammer hinauf.

Wortlos half Geschen Magda, eine neue Schokolade anzurühren. Wütend klingelte das Glöckchen aus der Beletage zu den beiden Frauen hinunter, die zwischen den Scherben und der klebrigen Schokolade standen und arbeiteten. Als die beiden Tassen, gefüllt mit der dunkelbraunen Flüssigkeit, auf dem Tablett standen, hielt Geschen Magda zurück.

„Magda, deine Schürze ist ganz fleckig. Binde dir schnell eine frische um, ich habe heute Morgen noch welche geplättet." Erst als Magda alles zu Geschens Zufriedenheit erledigt hatte, entließ diese das Mädchen zu den Herrschaften.

Geschen selbst aber schlurfte zur Speisekammer, holte Kehrblech und Handfeger und machte sich daran, die Scherben zusammenzufegen.

48

Hamburg und Lübeck,
Ende August und Anfang September 1800

Am letzten Samstag im August wanderten Anton und Georg noch einmal hinaus nach Altona zur Kirche St. Joseph. Auch Georg nutzte die Gelegenheit, die Beichte abzulegen. Anschließend schlenderten sie über den Spielbudenplatz und vergnügten sich an den Attraktionen, die dort dargeboten wurden. Danach aber kehrten sie schnurstracks nach Hamburg zurück. Anton wollte sich auf keinen Fall erneut zu Glücksspielen oder den Dirnen verführen lassen.

Am Montag, dem 2. September, brachen die beiden auf in Richtung Lübeck. Sie packten ihre wenigen Habseligkeiten zusammen, zahlten dem Wirt die noch ausstehende Zeche und verließen die unwirtliche Herberge. Guten Mutes wanderten sie hinaus zum Spitaler Tor, durch den Siechenort St. Georg, Richtung Barmbek. Eine milde Spätsommersonne schien vom Himmel herab und ein leichter Wind wehte von Westen her. Erste Blätter fielen bereits von den Bäumen und tanzten durch die Luft. Der Weg, der sie in Richtung Lübeck führte, wurde von vielen Händlern benutzt. Kutschen waren unterwegs, Zweispänner und Vierspänner, die Reisende auf mehr oder weniger bequeme Art von Ort zu Ort brachten. Allein von dem Anblick der durch tiefe Furchen schlenkernden oder über dicke Feldsteine rumpelnden Gefährte tat Anton der Allerwerteste weh. Viel langsamer dagegen zogen Ochsenkarren über Stock und Stein, hochbeladen mit Waren, die zwischen den Hansestädten hin und her transportiert wurden. Auch viel Fußvolk, Händler mit Kiepen auf dem Rücken, Scherenschleifer, Korbflechter und Hausierer waren unterwegs.

Anton erfuhr nicht mehr, dass ein Postbote wenige Stunden später einen Brief aus Oldenburg in der Herberge für ihn abgab. Der Herbergswirt nahm das Schreiben entgegen, las achselzuckend den Adressaten, zerriss das Kuvert in kleine Schnipsel und warf es ins Feuer.

Nach zwei Tagen erreichten sie das Städtchen Oldesloe, dessen Anblick sie erschütterte. Gut zwei Jahre zuvor hatte ein Brand die Stadt nahezu vollständig vernichtet. Von diesem Unglück hatte sich der Ort noch längst nicht wieder erholt. Viele Häuser lagen in Schutt und Asche, die Menschen drängten sich in den wenigen zurückgebliebenen Unterkünften oder waren aus der Stadt zu Verwandten geflüchtet. Eine Schlafstelle war hier für Anton und Georg nicht zu finden. Im Ungewissen darüber, wo sie die Nacht verbringen würden, kauften sie sich Brot, Butter, ein Stück Fleisch und dazu einen Krug Wein. Dann machten sie sich fort.

Eine halbe Meile hinter dem Orte entdeckten sie einen Schafstall, der ihnen Unterschlupf für eine Nacht gewähren sollte. Bei den milden Temperaturen kam ihnen diese Übernachtungsmöglichkeit gerade recht. Sie entfachten ein Feuer, brieten sich das Fleisch und tranken von dem Wein.

„Was ist das für ein herrliches Leben!", sagte Georg, ganz beseelt von dem wärmenden Feuer, dem weiten Sternenhimmel, der sich wie eine Decke über sie ausbreitete und nicht zuletzt von dem Wein. „Heute hier, morgen dort! Was wollen wir denn mehr? Wir lernen fremde Städte kennen und können bleiben, wo es uns gefällt. Wenn wir genug haben, dann brechen wir unsere Zelte wieder ab und suchen das Glück anderswo." Anton nickte zu diesen Worten.

„Das ist wahr, Georg, aber wenn du eine Liebste hast und sie verlassen musst, ist das die andere Seite des Talers. Dann denkst du oft an sie und wünschst dich zurück an den Ort, wo sie lebt."

„Ach, Anton, so langsam kann ich dein Gejammer nicht mehr hören", entgegnete Georg, „entscheide dich endlich, damit das Theater mal ein Ende hat. Ich für meinen Teil lege mich jetzt schlafen, du kannst ja noch weiter Trübsal blasen."

Ein wenig ungehalten kroch Georg in den dunklen Schafstall, während Anton sich am Feuer ein Lager herrichtete. Alle Viere von sich gestreckt lag er dort auf dem Rücken, den Blick ins unendliche Firmament gerichtet. Inmitten dieser seligen Ruhe wurde es ihm mit einem Male glasklar: Er würde Sophia eines Tages heiraten. Seit einem Jahr waren sie jetzt getrennt, aber er konnte sie sich noch immer nicht aus dem Kopf schlagen. Seit Wochen hatte er nichts mehr von ihr gehört, auf seinen letzten Brief hatte sie nicht geantwortet. Anton hoffte innig, dass es noch nicht zu spät war, ihr seine Liebe zu erklären und ihr einen Antrag zu machen. Sobald er Lübeck erreicht hätte, würde er ihr einen Brief schreiben und sie bitten, auf ihn zu warten. Erfasst von dieser Gewissheit, überkam ihn eine tiefe Ruhe. Er schloss die Augen und fiel in einen traumlosen Schlaf.

Nach zwei weiteren Tageswanderungen lag die Stadt Lübeck vor ihnen. Acht Kirchtürme überragten die Stadt und waren als Silhouette von weither sichtbar. Im Abendsonnenlicht strahlten ihre Backsteinfassaden in einem warmen Rotton. Anton und Georg passierten die Puppenbrücke, die über den Burggraben der Stadt führt. Sodann mussten sie vier mächtige Tore passieren. „Ich habe mich bereits in Hamburg über die Hansestadt Lübeck informiert", erklärte Georg. „Die wohlhabende Stadt sah sich im Laufe der Jahrhunderte genötigt, sich mit immer stärkeren Mauern und Befestigungsanlagen gegen Bedrohungen von außen zu schützen. So wurden im Laufe der Jahrhunderte an jedem Eingang zur Stadt vier Tore hintereinander erbaut."

Nachdem sie die Befestigungsanlage passiert hatten, führte der Weg sie direkt zum Marktplatz ins Zentrum der Stadt. Nordwärts wurde er eingefasst von der Börse und dem Rathaus mit dem Niedergericht und dem Eingang zum Weinkeller. Ostwärts, entlang des Rathauses, duckten sich kleine Goldschmiedestuben, gleich daneben hatte die Ratswaage ihren Platz.

Zu der Abendstunde war der Platz noch bevölkert von Händlern, die lauthals ihre Waren anpriesen, Weibern, die hastig letzte Besorgungen erledigten, Kindern, die in ausgelassenen Sprüngen um die Buden herumliefen, Bettlern, die um ein Almosen baten und sonstigem Volk. Mitten auf dem Platz erblickte Anton ein zweigeschossiges Bauwerk aus Stein und Holz. Im Erdgeschoss beherbergte es einige Butterbuden, deren hölzerne Läden hochgeklappt waren und den Blick auf verschiedene Käsesorten, Butterstapel und andere Milchprodukte freigab.

Im Obergeschoss dieses Hauses jedoch befand sich der Pranger, eine offene, überdachte Plattform. Ein junger Strolch war dort an einen Holzpfosten gefesselt und wurde so dem Volk zur Schau gestellt. Mit gesenktem Kopf stand er oben auf der Plattform, gut sichtbar für die vorüberströmenden Menschen, und büßte für seine Straftat. Viele Leute liefen achtlos vorbei, ohne ihn überhaupt eines Blickes zu würdigen. Ein paar junge Männer jedoch schauten feixend zu dem armen Kerl hinauf und machten sich lustig über ihn.

Ein paar Schritte weiter erblickte Anton einige hölzerne Buden, Fleischschrangen, an denen heiße Würste und Fleischwaren angeboten wurden. Von einer Garküche wehte ein herrlicher Duft nach Bohnensuppe mit Speck zu ihnen herüber. Anton lief bei dem Geruch das Wasser im Munde zusammen. Georg zog seinen Geldbeutel aus der Tasche und spendierte Anton, der nach dem Diebstahl in Hamburg immer noch klamm war, eine große Portion Eintopf, während er für sich selbst ein Paar heiße Würstchen erstand.

Nach diesem Mahl jedoch trennten sich ihre Wege. Ein jeder musste sehen, wo er nach Möglichkeit noch an diesem Tag eine Arbeitsstelle auftreiben konnte. Anton erkundigte sich bei einer der Goldschmiedestuben nach einer Werkstatt, in der er Arbeit finden könnte. Der Schaugeselle, ein junger Bursche mit rabenschwarzen Haaren und einem Buckel, lief daraufhin mit ihm durch die Straßen zum Meister Caspar Grevesmühl, der ihn gern für die kommenden Monate einstellte.

Das Haus in der Fleischhauerstraße, die Werkstatt und das Alltagsleben erinnerten Anton an sein Elternhaus in Münster. Im Erdgeschoss war die Werkstatt untergebracht, darüber die Küche und die Wirtschaftsräume sowie die Schlafräume der Familie. Unter dem Dach gab es zwei kleine Kammern für die Lehrburschen oder Gesellen. Die Frau des Meisters, Antonia Grevesmühl, wies Anton eines dieser kleinen Zimmer zu. „In Lübeck gibt es keine Herberge für Goldschmiedegesellen, ich hoffe, dir ist unsere

Kammer recht. Essen kannst du auch bei uns. Es ist keine große Sache, ein weiteres Maul zu stopfen, meine Kinder fressen mir schon die Haare vom Kopf", sagte sie augenzwinkernd.

Tatsächlich herrschte ein reges Leben im Hause der Familie Grevesmühl. Der Meister hatte drei Söhne und zwei Töchter. Der älteste Sohn, der auch das Goldschmiedehandwerk erlernt hatte, war als Geselle in der Werkstatt seines Vaters beschäftigt. Er würde eines Tages die Werkstatt übernehmen. Der zweite Sohn absolvierte eine Lehre als Kaufmann in Hamburg. Der dritte besuchte noch die Schule. Die beiden kleinen Töchter, ein Zwillingspärchen, zählten gerade erst drei Jahre. Anton war es sehr recht, in diesem geordneten Haushalt unterzukommen, hatte er doch die schlimmen Zustände aus Hamburg noch in bester Erinnerung.

Gleich am nächsten Morgen wies Meister Grevesmühl ihn in seine Arbeit für die kommenden drei Wochen ein. „Anton, es freut mich, dass du bereits vielerlei Silberwaren hergestellt und feinste Gravuren angefertigt hast. Das kommt mir gerade recht. Der Getreidegroßhändler Boddenbroek, eine bekannte Persönlichkeit der Stadt, hat anlässlich der Geburt seines Sohnes Jacob ein Collier für seine Gattin Antoinette in Auftrag gegeben. Für seinen neugeborenen Sohn Jacob möchte er als Taufgeschenk einen aufwendig gearbeiteten Silberbecher mit Schmuckornamenten und einer Gravur der Initialen J.B. anfertigen lassen. Seit zwei Wochen arbeiten Caspar und ich bereits an dem Collier. Die Anfertigung des Taufbechers für den kleinen Jacob Boddenbroek möchte ich in deine Hände legen. Bis zum 10. Oktober, zwei Tage vor der Taufe, muss der Becher fertig werden, halte dich also ran."

49

Tagelang sprach Sophia kein Wort mit Magda. Wenn sie von der Arbeit kam, stieg sie gleich hinauf in ihre Kammer, um dort an dem Haarschmuck zu arbeiten. Zum Essen ging sie zwar hinunter in die Küche, drehte dort jedoch Magda den Rücken zu.

Am Freitagabend hatte Geschen genug von der trüben Stimmung in ihrer Küche. Nachdem Magda nach Hause gegangen war, rief sie Sophia zu sich. Sie stellte ein Bier vor sie auf den Tisch und setzte sich zu ihr.

„Hör mir mal zu, Sophia, so geht es nicht weiter. Magda heult den ganzen Tag, sie überlegt sogar, die Arbeit hier zu kündigen, weil sie dir nicht mehr begegnen mag. Ich bitte dich, sei vernünftig und vertrage dich wieder mit ihr. Das arme Ding hat genug gelitten. Es lässt sich jetzt sowieso nichts mehr ändern." Mitleidig sah sie Sophia an. „Hast du deinem Anton den Brief noch geschickt?" Sophia nickte.

„Ja, ich habe eine zweite Nachricht dazugelegt und Anton alles erklärt. Gleich am Montag letzter Woche habe ich ihn in aller Frühe zur Poststation gebracht. Ich hoffe, Anton ist noch nicht weitergewandert und der Brief erreicht ihn noch." Sie trank einen großen Schluck Bier und sah Geschen traurig an. „Ich werde morgen mit Magda sprechen, das verspreche ich dir. Sie hat es ja nicht mit Absicht gemacht, und ansonsten ist sie ja ein gescheites Mädchen. Sie ist dir eine so große Hilfe, da möchte ich auf keinen Fall, dass sie kündigt. Was soll dann aus dir werden?"

Kurz seufzte Sophia, dann nahm sie Geschens Hand. „Ich war in den letzten Tagen unausstehlich, das weiß ich wohl. Es ist einfach so viel zu tun in der Ellenwarenhandlung. Den ganzen Tag muss ich die Regale ausräumen, durchwischen und dann wieder einräumen. Stoffe, die lange nicht mehr nachgefragt wurden, muss ich ganz vorne hinlegen. Frau Grovermann hat den Preis für sie reduziert. Bald kommt die neue Ware, die Tochter von Frau Grovermann wird Mitte nächster Woche zurückerwartet. Seit fast vier Wochen ist sie schon unterwegs, um die neuesten Stoffe zu besorgen. Zunächst ist sie nach Hamburg gereist. Dort, so hat sie es vor drei Wochen ihrer Mutter geschrieben, hat sie günstig Baumwollstoffe aus England einkaufen können. Eine Woche später ist sie weitergereist nach Großschönau, um dort Damaststoffe zu kaufen." Als sie Geschens fragenden Gesichtsausdruck sah, fügte sie hinzu: „Großschönau liegt ganz weit im Osten, im Kurfürstentum Sachsen. Mathilda Grovermann hat den Damast von dort sofort nach Oldenburg senden lassen, jeden Tag rechnet die Witwe Grovermann mit der Lieferung."

Sophia schenkte sich noch ein Bier ein, berichtete dabei aber weiter. „Da für die Ballsaison immer mehr Seidenstoffe nachgefragt werden, ist Mathilda Grovermann anschließend noch quer durch das Land von Ost nach West gereist, um Seide aus Krefeld zu besorgen. Da staunst du, was? Man denkt, die Seide kommt immer aus China, aber die Familie von der Leyen stellt schon seit vielen Jahrzehnten auch in Krefeld Seide her. Die Witwe Grovermann kann es kaum abwarten, dass ihre Tochter zurückkommt. Mathilda hat ihr versprochen, Seide in den verschiedensten Farben zu besorgen. Vor allem rot und blau sind bereits sehr nachgefragt. Ständig vertrösten wir unsere Kundinnen." Seufzend stützte Sophia die Ellenbogen auf den Tisch.

„Mit der Arbeit an meinem Haarschmuck komme ich gar nicht mehr voran. Ich fürchte, ich habe nicht mehr genug Zeit, um die beiden bestellten Armbänder rechtzeitig zu beenden. Die Kundinnen möchten, dass sie bis zum Kramermarkt fertig sind. Bei dem einen ist das Muster so kompliziert. Ich habe mich schon zweimal vertan und musste ein Stück wieder auftrennen. Das ist nicht gut für die Haare und es kostet mich zudem viel Zeit." Tröstend streichelte Geschen Sophias Hand. „Weißt du was? Ich bleibe heute Abend noch ein wenig bei dir in der Küche sitzen, während du an den Armbändern arbeitest. Ich habe noch einige Stopfarbeiten zu erledigen. Ich leiste dir Gesellschaft, dann kommst du auf andere Gedanken."

Bevor Sophia sich am kommenden Morgen auf den Weg zur Arbeit machte, sprach sie kurz mit Magda. „Ich bin dir nicht mehr böse, Magda. Es ist gut, dass du mir die Wahrheit gesagt hast, so ist es vielleicht doch noch nicht zu spät. Lass uns heute Abend noch einmal darüber sprechen, jetzt muss ich los." Erleichtert lächelte Magda sie an, Sophia hatte den Eindruck, das junge Ding wäre ihr am liebsten um den Hals gefallen.

Als Sophia bei der Ellenwarenhandlung anlangte, stand die Tür zum Laden sperrangelweit auf. Die Magd der Witwe Grovermann saß zusammengesunken auf einem Hocker im Verkaufsraum, den Tränen nahe. „Das Fräulein Grovermann ist verunglückt", stotterte sie, als sie Sophia erkannte. „Die Witwe Grovermann hat heute Morgen die Nachricht von einem Amtmann erhalten. Die Kutsche mit ihrer Tochter ist vorgestern irgendwo bei Melle von einer Brücke abgekommen und in einen Fluss gestürzt. Für alle Fahrgäste kam jede Hilfe zu spät." „Wo ist die Witwe?", fragte Sophia entsetzt. „Ich habe den Arzt gerufen", schluchzte die Magd, „es ging ihr so schlecht. Der Doktor ist noch oben bei ihr." Bei diesen Worten brach sie endgültig in Tränen aus.

In den kommenden Tagen bekam Sophia die Witwe Grovermann nicht zu Gesicht. Ihr Sohn und die Schwiegertochter waren angereist und kümmerten sich um die alte Dame. Sophia machte sich in der Ellenwarenhandlung nützlich. Der Laden war selbstverständlich geschlossen, aber die von Mathilda Grovermann vor ihrem Tode an den verschiedenen Orten georderten Stoffe wurden angeliefert und mussten eingeräumt werden.

Am dritten Tag nach der furchtbaren Nachricht wurde der

Leichnam des Fräulein Grovermann nach Oldenburg überführt und bereits am kommenden Tag wurde sie auf dem Gertrudenfriedhof beigesetzt.

An dem Tag zog Sophia ihr schwarzes Kleid an, welches sie schon zehn Jahre zuvor auf der Beerdigung ihrer Tante in Bonn und zuletzt auf der Beerdigung ihres Vaters eineinhalb Jahre zuvor getragen hatte. Geschen lief aufgeregt um sie herum und begutachtete Sophias Ausstattung aufmerksam. „Das ist aber auch nicht mehr das neueste Modell, oder? Na ja, es ist ja zum Glück noch heil und für diesen Zweck wird es wohl reichen. Der Weg bis zum Friedhof ist recht weit, der Trauerzug wird mitten durch die Stadt führen, hinaus durch das Heiligengeisttor. Viele Menschen werden dich sehen, da musst du schon sorgfältig gekleidet sein."

Sophia erinnerte sich daran, bei ihrem Ausflug zum Rasteder Schloss an einem großen Friedhof vorbeigekommen zu sein. „Ist der Gertrudenfriedhof der Gottesacker an der Straße nach Rastede?", fragte sie. „Genau, bereits im Mittelalter wurden dort die Verstorbenen aus dem Siechenhaus bestattet, die an ansteckenden Krankheiten gelitten hatten. Dies war wohl so, weil der Friedhof weit außerhalb der Stadt lag, auf dem Friedhof neben der Lambertikirche durften sie nicht bestattet werden. Später ließen sich dort aber auch die betuchten Bürger Oldenburgs begraben, die lieber in der Natur als mitten im Lärm der Stadt beerdigt werden wollten. Ich habe dir ja schon vor Wochen erzählt, dass kurz nach dem Amtsantritt von Peter Friedrich Ludwig seine Frau Friederike gestorben ist. Damals war die bis dahin verwendete Fürstengruft in der Lambertikirche nicht mehr für Beisetzungen geeignet, die Kirche war zu baufällig. Der Herzog hat daraufhin für seine verstorbene Frau ein Mausoleum gebaut. Dafür hat er sich einen Platz ganz im nordöstlichen Teil des Gertrudenfriedhofes ausgesucht. Als der Bau fertig war, wurden die Gebeine seiner Frau dort beigesetzt. Bis zu der Zeit hatte sie in der Schlosskapelle in Eutin ihre Grabstätte." Geschen seufzte einmal kräftig und zupfte den Ärmel an Sophias Kleid zurecht. „Kurze Zeit später wurde dann unser Lambertifriedhof am Marktplatz aufgelöst. Seitdem ist der Gertrudenfriedhof der einzige Gottesacker der Stadt."

Um zehn Uhr setzte der Leichenzug sich vor dem Haus der Witwe Grovermann in Bewegung. Viele Bewohner der Stadt begleiteten ihn. Voran schritt der Pastor, dann folgte eine zweispännige Pferdekutsche, die den Sarg zog, dahinter ging die Witwe Grovermann, gestützt von ihrem Sohn und ihrer Schwiegertochter. Verwandte, Freunde, Geschäftsfreunde und Bekannte der Familie schlossen sich an. Sophia erkannte in der Menge etliche Gesichter, Kundinnen der Grovermanns und andere Geschäftsleute. Von fern sah sie Wilhelm und Johanne Weber. Sie wartete, bis die beiden an ihr vorbeizogen, dann schloss sie sich ihnen an. Der Leichenzug führte gen Norden durch die Lange Straße. Viele Menschen blieben am Straßenrand stehen, als die Kutsche mit dem Sarg an ihnen vorbeifuhr. Die Männer zogen ihren Hut, die Frauen knicksten mit gesenktem Blick. Sie passierten das Heiliggeisttor, dann schritten sie quer über den Pferdemarkt bis hin zur Gertrudenkirche, die an einer Straßengabel den südlichsten Punkt des Friedhofes darstellte. Gemeinsam mit Johanne und Wilhelm erreichte Sophia das große Eingangstor zum Friedhof, der ringsum mit einer Backsteinmauer eingefasst war. Ihr Blick fiel auf einen Schriftzug, der links in die Mauer eingelassen war. „O ewich is so lanck", entzifferte sie. Trotz des sommerlichen Wetters lief es ihr kalt über den Rücken und sie spürte, wie sich die Härchen an ihren Unterarmen aufstellten.

Das erhabene Mausoleum der Herzogin Friederike sah sie nur von Ferne. Das Grab der Grovermanns lag viel weiter vorn, gleich an der Mauer zur Nadorster Straße. Viel konnten die drei von der Beerdigungszeremonie nicht sehen und hören, sie standen unter einer großen Linde, die ihnen die Sicht nahm. Die Worte des Pastors, die mit dem lauen Spätsommerwind zu ihnen herüberwehten, verstanden sie nur bruchstückhaft.

Zu dem Beerdigungsschmaus war Sophia nicht geladen, daher saß sie bereits am Mittag bei Geschen am Küchentisch. Neugierig ließ die alte Frau sich alles haarklein berichten.

„Hast du auch die große Linde gesehen, die am Eingang des Friedhofes steht?", fragte sie, nachdem Sophia geendet hatte. Sophia bejahte dies. „Ja, wir standen direkt darunter und haben daher kaum etwas gesehen oder gehört.

„Über diese Linde gibt es eine Geschichte. Wenn du magst, dann erzähle ich sie dir." Ohne abzuwarten, ob Sophia überhaupt hören wollte, was sie zu sagen hatte, begann Geschen mit ihrer Erzählung.

„Es gab einmal einen reichen Kaufmann in der Stadt. Er hatte eine anmutige Frau und einen nichtsnutzigen Sohn. Eines Tages nahm der Kaufmann eine Magd in sein Haus, die wunderschön gewesen sein soll. Es war ein ehrliches und treues Mädchen, das seine Arbeit gewissenhaft versah. Der Sohn des Kaufmanns kam eines Abends betrunken nach Hause und sah das Mädchen noch in der Küche arbeiten. Voller Begierde wollte er ihr Gewalt antun, aber sie wehrte sich mit Erfolg gegen ihn." Sophia zog unwillkürlich die Schultern hoch. Bei diesen Worten musste sie an Ansgar Mertens aus Diepholz denken, der sie eines Abends in der Perückenwerkstatt ihres Vaters ebenfalls brutal gepackt und bedrängt hatte. Sie hatte sich nur mit Not und Mühe aus der Situation retten können. Geschen bemerkte Sophias Unbehagen nicht. Unbeirrt setzte sie ihren Bericht fort.

„Der abgewiesene Sohn schwor daraufhin Rache. Es kam der Tag, da fehlte ein Silberlöffel im Haus, kurze Zeit später verschwand weiteres Silberzeug. Das Haus wurde durchsucht und schließlich fand man die Sachen in einer Schublade des Mädchens."

Geschen unterbrach ihre Erzählung, da Magda beladen mit einem schweren Tablett die Küche betrat und einen ordentlichen Krach machte, als sie es abräumte. „Die Magd wurde vor Gericht gestellt", fuhr Geschen fort. „Sie schwor zwar, dass sie unschuldig sei, aber man glaubte ihr nicht, so wurde sie zum Tode verurteilt. Bevor sie erhängt wurde, hat sie noch einen kleinen, trockenen Lindenzweig in den Boden vor der Gertrudenkirche gesetzt.

„So wahr ich unschuldig bin, so wahr wird dieser trockene Zweig grünen!" Das waren ihre letzten Worte." Geschen schlug mit der flachen Hand auf den Tisch und sah Sophia gespannt an. „Was meinst du, was daraufhin passiert ist?", fragte sie. Sophia zuckte die Achseln. „Nicht lange nach ihrer Hinrichtung begann der kleine Zweig tatsächlich zu grünen und es wuchs ein großer kräftiger Lindenbaum daraus", beendete Geschen die Geschichte. „Unter ebendieser Linde hast du heute gestanden." „Hat man den wahren Täter denn später überführen können?", fragte Sophia interessiert. Geschen schüttelte den Kopf. „Nein, der Sohn des Hauses, der das Silberzeug bei dem Mädchen versteckt hatte, schwieg bis zu seinem Tod. Erst auf dem Sterbebett beichtete er sein Vergehen. Er hatte wohl Angst vor dem ‚Jüngsten Gericht'. Am Eingang des Friedhofes ließ er einige Worte anbringen, ich weiß nicht genau ihren Inhalt. Irgendwas mit ‚ewig ist lange'." Sophia nickte. „Die Worte habe ich gelesen", sagte sie schaudernd. „O ewich is so lanck" steht dort.

Bereits wenige Tage nach der Beerdigung nahm die Witwe Grovermann ihre Arbeit in der Ellenwarenhandlung wieder auf. Kein Wort sprach sie mit Sophia oder den Kundinnen über den Verlust ihrer Tochter, sie versuchte, sich beherrscht und gerade zu halten. Sie übertrug Sophia noch mehr Aufgaben als zuvor. Etliche der Seidenballen, die Mathilda kurz vor ihrem Tod bei der Firma von der Leyen gekauft hatte, waren aus dem Fluss geborgen und mit dem Leichnam von Mathilda Grovermann nach Oldenburg gebracht worden. Beschmutzt, wie sie waren, oblag es Sophia nun, die Seide sorgfältig zu reinigen, zu trocknen und zu glätten. Tagelang war Sophia mit dieser unangenehmen Aufgabe beschäftigt. Nicht selten wanderten

ihre Gedanken währenddessen zu Anton. Sorgenvoll fragte sie
sich, ob er ihren Brief erhalten hatte. Noch hatte sie keine Nachricht von ihm.

50

Lübeck,
Mittwoch, 10. September 1800

So wie Anton hatte es auch Georg in Lübeck nicht schlecht getroffen. Er hatte eine Stellung bei einem Konditor in unmittelbarer
Nähe des Marktplatzes gefunden. Begeistert berichtete er Anton
bei ihrem ersten Treffen von herrlichen Zutaten, die ihm dort zur
Verfügung standen. Besonders die Mandeln aus Sizilien, die in der
Konditorei verwendet wurden und der feine weiße Zucker, gewonnen aus der Zuckerrübe, begeisterten ihn ungemein.

Viel Zeit für private Vergnügungen blieb Anton und Georg indes
nicht, zu viel Arbeit wartete in den Werkstätten auf sie. Anton arbeitete fleißig an dem Taufbecher. Da der Auftraggeber, Herr
Boddenbroek, ein betuchter Getreidehändler war, der geschäftlich
eigene Segelschiffe nach Dänemark und Schweden entsandte, kam
Anton, wie schon in Bremen, auf die Idee, das Motiv eines Fracht-
seglers auf dem Silberbecher zu verwenden. Caspar hatte ihm
erzählt, zurzeit läge eines der Schiffe von Boddenbroek im Lübecker Hafen vor Anker.

So machte Anton sich am Sonntag auf, um Zeichnungen von
dessen Frachtsegler anzufertigen. Gemütlich schlenderte er hinunter zum Wasser, wo die Holstenbrücke die Trave überquerte.
Am Ufer waren Bohlen verlegt, Lastenkähne und Segler

dümpelten an Pfählen oder längsseits von Prähmen. Sechs große Speicherhäuser, aus roten Backsteinziegeln erbaut, erhoben sich entlang der langsam dahinfließenden Trave. Anton zog seinen Skizzenblock aus der Tasche, setzte sich an die Hafenmauer und begann zu zeichnen.

Am nächsten Morgen saß er in der Werkstatt über seinen Werktisch gebeugt, die Zeichnungen auf der Arbeitsfläche neben sich liegend. Emsig war er dabei, die Form des Seglers in eine Gipsform zu übertragen, aus der er anschließend einen Silberabdruck gießen wollte. Als die Türglocke zur Werkstatt erklang, war er so in seine Arbeit vertieft, dass er gar nicht aufschaute. Erst als Meister Grevesmühl gemeinsam mit einem kräftigen Mann, dessen rundes Gesicht von einem dunklen Backenbart und dunklen Haaren eingerahmt wurde, neben seinem Werktisch stand, bemerkte er den Kunden. Neben ihm stand ein kleiner, etwa vierjähriger Junge, steif in einen feinen Anzug gesteckt. Die Kleidung schien es dem Jungen unmöglich zu machen, sich frei nach der Art eines Kindes zu bewegen.

„Das ist Herr Boddenbroek, für ihn fertigst du den Taufbecher an", stellte Grevesmühl den Unbekannten vor. „Zeig' ihm doch einmal deine Entwürfe. Wir wollen sehen, ob sie ihm auch gefallen."

Anton legte Herrn Boddenbroek die Zeichnungen vor. Ausführlich erklärte er ihm, wie er den Becher zu gestalten dachte. Dazu zeigte er ihm verschiedene Skizzen der Initialen J.B., die er bereits angefertigt hatte. Boddenbroek sah sich die Entwürfe lange an und pfiff dann kurz durch die Zähne. „Donnerschlag, Junge, ich muss wohl sagen, das gefällt mir. Mein Segler als Motiv auf dem Taufbecher, das ist eine gut erdachte Sache. Jacob Boddenbroek Junior, mein Sohn, soll doch später meine Firma übernehmen, da passt dieses Motiv außerordentlich gut. Weiter so, Junge." Anerkennend klopfte er Anton auf die Schulter. „Gradlinig, nicht zu verschnörkelt, aber wertvoll und solide gearbeitet, das lasse ich mir gefallen. In drei Wochen muss der Becher fertig sein, wirst du das schaffen?"

„Das steht außer Frage, gnädiger Herr", versicherte Anton dem Mann. „Ihr könnt sicher sein, dass zur Taufe Eures Sohnes alles bereit ist." Zufrieden verließ Boddenbroek den Werktisch und wandte sich dem Collier zu, welches Meister Grevesmühl auf einem roten, samtenen Tuch vor ihm ausbreitete. „Herr Boddenbroek, ich freue mich, Euch dieses exquisite Collier zeigen zu können", begann Grevesmühl, „es ist aus hochkarätigem Gold, besetzt mit Diamantrosen in wundervoll gearbeiteten floralen Fassungen. Ich habe mir erlaubt, dazwischen violette Amethyste einzuarbeiten. Das ebenfalls florale Mittelmotiv schmückt ein großer Diamant im Rosenschliff. Ihr liebt doch den Garten, Herr Boddenbroek, da habe ich mir erlaubt, diese Motive zu verwenden."

„C'est formidable, es ist wunderschön, Meister Grevesmühl, nicht zu aufwendig, nicht zu pompös, eher gediegen und schlicht. Meine Frau trägt Schmuck nur zu besonderen Anlässen. Ist er zu voluminös, so fühlt sie sich nicht wohl damit. Also bitte sehr, meine Herren, jetzt nicht noch mehr Finesse, eher ein wenig mehr Zurückhaltung." Ergeben senkte Meister Grevesmühl den Kopf. Vermutlich sah er sich in Gedanken bereits Stunde um Stunde am Werktisch arbeiten, um einige Umarbeitungen vorzunehmen. „Gut so meine Herren, Ihre Arbeit gefällt mir", sprach Herr Boddenbroek jedoch die erlösenden Worte, „schlicht und ohne aufwendigen Firlefanz, so ist es genehm."

Seufzend sah er sich nach seinem Sohn um. „Gottlieb, wo steckst du schon wieder? Ich muss zurück in die Firma und habe keine Zeit für deine Spielchen. Immer dieser Ärger mit dir." Verängstigt lugte Gottlieb hinter dem Tresen hervor, wo er sich einige der ausgestellten Schmuckstücke angesehen hatte. Unwillig nahm sein Vater ihn an die Hand und zog ihn aus der Werkstatt. Verwundert sah Anton ihnen hinterher, verkniff sich aber eine Bemerkung über das Verhalten des Kunden. Meister Grevesmühl bemerkte jedoch Antons Verwunderung. Ohne weitere Erklärungen sagte er nur kurz: „Boddenbroeks erste Frau ist bei der Geburt von Gottlieb gestorben. Das wird er dem Jungen vermutlich niemals verzeihen." Dann wandte er sich wieder dem Collier zu, welches in der Morgensonne funkelte.

Wie er es sich vorgenommen hatte, schrieb Anton, sobald er die Zeit dafür fand, einen Brief an Sophia. Zögerlich begann er, immer wieder strich er Wörter oder ganze Sätze durch. Bereits drei zerknüllte Bögen lagen auf dem Holzboden neben dem Tisch, bis er schließlich zufrieden war mit dem, was er verfasst hatte. Datiert auf Sonntag, 14. September 1800.

„Liebe Sophia!

Vor einigen Tagen bin ich gemeinsam mit Georg in Lübeck angekommen. Das ist wohl eine sehr schöne Stadt, aber da ich emsig arbeiten muss, habe ich noch nicht sehr viel davon gesehen.

Seit einem Jahr haben wir uns nicht mehr gesehen. Du sollst aber wissen, dass ich jeden Tag an dich denke. Mein Herz ist voller Sehnsucht nach dir. In den letzten Wochen merke ich mehr und mehr, wie sehr du mir fehlst, und ich kann mir nicht mehr vorstellen, in Zukunft ohne dich zu leben. Besuchen kann ich dich leider nicht, obwohl ich dich sehr gerne wiedersehen würde. Deshalb möchte ich dich in diesem Brief fragen, ob du auf mich warten willst, bis ich eines Tages, wenn meine Wanderschaft beendet ist, zu dir zurückkehren kann. Willst du dann meine Frau werden?

Ich kann dir nicht sagen, wo wir eines Tages leben werden, das wird davon abhängen, wo ich ein Amt erwerben kann, aber ich weiß, dass ich in Zukunft mit dir zusammenleben möchte.

Wenn du mich noch liebst, dann hoffe ich, bald eine Nachricht von dir zu bekommen, in der du mir schreibst, dass du meine Frau werden willst.

In Liebe. Dein Anton"

Er schrieb noch seine Adresse dazu, dann ließ er mit verschwitzten Fingern die Feder sinken. Seine Hand zitterte leicht. Keine Gravur und keine Schmiedearbeit hatten ihn bisher so angestrengt wie dieser Brief. Mehrmals noch las er ihn durch, Wort für Wort prüfend, bis er ihn schließlich vorsichtig zusammenfaltete und in ein Kuvert steckte. Dann verschloss er den Umschlag und legte ihn auf den Nachttisch. So würde er am nächsten Tag nicht vergessen, ihn zur Poststelle zu bringen. Gleich in seiner Mittagspause machte Anton sich am kommenden Tag auf den Weg zur Post.

Zunächst aber suchte er ein Kaffeehaus auf, um sich nach langer Zeit endlich einmal wieder der Zeitungslektüre zu widmen. Wie er es bereits befürchtet hatte, konnte er nur schlechte Nachrichten in Erfahrung bringen. Im Mai hatte Napoleon Bonaparte mit seiner Armee die Alpen über verschneite Pässe überquert und war in Italien einmarschiert. Am 14. Juni waren sie bei Marengo auf die Österreicher gestoßen und wurden dort von ihnen angegriffen. Nachdem zunächst Österreich erfolgreich gewesen war, gewannen letztlich doch die Franzosen die Schlacht. Fast die gesamte österreichische Artillerie fiel in ihre Hände. Mit Entsetzen las Anton, dass die Österreicher sechstausendvierhundert Mann verloren hatten und rund dreitausend Soldaten in Gefangenschaft geraten waren. Die Franzosen hatten etwa siebentausend Tote und Verwundete zu beklagen. Die Österreicher hatten daraufhin Italien verlassen, und Frankreich übernahm wieder die Kontrolle über das Land. Noch im Juni waren Friedensverhandlungen zwischen Österreich und Frankreich eingeleitet worden, aber diese waren erfolglos geblieben. Anton seufzte laut. „Wie viele Soldaten sollten sich denn noch auf den Kriegsfeldern gegenseitig verstümmeln und abschlachten, damit endlich Frieden einkehrt?", fragte er sich traurig. Entmutigt verließ er das Kaffeehaus, von trüben Gedanken geplagt.

Er passierte die Marienkirche und den Marktplatz, dann bog er rechter Hand in die Holstenstraße ein, wo gleich an der Ecke die Poststelle lag. Ein dicker, schnauzbärtiger Mann mit einer kleinen runden Brille saß hinter einem Tresen des Postschalters. In gleichmäßiger Ruhe sortierte und stempelte er Stapel von Briefen. Fast zaghaft reichte Anton ihm seinen Brief hinüber, zahlte die Postgebühr und bat den Mann um Auskunft, wann sein Schreiben voraussichtlich in Oldenburg ankommen würde. Der Postmeister wiegte bedächtig den Kopf und rang sich schließlich zu einer Antwort durch. „Fünf Tage vielleicht oder eine Woche", meinte er achselzuckend, „das ist schwer zu sagen." Mit diesen Worten warf er den Brief in einen Postsack mit der Aufschrift „Hamburg".

Erleichtert verließ Anton das Gebäude. Eine Last war von ihm gefallen. Er hatte nun alles getan, damit er und Sophia eines Tages heiraten könnten. Nun blieb es ihm nur, auf eine Antwort von ihr zu warten.

51

Oldenburg,
Sonntag, 28. September 1800

Schon ab dem Vormittag waren Wilhelm Weber, sein Lehrjunge Friedrich und Sophia, emsig damit beschäftigt, einen Verkaufstisch vor der Goldschmiede der Webers aufzustellen. Einen Regenschutz benötigten sie nicht, es war ein strahlend schöner Herbsttag. Wilhelm Weber hatte, laut fluchend, lange nach einer Decke gesucht, die Johanne extra für diesen Kramermarktstisch aufbewahrte. Seine Frau selbst wollte er nicht fragen, sie fühlte sich kränklich und war zu Bett gegangen. Schließlich fand er die Decke in einer verstaubten Truhe auf dem Dachboden.

Als sie alles schön hergerichtet hatten, glänzten die Silber- und Goldwaren im Nachmittagssonnenschein. „Danke, dass du dir die

Zeit nehmen konntest, dich heute Nachmittag um Ernst Friedrich zu kümmern", sagte Wilhelm zu Sophia. „Johanne geht es schon seit geraumer Zeit nicht gut. Ich mache mir wirklich Sorgen um sie. Sie isst kaum noch etwas, sie ist schon ganz mager geworden. Zudem ist sie oft müde und erschöpft. Neulich wollte ich sie schon zum Arzt schicken, aber davon will sie nichts wissen. Sie meint, sie habe sich nur einen hartnäckigen Husten eingefangen."

Besorgt hörte Sophia Wilhelm zu. Solche Symptome hatte auch ihr Vater zunächst gehabt, schließlich war er an der Schwindsucht gestorben. Sie hütete sich aber, Wilhelm ihre Befürchtungen mitzuteilen. Vielleicht hatte Johanne ja tatsächlich nur einen schlimmen Husten, da wollte sie keine Pferde scheu machen. „Wilhelm, wenn es ihr nicht bald besser geht, dann solltest du darauf bestehen, den Arzt zu rufen", sagte sie eindringlich. „Auch mit einem schlimmen Husten ist nicht zu spaßen."

Die ersten Marktbesucher blieben bereits stehen, um die Waren zu betrachten. Sophia nahm Ernst Friedrich fest an ihre Hand. Der Knirps konnte bereits laufen und schaute sich mit leuchtenden Augen das Markttreiben an. Auf dem gesamten Marktplatz waren in vier dichten Reihen die Stände der Marktbeschicker aufgebaut worden. Der Platz reichte nicht ganz aus, und so standen einige Händler sogar noch in den benachbarten Straßen. Hand in Hand schlenderten sie an den Buden vorbei, Ernst Friedrich war jedoch noch viel zu klein, um die ausgestellten Waren betrachten zu können. So nahm Sophia ihn auf den Arm und trug ihn von Bude zu Bude. Da der kleine Kerl Süßigkeiten liebte, kaufte sie ihm an einem Stand einen mit gebranntem Zuckerrohr überzogenen Apfel. Mit beiden Händen packte Ernst Friederich die Süßigkeit und schleckte hingebungsvoll daran. Sophia musste ihr Taschentuch in das Brunnenbecken tauchen, um ihm die klebrigen Händchen wieder zu säubern.

An einem Stand wurden Spielzeuge angeboten. Mit großen Augen betrachtete Ernst Friedrich die bunt bemalten Zinnsoldaten,

Puppen, Pfeifen und Rasseln. Sophia erstand für ihn eine kleine Blechtrommel, der er fortan begeistert die schaurigsten Töne entlockte. Ihr schwirrte bereits der Kopf von dem Lärm, als sie auf Elise traf, mit der sie sich an der Honigkuchenbude verabredet hatte. „Bitte nimm du ihn für einen Moment", bat Sophia ihre Freundin, „ich muss mir mal eben die Hände am Brunnen waschen, die sind schon ganz klebrig."

Froh über die kleine Pause machte sie sich auf zum Brunnen. Als sie zu Elise und Ernst Friedrich zurückkehrte, war der Junge auf Elises Arm eingeschlafen. „Weißt du was?", sagte Sophia erleichtert, „wir bringen ihn jetzt schnell zu mir nach Hause, dort kann er bei Geschen in der Küche ein wenig schlafen. Geschen kümmert sich gern um ihn, das kann ich dir versichern. Erst recht, wenn ich ihr einen leckeren Smoortaal mitbringe. Wir beide genehmigen uns dann einen Krug Bremer Bier. Und dann", mit blitzenden Augen sah Sophia Elise an, „dann muss ich dir etwas Wichtiges erzählen."

Geschen erklärte sich sofort bereit, Ernst Friedrich zu hüten. Sie legte ein Kissen auf die Küchenbank und bat Elise, ihn daraufzulegen. „Geht ihr ruhig wieder los. Es sieht so aus, als würde der Junge noch eine ganze Weile schlafen", sagte sie und brach dem Smoortaal genüsslich den Kopf ab.

„Ich habe vor einigen Tagen Post von Anton bekommen", platzte es aus Sophia heraus, als Elise und sie zum Markt zurückgekehrt waren und jede einen Krug mit schäumendem Bier in den Händen hielten. „Er will mich heiraten. In gut eineinhalb Jahren, wenn seine Wanderjahre beendet sind, möchte er zu mir zurückkehren. Er hat mich gebeten, solange auf ihn zu warten." Sophias Augen strahlten, Elise aber schaute skeptisch.

„Und, bist du dir auch sicher, dass das nicht nur schöne Worte sind?", fragte sie bitter. „Du weißt schließlich, wie es mir ergangen ist." Sophia schüttelte den Kopf.

„So einer ist Anton nicht. Ich gehe jede Wette ein, dass er es ernst mit mir meint. Ich brauche gar nicht lange zu überlegen. Noch heute Abend werde ich ihm schreiben, dass ich seinen Antrag annehme." Elise lächelte aufmunternd. „Na, da wünsche ich dir, dass du nicht enttäuscht wirst."

Tatsächlich ließ Sophia sich keine Zeit damit, Anton zu antworten. Am Abend setzte sie sich, ausgestattet mit Schreibpapier und einem Bleistift zu Geschen an den Küchentisch. Datiert 28. September 1800.

„Lieber Anton,

ich bin zutiefst gerührt von deinem lieben Brief. Schon lange habe ich gehofft, du mögest mich eines Tages fragen, ob ich deine Frau werden möchte. Aus vollem Herzen antworte ich dir: Ja, das will ich gern. Egal, wo wir einmal leben werden, ich kann mir nichts Schöneres vorstellen, als mit dir mein weiteres Leben zu verbringen.

Ich bin glücklich, Anton, in spätestens zwei Jahren deine Frau werden zu können. So lange werde ich auf dich warten. Ich bitte dich jedoch inständig, halte dein Versprechen und enttäusche mich nicht. Elise warnt mich, dass du genauso unehrlich sein könntest wie ihr vermeintlicher Verlobter einst. Der hat sie sitzen lassen, lange, nachdem sie schon Heiratspläne geschmiedet hatte. Ich aber vertraue dir.

In Liebe. Deine Sophia"

Gleich am folgenden Morgen brachte Sophia den Brief noch vor Dienstbeginn eigenhändig zur Poststation. Anton sollte schnell wissen, wie sie geantwortet hatte.

Kaum hatte sie die Ellenwarenhandlung betreten, da nahm die Witwe Grovermann sie zur Seite. „Jungfer Mohr, ich muss mit Ihnen sprechen, setzen Sie sich", begann sie sehr ernst das Gespräch. „Die traurigen Umstände der letzten Wochen haben mich zu dem Entschluss geführt, dass ich mein Geschäft hier an der Langen Straße aufgeben möchte. Ohne Mathilda kann ich die Arbeit nicht bewältigen. Zudem gibt es hier in Oldenburg niemanden, der sich um mich kümmern kann, wenn es mir nicht gut geht. Wäre Mathilda noch unter uns, so würde ich ihr das Geschäft übergeben, aber sie ist ja nun nicht mehr." Bei diesen Worten versagte der Witwe fast die Stimme.

„Mein Bruder hat mir das Angebot gemacht, zu ihm nach Bremen zu ziehen. Auch mein Sohn Christoph lebt derzeit bei ihm, er macht dort eine Ausbildung zum Kaufmann. Vielleicht wird er eines Tages ein Geschäft hier einrichten, so lange kann ich aber nicht warten. Bis zum Ende des Jahres werde ich die Ellenwarenhandlung noch weiterführen. So lange können Sie selbstverständlich bei mir arbeiten. Zu Ende Dezember aber muss ich Sie entlassen. Was danach sein wird, kann ich nicht sagen. Ich versuche, einen Mieter für das Haus zu finden. Welche Art Gewerbe mein Nachfolger dann aber hier betreiben wird, steht noch in den Sternen."

Gütig sah Frau Grovermann Sophia an. „Es tut mir sehr leid für Sie, Jungfer Mohr. Sie waren mir im letzten Jahr eine große Hilfe hier im Geschäft. Natürlich werde ich Ihnen ein exzellentes Zeugnis ausstellen. Zudem steht es Ihnen natürlich frei, schon vor Jahresende zu gehen, falls Sie eine andere Stellung finden. Das täte mir zwar sehr leid, aber ich will Ihnen nicht im Wege stehen." Bestürzt sah Sophia die Frau an. „Wo soll ich denn hin?", fragte sie fassungslos. „Wissen Sie denn eine andere Stellung für mich?" Bekümmert schüttelte Frau Grovermann den Kopf. „Leider nicht, Jungfer Mohr, da müssen Sie sich schon selbst umschauen. Ich wünsche Ihnen Gottes Segen."

Betrübt ging Sophia nach Hause. „Nur noch ein Vierteljahr, dann ist es vorbei mit der Ellenwarenhandlung", eröffnete sie Geschen. Bei diesen Worten stürzten ihr die Tränen aus den Augen. „Wenn ich doch nur so viel Geld besitzen würde, um die Räumlichkeiten von Frau Grovermann zu mieten, dann würde ich das sofort tun", schluchzte sie. „Ich würde mein eigenes Geschäft eröffnen und mit den schönen Stoffen handeln. Aber so viel Geld habe ich beileibe nicht." Bekümmert schüttelte Geschen den Kopf. Tröstend strich sie Sophia übers Haar. „Du hast doch noch ein wenig Zeit. Vielleicht hast du ja Glück und findest eine andere gute Stellung hier in Oldenburg."

52

Lübeck,
Montag, 6. Oktober 1800

Eines Morgens, Anfang Oktober, empfing Meister Grevesmühl Anton mit ernstem Gesicht am Frühstückstisch. Auch Caspar sprach kaum ein Wort, seine sonstige Fröhlichkeit war wie weggewischt, mehrmals räusperte er sich nervös. Stur sah er vor sich auf seinen Teller.

Nach dem Frühstück bat der Meister Anton zu sich in die Werkstatt. „Anton, aus der Werkstatt ist Schmuck verschwunden", begann er das Gespräch. „Am Samstag noch hat Caspar an einem goldenen Ohrring gearbeitet, der hier zur Reparatur abgegeben wurde. Caspar hat ihn, da er die Reparatur noch nicht beendet hatte, am Abend auf das kleine blaue Tablett in die untere Schublade seines Werktisches gelegt. Er sagt, du warst noch in der Werkstatt, als er schon nach oben gegangen ist, weil du noch an dem Taufbecher gearbeitet hast. Heute Morgen hat er bemerkt, dass die Schublade aufgezogen war und der Ohrring fehlt. Kannst du mir etwas dazu sagen?" Anton erschrak furchtbar. „Ich habe keine Ahnung", stotterte er. „Es stimmt, ich habe noch ungefähr eine halbe Stunde weitergearbeitet, bis es dunkel wurde. In der Zeit hat niemand die Werkstatt betreten, das weiß ich genau."

Grevesmühl schüttelte den Kopf. „Was kann passiert sein?

Wieso liegt der Ohrring jetzt nicht mehr dort? Hast du eine Erklärung?" Anton schüttelte ratlos den Kopf. Nervös knetete er sein rechtes Ohrläppchen. „Meister, bitte glaubt mir, ich habe ihn nicht genommen. So etwas würde ich niemals tun."

Der Meister nickte etwas unsicher, schlug ihm dann aber beschwichtigend mit der Hand auf die Schulter. „Das weiß ich doch. Du hast dir bisher nichts zuschulden kommen lassen, auch alle Berichte über dich in deinem Wanderbuch sind einwandfrei und voll des Lobes. Aber ich verstehe das nicht. Wo mag der Schmuck bloß sein? Alle Fenster der Werkstatt waren geschlossen und auch die Werkstatttür zur Straße hinaus war von Samstagabend bis heute Morgen verschlossen." Kopfschüttelnd forderte er Anton auf, seine Arbeit fortzusetzen. Mit lauter Stimme rief er auch Caspar in die Werkstatt zurück. An diesem Tag aber herrschte dort eine gedrückte Stimmung. Anton wollte die Arbeit nicht so recht von der Hand gehen. Er hatte immer Angst davor gehabt, eines Tages mit einem solchen Vorwurf konfrontiert zu werden. Schließlich arbeitete man in einer Goldschmiedewerkstatt mit teuren Materialien, die zudem so klein und zierlich waren, dass man sie schnell einmal in einem unbemerkten Moment verschwinden lassen konnte.

Am Abend setzte er sich in den Garten auf eine Bank unter dem Birnbaum und hing seinen Gedanken nach. Kurze Zeit darauf setzte sich Caspar zu ihm. Die beiden zermarterten sich den Kopf darüber, was wohl passiert sein könnte, aber auch jetzt kamen sie zu keinem Schluss.

In den nächsten Tagen zogen sich die Arbeitsstunden zäh dahin. Das Geheimnis um den verschwundenen Ohrring klärte sich nicht auf. Anton bemerkte, dass der Meister ihn manchmal nachdenklich betrachtete, was ihn zutiefst verunsicherte. Sorgfältig achtete er darauf, sich nicht mehr allein in der Werkstatt aufzuhalten, um sich keinem weiteren Verdacht auszusetzen.

Dennoch brach das Unheil zwei Tage später endgültig über ihn herein. Er hatte die Mittagspause wegen des Regenwetters in seiner Kammer verbracht. Als er in die Werkstatt zurückkehrte, wartete der Meister schon mit Zornesfalten auf der Stirn auf ihn.

„Anton, gerade komme ich zurück in die Werkstatt und jetzt fehlt das kostbare Collier für Herrn Boddenbroek. Es lag noch vor der Mittagspause auf meinem Werktisch, nun ist es spurlos verschwunden. Während der Mittagsstunde haben Caspar und ich gemeinsam in der Küche gesessen, es ist also ausgeschlossen, dass Caspar es genommen hat. Nur du hattest die Gelegenheit, es zu stehlen. Wenn du mir also etwas zu sagen hast, dann rede jetzt sofort." Anton wusste nicht, wie ihm geschah, eine Welle der Verzweiflung überrollte ihn. Sprechen konnte er kaum, er schüttelte immer nur verzweifelt den Kopf.

„Meister, glaubt mir, ich war es nicht", brach es schließlich aus ihm heraus. „Ihr könnt meine Sachen durchsuchen, meine Kammer, ich habe in der Mittagspause das Haus nicht verlassen."

„Das werde ich tun", antwortete der Meister zornig, „und wehe dir, wenn ich etwas finde. Du bleibst derweil in der Küche bei meiner Frau, damit du nichts beiseiteschaffen kannst." Wie ein Häufchen Unglück trottete Anton hinter Meister Grevesmühl her in die Küche, wo dessen Frau damit beschäftigt war, ihren beiden Töchtern, die gerade ihren Mittagsschlaf beendet hatten, die Haare zu kämmen. Ein wenig mitleidig sah sie ihn an, sprach aber kein Wort mit ihm.

Die Durchsuchung von Antons Sachen ergab nichts, dies teilte der Meister ihm eine Stunde später mit.

„Anton, dennoch ist mein Vertrauen zu dir zerstört. Ich zeige dich nicht an, weil ich keine Beweise habe, aber du kannst nicht weiter bei mir arbeiten. Du wirst sofort meine Werkstatt verlassen. Ich zahle dir auch keinen Lohn mehr. Du kannst noch froh darüber sein, dass ich keinen Bericht in dein Wanderbuch schreiben werde, aber eine Kundschaft wirst du natürlich nicht bekommen. Ich erwarte, dass du die Stadt Lübeck noch heute verlässt, ansonsten werde ich dich anzeigen."

Mit diesen Worten händigte er Anton das Wanderbuch aus und verließ die Küche. Verzweifelt packte Anton seine Sachen zusammen und verließ ohne Abschied das Haus. Vor der Tür traf er auf Caspar, der gerade einen Botengang erledigt hatte. „Anton, es tut mir leid", sagte er mit belegter Stimme. „Ich kann es kaum glauben, dass du den Schmuck genommen hast, aber sag mir, was soll ich sonst denken?" Anton traten die Tränen in die Augen, und er musste sich abwenden. Er fühlte sich zutiefst beschämt, nie im Leben hätte er sich vorstellen können, dass ihm dies einmal passieren könnte.

„Wohin willst du denn jetzt gehen?", fragte Caspar, aber Anton zuckte nur mit den Schultern. „Ich weiß es noch nicht", sagte er mit gepresster Stimme. „Ich werde mich jetzt von Georg verabschieden und dann so schnell wie möglich Lübeck den Rücken kehren. Tu mir bitte einen Gefallen: Wenn ein Brief für mich ankommt, dann bringe ihn zu Georg. Er wird ihn dann an mich weiterleiten. Ich wünsche dir alles Gute, Caspar." Mit diesen Worten warf er sich sein Felleisen über die Schulter, umfasste fest seinen Stenz, straffte seine Schultern und verließ die Fleischhauerstraße in Richtung Nordwesten.

Georg konnte sich gar nicht beruhigen, nachdem Anton ihm die ganze Geschichte erzählt hatte. Nervös lief er in der Konditorei auf und ab und fluchte vor sich hin.

„Gottsakrament, das können die doch nicht machen, dich einfach so aus der Stadt jagen. Was fällt denen ein, die haben überhaupt keine Beweise!" Anton saß wie ein Häufchen Elend auf einem Mehlsack und raufte sich die Haare. Er hatte keine Vorstellung davon, wie es nun weitergehen sollte.

„Vielleicht sollte ich zur Polizei gehen, damit alles aufgeklärt wird?", sagte er verzagt. „Aber vermutlich wird mir keiner glauben, es spricht ja vieles gegen mich." Schließlich jedoch raffte er sich auf. „Es hilft nichts, Georg, ich muss jetzt los, bald wird es dunkel und ich muss mir ein Nachtlager außerhalb der Stadt suchen. Ich

werde mich in Richtung Norden, nach Kiel, aufmachen. Wenn ich
für längere Zeit irgendwo eine Arbeit gefunden habe, schreibe ich
dir." Er umarmte seinen Freund noch einmal und verließ dann eilig
die Backstube.

Über die Burgtorbrücke verließ Anton Lübeck. Die Dämmerung
senkte sich bereits auf die Stadt. Müde setzte er Schritt vor Schritt.
Noch vor wenigen Tagen war er so zuversichtlich gewesen, was
seine Zukunft betraf. Nun sah alles trostlos aus. Er wusste nicht,
wie es mit seiner Arbeit weitergehen und auch nicht, welche Antwort er von Sophia erhalten würde. Er war als Dieb aus der Stadt
gejagt worden und konnte nur froh sein, wenn er jemals wieder
eine Arbeitsstelle als Goldschmied finden würde. Niemals durfte
sein Vater von dieser Geschichte erfahren. Es würde ihm das Herz
brechen, einen seiner Söhne einer solchen Beschuldigung ausgesetzt zu wissen.

Unterdessen war es so dunkel geworden, dass Anton kaum noch
die Hand vor Augen sehen konnte. In einem Stall am Wegesrand,
in dem einige Kühe zur Nachtruhe untergestellt waren, kroch er
unter. Leise sprach er sein Nachtgebet, aber auch hierin fand er
keinen Trost. Er haderte mit Gott, der es zuließ, dass er in eine solche Situation hineingeraten war. Einige Tränen rollten über seine
Wangen, bis er schließlich erschöpft einschlief. Wirre Träume
quälten ihn. Er wurde als Dieb von der Polizei verfolgt, schließlich
gefangen genommen und zu einer Gefängnisstrafe verurteilt. Bevor er bei Wasser und Brot in einen Kerker geworfen wurde, war
er mitten auf dem Marktplatz in Vechta an den Pranger gestellt
worden. Sein Hals war zwischen zwei starken Holzbrettern, in die
eine Aussparung gesägt worden war, eingeklemmt, rechts und
links von seinem Kopf auch die Hände, sodass er sich kaum bewegen konnte. Freunde und Bekannte zogen an ihm vorbei, einige
verhöhnten ihn oder bespuckten ihn sogar. Sophia stand vor ihm.
Mit ihren grünen Augen sah sie ihn vorwurfsvoll an. Plötzlich
strauchelte sie, ihre Knie knickten ein, und sie brach vor ihm

zusammen. Er selbst wurde ins Kaponier verbracht, wo er in einer kargen Zelle fortan sein Leben fristete. Er flehte Gott an, ihn zu erlösen, doch Gott hatte sich von ihm abgewandt und überließ ihn sich selbst.

Früh am nächsten Morgen schrak Anton aus diesem furchtbaren Traum auf. Ein fahles Morgenlicht begrüßte ihn, die Sonne war noch nicht aufgegangen. Nebel stand über den Feldern, als er den Stall verließ, noch bevor die Kühe gemolken und auf die Weide getrieben wurden.

Er hatte nachgedacht. Fünf oder sechs Tage würde er vermutlich benötigen, um Kiel zu erreichen, dort würde er die Wintermonate verbringen. Wer wusste es schon, vielleicht würde es ihm in der Stadt sogar gefallen?! Getröstet von diesen Gedanken, machte er sich auf den Weg. Sein Magen knurrte heftig, aber zu seinem Glück gab es am Wegesrand einige Obstbäume, so konnte er sich mit Äpfeln und Pflaumen versorgen. Eine milde Morgensonne brach schließlich durch die Nebelwolken. Wunderbar wallte der Nebel über die Felder, es sah beinahe so aus, als schwebten die Kühe am Wegesrand auf einer Wolkendecke. Aufgemuntert von diesem wunderbaren Anblick marschierte Anton vorwärts. Er würde sich nicht so schnell unterkriegen lassen, das schwor er sich.

Plötzlich vernahm er Hufschläge hinter sich. Ein Reiter näherte sich ihm im Galopp. Bereitwillig machte er Platz, um das Pferd passieren zu lassen, dies aber hielt an seiner Seite. Der Reiter, ein junger Bursche, sah ihn forschend an. „Bist du Anton Auling?", fragte er atemlos. Anton schaute den Jungen verwundert an. „Wer will das wissen?", fragte er zurück. „Der Goldschmiedemeister Grevesmühl schickt mich. Er bittet dich, sofort zurückzukommen. Viel mehr weiß ich nicht. Ich soll dir nur ausrichten, alles habe sich als Missverständnis herausgestellt." Anton wusste nicht so recht, was er tun sollte, zu überraschend kam diese Wendung. Er stand wie versteinert und blickte zu dem Jungen auf.

„Du kannst hinter mir aufsitzen", sagte dieser. „Ich nehme dich mit zurück nach Lübeck." Ein wenig zauderte Anton noch, dann aber siegte seine Neugier, wie sich der Sachverhalt wohl aufklären würde. Auch sein Stolz, vielleicht doch noch Gerechtigkeit zu erlangen, meldete sich. Friedrich, so hatte der junge Mann sich ihm vorgestellt, half ihm beim Aufsitzen und die beiden ritten, in einem leichten Trab, zurück in die Stadt.

Noch vor Mittag erreichten sie die Fleischhauerstraße. Anton bedankte sich bei Friedrich und betrat mit unsicheren Schritten die Werkstatt, wusste er doch nicht, was ihn nun erwarten würde. Meister Grevesmühl und Caspar saßen an ihren Werktischen und unterbrachen ihre Arbeit abrupt, als sie Anton erblickten. Auf den ersten Blick erkannte Anton, dass das Collier wieder da war, Meister Grevesmühl arbeitete gerade daran. Zögernd stand er auf, lächelte dann und kam mit ausgestreckter Hand auf Anton zu.

„Anton, ich muss mich ganz herzlich bei dir entschuldigen", begann er zu sprechen. „Alles hat sich aufgeklärt. Uns ist es jetzt klar, dass dich keinerlei Schuld trifft. Franziska und Elisabeth waren die beiden Übeltäter."

Anton schaute den Meister verwundert an. Die beiden kleinen Zwillingsmädchen hatten den Schmuck entwendet? Er konnte es kaum glauben. „Franziska hat sich am letzten Sonntag, vermutlich während der Mittagszeit, als sie eigentlich einen Mittagsschlaf halten sollte, aus ihrer Kammer in die Werkstatt geschlichen und in den Schränken und Schubläden herumgeschnüffelt. Für ein kleines Mädchen gab es hier wohl einiges zu entdecken. In der Schublade von Caspars Werktisch hat sie den Ohrring gefunden und ihn einfach mitgenommen. In der Schlafkammer hat sie ihre Beute zunächst wohl ihrer Schwester gezeigt, dann ist sie wieder in ihr Bettchen gekrochen. Der Ohrring ist in eine Ritze gerutscht." Anton musste fast lächeln bei der Vorstellung, die kleine Diebin im Nachthemd durch das Haus schleichen zu sehen.

„Elisabeth wollte dann auch so einen schönen Glitzerschmuck haben. Sie hat es ihrer Schwester nachgemacht und ist gestern heimlich während der Mittagszeit aus der Schlafkammer ausgebüxt. Da das Collier auf dem Werktisch lag, hat sie es sich gegriffen und ist schnell zurück in ihr Bettchen geschlichen. Als meine Frau gestern Nachmittag mit den Mädchen in den Garten ging, um Birnen zu pflücken, ist ihr aufgefallen, dass Elisabeth irgendetwas Glitzerndes in der Hand hielt. Tja, und so ist alles herausgekommen. Schließlich hat meine Frau auch den Ohrring in Franziskas Bettchen gefunden. Die Mädchen haben sich wohl nichts dabei gedacht, aber der Schaden, den sie angerichtet haben, ist groß. Nur gut, dass wir den Schmuck überhaupt wiedergefunden haben, die beiden Mädchen hätten ihn ja sonst wohin schleppen können."

Ernst sah der Meister Anton an. „Wir haben uns sofort umgehört und schnell herausgefunden, dass du dich auf den Weg nach Kiel gemacht hast. Gestern Abend jedoch war es schon zu spät, um nach dir zu suchen. Daher habe ich gleich heute Morgen den Friedrich losgeschickt, um dich aufzuspüren. Es tut mir so leid. Ich habe dir völlig zu Unrecht mein Vertrauen entzogen und es für möglich gehalten, dass du ein Dieb bist. Dafür entschuldige ich mich. Ich weiß, dass du mir vermutlich nicht so schnell verzeihen kannst, aber ich bitte dich eindringlich, hierzubleiben und weiter bei mir zu arbeiten. Ich weiß noch nicht, wie ich dich für das alles entschädigen kann, aber sei dir sicher, du wirst es nicht bereuen, wenn du zurückkehrst."

Anton fühlte sich völlig überrumpelt von der Situation. Verschiedene Empfindungen tobten gleichzeitig in seinem Inneren. Wut, Erleichterung, Freude, Unglaube über das Gehörte und auch Rachegedanken, all das empfand er in diesem Moment. Am Ende aber siegte die Freude darüber, dass sich alles aufgeklärt hatte. Er reichte Meister Grevesmühl die Hand. Caspar war zu ihnen getreten und legte Anton den Arm um die Schulter. „Das wird mir eine Lehre sein", sagte er ein wenig betreten. „Wie schnell kann man jemanden zu Unrecht beschuldigen. Bitte verzeihe auch mir, ich hätte es wissen müssen, dass du kein Dieb bist." Anton sah Caspar ernst an.

„Es war furchtbar, unter dem Verdacht zu stehen, ein Dieb zu sein", sagte er leise, aber mit fester Stimme. „Ich habe an euch gezweifelt, und ich habe sogar an Gott gezweifelt für das Unrecht, was mir widerfahren war. Aber jetzt bin ich froh, dass sich alles aufgeklärt hat. Ich arbeite gern weiter bei Euch", sagte er zu Meister Grevesmühl, aber ich bitte Euch, lasst mich zunächst zu meinem Freund Georg gehen und ihm die frohe Nachricht überbringen. Außerdem bin ich sehr hungrig und sehr müde. Lasst mich dann also etwas essen und ein wenig schlafen, dann mache ich mich gleich wieder an die Arbeit. Der Silberbecher muss doch fertig werden."

Georg nahm die Nachricht von Antons Unschuld und seiner Rückkehr nach Lübeck mit großer Erleichterung auf. Am selben Abend noch lud er Anton in den „Schwarzen Bären" ein. Ausgelassen tranken sie, machten Späße und versicherten sich, dass ihre Freundschaft ewig währen würde. Mit vom Alkohol schwerer Stimme berichtete Anton Georg von seinem Brief an Sophia. „Georg, ich schwöre es dir, ich werde dich zu meiner Hochzeit einladen. Du wirst es sehen, eines Tages werde ich Sophia heiraten." Als der Wirt sie schließlich vor die Tür setzte, war Mitternacht längst vorüber, aber das scherte die beiden nicht. Sie waren glücklich, dass das Schicksal es noch einmal gut mit ihnen gemeint hatte.

53

Oldenburg,
Mittwoch, 8. Oktober 1800

Verzweifelt war Sophia in den vergangenen Tagen während ihrer Mittagspause von Geschäft zu Geschäft gelaufen, um nach einer Stellung zu fragen. Sosehr sie sich aber bemühte, sie erhielt eine Absage nach der anderen. Trübsinnig saß sie bei Geschen in der Küche und trank von dem Kräutertee, den diese ihr gebraut hatte.

„Ich habe sogar wieder in den Gaststätten nach Arbeit gefragt, obwohl ich das doch so richtig satthatte", sagte sie jammernd, „aber niemand hat Arbeit für mich." Wütend zog sie die Jatte zu sich heran, um an dem Armband zu arbeiten, welches endlich kurz vor der Fertigstellung stand. Die Stille in der Küche wurde nur unterbrochen von dem Geklapper der Teetassen und der Stricknadeln, die Geschen in der Hand hielt.

„Wo ist denn eigentlich Magda?", fragte Sophia plötzlich. „Hat sie heute Abend frei?" „Ihre Tante ist gestorben, da habe ich sie heute Nachmittag nach Hause geschickt. Das arme Ding war ganz durcheinander." „Vielleicht sollte ich auch in den Bürgerhaushalten nach Arbeit fragen", sinnierte Sophia. „Als Küchenhilfe lässt sich doch sicher eine Stellung finden."

Mit einem lauten Geschepper warf Geschen ihr Strickzeug auf den Tisch. „Sophia, nun red' nicht so einen Unsinn. Du kannst so vieles. Du kannst gut mit Menschen umgehen, du kannst Kunden bedienen, du bist fix im Lesen und Rechen und du kannst so wunderbaren Haarschmuck herstellen, da willst du doch wohl nicht als Küchenmädchen arbeiten. Das schlag' dir mal aus dem Kopf."

Wieder verbreitete sich eine ungewöhnliche Stille in der Küche. Nur der Regen schlug in Böen gegen die Scheiben. Plötzlich sah Sophia auf. Geschen, du hast mich auf eine Idee gebracht. Was meinst du, ich könnte doch einen kleinen Laden mit einer Werkstatt anmieten. Dort könnte ich meinen Haarschmuck herstellen und verkaufen. Schon jetzt habe ich damit ja ein gutes Zubrot verdient. Wenn ich nicht mehr für Frau Grovermann arbeite, dann habe ich noch viel mehr Zeit dafür. Bisher hat sich mein Schmuck doch gut verkauft, ich konnte gar nicht alle Nachfragen bedienen. Ich müsste nur eine klitzekleine Werkstatt mit Laden zu einem günstigen Preis finden." Voll neuer Energie sprang Sophia auf. „Gleich morgen werde ich mich nach so einem Laden umsehen, vielleicht habe ich ja Glück."

Geschen schüttelte unwirsch den Kopf. „Sophia, nun mal langsam mit den jungen Pferden. Du als Frau darfst allein gar keinen Laden anmieten. Das dürfen nur Männer. Du müsstest also deinen Bruder fragen, ob der das für dich tun will. Dazu musst du sicher noch eine ordentliche Kaution auf den Tisch legen. Da reichen deine dreißig oder vierzig Taler, die du dir zusammengespart hast, vermutlich nicht aus. Und vergiss nicht, du brauchst ja auch noch Geld, um dir die Werkstatt einzurichten. Ein Regal, Stühle und einen Tisch, so etwas meine ich." Sophia nickte, dennoch sank ihre Euphorie nicht.

„Warum sollte Gottlieb nicht für mich die Unterschrift leisten. Das Geld sollte auch kein Problem sein. Ich habe doch ein Erbe von meinem Vater in Aussicht. Wenn ich einmal heirate oder wenn ich dreißig geworden bin, ohne bis dahin geheiratet zu haben, dann muss Gottlieb mir das sowieso auszahlen. Ich sehe keinen Grund, warum er mir nicht schon jetzt einen kleinen Teil davon geben könnte. Weißt du was, Geschen, ich werde ihm jetzt sofort schreiben, dann verliere ich keine Zeit mehr."

Beseelt von den Zukunftsaussichten lief Sophia in ihre Kammer und schnappte sich einige Bögen Briefpapier sowie einen Bleistift. Vom Regal holte sie noch die letzte Flasche Madeirawein, die Frau Schröder ihr nach dem Sturm geschenkt hatte. Fröhlich schwenkte sie die Flasche in der Hand, als sie zu Geschen zurückkehrte. „Das muss gefeiert werden, Geschen. Für heute ist es genug mit Tee, jetzt trinken wir Madeirawein! Ich sehe meinen kleinen Laden schon vor mir."

Sie goss für jede von ihnen ein Glas randvoll und stieß mit Geschen an. „Kind, es ist doch viel zu früh, sich zu freuen, erstmal muss dein Bruder doch einverstanden sein. Und was ist mit Anton. Wenn ihr verlobt seid, dann muss doch auch er deinen Plänen zustimmen." Diese Einwände wischte Sophia mit einer unwirschen Handbewegung weg. „Du wirst schon sehen, Geschen, es klappt bestimmt."

In den beiden folgenden Stunden war nichts als der Regen und das Kratzen des Bleistiftes auf dem Papier zu vernehmen. Seite um Seite schrieb Sophia an Gottlieb. Sie berichtete vom Tod der Mathilda Grovermann und der damit verbundenen Aufgabe des Geschäftes, sie schrieb von ihren Haarschmuckanfertigungen und davon, wie die Kundinnen ihr diese regelrecht aus den Händen rissen. Dann legte sie ihm in allen Einzelheiten ihre Pläne für die zukünftige Werkstatt dar. Sie fügte sogar eine Berechnung über die zu erwartenden Einnahmen und Ausgaben bei. Daraus war ohne Zweifel zu ersehen, dass ihr Geschäft prächtig florieren würde. Am Ende bat sie ihren Bruder um seine Unterstützung bei der Anmietung eines Ladenraumes und bei der Hinterlegung einer Kaution. „Das, lieber Gottlieb, wirst du doch sicher für mich tun!", beendete sie den Brief. Sie fügte noch Grüße an die Mutter an, dann steckte sie die Bögen in einen Umschlag und verschloss ihn, ohne ihn noch einmal durchzulesen.

54

In der Goldschmiedewerkstatt an der Fleischhauerstraße hatte sich die Stimmung seit dem Vorfall mit dem verschwundenen Schmuck verändert. Anton empfand es fast so, als behandele sein Meister ihn wie einen weiteren Sohn. Er war sehr freundlich zu ihm, lobte ihn für seine Arbeit und zeigte ihm immer wieder, dass er volles Vertrauen zu ihm hatte.

An dem Freitag vor der Taufe des kleinen Jacob Boddenbroek erhielt Anton den Auftrag, das von dem Getreidehändler bestellte Collier und den Silberbecher zu dessen Kontor zu bringen.

Es lag direkt am Hafen in einem mehrstöckigen Backsteinhaus, welches auch als Getreidespeicher diente. Durch ein breites und sehr hohes Eingangstor, groß genug, um Pferdegespanne hindurchzulassen, betrat er den Hof. Von da aus konnte er in das Gebäude gelangen. Er öffnete die Tür zu dem Kontor, dessen hohe Fenster einen weiten Blick hinaus über die Trave boten. Anton sah etliche Segelschiffe mit gestrichenen Segeln in der leichten Dünung dümpeln, ein Anblick, von dem er sich kaum losreißen mochte. Plötzlich jedoch vernahm er ein deutliches Räuspern. An einem Stehpult stand ein junger Mann, etwa in Antons Alter, die pechschwarzen Haare säuberlich in zwei exakte Hälften gescheitelt. Auffordernd sah er Anton an. Neben ihm, direkt unter einem der hohen Fenster, saß ein deutlich älterer Herr an einem ausladenden Schreibpult. Der Alte notierte eifrig etwas in dicke Bücher, über seinen rechten Ärmel hatte er einen Ärmelschoner gezogen. Von Anton nahm er keinerlei Notiz.

Anton erklärte dem jungen Mann den Grund seines Besuches, woraufhin der mit einem Glöckchen läutete. Augenblicklich erschien ein magerer Bursche. „Hinrich, bringe den Besucher bitte sofort zu Herrn Boddenbroek ins Bureau, er wird schon erwartet."

Der Junge führte Anton einige Gänge und Treppen hinauf und hinab, bis er schließlich vor einer schweren Eichentür stehenblieb. Er klopfte zweimal kurz, woraufhin von drinnen ein lautes „Herein" ertönte. Der Bursche öffnete flink die Tür und ließ Anton eintreten. Ein wenig unsicher näherte Anton sich dem schweren Schreibtisch, hinter dem Herr Boddenbroek, in Arbeit vertieft, saß. Kurz stellte er sich vor, wusste er doch nicht, ob Herr Boddenbroek sich an ihn erinnerte. Unsicher zog er eine Schachtel aus seinem Felleisen, öffnete sie und stellte sie vor dem Getreidehändler auf den Schreibtisch. Das Collier, das auf einem roten Samteinschlag ruhte, fand offensichtlich die Zustimmung des Getreidehändlers. Er nickte und brummelte zustimmende Worte vor sich hin.

„Und wo ist der Taufbecher, junger Mann?", fragte er. Auch diesen zog Anton aus dem Felleisen, wickelte ihn aus einem weichen Tuch und reichte ihn Herrn Boddenbroek hinüber. Vorsichtig strich dieser mit dem Zeigefinger über das Motiv des Segelschiffes, welches Anton, nachdem er es in Gips gegossen und danach fein bearbeitet hatte, kunstvoll auf den Becher gelötet hatte. Unsicher trat Anton noch näher zu Herrn Boddenbroek, die Zeichnungen des Segelschiffes in den Händen. „Bitte sehr, Herr Boddenbroek, dies sind die Entwürfe für den Becher. Die gehören Euch. Der Becher ist ein Unikat und die Zeichnungen wurden nur für diesen Becher angefertigt. Vielleicht habt Ihr ja eine Verwendung dafür."

Überrascht ergriff Boddenbroek die Papiere und sah sie rasch durch. „Du bist ein guter Zeichner", sagte er anerkennend. „Bist Du eigentlich jemals auf einem Segler gefahren?" Anton schüttelte den Kopf. „Nein, ich bin noch niemals, noch nicht einmal die kürzeste Strecke, auf einem Schiff gefahren. Wenn ich es richtig bedenke, habe ich bisher nur die Ems und die Wümme mit einer Fähre überquert."

Boddenbroek schlug sich ungläubig auf die Schenkel. „Junge,

das kann doch nicht sein! Incroyable! Da zeichnet er so herrlich und hatte noch niemals Planken unter den Füßen. Das sollten wir ändern, immediatement! Also, äh, wie heißt du noch einmal?" Er nickte kurz, als Anton ihm seinen Namen nannte.

„Also, Anton Auling, erlaube mir, dass ich dich einlade, auf meinem Frachtsegler, der am Samstag, dem 25. Oktober den Lübecker Hafen in Richtung Dänemark verlässt, ein Stück mitzufahren. Das ist das letzte Schiff in diesem Jahr, bevor die Herbststürme kommen. Nur bis Travemünde sicherlich. Von dort kann dich drei Tage später eine Kutsche von mir wieder mit zurücknehmen nach Lübeck. Auf meine Kosten natürlich! Die Kutsche fährt ohnehin, sie bringt Waren für mich hierher. Das ist mein Dank für die Zeichnungen, die du mir mitgebracht hast. Ich werde sie rahmen lassen und hier im Kontor aufhängen. Was meinst du zu meinem Vorschlag?"

Ungläubig starrte Anton Herrn Boddenbroek an. „Schlafen kannst du bei Fischer Hansen", fuhr dieser bereits fort. „Der hat eine Kammer unterm Dach, wo er ab und zu Boten von mir übernachten lässt, wenn es sein muss. Für den gebe ich dir eine kurze Nachricht mit. Es ist also alles geregelt, Junge. Komm du nur an dem Samstag um sechs Uhr in der Frühe zum Hafen, da findest du dann alles vor. Meister Grevesmühl wird schon einverstanden sein. Richte ihm aus, er soll sich ansonsten bei mir melden, dann klären wir das."

Boddenbroek nahm das Collier sowie den silbernen Becher vom Schreibtisch, zog ein Schubfach auf und legte die Kostbarkeiten dort hinein. Sorgfältig drehte er den Schlüssel zweimal um und steckte ihn in seine Westentasche. „Den Lohn für die gute Arbeit erhältst du unten im Kontor. Ich habe den Vorsteher schon angewiesen, dir das Geld auszuzahlen." Mit diesen Worten nickte er Anton noch einmal zu und senkte seinen Blick wieder in die Bücher, die vor ihm lagen.

Anton fand den Weg zurück durch die Gänge ins Kontor allein. Von dem älteren Herrn, der ihn nun aufmerksam betrachtete, ließ er sich das Geld auf den Tisch zählen, vergrub es dann tief in seiner Hosentasche und machte sich in Windeseile zurück auf den Weg zur Werkstatt. Sollte er tatsächlich schon bald das Meer sehen? Zwei ganze Tage würde er in Travemünde verbringen können. Das konnte Meister Grevesmühl ihm nicht verwehren.

Kaum war er in der Werkstatt angelangt und noch bevor er so recht zu Atem gekommen war, berichtete Anton Meister Grevesmühl und Caspar, der mit offenem Mund danebenstand, die ganze Geschichte. Die beiden blickten Anton zunächst fassungslos an. Immer wieder schüttelte Grevesmühl den Kopf. „Dieser Boddenbroek, das ist ja unfassbar, lädt er dich einfach so ein. Und mir wirst du in den Tagen in der Werkstatt fehlen. Aber was soll's, der Auftrag ist erledigt und ich bin mehr als zufrieden mit deiner Arbeit. So fahr nur. Den Lohn für die drei Tage erhältst du von mir auch. Ich hoffe, damit kann ich ein wenig von dem wiedergutmachen, was ich dir neulich angetan habe. Für heute kannst du Feierabend machen, Anton".

Meister Grevesmühl beugte sich bereits wieder über seine Arbeit, als er unvermittelt aufschaute. „Übrigens, hier ist vorhin ein Brief für dich aus Oldenburg angekommen. Vermutlich weißt du schon, von wem der ist, oder?". Er reichte Anton das Kuvert und lächelte ihm dabei verschmitzt zu.

Mit dem Brief in der Hand eilte Anton in seine Kammer. Schnell riss er den Umschlag auf. Hastig überflog er die Zeilen von Sophia. Sie wollte seine Frau werden und sie würde auf ihn warten. Gleich nach seiner Reise würde er ihr antworten und ihr versichern, dass seine Absichten ernst waren. Niemals würde er sie sitzen lassen.

55

Oldenburg,
Freitag, 17. Oktober 1800

„Schau Geschen, hinter dem kleinen Laden an der Schüttingstraße Nummer 9 ist noch eine Kammer, da könnte ich meine Materialien lagern. Der Raum wäre groß genug, um dort einen Arbeitsplatz einzurichten. Die Miete ist auch erschwinglich. Der Vermieter, ein alter Böttcher mit Namen Boltes, will zweieinhalb Taler im Monat haben, dazu eine Kaution von zehn Talern." Sophia strahlte vor Freude. Vor ihr lag ein Bogen Papier, auf dem sie Geschen aufzeichnete, wie sie sich die Einrichtung ihrer zukünftigen Werkstatt vorstellte.

„Du hattest allerdings recht, Geschen, an Frauen vermietet Ahlert Boltes nicht. Wenn aber Gottlieb den Mietvertrag unterschreibt, dann ist er einverstanden. Und was sollte Gottlieb schon dagegen haben? Er müsste mir ja nicht einmal Geld von meinem Erbe auszahlen. Bei dem Mietpreis könnte ich die Kosten selbst aufbringen." Sophia fing Geschens zweifelnden Blick auf und verstummte. „Was hast du denn, Geschen? Warum guckst du so skeptisch?"

„Kind, übernimmst du dich nicht mit einer eigenen Werkstatt? Für dich als Frau wird es sicher nicht so einfach sein, für alles allein verantwortlich zu sein. Schließlich musst du immer genug Aufträge bekommen, um die Miete regelmäßig bezahlen zu können. Wer sagt dir denn, dass dir das gelingen wird?"

„Ach Geschen, du bist aber auch ein Hasenfuß. Bisher lief das Geschäft mit meinem Haarschmuck doch schon gut, und das war erst der Anfang. Wenn ich erst einmal den ganzen Tag Zeit habe, mich um die Arbeit zu kümmern, dann werden noch viel mehr Kunden bei mir kaufen." Geschen zuckte die Schultern.

„Also für mich wäre das nichts", sagte sie entschieden, „aber du wirst schon wissen, was du tust. Ich hoffe nur, du kannst dann hier wohnen bleiben, ich würde dich vermissen."

Geschen wandte sich wieder dem Kartoffelschälen zu, während Sophia weiter an ihrer Bleistiftskizze arbeitete. Sogar ein kleines Regal vergaß sie nicht, in dem sie ihre fertigen Schmuckstücke auslegen könnte. Sie würde es so platzieren, dass man durch die Fensterscheibe einen Blick darauf werfen könnte. Glücklich lächelte Sophia vor sich hin. Zu Beginn des neuen Jahres würde der kleine Laden, in dem zurzeit noch eine Schuhmacherwerkstatt war, frei werden. Sie würde die Wände weißen, dabei würde Theodor ihr sicher behilflich sein. Nach den wenigen Möbeln, die sie für die Einrichtung bräuchte, könnte sie sich in den nächsten Wochen schon einmal umsehen. Vielleicht könnte sie einen Tisch und zwei Stühle aus Diepholz bekommen, in dem Testament ihres Vaters hatte doch etwas von Möbeln gestanden, die sie erhalten sollte. Selbst als Sophia bereits zu Bett gegangen war, hing sie in Gedanken noch dem kleinen Laden in der Schüttingstraße nach. Gleich am folgenden Tag würde sie mit der Witwe Grovermann sprechen. Sie würde die Witwe bitten, ihr, wie bereits im vergangenen Jahr, einige Tage vor Weihnachten freizugeben, damit sie nach Diepholz fahren könnte. Von dort würde sie die benötigten Möbel holen. Sicher würden sie in dem Verkaufsraum sehr schön zur Geltung kommen. Über diese Pläne schlief sie schließlich ein.

Frau Grovermann runzelte die Stirn, als Sophia ihr am nächsten Morgen ihre Pläne auseinanderlegte.

„Jungfer Mohr, da Sie bis jetzt nicht gekündigt haben, rechne ich darauf, dass Sie in diesem Jahr bis zum Heiligen Abend bei mir arbeiten. Das ist der letzte Tag, an dem ich mein Geschäft geöffnet haben werde. Ich werde einen Ausverkauf machen, die Kundinnen werden Schlange stehen. Nein, unmöglich, Sie müssen bis zum Ende des Jahres bleiben. Wir müssen den Laden nach Weihnachten noch komplett ausräumen, dabei benötige ich auch Ihre Hilfe. Ich habe bereits einen Mietinteressenten, der erwartet natürlich, dass ich ihm am 1. Januar alles besenrein übergebe."

Sophia nickte bei diesen Worten. Fast war sie ein wenig erleichtert, dass sie über die Feiertage nicht nach Diepholz fahren könnte. Im vergangenen Jahr waren die Weihnachtstage mit ihrer Mutter nicht sehr angenehm verlaufen. Vermutlich wäre das in diesem Jahr nicht anders.

„Schließlich wird es mir noch ein wenig mehr Lohn einbringen, wenn ich bis zum Jahresende in Stellung bleibe und mit den Möbeln, finde ich, auch eine andere Möglichkeit", dachte sie, „vielleicht kann Gottlieb sie mir ja bringen.

Als sie am Abend zu Geschen in die Küche zurückkehrte, zeigte sie sofort auf einen Brief, den sie auf den Tisch gelegt hatte. „Post für dich, Sophia, von deinem Bruder." „Wie schön, da hat er ja schnell geantwortet", sagte Sophia fröhlich. „Sicher ist er ganz angetan von meinen Plänen. So kann er gewiss sein, dass ich ihm auch in Zukunft nicht auf der Tasche liege." Sie saß noch nicht einmal, da hatte sie den Umschlag bereits aufgerissen. Datiert 12. Oktober 1800.

„Sophia,

deine Mutter und ich haben deine Pläne, dich selbstständig machen zu wollen, mit Entsetzen zur Kenntnis genommen. Bist du noch ganz bei Sinnen? Eine eigene Werkstatt willst du anmieten, um mit deinem lächerlichen Tand deinen Lebensunterhalt zu verdienen? Niemals werde ich dir das erlauben. Du bist doch inzwischen alt genug, dass du dich nicht mehr solchen Schwärmereien hingeben solltest.

Vermutlich träumst du zudem immer noch davon, eines Tages Anton Auling zu heiraten, aber eines sage ich dir: Dieser Anton hält dich doch nur hin, du Dummchen. Der hat vermutlich längst ein Liebchen in jeder Stadt, durch die er gewandert ist. Ewig kannst du nicht warten, bald bist du eine alte Jungfer, und dann liegst du mir auf der Tasche. Ich hingegen habe eine vernünftige

Lösung für deine Zukunft gefunden.

Ansgar Mertens hat mir neulich mitgeteilt, dass er dich heiraten möchte. Vielleicht hast du gehört, dass seine Frau im August bei der Geburt von Zwillingen gestorben ist. Fünf Kinder hat Ansgar jetzt, und er ist auf der Suche nach einer Frau, die sich um alles kümmert. Ich habe Ansgar mitgeteilt, dass ich einer Eheschließung zustimmen werde. Bis Ende Oktober kannst du noch in Oldenburg arbeiten, dann hole ich dich zurück nach Diepholz. Ansgar hat den 1. Februar 1801 als Termin für eure Hochzeit ins Auge gefasst. So ist noch genug Zeit für eine kurze Verlobungszeit.

Mit Mutter habe ich besprochen, dass ich dich am 1. November aus Oldenburg holen werde, so hast du noch einige Tage Zeit, deine Angelegenheiten dort zu regeln. Während deiner vierteljährigen Verlobungszeit wirst du natürlich wieder bei uns wohnen, tagsüber kannst du aber schon bei Ansgar auf dem Hof arbeiten und dich um seine Kinder kümmern. Sophia, sei dir sicher, Ansgar wird sich nicht lumpen lassen. Er ist eine gute Partie, auf seinem Hof wird es dir an nichts fehlen.

Dein Bruder Gottlieb Mohr"

Entsetzt warf Sophia den Brief auf den Tisch. Wütend stampfte sie mit dem Fuß auf. „Das darf nicht wahr sein", schrie sie aufgebracht. „Niemals werde ich dem zustimmen, lieber gehe ich ins Wasser." Geschen lief zu ihr, so schnell ihre alten Beine es zuließen.

„Was ist denn mein Kind, ist dein Bruder mit deinen Plänen nicht einverstanden?". Sophia bebte vor Wut. „Nein, das ist er in der Tat nicht. Viel schlimmer ist es aber noch, dass er mich mit Ansgar Mertens verheiraten will, dem abscheulichsten Schürzenjäger aus Diepholz. Vor einigen Jahren hat der sogar versucht, mir Gewalt anzutun. Es kann einfach nicht sein, dass Gottlieb mich mit dem Scheusal verheiraten will." Wutentbrannt sah Sophia Geschen an. „Es ist so ungerecht, eine Frau zu sein. Wäre ich ein Mann, so könnte ich meine Pläne ungestört umsetzen. Vermutlich würde man meine Entschlossenheit sogar begrüßen. So aber bleibt mir gar nichts."

Erste Tränen liefen ihr über die Wangen. Sie legte die Arme auf den Tisch und verbarg den Kopf darin. Dann begann sie hemmungslos zu schluchzen. Geschen schlurfte zur Speisekammer und holte eine Flasche Branntwein vom Bord. Sie goss zwei Gläser voll und schob eines davon zu Sophia hinüber.

„Trink, Mädchen, das wird dir jetzt guttun. Eines sage ich dir, es wird nichts so heiß gegessen wie gekocht." Sophia kippte das Getränk hinunter. Sogleich hielt sie Geschen das Glas erneut hin, damit dieser es wieder auffüllen konnte.

Magda, die gerade mit einem Tablett in den Händen von den Herrschaften kam, blieb der Mund offenstehen, als sie die beiden Frauen so in der Küche vorfand. „Was ist hier denn los? Warum trinkt ihr Schnaps an einem gewöhnlichen Wochentag?", stammelte sie irritiert. Geschen erklärte ihr kurz, was vorgefallen war.

„Dein Bruder wird dich doch nicht gegen deinen Willen zu einer Heirat zwingen können", sagte Magda empört. „Da hast du doch auch noch ein Wörtchen mitzureden."

„Ich fürchte nicht", sagte Sophia. „Ansgar ist schon seit Kindertagen der beste Freund meines Bruders. Die beiden werden schon einen Dreh finden, um mich unter Druck zu setzen. Es wundert mich nur, dass meine Mutter dieser Heirat zustimmt. Sie war damals dabei, als Ansgar mich missbrauchen wollte. Sie hat ihn eigenhändig mit einem Messer in der Hand aus dem Haus gescheucht. Ich kann mir beim besten Willen nicht vorstellen, dass sie das vergessen hat. Vermutlich weiß sie noch gar nicht so genau, wie die Pläne von Gottlieb aussehen."

„Lass uns einmal in Ruhe überlegen, wie es nun weitergehen kann", sagte Geschen, als Sophia bereits den dritten Schnaps hinuntergekippt hatte. „Ich denke, du solltest Anton umgehend einen Brief schicken, schließlich bist du doch mit ihm so gut wie verlobt. Bitte ihn, in Lübeck alles stehen und liegenzulassen und sofort zu dir zu kommen. Er sollte bei dir sein, wenn Gottlieb hier auftaucht. Wenn dein Bruder sieht, dass du bereits einem anderen versprochen bist, dann wird er kaum etwas ausrichten können."

Ein kleiner Hoffnungsschimmer schlich sich in Sophias Augen. „Das ist eine gute Idee, Geschen. Das werde ich sofort machen. Magda, gib mir doch bitte mein Schreibpapier, es liegt dort drüben bei der Jatte. Drückt mir die Daumen, dass es noch nicht zu spät ist, schließlich haben wir bereits den 17. Oktober." Eilig kritzelte Sophia einige Sätze auf den Briefbogen, den Magda ihr gereicht hatte. Datiert Freitag, 17. Oktober 1800.

„Mein lieber Anton

ich fürchte, unsere Heiratspläne kommen zu spät. Mein Bruder hat mich bereits einem anderen Mann versprochen, seinem Freund Ansgar Mertens, einem Bauern aus Diepholz, mit dem er immer Karten spielt. Dem Ansgar ist im August die Frau gestorben. Fünf kleine Kinder hat sie zurückgelassen, die beiden jüngsten sind gerade erst ein Vierteljahr alt. Nun hat Gottlieb dem Ansgar meine Hand versprochen, braucht der doch dringend eine Frau, die die Kinder versorgt und auf dem Hof mithilft.

Am 1. November kommt Gottlieb hierher nach Oldenburg, um mich zu holen. Dich hält mein Bruder für einen Hallodri, der es nicht ernst mit mir meint. Er sagt, du hast in jeder Stadt ein anderes Liebchen und wirst mich sicher nicht heiraten. Lieber Anton, niemals werde ich Ansgar Mertens mein Jawort geben. Ich bitte dich, wenn es dir ernst mit mir ist, dann komme so schnell wie es dir möglich ist, hierher. Bitte sei am Samstag, dem 1. November bei mir, wenn Gottlieb kommt. Vielleicht kannst du ihn davon überzeugen, dass du mich wirklich heiraten willst.

In Liebe. Deine Sophia"

Sophia nahm sich nicht einmal mehr die Zeit, den Brief noch einmal durchzulesen. Sie steckte ihn in einen Umschlag, bevor sie ihn aber verschnürte, zog sie kurz entschlossen ein weiteres Blatt zu sich und zeichnete darauf ein kleines Bild für Anton. So etwas hatte sie noch nie getan, sie konnte gar nicht gut zeichnen, aber an diesem Abend war sie so erschöpft von den Gefühlen, die auf sie einströmten, dass sie ihre übliche Zurückhaltung vergaß. Der Alkohol tat sein Übriges. Sie steckte dieses Blatt zu dem anderen, verschnürte dann sorgfältig den Brief und stand dann, etwas wackelig von dem vielen Schnaps, entschlossen auf.

„Ich bringe den Brief noch heute zur Poststation. Je eher ich ihn aufgebe, desto besser. Ich glaube, morgen geht in aller Frühe eine Kutsche nach Bremen, die kann ihn vielleicht sogar noch mitnehmen." Entschlossen zog sie ihren Mantel an und machte sich auf zur Poststation am Damm.

56

Lübeck,
Samstag, 18. Oktober 1800

Anton konnte sein Glück kaum fassen. Noch niemals zuvor war er auf einer Reise gewesen, die nur zum Vergnügen war. Eifrig überlegte er, welche Vorbereitungen er dafür treffen musste. Als Erstes entschloss er sich, seine Wäsche in der Wakenitz zu waschen und sie dann auf der Bleichwiese zu trocknen. Dabei hatte er festgestellt, dass er dringend eine Garnitur neuer Unterkleider benötigte, die alten hatten bereits viel zu viele Löcher, als dass sie noch zu flicken wären.

In der Fischergrube war er bereits einige Male an der Wollwarenhandlung Horning vorbeigekommen. Das Geschäft würde sicherlich auch Weißwaren im Sortiment führen. Er entschloss sich, dort eine neue Garnitur einzukaufen. Der Winter würde vermutlich schneller kommen, als man sich versah. Da war es gut, dafür Sorge zu tragen, dann nicht frieren zu müssen. In der Apotheke am Markt erstand er einige Lakritzstangen, die er auf seine Reise mitnehmen wollte. In Hamburg hatte er Lakritz zum ersten Mal probiert und für äußerst lecker befunden.

„Hauptbestandteil von Lakritz ist ein Extrakt, der aus der Wurzel des Süßholzes gewonnen wird", erklärte der ältliche Apotheker ihm beflissen. „Dieser Saft wird eingedickt und dann werden Zuckersirup, Mehl, Geliermittel und Aromen hinzugefügt." Der Mann schob sich seinen Zwicker, der ihm ein wenig von der Nase gerutscht war, wieder hoch. „Lakritz wird auch als Medizin geschätzt. Es soll eine beruhigende Wirkung auf Hals und Magen haben." Diese Auskunft gefiel Anton, und so schien ihm Lakritz eine ideale Ergänzung seines Reisegepäcks zu sein.

Als er alle Einkäufe erledigt hatte, machte er sich auf zur Konditorei Maret, in der Georg arbeitete. Es drängte Anton, Georg von seiner Reise am kommenden Donnerstag zu berichten. Er konnte sich schon jetzt ausmalen, was für Augen sein Freund machen würde, wenn er die Geschichte von Herrn Boddenbroek und dem Segelschiff hören würde. In der Konditorei war Georg noch damit beschäftigt, einige Torten kunstvoll zu verzieren. Anton beobachtete ihn eine Weile und bewunderte dessen Fingerfertigkeit. Schließlich aber hatte Georg auch die letzten beiden Torten fertiggestellt. „Ich muss dir etwas erzählen", platzte es aus Anton heraus. „Ich fahre am nächsten Donnerstag für drei Tage nach Travemünde. Herr Boddenbroek, sicher kennst du den Getreidehändler, hat mir eine Fahrt auf seinem Frachtsegler und einen dreitägigen Aufenthalt in Travemünde geschenkt."

Georg starrte ihn ungläubig an. „Was bist du nur für ein Glückspilz!", sagte er schließlich, nachdem Anton ihm in allen Einzelheiten von der bevorstehenden Reise berichtet hatte. „Komm, ich habe jetzt Feierabend. Lass uns in den ‚Vergoldeten Stuhl‘ gehen und darauf einen trinken!"

Gemeinsam machten sie sich auf zu der dunklen Gaststätte in der Beckergrube. Dort, so wussten sie, konnte man leckeres Labskaus essen und dazu ein gutes Bier trinken.

Als die beiden spät am Abend, der Nachtwächter drehte längst seine Runden, zurück zum Markt unterwegs waren, mussten sie feststellen, dass sie sich in den schmalen Straßen verlaufen hatten. Unvermittelt waren sie in einem engen Gewirr kleiner Gassen gelandet, geradeso, wie sie es bereits in Hamburg gesehen hatten. Auch hier quoll aus jeder Ritze der armseligen Verschläge die tiefste Armut. Unangenehme Gerüche stiegen von der Gosse auf, ein paar Hühner stoben, verschreckt von den nächtlichen Störern, gackernd zur Seite und aus einer der Buden hörten sie Lärm und Geschrei, so als ob ein Betrunkener gerade seine Frau vermöbelte. Stockfinster war es in diesen Gassen, so finster, dass man nicht einmal die Hand vor Augen sah. Unvermittelt stieß Anton gegen eine hölzerne Treppenstufe, die in die Gasse hineinragte und wäre zu Fall gekommen, hätte Georg ihn nicht gehalten. Stöhnend rieb er sich das schmerzende Schienbein und fluchte laut. Wohl eine gute Viertelstunde irrten die beiden durch dieses Labyrinth, bis sie schließlich wieder auf eine der breiten, hübschen Straßen von Lübeck gelangten, die von den erhabenen Backsteinhäusern gesäumt wurden.

Am frühen Sonntagmorgen, Anton hatte schon seit dem ersten Hahnenschrei wachgelegen und konnte nicht wieder einschlafen, spazierte er hinunter zum Hafen, um das Segelschiff des Herrn Boddenbroek, eine Brigg mit zwei Masten, schon einmal in Augenschein zu nehmen. Die „Göteborg" lag gut vertäut zwischen anderen Frachtseglern an einem Prahm und schaukelte sanft in der frühen Morgenbrise. Sie lag recht tief im Wasser, vermutlich war die Ladung, die sie mit sich führte, noch nicht gelöscht worden. Ein Matrose hielt Wache an Deck, ein anderer kaute genüsslich auf einer Portion Priem herum, während er irgendetwas an der Reling reparierte. Ansonsten war kein Mann an Bord zu entdecken.

Anton schlenderte noch ein Stück an der Trave entlang und ließ sich schließlich gegenüber der Salzspeicher im Ufergras nieder. Er schloss die Augen, genoss die noch immer wärmende Herbstsonne und ließ seinen Gedanken freien Lauf. Ihm kam sein Elternhaus in Münster in den Sinn. Seit Wochen hatte er kein Lebenszeichen mehr an seinen Vater geschickt. Noch heute, sobald er in die Fleischhauerstraße zurückgekehrt war und gefrühstückt hatte, wollte er dies nachholen. Dann würde er sich auch gleich daransetzen, sein Wanderbuch zu führen. Das hatte er in den letzten Wochen ebenfalls sträflich vernachlässigt. Eigentlich sollte er mindestens einmal wöchentlich Aufzeichnungen hineinschreiben, seine letzte Eintragung aber lag bestimmt schon fünf Wochen zurück. Seufzend rappelte Anton sich auf. Vorbei war es mit dem Müßiggang, er hatte noch viel zu tun.

57

Sophia,
Sonntag, 19. Oktober 1800

Wie ein Häufchen Elend saß Sophia am Sonntagnachmittag mit Elise bei Geschen in der Küche. Das Wetter war umgeschlagen, ein kräftiger Herbststurm aus Nordwesten wehte Blätter und Äste von den Bäumen.

„Ich koche jetzt erst einmal eine große Kanne Tee für uns alle, das wird uns sicher aufheitern", sagte Geschen. Energisch schürte sie das Feuer und wuchtete einen großen Kessel mit Wasser auf den Herd.

„Magda, sieh mal in der Speisekammer nach, da muss noch eine Dose mit Butterkeksen stehen, die ich letzte Woche gebacken habe." Kurze Zeit später saßen die vier Frauen um den Küchentisch herum und tranken von dem kräftigen, dunklen Gebräu.

„Wie schmeckt euch der Tee?", fragte Geschen interessiert. „Ich habe ihn gestern bei Kaufmann Bulling gekauft. Der hat ihn neu in sein Sortiment aufgenommen und ihn sehr angepriesen. Er bezieht den Tee aus Emden, dort nennen sie ihn ‚Ostfriesentee', obwohl er eigentlich aus China kommt. Die Ostfriesen trinken ihn schon seit weit mehr als hundert Jahren. Zuerst wurde er dort nur als Medizin verabreicht, dann aber hat sich der Teegenuss in ganz Ostfriesland verbreitet."

Magda stellte ihren Teebecher auf den Tisch. „Ehrlich, Geschen, so schmeckt er mir zu bitter. Ich finde, da muss ordentlich Zucker rein. Haben wir nicht noch etwas von dem Fadenkandis, den ich vor ein paar Wochen für dich gekauft habe?" Geschen nickte. „Du hast recht, Magda. In der runden Dose mit dem eingebeulten Deckel ist noch was davon, hol die doch mal her. Mir fällt gerade ein, dass Bulling auch von einigen Tröpfchen Sahne gesprochen hat, die man in den Tee hineinträufeln muss. Die hab ich jetzt aber nicht da. Für heute muss es auch so gehen."

Geschen nahm einen tiefen Schluck aus ihrem Teebecher. „Kaufmann Bulling hat mir erzählt, dass der Tee sich in Ostfriesland so verbreitet hat, weil es damals in Emden eine ‚königlich preußisch asiatische Handelscompagnie' gab. Selbst der ‚Alte Fritz' hat das Teetrinken gefördert, schließlich konnte er gut daran verdienen. So wie hierzulande viel Bier getrunken wird, so trinken die Ostfriesen stattdessen ihren Tee. Denen war er irgendwann so lieb geworden, dass sie ihn partout nicht aufgeben wollten, als der ‚Alte Fritz' ihnen das Teetrinken wieder abgewöhnen wollte, nachdem die ‚Ostasiatische Handelscompagnie' gescheitert war."

Geschen hielt Sophia die Schale mit den Butterkeksen unter die Nase. „Kind, du musst etwas essen, so geht es nicht weiter. Du fällst mir ja noch vom Fleisch. Seit Tagen hast du kaum etwas von meinem Essen angerührt. Jetzt nimm doch wenigstens ein paar von den Butterkeksen." Sophia schüttelte den Kopf und sah Geschen gequält an.

„Ich habe wirklich keinen Hunger, Geschen. Solange die Sache mit Gottlieb nicht geklärt ist, wird sich das wohl auch nicht ändern." Sie hielt Magda ihren Teebecher hin. „Von dem Ostfriesentee kannst du mir aber gerne noch einen Becher einschenken, davon mag ich wohl noch was."

„Ja, der schmeckt mir auch." Elise hielt Magda ebenfalls ihren Becher hin, damit sie ihn wieder auffüllen konnte.

„Wie ging es dann weiter mit dem Ostfriesentee?", fragte sie. „Durften die Ostfriesen ihn behalten?"

„Es muss wohl einen regelrechten ‚Teekrieg' dort oben gegeben haben. Die Polizeidirektion in Aurich tatsächlich einen Erlass herausgebracht, in dem es hieß, durch das Teetrinken würden Gelder und Steuereinnahmen verschwendet und dem Staat somit Schaden zugefügt. Es wurde vorgeschlagen, anstelle des ‚Krautes' aus China Zitronenmelisse zu trinken. Gefordert wurde auch, mehr Bier zu brauen, da die Zutaten im eigenen Land in ausreichender Menge angebaut würden." Geschen grinste in sich hinein. „Die Ostfriesen wollten sich das aber nicht gefallen lassen. Sie schmuggelten ihren Tee und tranken ihn heimlich. Über zehn Jahre dauerte dieser Streit. Schließlich hat Friedrich II. sein Vorhaben aufgegeben und seinen ostfriesischen Untertanen wieder den Genuss des ‚chinesischen Drachengiftes' erlaubt."

„Gut so", sagte Sophia. „Man darf nicht so schnell aufgeben, wenn man etwas unbedingt erreichen will." Entschlossen stellte sie ihren Becher zurück auf den Tisch. „Ihr werdet schon sehen, ich werde mich auch nicht kleinkriegen lassen. Niemals werde ich Ansgar Mertens heiraten, im Leben nicht." Mit blitzenden Augen schaute sie die drei Frauen an, die mit ihr am Tisch saßen.

„Aber was willst du denn machen, wenn Gottlieb am übernächsten Samstag kommt?", fragte Elise zögernd. „Der wird sich sicherlich nicht einfach wieder wegschicken lassen." Sophia zuckte mit den Schultern.

„Ich werde wie jeden Tag zur Arbeit gehen. Dann muss er mich wohl oder übel beim Geschäft der Witwe Grovermann abpassen. Ich hoffe ja, dass Anton bis dahin hierhergekommen ist. Gemeinsam können wir Gottlieb dann hoffentlich davon überzeugen, dass wir in eineinhalb Jahren heiraten wollen."

Sophia nahm nun doch einen von den Keksen, die Elise ihr hinhielt. „Ich habe mir fest vorgenommen, nicht mit Gottlieb nach Diepholz zu gehen. Zumindest bis zum Jahresende will ich hierbleiben. Ich muss der Witwe Grovermann beim Ausverkauf ihrer Waren zur Hand gehen. Außerdem habe ich noch einige Aufträge für meinen Haarschmuck zu erledigen. Was dann passiert, wird sich zeigen. Hier in Oldenburg werde ich vermutlich keine Arbeit finden, das würde Gottlieb mir wohl auch nicht erlauben. Vielleicht gehe ich wieder nach Vechta, wenn sich dort eine Arbeit für mich findet. Das hängt auch davon ab, wie Antons Pläne sind." Mit einem Seufzer sah sie Elise an.

„Wenn ich doch nur wüsste, ob Anton kommen wird. Diese Ungewissheit macht mich verrückt." Sie zerbröselte den Keks in ihrer Hand. Die kleinen Stückchen krümelten auf die Tischplatte. In Gedanken vertieft wischte sie die Bröckchen mit der Hand auf und ließ sie auf den Teller zurückrieseln.

58

Lübeck,
Donnerstag, 23. Oktober 1800

Die Familie Grevesmühl saß gerade um den Abendbrottisch versammelt, als Anton von einem Botengang zurückkehrte.

„Was hatten wir heute für einen fantastischen Sonnenuntergang!", sagte er gut gelaunt, als er sich zu ihnen setzte. „Ich könnte bei meiner Reise nach Travemünde Glück mit dem Wetter haben." Caspar ging nicht auf seine Plauderei ein. „Anton, bevor ich es vergesse, vorhin ist ein Brief für dich abgegeben worden. Ich habe ihn dir in deine Kammer auf den Nachttisch gelegt, er ist aus Oldenburg von Sophia."

Anton runzelte die Stirn. Er erwartete keinen Brief von Sophia. Sie hatte ihm doch erst vor zwei Wochen geschrieben. Es musste etwas passiert sein. Er entschuldigte sich, stand vom Tisch auf, murmelte einen Gutenachtgruß und stieg hinauf in sein Zimmer. Hell leuchtete ihm der Umschlag im dunklen Raum entgegen. Er zündete die zwei Kerzen an, die auf dem Tisch in einem Leuchter standen.

„Von Sophia ist der Brief", dachte er mit klopfendem Herzen. „Was hat das zu bedeuten? Hat sie es sich vielleicht doch anders überlegt?" Vorsichtig versuchte er, den Umschlag aufzureißen, verhielt sich dabei aber so ungeschickt, dass er ihn völlig zerfetzte. Die beiden Bögen, die darin gelegen hatten, rutschten heraus und flatterten sanft zu Boden. Ungeduldig hob Anton einen der beiden Briefbögen auf. Neugierig hielt er ihn ins Kerzenlicht und las beklommen die Nachricht von Sophia.

Er spürte, wie sich ein Kloß in seinem Hals bildete. Warum nur hatte er sich nicht früher entschlossen, Sophia einen Antrag zu machen? Was musste sie in den letzten Tagen durchgemacht haben?

Hatte er überhaupt noch die Möglichkeit, rechtzeitig nach Oldenburg zu gelangen? Fieberhaft begann er zu rechnen. Es war Donnerstag, der 23. Oktober, genau acht Tage würden ihm noch bleiben. Er könnte frühestens am Samstag eine Kutsche nach Hamburg nehmen. Von Hamburg nach Oldenburg waren es mindestens fünf Tagesmärsche. Zwischen Hamburg und Bremen gab es jedoch auch eine Postkutschenverbindung, die er nehmen könnte. Von Bremen aus könnte er in eineinhalb Tagesmärschen in Oldenburg sein, vielleicht fand er ja auch jemanden, der ihn ein Stück mitnahm. Es könnte klappen. Mit ein wenig Glück würde er am 1. November in Oldenburg sein.

Ruhelos legte Anton sich auf sein Bett. Er grübelte darüber nach, wie er am folgenden Tag am besten vorgehen könnte, um seine Abreise vorzubereiten. Zuerst müsste er natürlich seine Stellung kündigen. Vermutlich würde Meister Grevesmühl nicht begeistert sein, aber Anton war sich sicher, wenn er ihm die Situation erklärte, würde der ihm keine Steine in den Weg legen. Dann müsste er zur Post gehen und dort einen Platz für Samstag in der Kutsche nach Hamburg reservieren. Anton wusste, dass die Kutsche sehr früh am Morgen in Lübeck abfuhr. Mit bangem Herzen hoffte er, einen der wenigen Plätze zu ergattern. Für die Kutsche bis Hamburg würde sein Geld vermutlich gerade noch reichen. Dann müsste er zu Georg gehen, um seinem besten Freund über die neueste Entwicklung zu berichten. Es würde ihm wohl auch nichts anderes übrig bleiben, als sich von Georg Geld für die Reise von Hamburg bis nach Oldenburg zu leihen. Danach würde er beim Zunftmeister seine Kundschaft erbitten. Vermutlich würde er ihm die gar nicht so schnell ausstellen können, aber das war nicht weiter schlimm. Anton hoffte darauf, dass ihm das Dokument nachgeschickt werden könnte. Schließlich durfte er auch nicht vergessen, zu Herrn Boddenbroek zu laufen, um seine Reise abzusagen. Am Ende müsste er packen und am Abend vielleicht noch gemeinsam mit Georg und Caspar in den „Schwarzen Bären" gehen, um dort Abschied zu nehmen.

Müde schloss Anton seine Augen, an Schlaf war jedoch nicht zu denken. Zu viele Gedanken gingen ihm durch den Kopf. Zudem war ein Gewitter herangezogen. Erste Blitze entluden sich krachend über der Stadt. Die Kerzen waren heruntergebrannt, immer wieder warfen die hellen Blitze scharfe Schatten an die Wand.

Plötzlich, fast war er eingenickt, fiel ihm ein, dass in dem Umschlag noch ein weiterer Bogen gewesen war. Im Dunkeln suchte er den Boden ab, bis ein weiterer Blitz die kleine Kammer erleuchtete und er das Blatt entdeckte.

Bevor er es sich ansehen konnte, musste er jedoch hinunter in die Küche gehen, um sich neue Kerzen zu besorgen. Leise, auf nackten Sohlen, schlich er die knarzige Treppe hinab, vergeblich war der Versuch, keinen Laut zu verursachen. In der Küche suchte er eine Weile im Dunkeln, bis er sich daran erinnerte, wo Frau Grevesmühl die Kerzen zu lagern pflegte. Hoch oben vom Tellerregal hatte sie ihm neulich zwei heruntergereicht. Gerade streckte Anton den Arm aus, als er hinter sich ein Geräusch hörte. Fast hätte er vor Schreck einen Teller heruntergerissen, es gelang ihm aber gerade noch, ihn aufzufangen und zurückzustellen.

„Was machst du hier mitten in der Nacht in der Küche?", hörte er die Stimme seines Meisters. „Kannst du wegen des Gewitters nicht schlafen?" Anton drehte sich erschrocken um, die Kerzen bereits in der Hand. „Ach, Meister Grevesmühl", sagte er traurig, „ich wollte noch meinen Brief weiterlesen, da sind mir die Kerzen ausgegangen. Bis morgen will ich auf keinen Fall mehr warten, das hätte ich nicht ausgehalten." „Na, dann muss das ja wohl ganz wichtige Post sein", entgegnete Grevesmühl. Anton sah im fahlen Licht eines weiteren Blitzes, dass er lächelte. „Ich bin nur froh, hier keinen Einbrecher erwischt zu haben. Jetzt aber ab mit dir in deine Kammer und sei vorsichtig mit dem Feuer." Er wünschte Anton noch eine gute Nacht und schlurfte zurück in sein Zimmer.

Leise schlich auch Anton zurück in seine Kammer. Er entzündete die Kerzen und nahm den Briefbogen zur Hand. Sophia hatte eine Zeichnung angefertigt. Ein junges Paar, es sollten wohl Sophia und er sein, stand dort Hand in Hand unter einem Rosenbogen. Jeder von ihnen hatte einen Ring an der rechten Hand. Anton konnte erkennen, dass Sophia geweint haben musste, als sie die Zeichnung anfertigte. An einigen Stellen war das Papier gewellt und ein wenig aufgeraut. Vorsichtig strich er mit den Fingern darüber, bevor er die beiden Bögen unter sein Kissen steckte.

Erschöpft legte er sich auf sein Bett. Draußen rauschte ein sanfter Regen über die Dächer der Stadt, ein leises Donnergrummeln war noch gelegentlich zu vernehmen, dann kehrte Ruhe ein und Anton fiel endlich in einen unruhigen Schlaf.

Am kommenden Morgen erwachte er in aller Frühe. Sofort stand ihm die Liste der Aufgaben vor Augen, die er zu erledigen hatte. Er sprang aus dem Bett, zog sich an und lief die Treppe hinunter in die Küche. Wie er es gehofft hatte, saß dort schon der Meister mit seiner Frau bei einer Hafergrütze.

Ohne zu zögern, setzte Anton sich zu ihnen und bat darum, mit ihnen sprechen zu dürfen. Erstaunt nickte Grevesmühl, als die Worte auch schon aus Antons Mund heraussprudelten. Anton erzählte den beiden von Sophia, von ihrer gemeinsamen Zeit in Vechta, von ihrer Liebe und ihrem Abschied vor mehr als einem Jahr. Mit eindringlichen Worten beschrieb er die Gefahr, Sophia vielleicht an einen anderen zu verlieren.

Frau Grevesmühl sah ihn mitleidig an, ihr Mann nickte immer wieder und brummte verstehend vor sich hin. Nach dem langen Bericht von Anton kehrte plötzlich Ruhe in der Küche ein, nur das Herdfeuer und das Knacken der Holzscheite darin war zu hören. Mit bangem Herzen sah Anton den Meister an. Dieser räusperte sich.

„Mein lieber Anton, du weißt, du bist mir ans Herz gewachsen wie ein eigener Sohn. Wie sollte ich jetzt deinem Lebensglück im

Wege stehen? Natürlich kannst du morgen fahren. Ich werde mich noch heute beim Zunftmeister dafür einsetzen, dass er dir umgehend die Kundschaft ausstellt. Das sollte doch zu machen sein. Erledige du heute all die Dinge, die jetzt zu tun sind. Ich möchte dich bitten, am Nachmittag zu mir in die Werkstatt zu kommen. Ich denke, ich habe eine Überraschung für dich."

Anton vertrödelte keine Minute. Sofort nach dem Frühstück lief er zur Poststation, um für den folgenden Tag einen Platz in der Kutsche nach Hamburg zu bestellen. Zwei Plätze waren noch im Innenraum der Kutsche zu vergeben, dazu noch drei Außenplätze. Obwohl das Wetter sich beruhigt hatte und keine Wolke am Himmel zu sehen war, entschied er sich ohne zu zögern für einen wettergeschützten Platz im Innenraum. Erleichtert zog er seine Geldkatze hervor und zahlte den geforderten Preis. Um sechs Uhr in aller Frühe würde die Kutsche am folgenden Morgen Lübeck verlassen, gegen zehn Uhr am Abend würde sie in Hamburg anlangen. Kaum hielt er das Billet in der Hand, hastete er zu Georg in die Konditorei, um sich von seinem Freund zu verabschieden. Ungestüm stürmte er in die Backstube, der Meister wies Anton jedoch sofort in seine Schranken.

„Junge, du kannst hier doch nicht so mir nichts, dir nichts in die Backstube laufen. Bis zwei Uhr muss Georg noch arbeiten. So lange musst du dich wohl gedulden, bis du mit ihm reden kannst. Und jetzt raus hier, wir sind gerade sehr beschäftigt." Unverrichteter Dinge verließ Anton die Konditorei. Er warf einen Blick auf seine Taschenuhr, es war kurz nach elf Uhr. Die Zeit war gerade recht, um ins Kontor zum Getreidehändler Boddenbroek zu laufen.

In der Schreibstube herrschte ein reger Geschäftsbetrieb. Der alte Kontorist an seinem Schreibpult nahm Anon erst zur Kenntnis, als der sich direkt vor ihn stellte und sich vernehmlich räusperte.

„Ich muss unbedingt für einen Moment mit Herrn Boddenbroek sprechen", brachte er sein Anliegen vor. „Können Sie mich bitte bei ihm anmelden?" „Wie denkt er sich das?", entgegnete der Mann höchst indigniert. „Herr Boddenbroek ist beschäftigt, er hat keine Zeit für ihn." „Ganz kurz nur, ich bitte Sie", flehte Anton, aber der hagere Mann schüttelte unbarmherzig den Kopf.

„Warum willst du mich denn so dringend sprechen?", hörte Anton plötzlich die Stimme des Getreidehändlers hinter sich. Bekommst du plötzlich Muffensausen und hast Angst, auf meinem Frachtsegler mitzufahren?" Boddenbroek lachte verschmitzt, als er aber sah, dass Anton angespannt und gar nicht zu Scherzen aufgelegt vor ihm stand, wurde er wieder ernst. „Raus mit der Sprache, was führt dich zu mir?"

Anton berichtete ihm von seiner überstürzten Abfahrt am folgenden Tag. „Glaubt mir, Herr Boddenbroek, so gern wäre ich mit Eurem Segler gefahren. All die Tage habe ich mich darauf gefreut, und ich bin sehr traurig, dass ich die Gelegenheit nicht wahrnehmen kann. Private Gründe zwingen mich aber, umgehend nach Oldenburg zu reisen. Boddenbroek sah den jungen Mann prüfend an. „Wenn das so ist, dann kann man natürlich nichts machen. Du wirst schon Deine Gründe haben. Ich bin dir nicht böse drum", sagte er freundlich. „Falls Du doch eines Tages wieder in unsere schöne Stadt kommen solltest, so kannst Du Dich unbesorgt wieder bei mir melden, mein Angebot steht noch. Soweit es möglich ist, werde ich es Dir dann ermöglichen, doch noch einmal das Meer zu sehen und auf einem richtigen Schiff zu segeln. Erst einmal, wünsche Dir eine gute Reise nach Oldenburg." Herr Boddenbroek reichte Anton die Hand zum Abschied und wandte sich seinem Kontoristen zu, der ihm das Rechnungsbuch hinschob. Anton verließ, erleichtert darüber, dass er diesen Gang erledigt hatte, das Speicherhaus.

Er eilte in die Fleischhauerstraße zurück, um dort seine Sachen zu packen. Viel war es nicht, was er in sein Felleisen stecken konnte. Schließlich war es Zeit zum Mittagessen. Meister Grevesmühl fand sich pünktlich in der Küche ein, seine Frau hatte für Anton zum Abschied Scholle zubereitet, einen Fisch, an dessen

Geschmack er sich zunächst hatte gewöhnen müssen, der ihm aber inzwischen ausgezeichnet mundete. Sie hatte ihn mit gerösteten Zwiebeln, Kartoffelbrei und Kohlrabi angerichtet, und Anton griff tüchtig zu. Wie auf heißen Kohlen saß er noch eine Weile in der Küche herum, bis er um zwei Uhr endlich Georg aufsuchen konnte.

Der war gerade damit beschäftigt, die Backstube auszufegen und blickte Anton kopfschüttelnd entgegen. „Was fällt dir denn ein, hier während der Arbeit hereinzuplatzen? Ein Konditor kann seine Arbeit nicht so einfach unterbrechen. Der Teig kann zusammenfallen, der Zuckerguss aushärten oder die Schokoladenmasse fest werden. Meister Maret hatte schon recht, dich wieder wegzuschicken. Was ist es denn, was du mir so dringend zu erzählen hast? Willst du mir von deiner Reise nach Travemünde erzählen?" Anton schüttelte den Kopf und nickte zugleich.

„Ja, ich meine Nein. Ach, Georg, es ist etwas Schlimmes passiert." Schon sprudelten die Worte so schnell aus Anton heraus, dass Georg ihm kaum folgen konnte. Als er die ganze Geschichte schließlich verstanden hatte, rieb er sich nachdenklich das Kinn. „Das ist ja eine vertrackte Geschichte, wie gut, dass du Sophia geschrieben hattest, so wusste sie wenigstens, dass du sie heiraten willst. Was wirst du jetzt tun?" Anton erklärte Georg seine Reiseabsichten für den folgenden Tag, wobei er ihm das Billet für die Kutsche vor die Nase hielt.

„Morgen früh um sechs Uhr reise ich ab. Da werde ich bis nach Hamburg kommen. Wenn ich Glück habe, erwische ich von dort aus am Montag eine Kutsche in Richtung Bremen. Sag, Georg, kannst du mir Geld leihen? Meinen Lohn für die letzten drei Wochen habe ich zwar von Meister Grevesmühl erhalten, aber das reicht nur für die Reise mit der Kutsche bis nach Hamburg. Wenn ich zu Fuß gehe, werde ich es kaum schaffen, rechtzeitig nach Oldenburg zu gelangen." Bittend sah er Georg an, der sofort zustimmend nickte.

„Viel habe ich auch nicht, aber fünf Taler kann ich dir leihen, das wird wohl reichen, oder? Warte kurz, ich hole es dir gleich aus meiner Kammer." Erleichtert ließ Anton sich auf einem Mehlsack nieder, der in der Ecke der Backstube stand. Kurz darauf kehrte Georg zurück und zählte ihm fünf Taler in die Hand.

„Sehen wir uns heute Abend noch im ‚Schwarzen Bären‘?", fragte Anton seinen Freund. „Wir müssen doch Abschied voneinander nehmen. Wer weiß, wann wir uns wiedersehen." Traurig nickte Georg. „Abgemacht, um acht im ‚Schwarzen Bären‘, aber lange kann ich nicht bleiben, um fünf beginnt meine Arbeit in der Backstube." „Meine Kutsche geht auch schon um sechs Uhr, aber ich kann doch nicht einfach ohne Abschied von hier verschwinden. Also abgemacht, heute Abend um acht Uhr. Ich werde Caspar auch fragen, ob er kommen mag."

In fliegender Eile kehrte Anton zurück in die Fleischhauerstraße. Meister Grevesmühl schien ihn bereits erwartet zu haben. Als er Anton erblickte, zog er einen bedruckten Bogen unter dem Werktisch hervor. „Anton, dies ist deine Kundschaft. Ich habe dir eine äußerst positive Beurteilung ausstellen lassen. Ich bedaure es sehr, dass du uns so schnell verlässt. Du warst ja nicht einmal zwei Monate hier." Zusammen mit der Urkunde überreichte er Anton ein kleines Kästchen.

„Schau ruhig hinein, ich möchte es dir schenken." Als Anton vorsichtig den Deckel abgenommen hatte, erblickte er einen feinen goldenen Ring. Vorsichtig nahm er ihn aus der Schachtel. Die schmale Schiene verbreiterte sich nach oben. Auf die kleine Fläche waren winzige goldene Blätter aufgesetzt, die einen kleinen Diamanten umkränzten. Fragend schaute Anton Meister Grevesmühl an.

„Dieser Ring wurde vor einigen Jahren von einem jungen Seemann als Verlobungsring bei mir bestellt", erzählte er. „Der Mann hat mir auch eine gute Anzahlung darauf gegeben, ist aber niemals zurückgekehrt, um den Ring abzuholen. Ich hoffe nicht, dass das Meer ihn verschlungen hat, aber wer weiß das schon. Nun möchte ich dir den Ring überlassen. Ich habe gedacht, dass du ihn vielleicht deiner Sophia als Verlobungsring schenken möchtest, wenn du sie bald wiedersiehst. Du wirst wohl keine Zeit mehr haben, selbst einen anzufertigen, das musst du dir dann für die Hochzeit aufheben."

Glücklich sah Anton seinen Meister an. So viel Kummer hatte der ihm zugefügt, aber noch viel mehr Dankbarkeit empfand er jetzt. Er betrachtete das aparte Schmuckstück, welches von einigem Wert war. „Der Ring wird Sophia sicher gut stehen", sagte er, aber wie kann ich das wiedergutmachen?" „Ich gebe ihn dir gerne", sagte Grevesmühl. „Packe ihn gut ein, damit er auf der Reise nicht verlorengeht. Und jetzt geh mal lieber hoch in die Küche, dort ist meine Frau dabei, dir allerlei Proviant für morgen einzupacken. Ich hoffe, du kannst das überhaupt alles tragen." Augenzwinkernd blickte er zu Anton hinüber, der sich das nicht zweimal sagen ließ.

Als er die Küche betrat, sah er sofort, wie recht Grevesmühl gehabt hatte. Seine Frau briet gerade einige Hähnchenschenkel, dazu sah Anton eingelegte Gurken, Eier, ein Stück Käse, eine ordentliche Scheibe Schinken und einen Laib Brot.

„Das ist doch viel zu viel, ich muss doch keine Kompanie ernähren", gab Anton zu bedenken, aber Frau Grevesmühl winkte nur ab und ließ all die Köstlichkeiten in einem Leinenbeutel verschwinden. „Ich werde dir später noch eine Flasche Wein dazupacken. Ach, Junge, ich mag dich gar nicht fahren lassen. Versprichst du mir, uns zu schreiben und zu berichten, wie alles ausgegangen ist?" Anton nickte. Er war gerührt von so viel Mitgefühl und bedankte sich herzlich bei der guten Frau. Kurz suchte er noch Caspar auf, um sich für den Abend auch mit ihm zu verabreden, dann stieg er traurig hinauf in seine Kammer.

Wieder einmal musste er nun Abschied nehmen von Menschen, die ihm so wohlgesonnen waren und die er in sein Herz geschlossen hatte. Verzagt blickte er auf die kommenden Tage. Würde es ihm gelingen, Sophia noch rechtzeitig zu erreichen und die Heirat mit dem Ansgar Mertens abzuwenden?

Im „Schwarzen Bären" war an diesem Freitagabend nicht viel los. Eine rechte Stimmung wollte bei den drei Männern nicht aufkommen. Sie beschworen ihre Freundschaft, wünschten sich ein baldiges Wiedersehen und tranken darauf so manches Bier. Als der Nachtwächter um zehn Uhr seine Runde durch die Stadt begann, machten sie sich auf den Heimweg.

Es half nichts, der Abschied ließ sich auch mit noch so viel Bier nicht verhindern. Georg drückte Anton fest an sich und beide schworen sich, auf ewig in Kontakt zu bleiben. „Hier, dieses Päckchen habe ich noch für dich. Gib es deiner Sophia, mit schönen Grüßen von mir." Er drückte Anton ein Päckchen, hübsch verziert mit einer Schleife, in die Hand und ging daraufhin schnurstracks in Richtung Markt davon. Dann und wann drehte er sich um und winkte Anton zu. Als er schließlich nicht mehr zu sehen war, nahmen Anton und Caspar den Weg in die Fleischhauerstraße. Dort angekommen versprach Caspar, Anton um fünf Uhr zu wecken, er würde die Weckuhr seines Vaters gewiss auf die richtige Stunde einstellen.

Hundemüde legte Anton sich zur Nachtruhe. Bevor er einschlief, faltete er wie stets am Abend noch seine Hände zum Gebet. „Himmlischer Vater, ich bitte dich, bewahre mich auf den Straßen vor Räubern, böser Gesellschaft und vor schlechtem Wetter. Beschütze mich in allen Herbergen vor Dieben, betrügerischen Wirten und allen Seuchen, auf dass ich mein Ziel mit Glück und Gesundheit zur rechten Zeit erreichen möge."

Schon oft hatte er dieses Gebet gesprochen, niemals zuvor aber war es ihm so bang ums Herz gewesen.

59

Oldenburg,
Freitag, 24. Oktober 1800

„Stell dir vor, Geschen, was ich heute im Geschäft erfahren habe", platzte es aus Sophia heraus, kaum saß sie am Abendbrottisch.

Geschen freute sich. So munter hatte sie Sophia schon seit Tagen nicht mehr gesehen.

„Ich trage doch auf deinen Rat hin immer die Ohrringe, die ich von meiner Tante aus Bonn geerbt habe." Vorsichtig schüttelte sie den Kopf, so dass die beiden tropfenförmigen Schmuckstücke, gefertigt aus Haaren, sacht hin und her pendelten. „Heute kam eine Kundin in die Ellenwarenhandlung, die ich noch nie zuvor gesehen habe. Sie trug doch wirklich fast genau die gleichen Ohrringe. Ich habe sie natürlich sofort gefragt, woher sie die hat, und ob sie mir sagen kann, wie sie hergestellt werden. Nun, wie sie gearbeitet werden, konnte sie mir nicht verraten, aber sie konnte mir einen Hinweis darauf geben, wo ich es erfahren kann. Wenn ich Glück habe, komme ich bald weiter mit meinen Arbeiten. Dann weiß ich endlich, wie man Hohlgeflechte herstellen kann."

Eifrig steckte Sophia sich eine Gabel voll Bratkartoffeln in den Mund. „Die Frau hat mir gesagt, dass ihr Mann ihr die Ohrringe in Lübeck gekauft hat. Sie selbst war mit ihm dort auf der Durchreise. Sie hat mir berichtet, dass in die Städte an der Ostseeküste hin und wieder sogenannte „Haardamen" aus Schweden reisen, um Schmuckstücke und Bilder aus Haaren zu verkaufen. Diese „Haardamen" sind arme Landfrauen, die aber die Techniken des Haarflechtens sehr gut beherrschen. Sie schicken den Erlös für ihre Arbeiten nach Hause. So können sie ihre Dörfer unterstützen." Vor Eifer hatte Sophia gerötete Wangen.

„Und stell dir vor Geschen, sie verkaufen dort nicht nur ihren

Schmuck, sondern sie unterrichten auch. Sie geben Kurse, die etwa eine Woche lang dauern. Alle Interessierten können daran teilnehmen, es soll auch gar nicht viel kosten. In dieser Zeit bringen sie den Schülern alle Techniken des Haareflechtens bei." Sophia reichte Geschen ihren Teller. „Geschen, hast du noch ein paar Bratkartoffeln für mich? Sie schmecken köstlich. Ich weiß gar nicht, warum, aber ich habe heute einen Bärenhunger." Geschen gab ihr einen ordentlichen Nachschlag auf den Teller.

„Und jetzt willst du nach Lübeck reisen, um dort die Herstellung von Hohlgeflechten aus Haaren zu lernen?", fragte Geschen verdutzt. „Wie willst du das denn bewerkstelligen?"

„So genau weiß ich das natürlich noch nicht, aber tatsächlich bin ich mir sicher, dass ich eines Tages nach Lübeck reisen werde, um dort einen solchen Kurs zu belegen. Ich muss doch endlich wissen, wie es funktioniert." Gesättigt schob Sophia den Teller von sich und rieb sich zufrieden den Bauch. „Die Kundin will in ein paar Tagen noch einmal zu mir in die Ellenwarenhandlung kommen, um mir einen Handzettel zu bringen, den sie seinerzeit aus Lübeck mitgebracht hat. Darauf soll alles stehen, was man wissen muss, um sich anzumelden. Sie selbst hat es aufrichtig bedauert, dass sie damals nicht genug Zeit hatte, um einen solchen Kurs zu besuchen."

Sophia sah zu Geschen hinüber. „Nun schau doch nicht so skeptisch. Freu dich doch lieber für mich, dass ich endlich eine Möglichkeit gefunden habe, etwas dazuzulernen. Ich habe doch die Adresse von Antons Meister aus Lübeck. Vielleicht kann ich ja irgendwann seiner Frau schreiben und sie bitten, mir mitzuteilen, wann dort wieder ein Kurs im Haarflechten abgehalten wird. Es findet sich bestimmt ein Weg." Sie bemerkte durchaus Geschens skeptischen Blick, beschloss aber, darüber hinwegzusehen. „Magda ist gerade oben bei den Herrschaften, oder?", fragte sie. „Ich möchte nämlich gern an mein Geldversteck gehen und wieder etwas dazulegen. Ich war heute Mittag bei Wilhelm, um mit ihm meine letzten Schmuckstücke abzurechnen. Stell dir vor, ich habe schon wieder etwas mehr als elf Taler verdient. Sophia zog ihre Geldkatze hervor und zählte zehn Taler auf den Küchentisch. Dann sprang sie auf und holte ihre Ersparnisse aus dem Versteck hinter dem Ziegelstein. „Jetzt habe ich schon fünfunddreißig Taler zusammengespart, damit komme ich auch dann eine ganze Weile über die Runden, wenn ich nicht sofort eine Anstellung finde."

60

Lübeck,
Hamburg, Samstag, 25. Oktober 1800

Anton wurde aus einem tiefen, traumlosen Schlaf gerissen, als es an seine Kammertür klopfte. Es war noch stockdunkel, er konnte die Hand nicht vor den Augen sehen. Vor dem Fenster rauschte ein gleichmäßiger Regen auf die Dächer der Stadt. Noch einmal klopfte es.

„Anton, wach auf, es ist bereits fünf Uhr durch!", hörte er Caspars Stimme. Mit einem Ruck sprang Anton aus dem Bett. „Ich bin schon auf", rief er leise zur Tür hinüber. Sorgfältig erledigte er die Körperwäsche, zog sich die ausgebürstete Wanderkleidung an, nahm Stock und Hut, schulterte sein Felleisen und stieg leise, um niemanden zu wecken, die Stufen hinab. Caspar wartete in der Küche auf ihn. Auf dem Tisch standen einige belegte Brote, die Frau Grevesmühl bereits am Vorabend für ihn zurechtgemacht hatte.

Anton hatte wenig Muße für dieses Frühstück, er spürte einen harten Klumpen in seinem Magen, der es ihm unmöglich machte, etwas zu essen. Sorgen quälten ihn, die Angst, er könne es nicht schaffen, rechtzeitig in Oldenburg einzutreffen. Angst auch davor, er und Sophia würden nicht in ihre alte Vertrautheit zurückfinden und sie würde nichts mehr als die Erinnerung an die verflossenen Stunden verbinden.

„Ich kann jetzt nichts essen, Caspar, ich möchte mich lieber aufmachen zur Poststation. Mich treibt eine solche Unruhe, dass ich kaum stillsitzen kann." Er wollte Caspar den Arm um die Schulter legen, doch der schüttelte energisch den Kopf. „Anton, ich begleite dich zur Kutsche, das ist doch klar. Komm, lass uns gehen. Du musst eine Viertelstunde vor der Abfahrt dort sein, damit das Gepäck vernünftig verstaut werden kann."

Leise verließen die beiden das Haus und machten sich auf den kurzen Weg zur Poststation. Dort herrschte bereits ein reges Treiben. Die Kutsche nach Hamburg stand schon bereit. Es war ein wuchtiges und schwerfälliges Ungetüm ohne jedwede Federung und Komfort. Vier Pferde waren davor gespannt, sie scharrten unruhig mit den Hufen, als könnten sie es nicht erwarten, endlich die Fahrt zu beginnen.

Der Innenraum bot sechs Passagieren kaum ausreichenden Platz. Sie mussten die Fahrt auf ungepolsterten Holzbänken verbringen, lediglich eine Decke lag als Sitzunterlage auf jeder Bank. Im hinteren Außenbereich der Kutsche befand sich der Paket- und Felleisenraum. In diese Kammer, die seitlich zu öffnen war, verfrachtete Caspar das Felleisen von Anton. Große Gepäckstücke durften während der Fahrt nicht mit in den Fahrgastraum genommen werden. Dort waren nur die Brottasche und dazu einige wenige Habseligkeiten erlaubt. Oben auf dem Paketraum war eine zusätzliche Sitzbank befestigt, die ohne Schutz vor Regen, Wind und Sonne drei Passagieren Platz bot. Zwei Männer mittleren Alters hockten dort, zum Schutz gegen den Regen in Felldecken eingemummelt. Jeder trug zudem einen breitkrempigen Hut. Als Anton diese beiden Gestalten sah, war er heilfroh, dass er einen Platz im Innenraum der Kabine gebucht hatte. Es musste eine Tortur sein, dort oben zu reisen.

Schließlich waren alle Pakete und Gepäckstücke untergebracht. Es war Zeit, Abschied zu nehmen. „Los, ab mit dir in den Marterkasten", unkte Caspar. „Komm uns doch einmal in Lübeck besuchen, wenn du deine privaten Angelegenheiten geklärt hast. Wir würden uns sehr freuen." Anton nickte, es war ihm jedoch, genauso wie wohl auch Caspar, klar, dass es vermutlich so bald nicht dazu kommen würde.

Behände stieg Anton den Tritt hinauf, um in der Kutsche Platz zu nehmen. Der Postillion verschloss die Türen, nahm auf dem Kutschbock Platz, blies viermal in sein Horn und schon bewegte sich die Kutsche. Unter lautem Gerumpel zogen die vier Pferde das Gefährt über das Kopfsteinpflaster in Richtung Westen. Kaum hatten sie das Holstentor passiert, ging die Fahrt durch Felder, Wiesen und Wälder, die sich von nun an in einer schier endlosen Reihe abwechselten.

Anton betrachtete interessiert die Mitreisenden. Er selbst saß mit dem Rücken zur Fahrtrichtung. Rechts von ihm saß ein junges Paar, welches sich kurz vorstellte und angab, bis nach Ahrensburg mitzureisen. Ihm gegenüber hatten sich ältere Eheleute mit ihrer etwa zwanzigjährigen Tochter niedergelassen. Sie erzählten, sie kämen von der Beerdigung der Großmutter in Lübeck und seien nun auf der Rückreise nach Bremen. Der Mann stellte sich als Ludwig Suren samt Frau und Tochter Liselotte vor. In ihnen fand er angenehme Gesprächspartner.

Als Herrn Suren klar wurde, dass Anton zum ersten Mal in seinem Leben mit einer Postkutsche auf Reisen war, erklärte er ihm ausführlich, wie der Ablauf organisiert war. „Die Postkutschenlinien arbeiten nach dem Umspannsystem. In einem Abstand von ein bis zwei Posten, das ist nach ungefähr drei bis sechs Fahrstunden, gibt es eine Posthalterei oder auch Umspannstation. Dort wird ein Zwischenaufenthalt eingelegt. Dann muss das Pferdegespann, manchmal zudem auch der Kutscher, gewechselt werden. Selbstverständlich werden dort auch die mitgebrachten Postsendungen ausgetauscht. Sie haben vermutlich die verschiedenen Felleisen der Postgesellschaft im Gepäckraum gesehen. Darin befinden sich die Briefsachen für den Bestimmungsort. Die Taschen werden mit Eisen ummantelt, damit kein Unbefugter sie öffnen kann. An der nächsten Pferdewechselstation übergibt der Kutscher die Tasche und erhält vermutlich eine neue, die er dann wieder weitertransportiert. An diesen Poststationen haben wir Reisenden die Möglichkeit, uns kurz von dieser Tortur zu erholen und Verpflegung zu uns zu nehmen. Dort können auch neue Passagiere zusteigen. Das ist nur an diesen Stationen möglich. Den Postkutschen ist es strengstens verboten, Reisende entlang der Straße mitzunehmen. Lange hält die Kutsche an der Umspannstation aber nicht. Eine halbe Stunde dauert es vielleicht, dann geht die Fahrt schon weiter."

Herr Suren schaute auf seine Taschenuhr. „Es ist jetzt zehn Uhr, in etwa einer Stunde werden wir Oldesloe erreicht haben, unsere erste Poststation. Wären wir reiche Leute, Adelige oder Kaufleute", fuhr Herr Suren fort, „dann könnten wir uns eine Extrapost leisten. Die würde dann nur für uns fahren. Alle entgegenkommenden Fahrzeuge müssten uns ausweichen. Die Torwachen und Brückenwärter wären verpflichtet, die Tore und Schlagbäume für uns zu öffnen, sobald der Postillion das vorgeschriebene Signal mit dem Posthorn gegeben hätte. Dann wären wir wohl in zehn Stunden von Lübeck bis nach Hamburg gelangt, so aber werden wir von Oldesloe bis zur Umspannstation nach Ahrensburg noch einmal vier Stunden benötigen und von dort nach Hamburg weitere fünf Stunden. Wenn alles gut geht, werden wir gegen zehn Uhr am Abend Hamburg erreichen. Haben Sie schon Erkundigungen darüber eingeholt, wie die Fahrt dorthin ab Hamburg weitergeht?"

Anton schüttelte den Kopf. Er hatte sich nie zuvor Gedanken über eine Reise mit der Postkutsche gemacht. Bisher war er immer zu Fuß unterwegs gewesen oder er hatte sich von einem Karren mitnehmen lassen. Eine Postkutsche hatte er sich nie geleistet.

„Nun, ich kann Ihnen sagen, dass erst am Montag früh um sechs eine Kutsche von Hamburg nach Stade abfährt. Um dorthin zu kommen, werden wir ungefähr neun Stunden benötigen, vorausgesetzt, Sie erhalten noch einen Platz. Am Dienstagabend werden wir Scharmbeck erreichen. Dort müssen wir noch einmal eine Nacht zubringen, bevor wir am Mittwoch am frühen Mittag in Bremen ankommen werden." Erleichtert lehnte Anton sich zurück. Wenn dieser Plan aufgehen würde, so wäre er am 28. Oktober in Bremen. Er würde genug Zeit haben, bis zum 1. November Oldenburg zu erreichen.

Anton schreckte hoch, als der Postillion vier Hornstöße erklingen ließ. Er war eingenickt, das weithin hörbare Signal aber hatte ihn geweckt. Es war das Zeichen für die Umspannstation, dass die Kutsche bald ankommen würde. So konnten die frischen Pferde dort schon bereitstehen, wenn die Kutsche eintraf. Anton schmerzten bereits alle Knochen und er sehnte sich nach einer Pause von dieser immerwährenden Tortur des Schwankens und Geschütteltwerdens.

Nach einer knapp halbstündigen Pause rumpelten sie bereits wieder über die schlammigen Wege ihrem Ziel entgegen. Anton schätzte, dass sie nur wenig schneller fuhren, als ein Wanderer zu gehen vermochte. Ungeduld ergriff ihn. Er saß wie auf heißen Kohlen. Um sich abzulenken, begann er erneut ein Gespräch mit dem Ehepaar Suren. Es stellte sich heraus, dass sie Meister Rönneberg aus Bremen recht gut kannten. Herr Suren persönlich hatte dort ein goldenes Armband und einen silbernen Kerzenleuchter in Auftrag gegeben. Ein wenig schneller verging die Zeit über diese Plauderei, und es gelang Anton, sich ein wenig zu entspannen. Durch das kleine, beschlagene Fenster sah er die Landschaft an sich vorbeiziehen. Der andauernde Nieselregen hatte ein graues Tuch über alle Farben gelegt, die den Oktober sonst in goldenes Licht zu tauchen vermochten. „Schau, das Schloss von Ahrensburg. Gott sei Dank, wir sind am Ziel unserer Reise!", rief die junge Frau neben

Anton plötzlich. Kurz darauf kündigten die vier Hornstöße ihre baldige Ankunft in Ahrensburg an. Es war fast vier Uhr am Nachmittag.

Wie gerädert stolperte Anton aus der Kutsche. Er sehnte sich nach ein wenig Bewegung und nutzte die Pause für einen kurzen Spaziergang. Viel schneller, als es ihm lieb war, setzte die Kutsche jedoch ihre Reise fort. Für das junge Paar war ein älterer Mann zugestiegen, der nun neben Anton saß und sich als Tuchhändler vorstellte. Der Mann schwitzte stark und roch unangenehm. Anton versuchte, sich in den letzten Winkel seines Sitzes zu verkriechen. Mit Grauen wurde ihm bewusst, dass er weitere fünf Stunden in dem „Marterkasten" würde verbringen müssen, bevor sie endlich Hamburg erreichen würden. Aber was blieb ihm anderes übrig? Er konnte froh sein, wenn er unbeschadet das Ziel seiner Reise erreichen würde. Bereits einige Male war ihnen eine Kutsche, ein Ochsengespann oder ein Pferdekarren entgegengekommen, was jedes Mal eine gefährliche Situation bedeutete. Eines der Gefährte musste aus der ausgefahrenen Spur ausweichen und über das Feld oder die Wiese rangiert werden, je nachdem, wie das Gelände gerade beschaffen war. Die Kutsche schwankte und ächzte dabei immer ordentlich. „Solche Situationen führen nicht selten dazu, dass die Achse eines Wagens bricht oder die Kutsche sogar umstürzt", gab Herr Suren zu bedenken. „Zum Glück aber sind diese Manöver für uns bisher ohne Folgen geblieben."

Langsam senkte sich die Dämmerung über das Land und Anton fiel in einen Schlaf, aus dem er erst wieder erwachte, als der Postillion die Ankunft in Hamburg ankündigte. Müde stiegen die Reisenden aus und luden mit Hilfe des Kutschers ihr Gepäck ab. Anton begab sich gemeinsam mit der Familie Suren zum Gasthaus „Zur Post", gleich neben der Poststation, er buchte ein Bett für die Nacht, aß den Rest seines Proviants auf und schlief fast augenblicklich ein.

61

Oldenburg,
Montag, 27. Oktober

Nach der Arbeit lief Sophia zu den Webers hinüber. Johanne hatte ihr ausrichten lassen, dass einige neue Aufträge bei Wilhelm für sie eingegangen waren.

Als sie die Goldschmiedewerkstatt betrat, traf sie jedoch nur den Lehrburschen an. „Meister Weber ist zum Schloss gerufen worden. Der Herzog persönlich hat einen Auftrag für ihn", platzte Friedrich stolz heraus. „Ich fürchte, das wird eine Weile dauern, Sie werden ihn sicher nicht mehr antreffen." „Das ist nicht so schlimm, dann bespreche ich meine Aufträge ein andermal mit ihm. Ist Frau Weber oben?". Der Lehrjunge nickte und zeigte mit dem Finger nach oben.

„Ach Johanne, ich bin so unruhig", platzte es aus Sophia heraus, kaum saß sie bei ihrer Freundin am Küchentisch. „Ich weiß nicht, was ich tun kann." Sie erzählte ihrer Freundin von ihren Plänen, eine eigene kleine Werkstatt zu eröffnen, von ihrem Brief an Gottlieb, in dem sie ihn um Unterstützung gebeten hatte und von Gottliebs Antwortbrief, der all ihre Pläne zunichtemachte. Mitfühlend legte Johanne ihre Hand auf Sophias Arm.

„Dein Bruder kann dich nicht zur Heirat zwingen, da kannst du sicher sein", sagte sie, „erst recht nicht, wenn du bereits einem anderen versprochen bist. Solange du noch nicht verheiratet bist, kann er dir jedoch verbieten, hier allein zu leben. Nachdem dein Vater verstorben ist, ist er immerhin dein Haushaltsvorstand. Du kannst von Glück sagen, dass er dich überhaupt hierher hat gehen lassen."

Empört sah Sophia ihre Freundin an. „Ist das so?", fragte sie aufgebracht. „Warum hat er das Recht dazu? Nur weil er ein Mann ist?" Wütend schlug sie die Hand auf den Tisch. „Aber was soll ich denn jetzt machen, Johanne?" Ratlos zuckte die mit den Schultern.

„Ich kann es dir nicht sagen. Vermutlich muss dein Bruder es akzeptieren, wenn Anton offiziell bei ihm um deine Hand anhält. Ich denke, deine Mutter wird da auch noch ein Wörtchen mitreden. Sie weiß doch, was für ein Miststück dieser Ansgar ist. Ich kann mir nicht vorstellen, dass sie ihre Tochter einem solchen Kerl geben will."

Johannes Mutter betrat die Küche, den schreienden Ernst Friedrich auf dem Arm. „Johanne, Ernst hat Hunger, du musst ihn füttern." Johanne nickte. „Ich begleite noch schnell Sophia hinunter, dann komme ich."

Johanne ging vor Sophia die Treppe hinunter. Ein schwerer Hustenanfall zwang sie dazu, sich auf die unterste Treppenstufe niederzusetzen. „Was ist eigentlich mit dir los, Johanne?", fragte Sophia besorgt. „In den letzten Monaten wirkst du so elend. Bist du krank?" Johanne zog die Schultern hoch.

„Ich weiß es nicht, Sophia, ich bin noch nicht zum Arzt gegangen, obwohl Wilhelm mich fast täglich ermahnt. Ich traue mich nicht. Ich habe Angst, dass er mir nichts Gutes zu sagen hat." Sophia wollte etwas erwidern, Johanne legte jedoch einen Finger vor ihren Mund.

„Sag nichts dazu, Sophia, ich tue, was ich für richtig halte." Mühsam stand sie auf und nahm Sophia fest in den Arm. „Jetzt geht es erstmal um dich. Es wird schon alles gut gehen", sagte sie überzeugt. Einen kleinen Zweifel entdeckte Sophia aber dennoch in ihrem Blick.

„Ach Geschen, ich Hornochse, über all meinen Kummer habe ich völlig deinen Geburtstag vergessen. Du bist heute sechsundsiebzig Jahre alt geworden, nicht wahr?", Sophia warf Schultertuch und Mantel über die Lehne eines Küchenstuhls und eilte zu Geschen, um ihr zu gratulieren. „Heute Morgen habe ich noch daran gedacht, dann aber ist es mir wieder aus dem Sinn geraten. Warte kurz, ich laufe schnell zu den Schröders hinüber und kaufe uns eine Flasche Wein. Deinen neuen Tee möchte ich heute Abend lieber nicht trinken." Schnell warf sie sich ihr Schultertuch erneut über und eilte nach nebenan zur Weinhandlung. Frau Schröder persönlich öffnete ihr die Tür. Verdutzt sah sie Sophia an.

„Was treibt dich zu dieser späten Stunde noch hierher?", fragte sie Sophia streng. „Es ist bald acht Uhr, die Weinhandlung hat längst geschlossen." Mit schnellen Worten erklärte Sophia ihr den Anlass der Störung. Frau Schröder nickte.

„Wenn das so ist, dann richte Geschen bitte die herzlichsten Glückwünsche auch von uns aus. Warte kurz, ich hole dir noch ein Geschenk für sie. Das habe ich neulich schon besorgt. Eigentlich wollte ich es ihr zu Weihnachten schenken, aber der Geburtstag ist auch ein guter Anlass." Frau Schröder stieg die Treppe hinauf und kam kurze Zeit später mit einem großen Paket zurück. „Richte Geschen bitte aus, dass ich morgen noch persönlich vorbeikommen werde, sie soll aber bloß keine Umstände deswegen machen. Die Flasche Wein schenke ich dir. Du sorgst dich so rührend um Geschen, da ist das ein kleiner Dank dafür."

Geschen bekam große Augen, als Sophia das Paket vor sie auf den Tisch legte. „Ein Geschenk für mich von den Schröders?", fragte sie mit zittriger Stimme, „das gab es ja noch nie." Während Sophia von dem Rotwein einschenkte, entfernte Geschen die Verpackung. Sie zog ein wollenes Schultertuch hervor, welches sie sich sogleich umlegte. „Fühl mal Sophia, wie weich die Wolle ist", sagte sie gerührt. „Da kann der Winter ruhig kommen, frieren werde ich nun nicht mehr."

Magda betrat die Küche, ein schweres Tablett mit dreckigem Geschirr schleppend. „Magda, lass das Geschirr einfach so stehen, wie es ist. Wir spülen es morgen früh zusammen ab", sagte Sophia zu ihr. „Setz dich zu uns und trinke ein Glas Wein mit uns. Geschen hat heute Geburtstag, das wollen wir feiern." Unschlüssig blickte Magda zu der alten Frau herüber. „Herzlichen Glückwunsch

Geschen. Gleich habe ich Zeit für dich, aber die Herrschaften wünschen zunächst noch von den Ingwerkeksen, die du neulich gebacken hast. Sind noch welche davon übrig?" Unwillig stand Geschen auf und humpelte in die Speisekammer. Mit einer großen Dose kehrte sie zurück. Sie holte zwei Teller, einen kleinen und einen größeren, vom Tellerregal. Auf den kleinen legte sie vier Kekse, alle restlichen, es war wohl mindestens ein Dutzend, drapierte sie liebevoll auf den größeren.

„So, Magda, der kleinere Teller ist für die Herrschaften, die werden sich wohl mit den vier Stückchen zufriedengeben müssen. Der größere ist für uns. Heute Abend lassen wir es uns einmal gutgehen."

Ach Geschen, wie bin ich glücklich, dass ich hier bei dir untergekommen bin. Wenn ich ganz allein irgendwo in einer Kammer leben müsste, das wäre nichts für mich. Gott sei Dank kommen wir so gut miteinander aus. Ich wünschte, so könnte es weitergehen." Sophia nahm einen Schluck Wein.

„Wer weiß schon, was die Zukunft bringen wird? In fünf Tagen kommt Gottlieb, da kann plötzlich alles ganz anders werden. Lass uns einen Plan schmieden, wie wir am Samstag vorgehen wollen." „Hast du denn schon eine Idee?", fragte Geschen. Sophia nickte. „In aller Herrgottsfrühe wird Gottlieb ja wohl kaum hier auftauchen, wie sollte er das anstellen? Ich denke, er wird frühestens gegen Mittag ankommen, vielleicht aber auch erst abends. Da er die Adresse von der Witwe Grovermann gar nicht kennt, wird er vermutlich zuerst hierherkommen. Du kannst ihn dann gern zur Ellenwarenhandlung schicken. Dort im Laden wird er es nicht wagen, laut zu werden. Wenn ich Glück habe, dann kann ich ihn ja dort schon überzeugen, dass er mich nicht mitnehmen kann."

Gedankenverloren zupfte sie einige lose Wollfäden aus ihrem Schultertuch. „Sehr wahrscheinlich ist das aber nicht, ich kenne Gottlieb, der ist stur wie ein Esel. Vermutlich wird es so sein, dass ich Frau Grovermann bitten muss, mir eine Stunde freizugeben, damit ich alles mit Gottlieb klären kann. Das wird sie schon tun, schließlich ist ihr nicht daran gelegen, dass es vor den Augen aller Kundinnen Krach in ihrem Geschäft gibt. Ich werde dann mit Gottlieb hierherkommen." Eindringlich sah sie Geschen an.

„Wenn es dazu kommt, dann darfst du uns auf keinen Fall allein hier lassen, hörst du? Solange du dabei bist, wird Gottlieb sich nicht trauen, mich anzubrüllen oder mich einfach mitzunehmen." Als Sophia Geschens ungläubigen Blick auffing, musste sie grinsen.

„Das glaube ich zwar nicht, aber wer weiß, wie wütend er wird, wenn ich ihm nicht gehorchen will. Ich traue ihm schon zu, mich hier herauszuschleifen. Freiwillig werde ich zumindest nicht mit ihm gehen." Sophia rang sich ein Lächeln ab. „Wenn ich Glück habe, ist Anton dann ja auch schon hier angekommen. Ich hoffe es so sehr. Wenn Gottlieb von ihm bestätigt bekommt, dass wir heiraten wollen, dann muss er klein beigeben." Sie seufzte vernehmlich. „Es ist wirklich so schwierig, dass ich gar nichts von Anton gehört habe. Ich hoffe inständig, dass er kommen wird." Geschen tätschelte Sophias Hand.

„Auf mich kannst du dich verlassen, Kind. Ich werde die Küche nicht verlassen, solange dein Bruder hier ist. Und glaube mir, ich werde alles tun, damit er dich nicht mitnimmt. Das wäre ja noch schöner." Sophia ballte die Hände zu Fäusten.

„Und selbst, wenn ihm das irgendwie gelingen sollte, so wird Anton mir sicher bis nach Diepholz zu meinem Elternhaus hinterherreisen." Sophia musste trotz des heiklen Themas lächeln. „Du musst wissen, Geschen, dass meine Mutter ganz vernarrt in Anton ist. Sie wird ihn mit offenen Armen empfangen. Diesen schrecklichen Ansgar dagegen kann sie auch nicht ausstehen."

Entschlossen stand Sophia auf und holte ihre Jatte aus dem Regal. „Ich muss bis Samstag noch dieses Armband fertigmachen, da habe ich wenigstens keine Zeit, zu grübeln. Heute war übrigens die Frau mit den Ohrringen noch einmal in der Ellenwarenhandlung.

Sie hat mir tatsächlich den Handzettel mitgebracht, auf dem für einen Haarflechtkurs geworben wird. Warte mal, ich hole ihn."

Sophia lief hinauf in ihre Kammer und zog den zerknitterten Zettel aus ihrer Jackentasche. „Hör zu Geschen, ich finde, das klingt vielversprechend." Sophia hielt den Zettel in den Kerzenschein und las vor:

„*Unterrichtsanzeige*

Die Unterzeichnete, welche schon früher in vielen der größten Städte, zuletzt in Köln, Mannheim, Dresden, Leipzig und Berlin Unterricht erteilt hat, bringt hiermit dem geehrten Publikum zur Kenntnis, dass sie ihren Unterricht in allen Arten von Haarflechtereien zu verfertigen, sowie Haarmalerei und allen Arten künstlichem Blumenmachen von Haaren anbietet.

Alle diese Künste können sich in kurzer Zeit angeeignet werden. Das Honorar für den Unterricht ist äußerst billig und so gestellt, dass jedermann daran teilnehmen kann. Es wird erst nach beendetem Unterricht zu bezahlen sein, wenn jede Schülerin sagen kann, sie habe das Versprochene erlernt.

Sophia ließ den Zettel sinken und blickte auf. „Das hört sich gut an, Geschen, oder? Genau das, was ich benötige. Aber hör zu, es geht noch weiter.

Auch wird sich in ihrer Wohnung jedermann von der Schönheit ihrer Arbeiten aus den vielen vorgelegten Mustern, wie auch von der Gründlichkeit des schnellen Unterrichts aus den vielen Zeugnissen überzeugen können.

Sie bittet zugleich diejenigen, welche geneigt sind, in einer oder der anderen Kunst Unterricht zu nehmen, sich gefälligst in einigen Tagen zu melden, weil sie sich nur kurze Zeit in Lübeck aufhält. Sie kauft abgeschnittene und Wirrwarr – Haare.

Lübeck, den 20. Februar 1800,
Alva Eriksen, Privatlehrerin,
wohnhaft bei Witwe Vemehren an dem Exerzierplatze."

Triumphierend legte Sophia den Handzettel zurück auf den Küchentisch. „Dieser Unterricht ist genau das Richtige für mich. So kostspielig wird er ja wohl nicht sein. Da steht doch, es ist äußerst billig. Ich sage dir Geschen, eines Tages werde ich an einem solchen Kurs teilnehmen, schließlich habe ich genug Taler zusammengespart, um mir das leisten zu können."

62

Hude,
Samstag, 1. November 1800

Am Morgen des 1. November erwachte Anton mit dem ersten Hahnenschrei. Noch war es stockdunkel. Aus dem unteren Stockwerk des Hauses vernahm er das Geklapper von Töpfen und Pfannen. Er benötigte einen Moment, um sich zu erinnern, wo er überhaupt war. Hude, fiel es ihm schließlich ein, Hude hieß der Ort, wo er am Vorabend zu später Stunde angelangt war. Zu seinem Glück hatte er dort einen Gasthof gefunden, der ihn für eine Nacht beherbergte. Er war so zerschlagen gewesen von seiner langen Wanderung, dass er keinen Schritt mehr hätte gehen mögen.

Laut Auskunft des Wirtes war es nicht mehr weit bis nach Oldenburg, ungefähr vier Stunden würde er benötigen, um die Stadt zu erreichen, vielleicht ein wenig mehr. Mit müden Knochen schwang Anton die Beine aus dem Bett, entzündete eine Kerze auf seinem Nachttisch und machte sich fertig für die letzte Etappe seiner Wanderung. Mit steifen Gliedern stieg er die steile Treppe hinunter in die Gaststube, die zu seinem Glück bereits wohlig beheizt war. Im Kamin prasselte ein Feuer. Eine dralle junge Frau servierte ihm ein reichliches Frühstück, Anton jedoch verspürte kaum Hunger. Der Magen war ihm wie zugeschnürt. Ohne Appetit kaute er auf dem gebratenen Speck herum. Er probierte ein wenig von dem Rührei, brach sich ein wenig vom dunklen Brot ab und aß ein paar Happen vom Buchweizenpfannkuchen, aber so lecker auch alles hergerichtet worden war, er brachte kaum etwas hinunter. So packte er seine Sachen zusammen und verließ kurz vor Sonnenaufgang den Gasthof in Richtung Oldenburg.

Sein Weg führte ihn durch einen dichten Wald, zwischen dessen Baumstämmen ein leichter Morgennebel waberte. Schließlich brachen die Strahlen der ersten Sonne durch die Baumwipfel, die angenehm frische Luft ließ ihn etwas freier atmen. Ein Reh setzte durchs Unterholz, in großen Sprüngen querte es seinen Weg. Kurz darauf beobachtete er eine Rotte Wildschweine auf einer Lichtung. Anton blieb ganz ruhig stehen in der Hoffnung, die Tiere möchten seine Witterung nicht aufnehmen. Der Keiler mit seinen langen, aufwärts gekrümmten Zähnen, die wohl eine Hand lang waren, erschien ihm gefährlich. Aber auch diese Tiere verschwanden kurz darauf wieder im dichten Gebüsch.

Keine Menschenseele traf Anton, erst zwei Meilen vor Oldenburg nahte ein Pferdefuhrwerk heran, welches von seinem Kutscher zu ungewöhnlicher Eile angetrieben wurde. Anton hatte kaum Hoffnung, dass der Wagen auf sein Zeichen hin anhalten würde, aber er täuschte sich. Ein klein gewachsener, buckliger Fuhrmann brachte den Wagen neben ihm zum Halten. „Wenn du in die Stadt willst, kannst du gerne mitfahren", rief er ihm zu. „Wir müssen uns aber beeilen." Dankbar nahm Anton das Angebot an. Schnell stieg er auf den Bock und ließ sich neben den Mann sinken.

Unheimlich sah der Kutscher aus. Er hatte einen Hut tief ins Gesicht gezogen, dennoch konnte Anton eine tiefe Narbe erkennen, die sich quer über seine rechte Wange zog. Buschige Augenbrauen verdeckten seine Augen nahezu vollständig. Als der Mann zu sprechen begann, erblickte Anton zwei braune Zahnstummel.

„Mein Herr hat mich zum Doktor nach Oldenburg geschickt. Drei seiner fünf Kinder sind an den Blattern erkrankt, der Älteste ist schon mehr tot als lebendig. Nun hofft er, dass der Doktor aus Oldenburg ihm noch helfen kann." Ungeduldig trieb er das Pferd an. „Was machst du so früh hier auf der Straße?", fragte er neugierig, „offensichtlich hast auch du es eilig, nach Oldenburg zu kommen."

Anton nickte. „Meine Braut wartet dort auf mich. Ihr Bruder will sie mit einem anderen Mann verheiraten. Je eher ich dort bin, um das zu verhindern, desto besser." Der Bucklige pfiff durch die Zähne. „Oha, dann sollten wir keine Zeit verlieren", sagte er, zog die Peitsche hervor und spornte die Pferde damit an.

Ungeduldig zog Anton seine Taschenuhr aus der Westentasche. Es war gerade zehn Uhr durch. Ob Gottlieb wohl schon bei Sophia angelangt war? „Kannst du nicht noch ein wenig schneller fahren?", fragte er drängend den Buckligen. Der Alte aber schüttelte den Kopf. „Nein, schneller geht es nicht, aber es ist nicht mehr weit, noch etwa zwei Stunden, dann sind wir in der Stadt. Du sitzt hier neben mir, als hättest du Hummeln im Hintern. Warum bist du denn nicht eher losmarschiert?"

„Ach, es ist nicht so einfach, von Hamburg hierherzugelangen", gab Anton bereitwillig Auskunft. „Ich bin schon vor einer Woche in Lübeck aufgebrochen, am späten Abend bin ich in Hamburg angelangt. Bis dahin lief also alles wie am Schnürchen. Dann aber fuhr am Sonntag keine Kutsche ab Hamburg, und es war ganz und gar ungewiss, ob ich am Montag noch einen Platz bis nach Stade bekommen würde. So habe ich mich von Hamburg aus zu Fuß nach Bremen aufgemacht. Den Weg kannte ich bereits von meiner Wanderung nach Lübeck. Ich bin also über Buxtehude und Zeven bis nach Tarmstedt gewandert. Am Donnerstag musste ich dann wieder durch dieses verdammte Teufelsmoor wandern. Das hat meinen Freund und mich auf dem Hinweg fast das Leben gekostet. Aber ich war gewarnt und bin gut bis Eickedorf gekommen. Dort habe ich die Nacht zugebracht und bin dann gestern Mittag in Bremen angekommen. Von dort bin ich losgewandert, Stunde um Stunde. Jeden Kutscher, der mich überholte, habe ich gefragt, ob ich mitfahren könnte, aber ich hatte kein Glück. So bin ich gestern Abend, es war schon längst dunkel, völlig erschöpft in Hude angelangt. Dort habe ich sogar überlegt, meinen Weg nach einer Pause noch weiter fortzusetzen. Am Marktplatz gibt es einen Kramladen. Ich habe dort angeklopft, um mir eine Laterne und ein paar Kerzen zu kaufen. Damit hätte ich mir meinen Weg durch die Dunkelheit suchen können. Es hat mir aber keiner mehr geöffnet und im Stockdunkel erschien es mir zu risikoreich, weiterzuwandern. Vermutlich war es besser so, schließlich ist es nicht ungefährlich, sich nachts allein durch die Wälder aufzumachen. Ich hätte mich verlaufen können. Immer wieder hörte man auch von Räuberbanden, die sich in den Wäldern herumtreiben. Oder was wäre, wenn ich stürzte und mich verletzen würde? Ich habe mich also schweren Herzens dazu durchgerungen, die Nacht in Hude zuzubringen. Heute Morgen habe ich mich mit dem Sonnenaufgang auf den Weg gemacht. Noch habe ich die Hoffnung, rechtzeitig in Oldenburg anzukommen.“

Mitleidig schaute der Kutscher, der nun gar nicht mehr unheimlich aussah, Anton an.

„Ich verstehe ja deine Eile, mein Junge, aber schneller geht es nicht. Du musst dich gedulden.“

63

Sophia schlug die Augen auf. Wie an jedem Morgen war sie von den Hornstößen des Kuhhirten unten auf der Langen Straße geweckt worden. Während sie sich jedoch an den anderen Morgen noch einmal im Bett umdrehte, um noch ein wenig zu dösen, sprang sie an diesem Tag sofort auf. Keine Minute würde sie mehr im Bett liegen können, dazu war sie viel zu angespannt. Sie wusch sich gründlich und kämmte sich ihr langes Haar sorgfältig aus. Dann zog sie ihr blaues Leinenkleid an, welches sie stets an Antons Augenfarbe erinnerte. Eigentlich war es viel zu leicht für diese Jahreszeit, aber das war ihr egal. Sie steckte die silberne Brosche, die Anton ihr zu Weihnachten geschickt hatte, an dem Stoff fest, genau über ihrem Herzen. Dann warf sie sich ihr graues Schultertuch um und ging hinunter zu Geschen in die Küche.

„Na, Mädchen, du siehst ja reichlich mitgenommen aus. Vermutlich hast du nicht besonders gut geschlafen, oder?" begrüßte die alte Frau Sophia. Sophia nickte. „Ich konnte lange nicht einschlafen. Immer wieder ging mir durch den Kopf, wie Gottlieb sich wohl verhalten wird. Aber", und bei diesen Worten klopfte sie dreimal mit den Fingerknöcheln auf den Küchentisch, „wir werden das Kind schon schaukeln." Hoffnungsvoll sah sie Geschen an, die ihr einen Becher Ostfriesentee und einen Teller mit Haferbrei hinstellte. Die alte Frau lächelte ihr beruhigend zu.

„Du weißt es doch, es wird nichts so heiß gegessen, wie es gekocht wird", sagte sie und strich Sophia tröstend übers Haar. „Ich passe schon auf dich auf, darauf kannst du Gift nehmen." Dankbar lächelte Sophia. Schweigend aß sie ihr Frühstück, dann machte sie sich auf den Weg zur Ellenwarenhandlung.

„Was ist denn los mit Ihnen, Jungfer Mohr? So kenne ich Sie ja gar nicht", sagte Frau Grovermann nur eine Stunde später. „Nun haben Sie sich schon zweimal mit der Auszeichnung der heruntergesetzten Stoffe vertan. Ich habe Ihnen doch gesagt, die gelbe Seide soll 36 Groten die Elle kosten und die blaue 48 Groten. Nun haben Sie es genau umgekehrt gemacht." Sophia nickte trübsinnig und entfernte die Schilder, die sie an den Stoffen befestigt hatte, wieder.

„Ach, Frau Grovermann", seufzte sie dann. „Ich weiß, ich sollte Sie mit meinen persönlichen Angelegenheiten nicht belästigen. Sie selbst haben ja schon genug Kummer. Es ist nur so, dass mein Bruder mir angedroht hat, mich heute hier aus Oldenburg wegzuholen. In meiner Heimatstadt Diepholz will er mich mit einem Bauern verheiraten, einem schrecklichen Kerl, der bereits einmal versucht hat, mir Gewalt anzutun." Betroffen sah Frau Grovermann sie an.

„Das müssen Sie mir erstmal genau erzählen", sagte sie dann eifrig. „Im Moment ist ja keine Kundschaft da, da hole ich uns mal einen Likör und dann erzählen Sie mir alles in Ruhe." Frau Grovermann schenkte zwei Gläser mit Pflaumenlikör ein. „Wenn Kundschaft kommt, stellen wir die Gläser schnell unter den Tresen", sagte sie beschwörend, bevor sie Sophia eines der Gläser reichte, „es muss ja nicht jeder mitbekommen, dass wir beide uns hier am Morgen einen genehmigen. Aber nun erzählen Sie mal die ganze Geschichte von Anfang an."

Es war bereits kurz vor Mittag. Mehrere Kundinnen hatten die Ellenwarenhandlung mit ihrem Besuch beehrt, ohne etwas von dem Geheimnis der beiden Frauen bemerkt zu haben. Sophia war ein wenig ruhiger geworden, jetzt, da Frau Grovermann in ihre Situation eingeweiht war. „Ich werde Ihrem Herrn Bruder schon klarmachen, dass er Sie nicht einfach so mir nichts, dir nichts mitnehmen kann", sagte sie grollend. „Schließlich brauche ich Sie, in meiner Ellenwarenhandlung sind Sie unabkömmlich."

Sophia hatte die Auszeichnung der Stoffe längst wieder aufgenommen. Mit der Elle vermaß sie Stoffballen für Stoffballen und schrieb mit ihrer klaren Handschrift die Preise dazu. Sie erschrak heftig, als die Ladentür kurz vor Mittag energischer als üblich aufgerissen wurde. Tatsächlich trat Gottlieb in den Verkaufsraum.

„Hier steckst du also", schnaubte er wütend, als er sie neben den Stoffballen entdeckte. „Du wusstest doch, dass ich heute komme, um dich abzuholen. Wieso bist du dann hier? Ich will um ein Uhr wieder los, damit wir noch bis heute Abend nach Ahlhorn kommen."

Sophia stand auf und ging auf ihren Bruder zu. „Guten Tag, Gottlieb", sagte sie mit fester Stimme. Schon oft war sie die Worte in Gedanken durchgegangen, die sie ihm nun sagen würde. „Es ist richtig, du hast mir geschrieben, dass du mich holen willst, aber du hast mich nicht gefragt, ob ich überhaupt mit dir kommen will. Und ich sage dir eins. Ich werde nicht mit dir zurück nach Diepholz gehen und schon gar nicht werde ich Ansgar Martens heiraten. Der soll sich eine andere Frau suchen, die für ihn schuftet und ein Kind nach dem anderen bekommt. Ich werde Anton heiraten, sobald er seinen Meistertitel erhalten hat. Wir sind uns versprochen, und daran kannst du nichts ändern."

Wutschnaubend ging Gottlieb einen Schritt auf Sophia zu.

„Vorsicht, junger Mann, nicht weiter", sagte plötzlich Frau Grovermann. „Dies ist mein Geschäft und hier benehmen Sie sich gefälligst. Ihre Schwester arbeitet seit mehr als einem Jahr äußerst zuverlässig bei mir. Sie können stolz auf sie sein. Was springt denn für Sie dabei heraus, wenn sie Sophia an einen solchen Tunichtgut verheiraten? Wem ist denn damit geholfen? Soweit ich weiß, ist Jungfer Mohr bereits an einen sehr netten jungen Mann versprochen, das werden Sie doch nicht hintertreiben wollen, oder?" Während sie diese Worte sprach ging sie direkt auf Gottlieb zu. Forschend sah sie ihm in die Augen.

„Zudem hat Jungfer Mohr noch für die nächsten zwei Monate ihre Verpflichtungen bei mir. Sie kann nicht einfach so von hier verschwinden."

Entgeistert sah Gottlieb auf die zierliche alte Frau hinab. „Sie haben mir gar nichts zu sagen", schnaubte er. „Sophia, du gehst jetzt sofort mit mir zu dieser alten Köchin. Dort wirst du schleunigst deine Sachen packen und dann mit mir nach Diepholz fahren. Ich werde dir deine Flausen schon austreiben." Wütend schob er die Witwe Grovermann einfach zur Seite. Er griff das Handgelenk von Sophia und zog sie ohne ein weiteres Wort hinter sich aus dem Geschäft.

Frau Grovermann rang die Hände, sagte aber keinen weiteren Ton mehr und ließ die beiden passieren. Auf der Straße wollte Sophia keinen Aufstand verursachen. Widerstandslos ließ sie sich mitziehen. Noch hegte sie die Hoffnung, Gottlieb zur Vernunft bringen zu können. Säßen sie erst einmal bei Geschen am Küchentisch, könnten sie in Ruhe alles besprechen.

Als Gottlieb Sophia in die Küche zerrte, stand Geschen am Herd und rührte in einem großen Suppentopf. Streng sah sie Gottlieb entgegen.

„Mögt ihr einen Teller mit Graupensuppe?", sagte sie mit fester Stimme. „Das beruhigt vielleicht die Gemüter?" Gottlieb aber beachtete sie gar nicht. Er baute sich vor Sophia auf und stemmte seine Fäuste in die Hüften. Mit vor Wut geröteten Wangen brüllte er seine Schwester an.

64

Oldenburg,
1. November 1800

Der bucklige Kutscher behielt Recht. Um kurz nach zwölf Uhr hielt der Karren vor dem Haus des Medicus Marcard in der Achternstraße. Anton bedankte sich herzlich, gab ihm gute Wünsche für die Genesung der Kinder mit auf dem Weg und nahm dann seine Beine in die Hand. Bei Zinngießer Spieske, der zwei Häuser weiter eine Werkstatt betrieb, erkundigte er sich nach dem Weg zur Weinhandlung Schröder. So schnell er konnte lief er die wenigen Schritte dorthin. Vor dem Haus sah er bereits die Pferdekutsche stehen, mit der Gottlieb vermutlich aus Diepholz gekommen war.

Anton holte tief Luft und stieß dann energisch die Tür zur Weinhandlung auf. Ein junger Mann schüttelte bedauernd den Kopf, als er sich nach Sophia erkundigte. „Sie müssen nach nebenan gehen", ließ er Anton wissen. „Dort wohnt Sophia. Sie wird im Moment sicherlich bei der Arbeit sein, aber die alte Köchin, Geschen, wird Ihnen sagen können, wo Sie Sophia antreffen können."

Noch bevor Anton in dem dämmrigen Licht der Küche die Personen ausmachen konnte, die sich dort aufhielten, erkannte er sie an den Stimmen. Laut dröhnte Gottliebs entschlossener Bass durch den Raum. „Pack jetzt endlich deine Sachen zusammen, ich habe nicht so viel Zeit für dieses Theater. Ich werde dich mitnehmen nach Diepholz, ob du es willst oder nicht." Er schnaubte laut. „Eine eigene Werkstatt willst du aufmachen, dass ich nicht lache. Du hast doch keine Ahnung. Noch bevor du das erste Schmuckstück fertiggestellt hast, wird der Magistrat der Stadt dir deinen Laden wieder dichtmachen. Es kann doch nicht jeder einfach ein Gewerbe betreiben, so, wie es ihm gerade passt. Schon gar nicht eine Frau."

Antons Augen hatten sich langsam an das schummrige Licht gewöhnt. Er erkannte Gottlieb, der, die Hände in die Hüften gestemmt, breitbeinig mitten im Raum stand. Ihm gegenüber stand Sophia. Sie bebte vor Wut, ihr ganzer Körper zitterte vor Anspannung. Ihre Hände waren zu Fäusten geballt. „Ich komme nicht mit, da kannst du dich auf den Kopf stellen. Du hast kein Recht dazu, mich hier wegzuholen", schrie sie zurück. „Ich werde auf Anton warten. Wir werden heiraten, ob dir das passt oder nicht. Niemals werde ich diesen Ansgar zum Mann nehmen. Lieber will ich tot umfallen. Weißt du eigentlich, was das Scheusal mir angetan hat?"

Anton sah, dass Sophia Tränen über die Wangen rollten. Sie trug ein blaues Leinenkleid. Über der Brust hatte sie die silberne Brosche mit dem Granatstein befestigt, die er ihr zu Weihnachten geschenkt hatte. Die weiße Haube war ihr vom Kopf gerutscht, die kastanienbraunen Locken fielen ihr über die Schulter. Noch immer hatten Sophia und Gottlieb Anton nicht wahrgenommen, zu vertieft waren sie in ihren Streit. Am Herd stand eine kleine, untersetzte Frau mit grauen Haaren. Sie verfolgte den Streit aufmerksam. In ihren Händen hielt sie einen großen Kochlöffel, wie zum Angriff bereit. Gottlieb lachte gehässig.

„Das hast du dir doch alles nur zusammengereimt. Ansgar hat mir versichert, dass er dir niemals zu nahe getreten ist. Sei nicht dumm, Sophia! Er ist ein reicher Bauer mit viel Land und vielen Viechern. Er wird dir ein gutes Leben bieten können, ihr werdet ein reichliches Auskommen haben, und du kannst über einige Mägde und Knechte befehlen. Eine solche Möglichkeit wirst du nicht noch einmal erhalten. Mit deinem Hinkebein stehen die Bewerber bei dir ja nicht gerade Schlange!" Wütend funkelte Gottlieb seine Schwester an.

„Lass es dir gesagt sein, Ansgar ist eine gute Partie. Die Sache mit deinem Anton kannst du dir aus dem Kopf schlagen, der hat sich doch längst auf und davon gemacht. Den Kopf hat er dir verdreht und dir schöne Worte ins Ohr gesäuselt. Doch wo steckt er denn jetzt?" Hart griff er Sophia an den Oberarm.

„Gottlieb, lass‘ sofort Sophia los! Sofort!", brüllte Anton laut. „Du irrst dich gewaltig, deine Schwester ist eine sehr begehrenswerte Frau und es stimmt, wir werden heiraten." Gottlieb und Sophia fuhren wie vom Blitz getroffen zu ihm herum. Als Sophia ihn erkannte, holte sie tief Luft. „Anton", rief sie laut, „Gott sei Dank, du bist gekommen!"

Gottlieb starrte Anton mit offenem Mund an, als sähe er einen Geist. Anton durchquerte eilig die Küche, stieß dabei fast den ledernen Wischeimer um, den er übersehen hatte und nahm Sophia fest in seine Arme. Lange standen sie so, sacht streichelte Anton Sophias Schultern, bis sie ihn schließlich lächelnd anblickte. „Ich wusste, dass du kommst", sagte sie, „ich habe es wirklich gewusst. Schau, deine Brosche", sie hob die Hand zur Brust, um auf die Silberbrosche zu zeigen. „Ich habe sie fast an jedem Tag getragen. Sie war für mich das Versprechen, dass du zurückkehrst. Nun wird alles gut, nicht wahr?" Fragend sah sie Anton an, der ihr lächelnd zunickte.

„Sophia, Gottlieb, lasst uns dort an den Tisch setzen und wie vernünftige Leute miteinander reden", sagte Anton entschlossen.

Wutschnaubend setzte Gottlieb sich, offenbar gefiel ihm diese Wendung in keiner Weise. „Es ist abgemacht mit Ansgar", sagte er. „Ab kommender Woche soll Sophia auf seinem Hof arbeiten und Ende Januar wird die Hochzeit sein."

„Das kannst du vergessen", entgegnete Anton scharf. „Dieser Ansgar soll sich eine andere Frau suchen, Sophia und ich werden heiraten." Aus seiner Hosentasche zog er das kleine Kästchen mit dem Goldring, welches Meister Grevesmühl ihm zum Abschied geschenkt hatte. Er öffnete es, zog den Ring daraus hervor und sah Sophia liebevoll an.

„Sophia, willst du meine Frau werden? Ich liebe dich aus ganzem Herzen und ich wünsche mir nichts mehr, als dass wir eines Tages heiraten werden." Sophia nahm Antons Hand und sah ihn ernst an.

„Ja, Anton, ich möchte deine Frau werden und nichts und niemand soll uns trennen." Mit einem wütenden Seitenblick streifte sie daraufhin ihren Bruder, der stumm am Tisch saß und nervös mit den Fingern auf die Tischplatte trommelte.

„Dann nimm diesen Ring von mir. Er ist mein Versprechen, dich zu heiraten." Vorsichtig zog Anton die Hand von Sophia zu sich heran und steckte ihr den zarten Ring an den Finger. Er war ein wenig zu weit, aber das würde er problemlos ändern können. Sophia hielt ihre Hand ins Licht und betrachtete den zarten Schmuck eingehend. „Anton, der Ring ist wunderschön. Ich danke dir dafür."

Sie küsste Anton innig, bis Gottlieb energisch mit der Hand auf den Tisch schlug.

„Nun denn", sagte er mit vor Wut bebender Stimme, „da kann ich wohl nichts mehr machen. Ich warne dich jedoch Sophia, du triffst die falsche Wahl. Anton hat doch nichts und es wird noch eine Weile dauern, bis ihr heiraten könnt. Eine armselige Goldschmiedewerkstatt, mehr wird er dir nicht bieten können. Aber du hast dich entschieden." Mit einer schnellen Bewegung packte er Sophia am Handgelenk. „Du kommst trotzdem heute mit mir nach Diepholz. Hier lasse ich dich keinen Tag länger, wer weiß, was du dann noch alles ausheckst." Mit einer abrupten Bewegung wandte er sich Anton zu. „Von dir, Anton, erwarte ich, dass du so schnell du kannst in unser Elternhaus kommst und bei unserer Mutter und mir offiziell um Sophias Hand bittest. Schließlich muss ja alles seine Ordnung haben."

Hilfesuchend sah Sophia zu Anton hinüber. „Es kann doch nicht sein, dass Anton mir jetzt nicht zur Seite steht. Ich bin eine erwachsene Frau, Gottlieb kann mich doch nicht so einfach mitnehmen", dachte sie verzweifelt. Anton jedoch sah zu Gottlieb hinüber.

„Es hat wohl keinen Zweck, den Streit hier mit dir fortzuführen, Gottlieb", sagte er ruhig. „Du hast es hier vor Sophia und Geschen gesagt, dass Sophia mich heiraten kann, wenn eure Mutter einverstanden ist. Warum nimmst du mich nicht einfach gleich mit nach Diepholz? Das wäre doch das Einfachste. Wir könnten vor Ort mit eurer Mutter sprechen und alles klären."

„Für dich habe ich keinen Platz auf meinem Wagen. Du kannst dich ruhig ein wenig anstrengen, um zu deiner Liebsten zu kommen", antwortete Gottlieb hämisch. Entschlossen stand er auf, stellte sich breitbeinig vor Anton und verschränkte die Arme vor der Brust.

„Sophia wird jetzt ihre Sachen packen und dann mit mir fahren. Alles Weitere können wir in Diepholz besprechen." Mit einer wütenden Kopfbewegung wies er Sophia an, ihm zu gehorchen.

Widerstrebend stieg Sophia in ihre Kammer hinauf, packte ihre Habseligkeiten zusammen, während sie die Zähne so fest zusammenbiss, dass ihr Kiefer schmerzte. Als sie in die Küche zurückkam, standen Gottlieb und Anton noch immer wie zwei Kontrahenten voreinander.

„Wo sind deine Sachen, wir haben nicht viel Zeit", polterte Gottlieb. „Die stehen oben in meiner Kammer, du musst sie schon selbst runterschleppen", antwortete Sophia kurz angebunden. „Lass mich wenigstens noch kurz von Anton und Geschen Abschied nehmen. Keine Bange, ich werde schon nicht weglaufen. Du wirst schon sehen, in wenigen Tagen wird Anton in Diepholz sein, dann kannst du mir mal den Buckel runterrutschen." Sophia ging zu Geschen, die wie erstarrt am Herd stand, den Kochlöffel noch immer in der Hand.

„Ich werde dich vermissen, Geschen", sagte sie tapfer, während sie die alte Frau in die Arme schloss. „Bestimmt werde ich dich einmal besuchen, das verspreche ich dir. Du hast es gehört, Gottlieb hat zugestimmt, dass Anton und ich heiraten können. Jetzt habe ich zumindest die Sicherheit, dass wir für immer und ewig zusammenbleiben können."

Geschen nickte. „Ja, Sophia, ich habe es gehört und ich freue mich für dich. Dennoch solltest du nicht so sprechen. Wie du weißt, ist die Ewigkeit so lang, dass es so manchem davor graut. Glaube einer alten Frau, die einiges mitgemacht hat: Es reicht, wenn ihr beide euer Leben lang glücklich miteinander seid. Das zumindest habt ihr auch ein wenig selbst in der Hand. Was danach kommt, was in der Ewigkeit passiert, das weiß Gott allein."

Mit einem schiefen Lächeln schaute sie Sophia an. In dem Moment klappte die Küchentür und Magda, in den Händen ein Tablett beladen mit dreckigem Geschirr, kam herein. Mit großen Augen sah das Mädchen sie an. „Musst du wirklich gegen deinen Willen mit deinem Bruder nach Diepholz gehen?", fragte sie erschüttert. „Musst du dann auch diesen furchtbaren Kerl heiraten, der nur jemanden für seine fünf Kinder sucht?" Aufmunternd lächelte Sophia Magda an. „Nein, Magda, ganz so schlimm ist es nicht. Es stimmt, ich muss mit meinem Bruder nach Diepholz gehen, obwohl ich das nicht will, aber den Ansgar muss ich nicht heiraten. Ich habe mich mit Anton verlobt. In eineinhalb Jahren werden wir heiraten, bis dahin müssen wir sehen, wie es weitergeht."

Sie hörten Gottlieb bereits die Treppe herunterpoltern, da ging Sophia zu Anton und schmiegte sich an ihn. „Komm bald, ich bitte dich. Komm so schnell du kannst, damit wir mit Mutter sprechen können", flüsterte sie so leise, dass nur er es hören konnte.

„So, alles ist bereit zur Abfahrt", dröhnte Gottliebs Stimme durch die Küche. „Sophia, komm jetzt, ich kann nicht länger warten."

Unwillig löste sich Sophia von Anton. Sie nahm ihren Mantel vom Haken und schlüpfte hinein, dann legte sie sich einen Schal um, zog Handschuhe und Mütze an und sah sich in aller Ruhe noch einmal in der gemütlichen Küche um.

„Ich bitte dich, Anton, tue mir den Gefallen und sage Frau Grovermann und den Webers Bescheid, was passiert ist, sie werden sich sonst Sorgen machen. Auch Elise benötigt eine Nachricht. Sage allen, ich werde ihnen bald schreiben."

„Ich verspreche es", sagte Anton und nahm Sophia fest in den Arm. „Ich komme so schnell ich kann und dann wird alles gut." Gemeinsam gingen sie hinaus in die nebelig feuchte Kälte. Anton half Sophia auf den Bock, wo Gottlieb einige Decken bereitgelegt hatte.

„Ich werde ich so schnell wie möglich zu dir kommen, ich verspreche es", flüsterte Anton ihr noch zu, da schnalzte Gottlieb schon mit der Zunge und trieb das Pferd an.

Als das Fuhrwerk anzog, winkten Geschen und Magda, die hinter Sophia hinaus auf die Lange Straße gelaufen waren. Anton aber lief noch einen Moment neben dem Wagen her, bis er wegen eines entgegenkommenden Pferdekarrens gezwungen war, zurückzubleiben.

„Ich liebe dich, Sophia. Sei zuversichtlich, alles wird gut!", rief er und winkte mit beiden Armen. Sophia blickte zurück, bis sie Anton nicht mehr erkennen konnte. Heimlich wischte sie sich eine Träne aus dem Auge. Sie würde Gottlieb nicht die Genugtuung bieten, zu weinen. Stolz hob sie den Kopf und sah ihren Bruder an. „Was denkst du, wann werden wir in Diepholz sein?", fragte sie mit fester Stimme.

Nachwort

Herzlichen Dank, dass Sie mich bis hierhin bei der Geschichte von Sophia und Anton begleitet haben. Wie schon der erste Band „Bevor der Herbst kommt", ist auch dieses Buch zwar ein fiktionaler Roman, die meisten der Personen aber, die darin vorkommen, haben am Ende des 18. Jahrhunderts und zu Beginn des 19. Jahrhunderts an den beschriebenen Orten gelebt. Ihre Lebensdaten sind in Kirchenbüchern und Archiven belegt und von mir zum Leben erweckt worden.

Zudem habe ich etliche geschichtliche Daten aufgegriffen und verarbeitet. In der Zeit nach der Französischen Revolution war Europa im Umbruch. Die napoleonischen Kriege brachten Unordnung in die althergebrachten Strukturen, was die Menschen in den Städten und Dörfern oft am eigenen Leibe zu spüren bekamen. Truppendurchzüge, Einquartierungen, hohe Abgaben, Not und Hunger bestimmten nicht selten den Alltag. Die linksrheinischen Gebiete, so auch Bonn und Köln wurden Französisch, die Folgen davon waren bis ins Herzogtum Oldenburg und Bistum Münster zu spüren.

Sehr viel Zeit habe ich in die Recherche der Städte Oldenburg, Bremen, Hamburg und Lübeck investiert.

Meine Oldenburger Leserinnen und Leser interessiert es sicher, dass die Familie Herbart tatsächlich bis zum Jahr 1796 in dem Haus Lange Straße 82 (früher Nr. 90) gelebt hat. Damaliger Eigentümer war der Justiz- und Regierungsrat Thomas Gerhard Herbart. Vielen Oldenburgern, Pädagogen, Psychologen und Philosophen ist der Name dessen Sohnes, Johann Friedrich Herbart, bekannt. Heute ist in Oldenburg ein Gymnasium in der Stadt nach ihm benannt. Nachweise für die Köchin Geschen habe ich ebenso gefunden.

Der Ratsverwandte August Schröder kaufte das Haus nach der Scheidung der Herbarts 1796. 1810 wurde sein Sohn Wilhelm Schröder Eigentümer durch Erbfolge.

Eigentümer des Hauses Lange Straße 76 (früher Nr. 84, heute bekannt als Graf Anton Günther Haus an der Ecke zur Kurwickstraße) war um 1745 der Kammerrat Johann Grovermann, der dort eine Ellenhandlung betrieb. Nach seinem Tod 1785 führte seine Witwe das Geschäft weiter, bis der Sohn, Kaufmann Johann Christoph Grovermann, 1814 Eigentümer wurde.

Der Kanzleirat Scholtz lebte ab 1796 im Haus Lange Straße 28 (früher Nr. 30). Bis 1810 blieb es in dessen Eigentum. 1961, wurde das Haus (wie auch die Häuser Nr. 29 und 30) abgerissen, dort entstand ein Neubau, in dem jahrzehntelang die Bekleidungsfirma C & A Brenninkmeyer als Mieter eine Filiale betrieb.

Auch die in meinem Roman erwähnten Handwerker, Kaufleute und Gastwirte haben zu der Zeit in der Stadt Oldenburg gelebt und gearbeitet.

Nachzuschlagen ist dies in dem „Oldenburger Häuserbuch" von Günter Wachtendorf, einem Nachschlagewerk über die „Gebäude und Bewohner im inneren Bereich der Stadt Oldenburg", welches ein wahrer Schatz für all diejenigen ist, die sich für die Geschichte der Stadt Oldenburg interessieren. Es ist 1996 bei Bültmann & Gerriets, Oldenburg erschienen.

In die Mauer beim Eingangsbereich zum Gertrudenfriedhof ist tatsächlich die Inschrift „Ewig ist so lang" eingelassen, allerdings in einer alten deutschen Schreibweise: „O ewich is so lanck". Die Sage über das arme Hausmädchen und den skrupellosen Kaufmannssohn ist in Oldenburg tradiert, ebenso wie die Legende von der Diebesbande rund um den Räuberhauptmann Jan Krahner.

Die Straßen und Plätze sowie die erwähnten Bewohner von Bremen, Hamburg und Lübeck wurden ebenso sorgfältig von mir recherchiert.

Weit über die Grenzen von Bremen hinaus dürfte vielen Leserinnen und Leser die Familie Wilkens bekannt sein. Sie ist über Jahrhunderte hinweg für ihre Silberwarenherstellung bekannt und unter dem Namen „Wilkens Silbermanufaktur seit 1810" bis heute tätig.

Auch Georg Niederegger, der sich zu Beginn des 19. Jahrhunderts in Lübeck niedergelassen hat und mit seiner Marzipanproduktion weltberühmt wurde, ist den meisten von Ihnen sicherlich ein Begriff. Ob er jedoch seine Wanderroute über Münster und Bremen gewählt hat, ist mehr als fraglich.

Viele Rückfragen hatte ich zu den von mir verwendeten Maß- und Währungseinheiten. Den geschichtlichen Quellen folgend, habe ich die Einheiten übernommen, die zum Ende des 18. Jahrhunderts verwendet wurden. Es gab erhebliche regionale Unterschiede sowohl bei den Gewichten, den Längenmaßen und den Währungseinheiten. Um diese zu verdeutlichen, gebe ich einen kleinen Überblick.

Zunächst zur Währung. Groten: In Bremen und Oldenburg galt der Groten bis zur Einführung der Mark am 1. Juli 1872. Es gab Stücke zu 12 Groten, 6 Groten, 1 Groten und ½ Groten. Taler: 1 Taler Gold entspricht 72 Groten. Dukaten: Eine Goldmünze, die einem Wert von nahezu 3 Reichstalern entspricht. Louisdor: Hierbei handelt es sich um eine französische Goldmünze. Sie wurde bis zum Jahr 1793, dem letzten Jahr der Revolution, geprägt. 1 Louisdor entsprach ungefähr 6 Talern.

Für Gewichtsangaben gilt: 1 Loth entspricht 15,2 Gramm, 1 Unze etwa 14 Gramm.

Für die Längenmaße seien als Vergleichsgrößen die menschlichen Körpermaße genannt. 1 Zoll ist die Länge des ersten Daumengliedes, rund 2,46 cm. 1 Spanne ist die ausgespannte Hand von der Daumenspitze bis zur Spitze des kleinen Fingers. 1 Fuß (= 12 Zoll) entspricht der menschlichen Fußlänge von der Ferse bis zur Zehenspitze. 1 alte (Oldenburger) Elle ist der menschliche Unterarm (= 2 Fuß, also 59,176 cm). Die Einheit war besonders unter Schneidern verbreitet. 1 Postmeile (= ca. 25.090 Fuß) entspricht 7.423,63 m, und 1 deutsche Landmeile entspricht 7.532,49 m. Währenddessen entspricht 1 Oldenburger Meile (= 33.357 Fuß) der Entfernung von 9.869,60 m.

Die plattdeutsche Sprache ist zu der Zeit, in der mein Roman angesiedelt ist, aus Norddeutschland nicht wegzudenken. Kaum jemand hat Hochdeutsch gesprochen. Da ich jedoch nicht sämtliche Dialoge in diesem Dialekt schreiben konnte, habe ich, wie bereits in Band 1 der Serie, den Goldschmiedemeister Hermann Wagener aus Vechta dazu vorgesehen, als Beispiel für alle anderen die plattdeutsche Sprache sprechen zu dürfen.

In diesem Band sind es zwar nur sehr wenige Dialoge, dennoch möchte ich all den Leserinnen und Lesern, die diese Texte beim Lesen nicht verstehen können, hier eine Übersetzung liefern:

Kapitel 9:
    Kaufen Sie, kaufen Sie! Heute ganz frische Honigkuchen!

Kapitel 39:
    „Lass uns lieber in die Stube gehen.“
    „Anna lebt nicht mehr“, „die kann nichts mehr wollen.“
    „Ich hatte in der vergangenen Zeit kaum noch Kunden.“
    „Das sind ungefähr eineinhalb Taler“, „davon kann Maria wohl ein paar Wochen für mich kochen.“

Kapitel 41:
    „Was ich nicht fange, fängt mein Kamerad.“

Weitere Infos zu den Protagonisten und Schauplätzen sind auf der Internetseite des Verlags zu entnehmen. Man erreicht diese über den nachfolgenden QR-Code:

Danksagung

Bei der Verwirklichung dieses zweiten Bandes meiner Familiensaga habe ich wieder von vielen Seiten Unterstützung erhalten. Allen voran möchte ich meinem Mann Michael für seine Kritik und seine Anregungen danken. Zudem haben seine Kenntnisse im Umgang mit sperrigen Computern sowie seine grandiosen Kochkünste mich aus mancher schwierigen Lage gerettet. Meine Schwester Mechthild Schröer hat mir wieder mit Rat und Tat bei der Recherche historischer Begebenheiten zur Seite gestanden. Ihr und dem gesamten Team der Heimatbibliothek in Vechta möchte ich herzlich für viele wertvolle Informationen danken.

Bedanken möchte ich mich zudem bei meinen Testlesern, die mir Kapitel für Kapitel eine Rückmeldung gegeben, Änderungen vorgeschlagen und Fehler verbessert haben. Nennen möchte ich hier neben Michael und Mechthild: Ralf Bücker, Heike Stahl, Friederike Bergmann, Bernd Wehage-Sante und Elfriede Wöhrmann.

Ein weiterer Dank gilt Helmuth Meinken, der die Kapitel über die Stadt Oldenburg nicht nur gelesen, sondern mir zudem wertvolle Informationen zur Geschichte der Stadt geliefert hat. Zwei seiner Werke über die Geschichte der Stadt Oldenburg habe ich intensiv zur Recherche nutzen können: „Die glücklichen und unglücklichen Zeiten Oldenburgs", erschienen im Verlag Isensee, Oldenburg 2013, und „Mörder, Henker, Spökenkram", dortselbst im Jahr 2015 erschienen.

Nicht zuletzt danke ich meinem Verleger, Christian Leeck, und seinem gesamten Team für die konstruktive Zusammenarbeit.

Sappho und das Blut des Flüchtlings
Von Gino Pacifico.
Gedichte zu Emigration und Immigration.

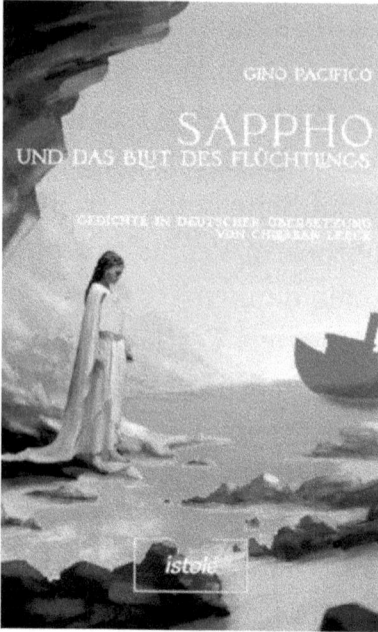

Der Titel der Gedichtreihe ist durch die tragischen Ereignisse auf der Insel Lesbos im Jahr 2020 inspiriert. Der Leser wird durch Sappho, der ersten aller Dichterinnen, durch diese Anthologie begleitet. Das Wiedererwachen der Dichterin „unter stetigem, herbem Knallen der brennenden und wütenden Höllenluft" im Flüchtlingscamp stellt Mahnung und Hoffnung an den Leser zugleich dar. Europa fordert sie zur „Einheit zum Wohle aller" auf.

In Pacificos Gedichten werden auch Fremdsein und Heimatgefühl der Gastarbeitergeneration im 20. Jahrhundert thematisiert und als Lehre für die Gegenwart mit dem Appell einer gelungenen Integration verwendet.

Jetzt erhältlich – Als gedrucktes Buch und EPUB!
www.akres-publishing.com

Bevor der Herbst kommt

Von Gabriele Bagge. Der erste Teil der Familiensaga.

Sophia Mohr wächst im ausgehenden 18. Jahrhundert in Diepholz als Tochter eines Perückenmachers auf. Nach der Französischen Revolution ist dieses Handwerk dem Untergang geweiht, kaum einer will noch Perücken tragen. Sophias Wunsch aus Kindertagen, die Werkstatt übernehmen zu können, zerschlägt sich, und sie macht sich auf den Weg in ein eigenes Leben.

Sie lernt den jungen Wandergesellen Anton Auling kennen. Die beiden verleben einen gemeinsamen Sommer in Vechta. Wird Sophia es mit Antons Unterstützung gelingen, neue Pläne voranzutreiben, bevor der Herbst kommt?

Der Autorin Gabriele Bagge gelingt eine unterhaltsame, auf Fortsetzung angelegte Familiensaga. Die Erzählung ist in der Zunftwelt von Münster, Osnabrück, Diepholz und Vechta angesiedelt.

Jetzt erhältlich – Als gedrucktes Buch und EPUB!
www.akres-publishing.com

Skrupellose Macht

Von Pia Stangier. Ein Politthriller. Brüssel und die EU.

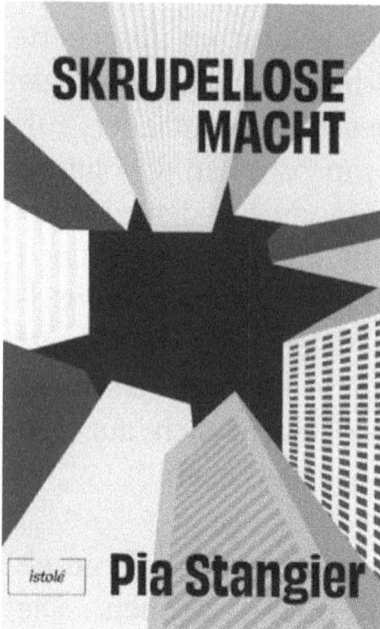

Marla Richter, eine junge Bankerin aus Osnabrück, gerät im Sommer 1998 wider Willen in die Rolle einer Ermittlerin. Eine junge Verwandte, die als Sekretärin im Dienste des EU-Parlaments steht, verschwindet plötzlich, nachdem ihr Chef, der Parlamentarier Olaf Gessner, einen plötzlichen Tod erleidet.

Marla ahnt ein Verbrechen, begibt sich nach Brüssel, wo sie mit einem Politskandal gigantischen Ausmaßes konfrontiert wird. Ihre eher unprofessionelle Recherche gerät schlussendlich zu einem Kampf um Leben und Tod.

Ein spannender Politkrimi im Brüssel der 1990er Jahre. Basierend auf wahre Begebenheiten in Verbindung mit dem „geschlossenen" Rücktritt der EU-Kommission.

Jetzt erhältlich – Als gedrucktes Buch und EPUB!
www.akres-publishing.com